看透文章，选摘其要，
彰显光华，坚持二十年，
可贺可敬！

王安忆

2013年2月16日

王安忆 中国作家协会副主席、茅盾文学奖获得者、
著名作家

文海拾贝
难能可贵

书赠《作家文摘》
卢晓蓉
辛卯冬至

卢晓蓉 作家、卢作孚之女

江聚百家精华一身
播撒满园春色天下

恭贺《作家文摘》华诞20周年

翟振武

2012年12月15日

翟振武 中国人民大学社会与人口学院院长、
中国人口学会常务副会长

历经二十年余能时代风云科学
慧展天地祥和以人为本
驰横千万里俯瞰历史功罪世相
嬗变摘零传孙正气怦坦
留变文化

庆贺《作家文摘》创刊二十周年 张同吾

张同吾 著名诗人、中国诗歌协会秘书长

阅读经典
提升自己

贺《作家文摘》创
刊20周年.

耿云志

2013.11.14

耿云志 中国社科院文史哲学部委员、
胡适研究会会长

精华荟萃
异彩纷呈

贺《作家文摘》二十年！

谢军

二〇一二年十一月

谢 军 国际象棋冠军、首都体育学院副校长

我爱看
《作家文摘》

刘庆邦

2012年12月26日

刘庆邦 著名作家

贺作家文摘廿周年

百花园色彩艳

廿春秋勤耕耘

何鲁丽

二〇一二年九日

何鲁丽 原全国人大副委员长

作家文摘板

内容丰富可

读性强深受

读者喜欢

贾平凹

贾平凹 茅盾文学奖获得者、著名作家

纪年卅世

读者阅读文摘

众家文

广作

廖奔

廖 奔 中国作家协会副主席、著名评论家、书法家

贺《作家文摘》十周年

壬辰夏 赵本夫

赵本夫 江苏省作协副主席、著名作家

祝贺作家文摘创刊二十週年

披沙揀金

取精用弘

解讀歷史

關注現實

文潔若書

文洁若 著名翻译家

我一直是

《作家文摘》

的忠实读者，愿

《作家文摘》越办

越好！

罗箭

二〇一二年冬月

罗 箭 原总装备部副政委、少将

守正出新

陶斯亮

2012·12·29

陶斯亮 中国市长协会专职副会长

作家文摘
20周年珍藏本

精装本

家国往事

《作家文摘》/编

中国出版集团
现代出版社

图书在版编目(CIP)数据

家国往事 /《作家文摘》编. —北京：现代出版社，2013.12
（《作家文摘》20周年珍藏本）
ISBN 978-7-5143-1227-0

Ⅰ. ①家… Ⅱ. ①作… Ⅲ. ①政治人物－生平事迹－中国－现代②作家－
生平事迹－中国－现代 Ⅳ. ①K827=7②K825.6

中国版本图书馆CIP数据核字（2013）第272705号

因时间仓促、发表时间久远等原因，本书仍有部分作品的作者未能取得联系。
请作者及时与编者联系，支取为您预留的稿酬。
《作家文摘》编辑部 电话：010-65001508

家国往事 /《作家文摘》20周年珍藏本

出 品 人	臧永清
策　　划	张亚丽
编　　者	《作家文摘》
责任编辑	刘春荣　张　霆
出版发行	现代出版社
通讯地址	北京市安定门外安华里504号
邮政编码	100011
电　　话	010-64267325　64245264（传真）
网　　址	www.1980xd.com
电子邮箱	xiandai@cnpitc.com.cn
印　　刷	北京画中画印刷有限公司
开　　本	710mm×1000mm　1/16
印　　张	20.75
版　　次	2013年12月第1版　2014年4月第2次印刷
书　　号	ISBN 978-7-5143-1227-0
定　　价	65.00元（精装）

目录

母爱无疆

情同手足

师友之间

私人叙述

政坛风雨

我对华国锋的印象

·于光远·

我最早认识华国锋是 1961 年在长沙。我去湖南是参加毛泽东指定下到农村基层去了解"大跃进"后农村基层真实性的三个调查组之一。到长沙后，湖南省委第一书记张平化曾和省委全体成员集合向我们这个调查组介绍当时湖南省的基本情况。华国锋作为分管财贸的书记参加了这个会议。但是因为他管的工作同我们的工作任务离得比较远，他同我们组没有发生什么工作关系，我在湖南三个来月没有同他说过话，对他没有任何印象。

我对他有印象是从 1975 年邓小平复出主持党中央和国务院日常工作时开始，一直到他下台之后这些年。这几年又可以分为以下几个时期："批邓"前——"批邓"中——"四人帮"粉碎——邓小平第二次复出——中央工作会议和三中全会期间——三中全会后他继续担任主席期间——离开了党中央主席的职位之后。每个时期他都有些事可说，同时又都没有较多的接触，因此只能使用"印象"这两个字。

第一个印象是关于他工作能力和工作作风方面的。

1975 年，我在国务院政治研究室工作时，邓小平要胡乔木和我帮助华国锋准备第一次农业学大寨会议的讲话，胡乔木负责其中的第一部分，其余三个或四个部分由我负责。在我与他接触的过程中，我对他有三点印象：一、他工作认真细致踏实；二、他的记忆力不错，记住不少事；三、口齿清楚，慢条斯理，能把话讲得很清楚。这三点算不了高的评价，但是这三条都属于"好"的范围。其中第一点印象的来源是起草这个讲话的过程，华国锋白天处理其他工作，每天晚上 10 点左右回到中南海我们集中写文件的地方，同我们一起工作到第二天凌晨，有时一直到凌晨两点多。他不完全是以一个定稿者的身份，而更多的是同大家一起研究商量，留给我的印象不错。

1975 年 9 月 26 日，胡耀邦拿着《科学院工作汇报提纲》向国务院汇报，邓小平是主要听取汇报的人，所有的副总理都来了，中央有关单位的负责人，其中包括我也列席了。这时候华国锋在国务院主管科学院的工作。在胡耀邦等人汇报的过程中许多人插话，他没有插话。在汇报完了之后，他第一个做长篇发言，我觉得他讲得不错，从他的讲话中可以听出他对科学院的情况知道得不少，话讲得也很清楚，理解也可以。那次汇报会上我对他的印象，同在帮他起草讲话时留下的印象和以后帮他起草五届人大政府工作报告时的印象都是一致的。

第二个印象是关于他胆小怯弱方面的，这是在"批邓"过程中观察到的。这次汇报后不久，"批邓、反击右倾翻案风"来了，邓小平主持的中央和国务院工作就由他代替，这时他的权力是很大的。

当时中国科学院有个造反派头头叫×××，他原先是个小干部，可是他敢向华国锋提出问题，说华政治上有问题，在科学院工作上跟着邓小平走，根据就是在胡耀邦向邓小平汇报科学院工作时华国锋的那个发言，而这个发言是有记录的，白纸黑字。对×××的攻击，华国锋完全可以采取藐视态度，不予理睬，或者找一个借口整×××。可是华国锋却为自己辩护，说那天国务院开会时他刚从西藏回到北京，《汇报提纲》是到了会场后才看到的，他来不及准备，即席讲了些话，而且记录得很差，记的不都是他讲的话。我是那个汇报会的参加者，应该说那个记录记得是很好的。华在中国科学院针对×××说这番话时，我虽没有在场，但是科学院的人直接告诉了我，我认为不会错。知道这件事后，我有两方面的想法：一方面是那时他是主持中央工作的领导人，连一个小小的造反派头头都怕；另一方面是感到他不是个"厉害"的人，是一个不会"整人"的人，比较忠厚。他不但不必去表白自己，也不必说那些与事实不相符的话。那天听汇报做了不少插话和发言的副总理不只是他一个，李先念、纪登奎、陈锡联、谷牧都插了话，别人都沉得住气，他何必去解释。除非我了解的情况与事实有出入，如果完全属实，我觉得他实在太胆小了。

没有想到，不到一年，1976年10月6日"四人帮"一举被粉碎。大家都知道华国锋、叶剑英同志在其中起了决定性的作用。华国锋当时能下这样一个决心，并把这件事办成，确实不容易。这大大出乎我的意料，我想人不可以貌相。

粉碎"四人帮"后，他已经是毛泽东的接班人。我们党内就有这样一些喜欢抬轿子、吹喇叭的人，用过去对待毛泽东的态度对待他，称他为"英明领袖"。国务院政治研究室的人去大庆参观，看到那里的展室对他大搞个人崇拜，非常突出。有一段时间，报刊上、文艺节目里乃至小学教科书上，都充斥着歌颂华国锋的内容。我列席十一届二中全会，分组会上有好几个人发表意见，主张在我国宪法的序言里写进华国锋的名字。

这样的现象一时间很多，我还记得一些很突出的事情。比如《广西日报》在庆祝自治区成立30周年的时候，华国锋为这张报纸题了报名，结果第二天的报纸上有三个套红的报头，即除了报头套红外，华的题字在第一版上登出时也要套红，还因为自治区成立30周年的报道要登头条，因此原来三版也改成头版，又多了一个套红报头，这样的事情是很突出的。但是我又觉得这不能全怪他，或者说不能主要怪他，因为这是毛泽东时代就有的现象，说得远一些，是斯大林时代就有的现象。要华国锋坚决反对这种封建残余，我认为是难以做到的。他是靠毛泽东"你办事，我放心"这几个字来接班的，怎能做到这一点呢？

在中央工作会议召开前那一段时间内，《人民日报》和其他报刊在报道中、在文章中，同华国锋对着干的东西不少，可是华国锋并没有去整这些传媒。这一点至今也还有对华国锋的好评。我认为在三中全会闭幕会上他讲那样一篇话，是不容易的。

总的来说，我对华国锋有比较好的印象，不过他太容易受人左右了。

他下台后，我有时在会场上、有时在北京医院里遇见他，我对他总是很友好的，虽然我对他的有些主张曾经是坚决反对的。

（《作家文摘》2011年总第1446期，摘自2011年5月14日人民网）

我所知道的彭真

·李 莉·

特别随和的人

早在抗日战争时期，我就知道彭真是晋察冀边区的领导。

新中国成立后，彭真是中共中央政治局委员，北京市委书记，后来兼任市长。

我第一次和彭真谈话是在 1953 年冬。我的丈夫李琪在那年秋天调到彭真身边当政治秘书。有一个星期天，李琪来电话说，有事不能回家，要我到他那儿去。李琪住在一排平房中的两间房里，彭真住在旁边一个院子里，两个院子相通。我当时正怀孕，午饭后午睡，李琪将我叫醒，说，彭真和洁清夫妇要来看你，已来过一次了，不让叫醒你，说过两个小时后再来，时间快到了，快起来吧。我赶快起来，洗了脸，心急速地跳着，心想该说什么话呀！我参加革命后一直在地方工作，很少和中央领导人面对面地谈话。

彭真和洁清推门进来，我们请他们坐下，寒暄几句。

彭真说："听口音你是晋中人吧。"

"是，我是交城人。"

他说，山西建党之人是高君宇，在陶然亭公园有高君宇的墓碑，你看过吧？他是静乐县人，就在交城旁边。你一定去过。

说到我熟悉的事，我的心情慢慢就不紧张了。

那时正在贯彻执行"统购统销"政策。彭真问我：大家对白面定量供应，棉花定量供应有什么反映？

我说，大家反映很好。我们机关有的同志为了执行定量指标都推迟买粮食。

彭真说：我和李琪都是晋南人，爱吃馒头，晋中人爱吃面条，进城后我们吃米多了。

大家异口同声地说，吃什么都一样。吃得饱，生活安定。气氛非常融洽。

彭真是特别随和的人。他见到下面的干部，就虚心调查。

彭真关心干部，每年春节都要我们和赵鹏飞（彭真办公室主任）两家到他那儿看电影，据说是苏联送给中国领导人的小型电影机。他们派人去育英小学接儿子傅锐时，也把我的儿子海渊一起接回来。女儿海文有时到他爸爸那里，李琪不在，洁清留下吃了饭送回家。他们夫妇关心干部，平易近人。

天坛讲话，事后知道不妥马上纠正

我印象比较深的有这样一件事，这也是作为中央领导人难能可贵的一件事。1958年"大跃进"，到处放卫星，高指标。一天，北京市在天坛公园召开万人大会。这时郊委已撤销，改为农林局，我做林业工作，参加了这个大会。在大会上，彭真讲，我们亩产小麦要超过1000斤。当时亩产也就是二三百斤。没过两天，市委传下话说，彭真说了，他讲的指标不算数，他定的指标高了，要各地根据自己的实际定。彭真作为中央领导能检查、纠正自己的错误，这是难能可贵的。我不止一次听他讲过，延安时"抢救运动"搞过头了，他也有责任。

1961年，国家遇到灾害，毛主席号召大兴调查研究之风。邓小平、彭真到怀柔听汇报，彭真住在怀柔，亲自到西三村、一渡河等大队了解情况，首先解决了群众迫切要求不在公共食堂吃饭的问题，解散了食堂；缩小公社范围，基本是一个乡一个社，确立以生产大队为单位的管理体制；确定恢复自留地。这些政策一公布，马上提高了干部和群众的生产积极性，密切了干群关系。全北京市郊区都闻风而动，一夜之间解散食堂，事不过夜，真是大快人心。群众称之为"第二次解放"。

北京农村的面貌很快就发生了变化，走出了低谷，这与彭真在怀柔调查了解实际情况，制定、贯彻正确的政策是分不开的。

批斗会上，彭真理直气壮

"文化大革命"初期，造反派批斗彭真，我也参加过陪斗。给我印象最深的是，彭真说话口音、口气一点没变，和他平时作报告讲话一样。造反派质问他，他依理回答，造反派无理，就以打倒的口号来掩盖他们的无理和无能。

造反派问，你为什么反对毛主席？

彭真说，我没有反对毛主席，过去没有反对，现在没有反对，将来也不反对。

造反派问，为什么反对林副主席，反对中央首长江青？

彭真说，有不同意见是正常的，这要由历史证明。

造反派问，你是不是和毛主席作对？

彭真说，不是，我很尊敬毛主席。

造反派问，你为什么背着毛主席抛出《二月提纲》？

彭真说，这事康生也参加了，毛主席同意的。

当时康生是中央文革小组的顾问，他原来也是以彭真为组长的中央文化革命五人小组成员，这个提纲是在五人小组讨论后形成的。

可是一到批判《二月提纲》，康生就到处散布说，《二月提纲》是彭真背着他搞的。彭真为《二月提纲》发表的事专门到武汉向毛主席汇报过。

造反派问，你为什么提出要比学赶帮超？要超过大寨，是反对农业学大寨。（1965年彭真曾提出比学赶帮超，要超大寨。）

彭真答，比学赶帮超，先进应该再先进，落后可以赶先进，搞好是可以超先进的，这有什么不对？要互相学习，一浪推一浪。事物不是静止的，任何事情都可以超，大寨怎么不可以超！

……

每一个质问都被彭真驳回，造反派只好宣布"胜利"结束。彭真有理有据的答复，对我是激励。这些老革命，他们的毅力，他们坚持真理的态度，是无与伦比的。

从流放地回到北京，彭真的眼圈红了

1975年，彭真被流放到陕西。1978年12月，彭真要回来了。

彭真回来，北京市的问题就可以解决了，大家特别高兴。那天下午，我们不到两点就到了飞机场，一直等到5点多钟，天黑了，飞机才来。彭真和大家一一握手，彭真的眼圈都红了。

出来后，司机告诉我，他在外面数了有100多辆车。如一个车上坐着3~4个人，估计得有几百人，最少也有100多人。

彭真住在前门饭店，连续半个月看望他的干部、群众络绎不绝。

彭真回来的那年春节，我恢复原职。有一天我正在农林局开会，彭真的秘书来电话说，彭真要你来一趟。我去了前门饭店后，丁一岚也在。彭真说："你们（指我和丁一岚）两个命运相同（我的丈夫和丁一岚的丈夫都是在'文革'初期被迫害死的）。我担心孩子们。听说孩子们都不错，我放心了。"

彭真一只耳朵背，他就让我和丁一岚轮流坐在他耳朵不背的那边同他谈话。他先和丁一岚说："一岚，毛主席对邓拓没有批评，只是说他书生办报。我给你说，你应该心里有数。"

他对我说，他（指李琪）主要是得罪了江青，觉得问题严重，在京剧改革中和江青有分歧。

我讲起1975年为李琪做结论时，中央专案组的负责人说，李琪的错误主要是跟着彭真反对江青，材料就这么厚。我说，你写上。他说就不用写了，还是轻点好。

这时彭真斩钉截铁地说："他不敢写！也不能写！"然后他说："我想到过邓拓可能活不了了，一是身体不好，二是书生气重。我没想到李琪也会走这条路。

他性情刚强，身体好，经历的事多，不到 51 岁就走了。"他眼圈都红了，越说越难过。

我怕他太难过，那时他已是 77 岁的老人了，赶快说："事情都已经过去了，别说了，让它们都过去吧！"

彭真说："过去就过去了吗？！"他好长时间没有说话。

彭真非常尊敬毛主席

彭真很讲义气，爱护下级。1980 年春节，彭真请我们全家到他家去，在他家吃饭。那时，孩子们都是骑自行车去他的。回来时彭真风趣地说，车子队先行。他送走我们才回去。

他从全国人大常委会委员长的位子上退下后，1994 年春节，我们在北京的十几个人约好去看他。他已生病，坐在轮椅上，大家坐了一圈儿围着他。他讲的中心意思是怎样看待毛主席。他说，对毛主席要全面看，历史地看，过去这样，现在这样，将来也是这样。没有毛主席就没有今天的胜利。

他是非常尊敬毛主席的。我们从他家出来后，有人讲，毛主席发动"文化大革命"就是先拿彭真开刀的。但是他对毛主席的态度从来没有变过，非常坚定。正如在挨斗时，他回答造反派时说的：我没有反对毛主席，过去没有反对，现在没有反对，将来也不反对。他一生的实践做到了这点。从大局出发，从原则出发，这种坚定的党性永远值得我们学习。

（《作家文摘》2008 年总第 1118 期，摘自《党史博览》2008 年第 2 期）

我给毛主席当秘书

· 张玉凤 ·

> 她曾经给伟人当过秘书，那时她默默无闻；现在她是一个普通公民，仍然默默无闻。属于她的，只有那些埋在心底的珍贵记忆……
>
> ——编者

我是 1970 年夏天到毛主席处做机要秘书的。顾名思义，也就是为毛主席掌管文书。

说到秘书，有人往往认为这是"通天"的差事，好像可以身价倍增，令人风光。那是不了解内情而人为地罩上的神秘色彩。殊不知，这其中还有很多外人所不可知的甘苦，乃至风险。大名鼎鼎的秘书陈伯达、胡乔木、田家英、江青……他们有的曾经风云一时，一生有名节；有的走向反面，身败名裂。

当然，历史是自己写的，劫数在人不在天。但那毕竟是一个特殊环境，要当好秘书，也实在不容易。

我刚到毛主席那里，是代理机要秘书。我的前任秘书徐业夫同志，13 岁就参加了红军，是我十分敬重的老前辈。他因患不治之症住医院，所以秘书一职暂由我代理。他跟随毛主席多年，工作配合默契，毛主席很满意他的工作，一直盼他再回来。可是他终究没有回来，留下了很多遗憾。

　　我是一个工人家庭出身的孩子，没有进过高等学府，能担当得起秘书工作吗？我对这副尚不知轻重的担子，心中着实不安。按能力，论知识水平，当毛主席的机要秘书，是我做梦也未料到的。人生的机遇是可遇而不可求的，当领袖的秘书自然也不是个人可以选择的。所以，能够进中南海工作，得到毛主席的信任，我始终觉得是幸运的。仅此，也足以激起我拼命工作的热情了。

　　掌管文书工作，说起来很重要，但它毕竟不是运筹帷幄、风云际会之举。它是一项繁杂琐细的工作，要求一丝不苟，不允许出差错。所以从进中南海那天起，我就小心翼翼地办事，谨谨慎慎地工作，唯恐细微不慎，铸成大错。也许由于我头脑特别简单幼稚，也许是我工作周密细心，要么就是我坦诚直率，经过一段工作之后，毛主席对我的评价是："为人厚道，工作尽职。"

　　我很荣幸能得到他老人家的这个评价。这也许就是我优势不多的优势，也是我能在毛主席身边继续工作的条件。当然，这丝毫不意味着我的工作是尽善尽美的。恰恰相反，在我的几年机要秘书工作中，还有很多不尽如人意的地方。我总觉得自己不是一个合格的秘书。工作中有失误，也有苦恼，甚至有无法诉说的委屈。当我来到毛主席身边的时候，他老人家已经是 76 岁的高龄了。尽管公开宣传上还说他"满面红光"、"神采奕奕"，给人们造成一个非常健康的形象，但他毕竟是一位老人了。自然规律不可抗拒，他和普通老人一样，也无法避免各种老年病的纠缠。从 1971 年春天起，他老人家每到开春和入冬总要生病，而且都是比较严重的老年病。这时，我们这些工作人员，除了要做好分配的具体工作外，还要同护士长吴旭君同志一道，照顾和护理经常生病的毛主席。由此，我也学会了一些护理病人的常识，特别是护理老年病人的知识。

　　为毛主席服务，这是我们工作人员的职责，也是心甘情愿的。但是，这毕竟是一项责任很大的工作。那时，我们国家领导人的身体状况是严格保密的，对毛主席的身体状况保密更严，一般只有极少数人知道主席身体不好，病到什么程度知者就更少了。人为地"神化"，普天之下的崇拜，使我们这些工作人员也在神秘中背上了沉重的精神负担。

　　记得 1971 年春，毛主席因为感冒引起支气管炎，昼夜咳嗽。由于久拖不愈，转化为"大叶性肺炎"。在周恩来总理的关心下，由于医生的努力，病情终于转好。看到老人家逐渐康复，我们工作人员久久悬而不安的心终于如释重负，高兴异常。

当时，江青并不知道主席生病了，主席病情好转以后，她却不相信主席真的病了。她毫无根由地说："主席的体质是好的，怎么可能病得这么厉害！你们谎报军情！"她指着汪东兴、张耀祠同志和主席身边的工作人员说，你们是"反革命"、"特务集团"！江青说话就是这样，可以随意给人扣上一顶帽子，不管合适不合适，不管后果。当时，汪东兴、张耀祠同志是负责毛主席医护工作的。江青这样无端地指责，令在场的人毛骨悚然，不知所措。大家在主席生病期间昼夜辛苦地服侍，不但未得到她一丝一毫的鼓励，反而被扣上了足可置人于死地的罪名，能不令人心寒？事后，汪东兴同志将这一情况报告了毛主席。

毛主席是了解人、理解人的。一天，周总理有意陪江青探望康复不久的毛主席，汪东兴同志也来了。此时，毛主席对江青说："你说这些人是'反革命'、'特务集团'，你知道这个集团的头子是谁？那就是我。"老人家的几句话，保护了我们这些人，也使一直为此不安的周总理心里顿觉释然。

江青挨了毛主席的批评，心中自然不快，一股愤怒之火无处发泄。在她出门时，又借机向我发火："你不是医生，不是护士，走路这么重，一阵风吹着我了。"江青的无端指责，我毫无准备，只好向她解释："主席有规定，走路要响一些，好让他知道有人进来了，免得他不知道吓着。"然而，我的解释在江青看来无异是个软钉子，不但没有消释她胸中的怒气，反而更触怒了她。她厉声斥责道："你狡辩！"

大家顿时陷入了一种难以收场的窘迫局面。还是周总理明智，他对我说："你也不对，认个错吧。"认真一想，我也有点后悔，为什么在她生气时去顶她呢？我刚来不久，对江青并不了解，只能作为教训吧。

秘书工作就是服务。所以工作中既要任劳，也要任怨。不能有任何计较，不能讲价钱，要勤勤恳恳、默默无闻一辈子，不思闻达于何人，但求无过于任内。

1974年10月22日，中央办公厅发出文件，正式任命我为毛主席的机要秘书。尽管我已经代理机要秘书工作几年了，一旦正式的红头文件下来，心里还是忐忑忐忑的。是激动，还是不安，一时也说不清。过去毕竟是借调，是代理，心理上的承受不一样。

当时我正随毛主席在长沙。他老人家如今已不像过去那样"万里长江横渡"了，他行动极为不便，连散步也困难了。这天，他正躺在床上，我把收到的所有的文件送给他。我说："今天收到的文件里，有一份是关于我的任命的通知。"

"我知道，那是我同意的。"

我捧着文件，等待老人家继续说下去。可我惊奇地发现，他像随随便便地说了一句，之后什么也不说了。我却一直不安，鼓足了勇气说：

"我怕干不好。还是找一个比我高明的人来好。"

毛主席说："你怎么干不好？徐秘书生病这段时间，不是你代替他吗？"

我知道，他老人家对我的工作还是满意的，不然这红头文件也不会发下来。但是我心里清楚，这几年的工作之所以还能应付，一方面是自己刻苦努力，另一方面同主席的教育也分不开。但自己总觉得工作并不是很适应，心里总怕干不好，出纰漏，说不定哪一天由于自己的不慎，给工作造成不可挽回的损失。

毛主席大概看出了我的心思，接着说："其实做我的秘书也难也不难。不难的是，我不需要你们这些人写东西，只管收收发发。难的是要守纪律。你做秘书，可以看中央给我的文件，而汪东兴、张耀祠他们不能看，包括我的家人江青、李讷、毛远新他们，我不让看的，他们也不能看。还有，你不要以为当了我的秘书就可以指挥一切了。过去我身边有个卫士，我让他给总理打个电话，他打电话可神气了，我看了就不舒服。不要得意忘形，要知道自己为谁工作，代表谁办事。还有，做秘书工作要谦虚谨慎，要多学习。每天除了收发文件，还要看材料，特别要看那两大本（指新华社编的《参考资料》），还有那张《参考消息》，通过这个窗口，了解世界上发生的事，就能看出问题……"毛主席当时谈话已经很困难了。他操着浓重的湖南口音，断断续续说的这些话，我都默记在心。严守纪律、谦虚谨慎、努力学习，我体会到这是老人家对我这个新秘书的约法三章，也是对我的希望。

毛主席的话给了我勇气和信心。我是一个共产党员，服从组织的安排是自己的天职。面对多病的老人我还能说什么呢？我只有努力做好工作的责任，不能有任何推辞了。

1974年春，毛主席又添了老年性白内障病，视力模糊，看东西很吃力。对于领袖来说，一天有多少文件需要他看，特别是像主席这样一生手不释卷、历来亲自批文件、写文章的人，一旦视力不好，其痛苦是可以想象的。就是从这时开始，我又多了一项工作，天天为主席读文件、读书、读信、读报。

这可是一件难以胜任的工作。像我这样的文化水平，读文件、读报、读信，还觉得能够应付。而读书，特别是读古书，困难就大了。很多古书，不但词意难懂，还有很多生字，这就增加了读书的难度。我记得最难读的是几篇赋。如《别赋》《恨赋》《月赋》《枯树赋》等。读起来实在力不从心，既没有铿锵有致的韵味，也无激荡肺腑的感情。所幸的是，毛主席的文学功底深厚，很多诗赋他都能背下来，读错的字和音他随时予以纠正。毛主席告诉我："读诗和读赋不同。诗有五言、七言，还有平声支韵，去声径韵……你按韵律来读，基本上就可以了。而赋则不同，要抑、扬、顿、挫，要读出感情才行。你这样平平地念，像寺庙里的和尚念经。"

毛主席非常幽默，就是在病中，同你谈论那些枯燥的古书时，也会让你感到情趣横生。为了把书读好，我一方面注意把读的书先看一遍，熟悉内容，解决不认识的生字，另一方面注意听广播，学习播音员如何读稿子。渐渐地，也有所提高，勉为其难了。

一次，我给主席读白居易的《琵琶行》。"浔阳江头夜送客，枫叶荻花秋瑟瑟……"读着读着，毛主席自己也跟着背诵起来。他用低沉的声调，一字一句地缓缓吟诵，那声调，那韵致，入情入景。令我措手不及而又惊奇的是，读到后边，他竟激动得泪如泉涌。

"凄凄不似向前声，满座重闻皆掩泣。

座中泣下谁最多？江州司马青衫湿。"

我意识到，主席此时此刻一定是进入诗的意境了。他那浓重的情感，透视着与诗意的某种相通。主席是非常喜欢这首诗的，他曾在书上这样批注："江州司马，青衫泪湿。作者与琵琶演奏者，有同等的心情，白诗高处在此，不在他处，其然岂其然乎？"

1976年，因总理、朱总司令先后去世，毛主席也在重病中，他的心境，他的精力，都处在几近坍塌的危急中。两位共事多年的老战友的去世，使重病中的老人无法平复内心的悲痛，昔日乐观的心境也不复存在。一天，他让我拿来庾信（南北朝时的文学家）的《枯树赋》读给他听。这首赋主席早已熟读，并能背诵，即使在病魔缠身的晚年仍能背出。这是一首以树喻人，以物托志的赋，词调惨切，读来令人伤感。

在他的床边，我缓慢地读着这首赋。他则微闭双目，凝神遐思，仿佛是在体味赋的意蕴，又好像是在回顾自己的一生……

其实，他老人家究竟在想什么我也不知道。但从他那凝然神思的表情，我猜想，他此时一定想得很多，也很遥远。

当我念了两遍之后，他意犹未尽，自己开始背诵。此时他已不能像以前那样抑扬顿挫、声音洪亮地吟诵了，发音极为费力，声音非常微弱，但听来还是富有感情。"……昔年种柳，依依汉南；今看摇落，凄怆江潭。树犹如此，人何以堪！"

这位辩证法大师，这位曾经叱咤风云的一代巨人，从庾信的赋中体味出了什么，寄托了一种怎样的情意，在我心里至今还是个谜。

这首赋，是主席一生中所读的最后一首，也是我最后一次为他读诗读赋。因为，后来他的视力，他的听力，他说话的能力，都不及了。自然规律和可怕的病魔使老人家即将结束他的生命之旅了。

今年 12 月 26 日，是毛主席诞辰 100 周年，大家都在纪念我们中华民族这位伟人。作为曾经在老人家身边工作的人员，我把埋在心中的点滴记忆整理出来，献给读者，也算对老人家的纪念。

（《作家文摘》1993 年总第 36 期，原载《炎黄春秋》1993 年第 8 期）

江青秘书回忆：我在 1966 年

· 阎长贵 ·

1967 年 1 月，我被选作江青的秘书，除了家庭出身好和社会关系简单外，大概在"文化大革命"中的表现也是一个原因。

1966 年 4 月，红旗杂志社机构调整时，我从关锋任组长的中国哲学史组调出，分配到戚本禹任组长的历史组。5 月，戚本禹回中共中央办公厅工作。6 月 3 日，戚本禹把我借调到中央办公厅秘书局参与接待来访群众；7 月 4 日，又把我转到钓鱼台安排在中央文革小组的简报组；8 月，又让我处理江青的群众来信。这一年大部分时间，我都围绕在戚本禹身边，我的工作由戚本禹安排。

在"文化大革命"中，我诚心诚意地接受和相信毛泽东关于无产阶级"文化大革命"的观点，接受和相信毛泽东关于中国阶级斗争形势的估计。"夺取政权，咱没赶上，保卫政权，决不能落后"。这就是我当时的想法和决心。现在袒露当时思想的原始形态，以利于说明我当年积极参与"文化大革命"的行动。

参与批判历史学家翦伯赞

1962 年八届十中全会以后，思想理论界打着"百家争鸣"旗号的学术批判不断。我也积极参加了其中的一系列活动。而这段时间，我最大的活动和最大的错误，是积极参与批判历史学家翦伯赞。过去，我对翦伯赞的著作和文章没怎么读过，了解不多。1966年3月，在当时红旗杂志社历史组组长戚本禹的组织下，由红旗杂志社和历史研究所、哲学研究所七八个人讨论并撰写批判翦伯赞历史观点的文章。那篇署名戚本禹、林杰、阎长贵的《翦伯赞同志的历史观点应当批判》的文章，发表在1966年3月24日出版的《红旗》第4期上，文章仿佛也得到毛主席的肯定。但戚本禹觉得这篇文章上纲不够，还称翦伯赞为"同志"，就指示我再写一篇上纲更高的批判翦伯赞的文章。这就是那篇主要由我起草，经关锋和戚本禹改定，发表时仍然署名戚本禹、林杰、阎长贵的《反共知识分子翦伯赞的真面目》的文章，发表在1966年12月13日出版的《红旗》第15期。事后，主要是党的十一届三中全会后，我深感错误严重，十分懊悔和负疚；而当时是"理直气壮"、坦然为之的。大概问题的可怕也在这里！

到成都揪彭德怀

时间大概是1966年12月中旬，一天上午，戚本禹叫我到他办公室，气冲冲地跟我说："现在'海瑞'（指彭德怀）还在四川三线任副总指挥，表现不好，要把他揪回来，你去找朱成昭谈谈这件事。"我当时也没多想什么——我所想的，倒是戚本禹交代的任务，我一定好好去完成。几天后，戚本禹收到北京地质学院"东方红公社"的一份材料，其大意是：他们到成都和彭德怀谈了五六个小时，彭比较详细地谈了自己的历史，说他不反对毛主席，也不反对"文化大革命"等，因而对要不要揪彭产生了疑问。就这件事，戚本禹跟我说："你看，叫他们去揪彭德怀，他们却被彭德怀征服了！"戚本禹一方面批评北京地质学院，同时又直接给北京航空学院"红旗造反团"的头头韩爱晶打电话，让他派人去揪彭德怀。在到成都揪彭德怀的问题上，我奉戚本禹之命去通知朱成昭，这是彭德怀在"文化大革命"中遭受厄运的一个重要的具体环节，也是我的一个严重错误。

这个问题，即到四川揪彭德怀问题，对我来说迄今还有不少谜，我认为很多写彭德怀的书，也没完全说清楚。尽管戚本禹当时很狂，我看他也没有胆量擅自决定这件事。在审判戚本禹的法庭上，戚的辩护律师说："戚本禹指使学生把彭德怀从四川挟持回到北京，是江青首先提出来，要'把彭德怀弄回来'，在这之后戚本禹才指派学生行动的。"这样说，我觉得符合实际情况。然而，江青为什么敢于提出"把彭德怀弄回来"？说到底，恐怕还是毛泽东对彭德怀的态度起了变化。1965 年 12 月 21 日，毛泽东在杭州对陈伯达等人说，姚文元的文章（指《评新编历史剧〈海瑞罢官〉》）"很好"，点了吴晗的名，"但是没有打中要害，要害问题是'罢官'。嘉靖皇帝罢了海瑞的官，五九年我们罢了彭德怀的官，彭德怀也是'海瑞'"。尽管"文化大革命"的主要目标并非针对彭德怀，但毛泽东这话对彭德怀来说肯定是不祥之兆。

积极支持张贴陶铸的大字报

大概是 1966 年 12 月上、中旬，我的一位在人民教育出版社政治编辑室工作的大学同班同学和他们单位的几个人寄来一份材料，题目叫作"陶铸同志贯彻执行的是什么路线？"，其中历数陶铸从 1966 年 6 月到中央工作以来各次讲话的内容，指责陶铸把矛头引向无产阶级司令部。我请示戚本禹怎么办，他看后告诉我："太长了，摘要送首长阅。"这份 1 万多字的材料，我压缩到四五千字，送给江青。不几天，戚本禹把这份材料退给我，见上面写着江青落款的"送主席阅"，在"送主席阅"几个字上有个圆圈。这一看我心里明白了，非常高兴，我们整理的材料毛主席看了。

在退给我材料时，戚本禹突然问我："他们敢不敢贴出去？"

我毫不犹豫地回答："他们既然敢寄来就敢贴！"

戚又说："告诉他们可以贴出去，有什么事情找我。"

戚本禹话说得斩钉截铁。我心想戚本禹肯定是从江青那里领来了什么指示，或做了什么研究；而我当时从思想到行动是紧跟他们的。于是，我立即将这个意思用电话通知了我的同学。1966 年 12 月 19 日，人民教育出版社贴出那张大字报。20 日戚本禹就写信支持。离 1967 年 1 月 4 日陈伯达、江青公开宣布打倒陶铸仅半个月时间，很难说这二者有什么联系，但这张大字报特别是戚本禹的信，可以看做是陶铸将被公开打倒的一个信号。

以上这些是我在 1966 年所做的反映我对"文化大革命"基本立场和基本态度的几件事情，都是在戚本禹的组织和指示下做的。我这样说绝不是向戚本禹推卸责任，而是如实反映情况。不管怎么说，这些都已成为历史了，既不会再为戚本禹带来什么，也不会再为我带来什么。

（《作家文摘》2007 年总第 1092 期，摘自《党史博览》2007 年第 11 期）

我所知道的冀朝鼎

· 资中筠 ·

冀朝鼎应该是中共党史乃至当代史上一位相当重要的人物，其人其事传奇性极强。论革命资历，他参加过五四运动，被捕过，是 1927 年入党的老党员，在莫斯科中山大学学习过，出席过共产国际六大，任邓中夏的秘书兼翻译；论"洋"，他十几岁就上清华留美预备学校，21 岁赴美留学，先后在美国学习和工作将近 20 年，是正宗哥伦比亚大学经济学博士；论国民党关系，他当过孔祥熙的机要秘书、外汇管理委员会主任、中央银行经济研究处处长等要职，北平解放前夕还在傅作义手下任"华北剿总"经济处长。新中国成立以后，他的主要职务是国际贸易促进委员会副主任。以其资格论，级别不算高，但是新中国成立初期在打破封锁禁运以及其他国际经济关系中所起的作用远超过他的表面官职。我得以有幸认识他，是因为他常参加我供职的单位中国人民保卫世界和平委员会（简称"和大"）组织的代表团，出席国际和平会议，更多是亚非团结会议。

冀老与我开始比较接近是 1956 年，冀老率领贸促会代表团到维也纳参加国际博览会，我和陈乐民正在维也纳"世和"书记处工作。其时中奥尚未建交，没有大使馆，我们成为唯一在那里常驻的中国办公处。所以国内来人，我们都有义务接待。博览会结束后，我以为没事了，就回到住处。谁知晚上冀老气呼呼地跑到我们住处来，对我不参加代表团内的工作总结会议很不高兴，因为他要我执笔写报告。另外又在他的授意下写了一篇公开发表的文章。那是我第一次奉命以自己的名字发表公开文章，过去如果写此类文章，都是为领导代笔，以领导名义发表。现在想来，就这一点，也是冀老开明之处。

自那次以后，冀老就对我比较亲切。他参加过几次和平运动和亚非团结组织的会议。在出国开会期间，有空闲时就愿意找我聊天，实际上所谓的"聊天"，就是他说我听，这对他可能是一种放松。一些他打入国民党内部做地下工作的有趣故事，是他亲口告诉我的。

当年，冀老在重庆的秘密工作直接受周恩来领导，这一关系绝对保密，重庆"周公馆"的其他人都不知道。汇报的方式就是乘汽车到一处偏僻的地方与周见面。从抗战后期，蒋政府由抗日转到反共，到抗战结束，内战一触即发，美国的政策也日益偏向扶蒋反共，这段时期中，他的工作之一是设法阻止美国援蒋。他的公开职务需要与当时任美国驻华使馆财政专员的艾德勒经常接触，而实际上他们在一起就是研究以种种理由阻止美国已承诺的对蒋的援助兑现。

冀老还说，那时重庆官场的风气已经相当腐败，以他的身份而洁身自好，一尘不染，会引起怀疑，但他又不能真的生活腐化。为此曾请示过组织，组织决定还是不要贪污受贿（哪怕是假装的），以免陷入麻烦，可以用别的方式做掩护。他当然不能嫖妓、养外室之类，于是想出了一个办法，就是公开捧女戏子。当时重庆有一位当红的京戏坤伶（他没说是谁），他就是张扬地以他的名义每天包几排最好的位子，到处送人戏票，圈里人都知道冀某人在捧"×老板"，这样就不显得异类了。其实他与那女演员并无任何瓜葛。

冀老在国民党那里受到重用还有一个原因，是孔夫人宋霭龄赏识他，她曾当着冀的面对孔祥熙说："这个人的英文没有山西口音，不像你。"宋霭龄的确对他眷顾有加，有意提拔他。有一次，她说知道冀对家乡菜有特别爱好，重庆没有真正的山西菜馆，她家有山西厨师，要好好款待他一下。于是请他到家里，备下一桌精美的山西菜，摆在庭院里，却只有他们两人相对而坐。这顿饭时间比较长，夫人似乎谈兴很浓，没有散席的意思。夜渐深，忽然她说有点冷，起身示意冀跟她进屋去。冀老只好装傻，赶紧乘机告辞，说打搅太多了，夫人该休息了，就此脱身。夫人显然不快，但还是送客如仪。大概这一次令孔夫人扫兴，影响了"提拔"。后来夫人对他说，原本想让你到中央银行任某职，看来你还是个读书人，就做研究工作吧。这样，冀老被任命为中央银行经济研究处主任。他说这也是塞翁失马，幸亏他没有提拔到那个要职，后来任此职的那位仁兄在蒋经国"打老虎"中做了牺牲品，被枪毙了。

那位赫赫有名的"孔二小姐"（孔令伟）的行为乖张和霸道，他也亲自领教过。有一次，孔二小姐一身男装忽然闯进他的办公室，站在门口，拍拍自己的两肋说："你过来，敢不敢摸摸我这里？"冀老说，他吓了一跳，她虽然总是扮男装，但毕竟是位女士，我怎么可以过去摸她那里？她见冀老不动身，忽然双手插入两肋，啪一下抽出两支手枪来瞄准他。当然只是开开玩笑，后来有人进来岔开，她哈哈大笑走了。由此可见，有关她种种怪异行径的故事并非都是谣传。

他说，后来，国民党内有些人也开始怀疑他与共产党有关系，但没有抓到证据，而且他得到孔祥熙的庇护。在一次宴会上，当时在行政院任职的蒋廷黻忽然向他举杯祝酒，说"为了共产主义"，这分明是试探，冀机敏地把它当作一句玩笑，举杯称："为了法西斯主义！"哈哈一笑就过去了。他向我解释说，此语一语双关，因为在当时国民党圈内是把共产主义与法西斯相提并论的，而共产党也把国民党看成法西斯。

据说，1949年初，北平解放前夕，国民党中统已查明他的身份，决定抓捕，但那时他在傅作义处任职，因这一层关系，得以脱险。但这一情况在国民党那里也是绝密，大多数与他交往的高层人士还是不知道。因此，解放之初，为照顾有些留在大陆的国民党要人的面子，周恩来总理决定暂不公开冀老共产党员的身份，而让他以"民主人士"身份出现了一段时期。连宋庆龄也不知内情，曾向周说，此人不可信任，是孔祥熙的人。足见他隐蔽得多成功了。

现在回头想想，他的确是个不平凡的人。学识和才干都非常人所及。就以他的博士论文《中国历史上的基本经济区与水利事业的发展》而言，1936年就已在美国出版，20世纪末才在国内翻译出版，仍获得学术界较高评价。

英文好，应该算是冀老的末技，不过也不是一般的好。他曾是"毛选"翻译委员会的主要成员。我们出国代表团只要有他在，英文稿最后一定要他审阅。20 世纪 50 年代初，中国在经济上受到西方国家的封锁禁运，"贸促会"就是为打破这种封锁而建立的。冀老以他的活动能力和广泛的联系，在这领域做了大量工作。仅我所知，1951 年他应邀到英国剑桥讲学，是最早到西方国家讲学的新中国学者。

以今天的眼光看，他的某些观点难免有那个时代的烙印。不过总的来说，他的思想在当时属于开明务实，甚至超前的。今天，"招商引资"已经成为乡镇干部的口头禅，而早在 20 世纪 50 年代，冀老不但主张引进先进科技，还曾大胆建议过利用外资。在当时的情况下当然是无法实现的，他没有因此获罪已属万幸。

我认识他的时候，他还不到 50 岁，大家已经习惯于称他"冀老"。他看起来的确比实际年龄老，大约与长期工作和生活的压力有关。还有一则趣闻：当时他父亲还在，有人打电话到家里找"冀老"，他父亲接的电话，说我就是，后来方知人家找的是他儿子，待"冀老"回家后便大怒说，你现在就称"冀老"，把我置于何地？可惜他 1963 年就突发脑溢血去世了，终年仅 60 岁，在现在应算英年早逝。他的祭礼规格极高，不同寻常，一反共产党严格遵照级别的惯例，是周总理亲自指示安排的：在首都剧场举行了一千人的公祭，主祭人共 15 人，包括周恩来、陈毅、李先念、康生、廖承志、南汉宸、郭沫若、陈叔通、傅作义、叶季壮、刘宁一、张奚若、楚图南、柯弗兰（美国）、爱德勒（英国）。还有以邓颖超为首的 15 位陪祭人，其中也有外国人，如日本西园寺公一等。廖承志宣读的祭文，文字简短而评价甚高，其中"在秘密工作中出污泥而不染"一句是周总理亲自加上的。

（《作家文摘》2012 年总第 1505 期，摘自《不尽之思》，资中筠著，广西师范大学出版社 2011 年 10 月出版）

我知道的杨献珍

·张　复·

父亲与杨献珍的交往

我从小就知道杨献珍的名字，也熟悉和他辩论的另一派哲学家代表人物之一艾思奇的名字，因为他们两个人都是我父亲张仲实在 20 世纪三四十年代就相识的老朋友。杨献珍年长我父亲 7 岁，艾思奇小我父亲 7 岁。父亲说杨献珍和艾思奇两人都是老老实实做学问的人。我的母亲容飞是中央党校哲学教研室的讲师，而中央党校校长是杨献珍，副校长是艾思奇，艾还兼任党校哲学教研室主任，是我母亲的顶头上司。"文革"前我姐姐有一次春节拜年见到杨老，印象很深，说杨老指着躺在病床上的老伴，笑着对我父母说，我老伴针线活好，延安时期你们孩子的衣服都是我老伴给做的。

小时候记得母亲讲过，党校两位老校长杨献珍和艾思奇关系不错，1961 年年初杨老结婚，艾思奇夫人王丹一一大早就拿着鲜花和两个大红灯笼去杨家贺喜。上小学时又恍恍惚惚地听说社会上就"思维与存在的同一性"问题展开了论战，后来，还听说杨献珍和艾思奇"打到"父亲这里来了，起因是"思维与存在的同一性"这一重要概念，在恩格斯的名著《费尔巴哈与德国古典哲学的终结》这本书中有过论述，书中某一段的某一行话，是逗号还是句号，他们要父亲拿出确切意见。

具体到父亲是如何处理这个问题的，以我的年龄、知识，当时是不可能知之其详的，但"思维与存在的同一性"问题争议之大，气氛之紧张，还是给在上小学的我留下较深的印象。我也困惑，父亲的两个好朋友，母亲的两个顶头上司，怎么就为这个学术问题的不同意见成了"论敌"呢？

1966 年 3 月，"文革"前夕，艾思奇去世，年仅 56 岁。紧接着"文革"的恶浪席卷中华大地，从母亲那儿，我听说"文革"前就受到"大批判"的杨献珍被抓进大狱坐牢去了，生死不明。

卷入"哲学罪案"

1955 年 8 月，马列学院改为中共中央直属高级学校，杨献珍出任党委第一书记兼校长。这个"中共中央直属高级学校"就是今天的中央党校。根据多年办党校的经验，杨献珍认为，既然毛泽东思想是马克思主义普遍真理与中国革命的具体实践相结合的产物，就应该使干部先懂得什么是马克思主义的普遍真理，要学习马列经典著作，同时学习毛主席著作。曹轶欧按康生指示，在党委会上指责杨"轻视毛主席"，提出党校编的学习书目没有按"毛马恩列斯"排列是错误的。

杨献珍回答，按马恩列斯毛排列是客观事实，不能压低马克思来抬高毛主席。这就触怒了康生。

杨老曾对我说："1959 年是我闯祸的一年。'文化大革命'期间，我被关在监狱整整 8 年。从监狱放出来，又被流放到陕西 3 年半，闯祸的总根子就是这一次谈话。"

起因是 1958 年的"大跃进"和"共产风"。杨老说，"共产风"以平均主义为核心，有的地方把共产主义说成是"除一碗一筷、一铺一盖是自己的，其余东西都是公家的"，这叫什么共产主义？我说这是叫花子共产主义。1959 年，他在一切可利用的场合中大讲"浮夸的根源是把思维当存在"，极力反对哲学上思维与存在的同一性命题,对"共产浮夸风"进行了善意的批评,并不计个人安危,发表了当时是绝对不合时宜的三篇讲话,即《唯物主义和共产主义学说》《坚持实事求是作风,狠狠批判唯心主义》《离开唯物主义是危险的》。

为此,康生说参加过1959年庐山会议的杨献珍和彭德怀一样,都反对三面红旗,"山上山下,一文一武,一唱一和"。1959年11月22日,康生、陈伯达找杨献珍谈话,责令他进行检查。12月9日,杨献珍被解除中央党校校长职务,降为副校长,不再过问校政,但继续承担讲课任务。

1962年党中央在北京召开七千人大会,认真总结1958年"大跃进"以来的经验教训。会上毛泽东对杨献珍说:"听说1959年你在中央党校也受了批判,我看现在可以翻身了。"

半年后,杨献珍因"不识时务"地又提出了"合二为一"的观点,成了他一生最大的转折点。1963年2月,杨献珍在给中央党校学员讲《唯物主义引言》时,第一次提出"合二而一"的概念,他提出事物既是"一分为二"的,也是"合二而一"的。杨献珍所提出的"合二而一"很快被"上面"看成是反对毛泽东主张"一分为二"的哲学观。1964年7月17日,《人民日报》发表文章,点名批判68岁的中央党校副校长杨献珍的"合二而一"论。到1964年年底,全国各地主要报刊发表批判文章500多篇,而中央党校内则天天专题批判,日日轮番轰炸。十年动乱开始,杨献珍更是在劫难逃。

流　放

1967年9月,杨献珍以71岁高龄入狱,入狱的头7年中根本不能与家人会面,后经其家属再三申诉,直到1974年9月,专案组才允许家属"探监"。

杨老的儿子杨欣对我说,他第一次探监见到父亲时,只见一个衰弱的老人,穿着破烂不堪臭气熏天的脏棉袄,挂着一根棍子,弯腰驼背,蹒跚移步,几乎认不得了。父子见面后只有伤心而没有眼泪。他做的第一件事就是马上给杨老换件棉衣……

杨献珍人身自由受到极大限制,但他的思想是自由的,他利用写交代材料的一切机会，拿到纸笔就奋笔疾书，向党中央和毛泽东陈述冤情。许多狱中手稿，竟是他用便纸写成的。

1975年5月20日晚，专案组向他宣布了"中央"的决定：解除监护，恢复自由，安置陕西潼关，等候中央结论。79岁的老人明白"安置潼关"、"恢复自由"，实际上是"流放"。

唯一令杨献珍感到欣慰的是，他的亲人们尽管因他的落难而受到人们的歧视，却根本不曾想过与他"划清界限"，家人轮流到潼关照顾他的生活，让这位老人的心灵得到安慰，在流放地享受到天伦之乐。

结　局

1980年，在邓小平的支持下，杨献珍获得彻底平反。杨献珍一生从青年到老年有三次牢狱之灾及流放，前后18年。历经坎坷且有病残之身的杨献珍，他的淡定，他的长寿使人惊奇。我问杨老："九死一生，有何养生之道，得以健康长寿？"杨老顿了顿，说了一句："我一生没做过对不起人民的事，我内心平静。"

1992年，杨献珍以96岁高龄仙逝。

（《作家文摘》2012年总第1517期，摘自《名人传记》2012年第2期）

将帅传奇

父亲朱德在庐山会议前后

·朱敏　口述　顾保孜　撰写·

庐山会议投了半票

庐山会议上，爹爹弯曲着胳膊，手举一半高。众所周知，1956 年我国开始进入全面建设社会主义时期。我们党在指导思想上，出现了"左"的错误。在那个令人头脑发热的"大跃进"年代，小麦等粮食亩产不断"刷新"，美好的愿望取代了客观现实，喊出了"人有多大胆，地有多大产"的口号。好像我们已经由一个农业大国转变为工业国家似的。中央又提出钢铁产量上超英赶美，号召全国人民积极地运用人民公社形式，探索一条过渡到共产主义的具体途径。

1958 年 8 月，北戴河会议通过了《关于在农村建立人民公社问题的决议》，决定在全国成立"一大二公"的人民公社。会后，全国范围内出现了大炼钢铁、人民公社化运动的高潮。以高指标、瞎指挥、浮夸风和"共产风"为主要标志的"左"倾错误严重地在全国城乡泛滥开来。

3 个月的"左"倾台风在中国大地上席卷一通后，问题如同席卷遍地的沙石，随处可见。到 11 月底，中央不得不在武汉召开"降温"的会议。然而，3 个月燃烧的烈火，仅仅靠轻描淡写的"降温"，无疑是杯水车薪。"左"倾错误的势头依然有增无减。

爹爹从 3 岁就步入农民的生产行列，上山拾柴，到地里拾麦穗和放羊，对于农村和农田他太熟悉了。他不相信从农村报上来的数字，什么亩产超万斤，什么棉花超千斤，什么水稻密植，竟然密到禾苗上能放住鸡蛋！

爹爹和妈妈一起下乡，想把"卫星"现象弄个水落石出。

他们先去南方广州，到农村后，爹爹不是光听汇报，他执意要亲自到农村去，一直走进农民的家中，和农民直接对话。他从农民那里知道了农民对公社大食堂的真实反映。

下去后，爹爹不像其他领导被假象蒙蔽双眼，他一针见血地提出的问题总是让当地领导感到难堪与为难。他听见农民对办大食堂不满意，他就直言对基层干部说，食堂不好就解散嘛！

要知道说这话是要丢乌纱帽的！可是爹爹好像不懂这些官场的关门过节。回到北京后，他在中央会议上提出公共食堂可以因地制宜和对家庭制度要巩固等想法。后来爹爹将这些想法和建议带上了庐山，原本作为纠"左"的重点发言，随着会议风向的旋转，爹爹批判"左"倾的发言也成了"右"的根源。康克清妈妈因为对大食堂有看法，也被视为"右倾"，受到批评。爹爹当时并不认为自己的发言是错的，他列举了在全国许多地方的考察资料，说明大食堂种种弊端，以致爹爹最后变为同情彭德怀反党分子的重要人物之一，遭受了大家的冷落。

爹爹在庐山时，住在 359 号别墅里，几乎每天都有部下来拜望他。爹爹曾经统帅过千军万马，部属们分布在全国各地。这次大家从四面八方相聚庐山，都想来看看当年的总司令，和老总叙叙旧。可是爹爹无心肠和来者叙旧寒暄。他一张口就是"大跃进"问题。不管谁来，爹爹总是用他慢条斯理的四川口音谈论大炼钢铁和大食堂。

有一天，中共广东省委书记陶铸来看爹爹，爹爹头一年在广东视察时，对他在广东搞"大跃进"过火行为大为不满。果然，现在广东人民开始跑到湖南寻食填肚子了。陶铸在庐山会议上主动地承担了领导责任，做检查前他想来听听爹爹的意见。

爹爹的意见很清楚。"去年两件事，一是大炼钢铁，二是人民公社化，使国家和个人都受到很大损失啊。吃大锅饭，我一向就担心。那么多人的家，不好当的。如果去年不刮那么一股风，不晓得能出口多少东西！我这个人就是想搞点对外贸易，因为这样才能促使我们的建设事业搞得更快，有些人以为光人多就能把国家搞起来，实际是不行的。"

爹爹一向认同"只有民族的才是世界的"的真谛。他在北京时经常到刺绣、玉器、漆器等民族工业的工厂，几乎成为那里的常客。他想利用世界市场喜欢中国民间传统工艺这一优势，用中国民族工业产品换取外汇，然后再从先进发达的国家进口国家急需的技术、机器和生产资料。

直到庐山上，爹爹还是不放弃他的贸易观点，竟然将浪费和出口连在了一起思考。

庐山会议并没有因为大家一致反冒进而改变毛泽东的态度。爹爹依然没有注意会场上明显的情绪变化，还是按照自己想的说。等他发现会议大势所趋的气氛，才闷闷不再吭气。

说什么呢？有什么好说的！中央高级领导中，有几个没有种过地？没有看见粮食是怎么长出来的？竟然现在连地里能长多少斤粮食也搞不清了！爹爹心里能平静吗，情绪能不受压抑吗？

他们中间讲话最耿直、脾气最大、唯一敢直闯毛泽东床前，把毛泽东从梦中叫醒的彭德怀，在这次会议上遭受了严厉的批判。爹爹心里更加不安。爹爹不是那种见风使舵、用艺术语言开脱自己的人。唯一办法，只有是他发言，他只谈自己的问题，尽量把问题往自己身上拉，这和会上一些人形成鲜明对比。有些一直反冒进的委员一见会议气氛不对头了，马上改变自己的发言，甚至将自己所说的话都推卸到彭德怀等人身上。

爹爹知道他无法改变毛泽东的决定，但他可以不改变自己为人的原则。他在会议后期基本保持缄默，用无言表达他的满腹意见。

在会议最紧张的时候，爹爹和毛泽东谈过一次话，这是后来康克清妈妈告诉我的，可见爹爹那时无私无畏正直的品格。他对毛泽东直言指出会议不足之处："我觉得这次会议发扬民主风气不够。"

毛泽东听爹爹这么一说，先是一愣，后想了一会儿说："你对一半，我对一半。"

爹爹听懂了毛泽东的话意，不再说什么了。可是我不明白，毛泽东伯伯为什么这么说呢？后来我想了很久，估计各对一半，是指会议前期还是发扬了民主，大家都发言很充分，这是毛泽东对的一半，会议后期，大家都开始沉默，没有什么民主风气了，这指爹爹对的一半。

会议期间，据说还出现了一个小插曲，在表决投票时，按照惯例，大家都要高举臂膀，便于统计。而爹爹虽说也举手了，但他弯曲着胳膊，手举到别人一半高的位置。那动作，一看就知道他在极不情愿的情况下举的手。

散会以后，毛泽东在庐山散步时遇见爹爹，他对爹爹说："你啊老总，举手举了半票？"

爹爹不以为然，笑答道："反正我举了手，至于手是怎么举的，我就不知道了。"

爹爹那时心情极其不好，他看见庐山有人往阴沟里丢弃粮食，他气得够呛，把管伙食的人叫来狠狠地批评了一顿，规定大家不能吃超标准。

这样一通宣泄，他似乎心里才好受一点。

庐山会议后，只有爹爹在彭德怀倒霉的时候去看望了他。尽管他们在一起并肩战斗的时间最长，但他们两人都是沉默寡言的人，即使坐在一起，也不多话。或许是多年情同手足的缘故，他们的交流往往来自心灵的沟通。此时满腹委屈也有点莫名其妙的彭德怀，看见爹爹走进他的别墅，多少得到些安慰，只有和自己同生死共患难的战友才能如此理解他的心境！

战场上的正副司令，一尺见方的棋盘成了他们的用武之地

从庐山回来，爹爹常去玉泉山居住，其中有一个重要原因，被贬的彭德怀居住在附近一处叫吴家花园的农庄里。1959年彭德怀在庐山倒霉后，正好爹爹也闲居在家，就经常去郊区的吴家花园和彭德怀下棋。

爹爹只要在玉泉山，就经常去彭德怀的院子里，没有别的事情，就是下棋。他们几乎不谈政治话题，一个政治倒霉的元帅，一个政治外围的元帅，一个软

禁，一个赋闲，刚好，棋盘能为他们增添一点生活色彩。他们坐在棋盘前，顿时有了两军对垒的厮杀快感。被压抑的情绪，通过咫尺的棋盘猛烈地宣泄。这对战场上的正副司令，一尺见方的棋盘成了两人继续施展军事才能的用武之地。只要一开始，和善的表情全没了，拼命要将对方的军。

"砰"，爹爹是红子，先走。

爹爹不仅和彭德怀性格不一样，连他们吃对方棋子的作风都不一样，爹爹吃子是先用自己的棋子将对方的棋子扫开，然后用手把棋子捡出棋盘，像展览战利品一样把缴获的棋子排开一溜。彭德怀则不然，他吃子和他的大脾气一样吓人。"砰"把自己的棋子砸在对方的棋子上面，然后从棋子下面把子抠出来，丢在一边，"俘虏"的棋子狼藉一片，好像毫不在意他的战绩。如果碰到彭德怀悔棋，爹爹会非常敏感地抓住对方手腕，眼睛瞪得滚圆，声音洪亮："不能赖棋，放下！"

彭老总脖子都直了，干脆赖到底："你是偷吃，不算！"

"吃你的子，还要发表声明吗？战术不行就不行嘛，悔棋算啥子？"爹爹寸步不让。

在他们的特殊战场上，常常是从上午鏖战到黄昏日落，才收摊回家。

临了，爹爹上汽车告别时，脸上虽笑容荡漾，嘴上却硬得邦邦响："下次决不手软，杀你三百盘，有你好果果吃！"

1974年，彭德怀去世时，临终想见爹爹，一次一次地向看押的看守请求，可谁也不告诉爹爹。直到彭德怀死后，爹爹才知道彭德怀临终的心愿。他顿时老泪纵横、泣不成声。对着空荡荡的房间大声叫嚷："你们为啥子不让我去看彭老总？要死的人，还能做啥子？还有啥子可怕的！……"

可以说，在那段特殊时期，看望彭德怀次数最多的人要数爹爹了。

（《作家文摘》1996年总第204期，摘自《我的父亲朱德》，朱敏口述，顾保孜整理，辽宁人民出版社1996年12月出版）

女儿眼中的父亲刘伯承

· 刘弥群 ·

在战场上，父亲是足智多谋、用兵如神、威震敌胆的常胜将军，在工作中，他是一位诲人不倦、循循善诱、光明磊落、胸怀坦荡的良师；在生活中，他是一位和蔼可亲、严格宽厚、德高望重、平易近人的长者。

1949 年 7 月中旬，中央军委发出向华南、西南进军的指示。在父亲率领的二野部队强大的政治攻势和穷追猛打的军事行动面前，盘踞在四川的国民党部队很快土崩瓦解。到 12 月 27 日，西南战役胜利结束，父亲带领二野部队守在成都城外 3 天，直到兄弟部队到达成都。父亲请兄弟部队先进城，二野部队随后才进城。

新中国成立初期，苏联编写《大百科全书》，其中有"刘伯承"这样一个条目，开头是这样写的："刘伯承（生于 1892 年）四川开县人，革命军事家……"当有关部门拿着初稿去征询他的意见时，他拿起毛笔，毫不犹豫地把"革命军事家"后面的两个字勾掉了，恭恭敬敬地写上了一个"人"字。这样一来，"革命军事家"就变成了"革命军人"。当时秘书就在旁边提意见说："我们都是革命军人，您这么一改，那还有什么区别？"父亲当即严肃而幽默地说："大家都是革命军人，本来就没有什么区别嘛。不要说自己是军事家，我们都是在毛主席军事思想指导之下，才打了胜仗的，是靠了许多革命军人英勇奋斗才取得胜利的。我只是一个普通的革命军人。"

新中国成立后，面对新的形势父亲深刻认识到，新的历史时期解放军向正规化、现代化转轨的重要性，他不辞劳苦、白手起家，搞军事院校建设。1950年11月30日，担任中国人民解放军军事学院首任院长，奠基了现代军事人才的摇篮。

在军事学院工作期间，正当父亲埋头致力于军事教学，一心一意打造"东方的伏龙芝军事学院"、"东方的西点军校"的时候，谁也不曾想到一场批判不期而至。他毫无思想准备地被卷入了一场"反对教条主义"的斗争中，而且首当其冲地受到了批判。

1956年1月，南京军事学院迎来了5周年校庆。1月11日，毛泽东在陈毅、罗瑞卿、谭震林的陪同下视察了学校，并给予了高度评价，父亲感到了由衷欣慰。但是就在这年2月，苏共中央召开了二十大，赫鲁晓夫做了全盘否定斯大林的秘密报告。报告一出，举世震惊。4月，《人民日报》发表了《关于无产阶级专政的历史经验》的编辑部文章，毛泽东也写了《论十大关系》的重要著作，指出必须有分析有批判地向外国学习，"学术界也好，经济界也好，都还有教条主义和经验主义"。6月，党中央发文通知全党，克服实际工作中的主观主义，即教条主义和经验主义。

对此，父亲敏锐地预感到了什么。8月，他先后三次从北京写信给学院党委，旗帜鲜明地表示："反对主观主义着重反教条主义是对的。"最后他还特别指出，不要做过火的斗争，不要过分追究个人责任，说有错误，我作为院长兼政委这个主要领导责任更大。

1956年年底，原军事学院上级速成系第一期学员、志愿军第十五军第四十五师师长崔建功来医院看望父亲。父亲看到自己的学生在朝鲜打了胜仗回来，心里非常高兴，他们便在小客厅坐下拉起家常。在谈到上甘岭战役时，父亲意味深长地说："军事原则，不论是资本主义国家，还是社会主义国家，不论过去还是现在，古今中外，百分之七八十是基本相同的、一致的。如集中优势兵力消灭敌人，谁都会这样说。关键是要活用原则，根据中国革命战争的特点来运用，与当时当地的实际情况相结合。你在上甘岭打得好，但军事学院并没有教给你怎样打上甘岭战役，只教给你一些基本原则。到了战场上，就要靠你结合当时当地的实际情况，灵活地运用。"

他还举例印证说："庞涓、孙膑同师鬼谷子，可是一个是教条主义，一个不是教条主义；王明和毛主席读的同是马克思、列宁的经典著作，一个是教条主义，一个不是。所以，教条不教条，重点不在先生，而在学生；重点不在学，而在用。"显然，这是针对当时正在全军开展的反对教条主义运动而言的。

1958 年冬天，父亲写信给毛主席，因身体不支，要求辞去军事学院院长职务，得到批准。但是，时间能够证明一切，历史是最公正的。1986 年 10 月 7 日，在父亲去世后，胡耀邦同志代表中共中央在人民大会堂有 5000 人参加的追悼大会上郑重宣告："那次反教条主义是错误的"，至此，父亲含冤蒙屈的尘封往事才昭示天下。

父亲晚年曾参与指挥中印边境反击战，再壮国威军威。1962 年，中印边境东段、中段、西段的情况日益紧张起来。同年 9 月，中央军委成立了战略小组，年近 70 岁的父亲被任命为组长。这场一战即胜、速战速决的胜仗，从战略到战役，从战役到战斗，都是按照父亲的意图打的，后勤工作也是根据他的意图早早做好了准备。

1964 年 8 月，父亲的青光眼复发，视力大为减退，到了 70 年代双目失明。尽管这样，他仍对我军建设提出了大量建议，关心军事教育的热情丝毫未减。1966 年 1 月 8 日，父亲被中共中央任命为中央军委副主席，他对于未来反侵略战争的作战对象、战略方针、战役、战术、工事构筑、战时动员、军队编组、军事训练等，都提出了系统的见解和意见。1971 年 1 月 11 日，父亲把自己用津贴买来的、珍藏多年的 2000 余册军事理论学术著作教材和书籍，赠送给中国人民解放军军政大学。

1986 年 10 月 7 日，父亲久病不治，在北京逝世，享年 94 岁。

（《作家文摘》2005 年总第 895 期，摘自《军事历史》2005 年第 11 期，本文作者为空军指挥学院副院长、空军少将）

记忆中的父亲陈毅

·丹 淮·

遥 远

儿时我对父亲的感觉是那样的遥远，只是一个朦朦胧胧的轮廓。

1943 年 9 月，我出生在淮南黄花塘新四军军部医院。父亲匆匆赶到医院看望母亲，安慰了母亲几句，就匆匆离去，这引起了奥地利医生罗生特的不满，他生气地说："一个丈夫，一个父亲怎么可以这样没有责任感。"

母亲只好苦笑着安慰罗生特医生："现在在打仗，一个军长怎么可以守在医院里。他能及时来看看我们就很不错啦。"

罗生特摇摇头说："我真不理解你们中国人的举动。"

11 月 25 日，我出生还不到两个月，父亲就离开我们到延安去了，这一走就是两年。一直到 1949 年 5 月上海解放后，我们全家才真正大团聚了。

父子不能常在一起很令人感到缺憾，但还有比这更怪的事。我在上小学时，在"父亲"这一栏一直填："陈雪清，职务：处长。"学校里不管谁问，都是这样回答，这是父亲交代的。

在南京汉口路上小学时，我的班主任俞老师是一位很和善又很认真的老师，恰好就住在我们家附近，经常可以看到各种各样的汽车从我们家里进进出出。她觉得这根本不会是一个普通处长住的院子，多次问我都得不到答案。一次上练习课，同学们都在做题，俞老师却把我叫到讲台前，很严肃地问我：

"你父亲到底是谁？"

我回答："陈雪清。"

她生气地说："你撒谎！"

我坚持地说："就是陈雪清！"但我没再坚持说我没有说谎。

俞老师忽然拿出一张报纸给我看。我一看，原来上面登着父亲在一次大会上讲话的照片。

俞老师指着报纸说："他才是你父亲，对吧！"

我不吭声，只是摇头。

她忽然和气下来："有这样一个父亲是光荣的事，为什么你不承认呢？"

我牢记着父亲的交代，仍然摇头。

俞老师见仍然问不出结果，使出了最后的一招："你哥哥陈昊苏都承认了，你怎么还不承认？"

我心里想，也许俞老师真的知道事情真相了，可是我绝不能改口。对于一个小学生，受到老师这样的责问，我眼泪汪汪的几乎要忍不住了。

俞老师看我这样就不再追问下去了，以后再也不问这件事了。其实我心里也十分愧疚，确实是在骗她。直到上初二时才改填父亲的真名和真实职务。

当时父亲之所以要我们填个化名，目的有两个：一是保密和保卫的需要；二是父亲一直希望我们兄弟做一个普通的小学生，隐瞒了他的身份，使我们没有压力，也使学校没有压力。

开 明

父亲是一个非常开明的父亲，也是一位十分放手的父亲。他很少训斥我们兄妹，每遇到一件事情，他总是寥寥数语，这给我们很深的印象。

1952年的一天下午，父亲忽然让秘书把全家拉到中山陵的路旁。我们都不知道为什么，不久一阵欢呼声、鼓掌声从远处传来。不一会儿，父亲陪着毛主席走向中山陵，所有的游人都停下来使劲鼓掌，不停地欢呼"毛主席万岁，毛主席万岁"。这时我才明白，父亲就是让我们目睹一下毛主席的风采。回家后，爷爷和奶奶一直十分兴奋，爷爷说："这是真龙天子啊！"我反驳说："迷信！是主席。"爷爷坚持说："现在称毛主席，要在我们年轻的时候，就是称真龙天子。你懂得什么？"我说："你思想落后。"但不管怎么说，这是我第一次见到主席。同学听说我见到了毛主席都问长问短，我也感到幸福极了。这幸福是父亲带给我的。

父亲作为党和政府的领导人，很遵守保密纪律，从来不在家里透露什么消息，也很少与我们谈及国家大事。但有两次例外，深刻地留在我的记忆中。一次是人大会议之前，他在吃饭时问我们："如果毛主席不当国家主席你们同意吗？"我没有思想准备，也不知说什么好，过了一会儿才说："如果毛主席自己不愿当，那当然听他的。"吴苏、小鲁也表示了类似的意见。

第二次是20世纪60年代初苏联共产党召开代表大会，按常例我党是要派高级代表团去参加的，可那时中苏论战很激烈，两党的分歧甚至影响到两国的关系。又是在吃饭时，父亲问我们苏共要开会了，你们说我们要不要去参加。

吴苏说："参加，参加去和他斗争。"

我说："可参加可不参加，参加与他斗争，不参加也是反对的意思。"

小鲁说："不参加，不给他捧场。"

父亲笑了："嗯，还是你干脆。"

不久，中共就宣布不派团参加苏共大会。

1964年在哈尔滨军事工程学院开展了一场反对不良倾向的运动，集中批判了各种自由主义。其中有一个学生在日记中写道："陈毅讲红与专，完全是和林彪的突出政治、四个第一相对立的。"学院自然将这位学生批判了一顿，不过却使我感到一种莫名的忧虑，连着几天都心事重重。正好同学张九九从北京回校了，她告诉我，你父亲身体不好，正在休养。我听了更加坐不住了，就向王政委请假，理由是父亲身体不好，要回家看看，系里马上就同意了。

到了北京，一进门看见父亲正在大厅里散步。

他看见我很奇怪："咦！你怎么回来了？"

我说："听九九说你病了，我特地请假回来看你。"

父亲顿时大喜过望，拉着我的手向房里走，一面大声喊我母亲："张茜，张茜。"

喊得母亲有点心慌，一面往外走，一面说："又出什么事了？这样大喊。"迎面猛地看到我也是一愣："你怎么回来了，有什么事吗？"

父亲抢着说："小丹回来看我的，听说我病了。"他又感叹地说："儿子长大了，懂事了。"

晚上我陪父亲散步，就把学院的情况告诉了父亲，把我的困惑说出来了。"有人说你讲的红与专和林彪的四个第一、突出政治不一样。"

父亲反问："那你是怎么看这件事的呢？"

我把握不定地说："我觉得你们两个都对，你讲的红与专，我同意，不能都当政治家，也不能没有政治方向。林总讲的四个第一、突出政治是中央同意的，我也接受，这也是在强调理论的作用。可是这两个说法放在一起，就让人觉得不协调，我也不知道怎么看了。"

父亲笑了："你倒是说实话。你要知道有些问题在中央也是有争论的，今天你提的问题，我也不能讲清楚，也不是简单就能讲清楚的，有些事情需要用时间来证明的。不过我还是坚持我的看法。你们当学生的，搞科学技术的，各行各业都要红专结合，才能更好地为国家服务。"我点了点头，但心中的忧虑仍然没有解开。

忽然父亲严肃地对我说："你是不是在担心我？"

我怔怔地看着父亲。

父亲又笑了："我对自己是有信心的，你们也要有信心，不要担心。"

以后我与父亲就没有再谈过这样严肃的话题，但是我牢记两条：对父亲有信心，时间会证明一切。

（《作家文摘》2003 年总第 627 期，摘自《新世纪党建》2003 年第 1 期）

岁寒心
——回忆我的父亲黄克诚

·黄 梅·

黄克诚（1902—1986），湖南省永兴县人。1925年加入中国共产党。曾在国民革命军任营政治指导员、团政治教官。参加了北伐战争、湘南起义和二万五千里长征。中华人民共和国成立后，任中共湖南省委书记，湖南军区司令员兼政治委员，中国人民解放军副总参谋长兼总后勤部部长，国防部副部长，中共中央军委秘书长兼中国人民解放军总参谋长。1955年被授予大将军衔。是中国共产党第七届中央委员，第八届中央委员、中央书记处书记，第十一届中央委员。在中国共产党中央纪律检查委员会第一次全体会议上被选为中央纪律检查委员会常务委员、第二书记。

我对黄克诚的了解，来得很迟很迟，可以说始于1972年5月间头一次"探视"见到父亲。当时他被"监护"已是第六个年头了。我在日记中这样记述着那天的相见和别离的情景：

"我头一个匆匆地闯进了那挂着'一号房'牌子的屋子。第一眼的印象是看到一间空旷的没有什么陈设的粗糙荒凉的大房子。

他立在那里，一个衰老的颤巍巍的老头儿站在一张蒙着蓝布的大桌跟前。

面孔苍白而削瘦，头上是些稀疏花白的头发。一件黄色的旧呢军衣，里面露出一层一层的毛衣和衬衣，不大雅观地胡乱堆积着。

那一瞬间我转过了身，却几乎还没反应过来。而那衰老的面孔却掣动了，一个古怪的表情显在脸上，最后化作一个不大自然的笑：'啊哈，姑娘……'

我不知所措，无言地把手伸了出去。

……

当我们最后回到汽车旁时，我回了一下头。他正站在'一号房'的门口。

我已看不清他的眉目，只辨得出他苍白的脸庞和那件将破的褐色的毛衣。

不知他将怎样望着汽车离去，怀着怎样的念头和心情。或许6年的时间已使一切情感都沉寂下去？或许这会面有如石子打破死水的宁静？"

我怜悯父亲，为他的遭遇感到酸楚。

他开口说起话来，憔悴的神色奇迹般的褪去了。微笑浮上了弯弯的嘴角，眼睛也熠熠地闪出光亮。我在日记中只粗略记着他大大演说了一番如何改造世界观和学习马列著作以及他们当年如何背诵《共产党宣言》。我只觉他这个"反党分子""忠"得令人哭笑不得，却尚不理解这些被推销得贬了值的语言实际包含多少真挚的信念及用鲜血换取的经验。

父亲还谈起他自创的按摩疗法，说起他如何借此战胜了牙疼，又开始向臂疼、鼻火、气管炎等痼疾开战。

当他得知我大哥在湘南小镇沱江工作时，便连连称赞沱江是山清水秀好地方，他长征时曾从沱江附近走过；后来又谈起二哥和我插队的山西省，讲起抗日战争时到过的河边村，似乎祖国每寸土地上都留着他的足迹；而他的心也像爱亲人一样爱着每一处山河，他提起潇水的开发，并对湖南省那年粮产仅300亿斤出头颇为不满："怎么还不到400亿斤哪？"接着话题又转到了铁路建设，焦枝线啦，枝柳线啦。然后又是新油田。他兴冲冲地讲起李四光和板块学说，乐观地推测中原土地下恐怕还有大油田……

"这些都是我从报纸缝儿里读来的，"他几乎像孩子般得意地说。在那一瞬间，从那与他的处境和形貌极不相称的笑意里，我第一次模糊地意识到了蕴藏在他心底里的一个共产党人的不折不挠的精神力量。

虽说"班房"的年月里恐怕有不少屈辱、难堪以至折磨虐待，父亲却极少提这些。他自称被斗得较少，是落了"便宜"。偶尔提起就吟诵一段他的"斗室旋转乐洋洋"一类的打油诗，或者讲他如何与专案组或看守们"斗争"。有一次他不知在什么事上不听话，人家喝他："你是什么人？！"意思叫他这个"反党分子"放老实些，他却高声回答："无产阶级革命家！"这大约是唯一的一次他给自己封上"家"的桂冠。

有一位当过看守的战士后来写了一篇回忆文章，提到父亲在囚禁中唱《国际歌》的事。还有些同监被关的老同志后来讲，他在狱里是吵骂得最凶的一个。骂起来语言也不那么"美"。这些倒也都像父亲的为人。

有一次"专案组"送来一条旧棉裤让家里人拆洗。我一见止不住的心酸。棉裤还算不得千疮百孔，但已相当破旧，而且脏得不成样子，任何一个尚有家眷子女的七旬老人也不当如此过晚年啊！何况他为了这个国家万死不辞、打了一辈子仗！待下一次探视见面，我专门问了问他的生活料理问题。他说："我都是自己搞，完全能应付，过得很好。"说罢，便很不耐烦地刹住这个话头儿，又急巴巴地去讨论国家发展的新数目字了。

几年以后，他收到一封信。如果我没记错，来信的是一个江西人，探问他的一位在第二次国内革命战争中死去的叔叔（或伯伯）的情况。父亲回信说，那位同志很英勇，在对敌作战中牺牲了。之后他很有点沉痛地对我们说："为了安慰问询者，我没有对他讲真话。是被自己人杀了呀。"

他告诉我们，当时红军里展开了打 AB 团的运动，不少好同志被误杀了。父亲本人起初也跟着搞了几天，很快就觉得不对头，颇有抵触；结果自己也被攻为 AB 团，险些丢了命。

渐渐地，我明白了父亲为什么屡遭劫难而不改初衷。他早就懂得了革命不是一条坦直的路，他虽相信历史在算总账时是公正的，却不指望每个人都"善有善报"。他自己有过天真幼稚的阶段，更曾因人家的幼稚病或其他什么"病"而受到打击。他知道，为了一个合理的事业，有时必须付出不合理的代价。

当然，父亲并非没有哀乐，只是从不顾影自怜罢了。"文化大革命"前一两年，我十四五岁，正是"左"得可爱的时候，父亲早已被撤了职，赋闲在家。

我却很少答理他，尤其在听说他是个"反党分子"之后。我总是怀着极其警惕的眼光注视着这个朴素、淡泊、不像坏人的"坏人"。一次他偶然说起大革命失败主要是由于党还没有经验，我就想：好哇，替陈独秀开脱责任。他谈及我们家的生活在中国就算很好了，在发达国家也只是一般中等家庭的水平，我又在心里批判他美化帝国主义。我入团以后，他曾有一次鼓励我争取入党。我不耐烦地戗了他几句，心中不禁冷笑：你也配谈入党？！

我不知父亲是否注意到了我的冷蔑态度。贫贱夫妻百事哀。我家虽算不上贫贱，但遭庐山会议之变故，大大小小的事端总是有的，父亲的日子很不好过。但他却十分严谨，毫不失态地生活着：每天读书，看报，写毛笔字，不时下下棋，偶尔也去郊外看看小麦的长势，秋粮的收成，此外就在我们的宅院中长久地、无言地走着，思索着——没有诉苦，没有感慨，也没有解释。

有一次我无意走进父亲的书房，见桌上摊着一本《唐宋名家词选》，翻开的一页上被他圈圈点点打了不少标记。一看原来是朱敦儒的《卜算子》：

> 旅雁向南飞，风雨群相失。饥渴辛勤两翅垂，独下寒汀立。　　鸥鹭苦难亲，赠缴忧相逼，云海茫茫无处归，谁听哀鸣急！

我的胸口一阵窒闷。一刹间，古人的诗句沟通了两代人的心。我窥见了父亲所从不言及的个人情感，也约略地领会到了他所承受的巨大的痛苦。

也许就在他寂寞地一转又一转地踱步时，他仿鲁迅之作吟了一首不很"打油"的打油诗，用并不伤感的文字去化解心中的某些忧郁：

> 少无雄心老何求，摘掉乌纱更自由。
> 蛰居矮舍看盛世，漫步小园度白头。
> 书报诗棋够消遣，吃喝穿住不发愁。
> 唯愿天公不作恶，五湖四海庆丰收。

父亲所耿耿于心的，并非自己的命运，而是比他更直接从物质上承受"大跃进"的恶果、吃喝穿住都发愁的广大人民。他所愿所望的，也只是此后的"天公"作美，风调雨顺，国泰民安。

我常常惊叹父亲的"承受力"。近年来人们重读了被掩盖或歪曲了许多年的某些历史的篇页：关于潘汉年、关于胡风、关于丁玲……我深知父亲只是千百名具有非凡"承受力"的共产党人中的一个。他们中有的大概比父亲更刚烈，但恐怕难得有人比他更通达、更有韧性了。也许，这是因为父亲不仅具有献身者的忘我精神，也有着中国底层人民的"皮实"和坚韧吧。

这里，我不能不提提我的大伯父，一个我勉强能从照片上辨认的土里土气的乡下人……

父亲兄弟三人只他一个读书，伯父早先也曾念了两年私塾，后来就回家务农，并全力帮助父亲。新中国成立以后父亲当了"大官"，伯父却从不来北京，仍在乡下种地。直到1959年庐山事发后，伯父才赶到北京看望。见到父亲身体无恙，这位当初冒着砍头危险救了父亲性命的大哥连声地说："这样就好，这样就好。过去你当那么大的官，多危险哪，我都替你担心。"伯父的话里没有同情的眼泪，也没有慷慨激昂的词句，却饱含着普通农民的是非判断和人生哲理。

有了一场颠倒了一切的"文化大革命"，于是，不知从哪个时候起，"看破红尘"的年轻人嘲笑起老一辈的"天真"来了。

父亲的"天真"有时让我们做孩子的感到无可奈何。1976年"批邓"时，他已解除了"监护"，在太原做寓公。报上在批宋江，父亲愤愤地说："到底哪一个后上梁山？哪一个是叛徒？！"他一本正经要论证邓小平与江青、张春桥究竟谁先"上山"、谁是真革命者。我打断他，说，现在谁还要听讲理呢？还不是欲加之罪，何患无辞！但父亲仍不肯罢休，还在那里述说邓小平同志的功绩。

还有一次，我们的一个朋友，一位在太原某工厂劳动的清华学生来会了会他，无非是看望之意。不料他听得名牌大学毕业生在干粗工活儿，对这种人才浪费痛心疾首。过了几天，他突然对我说："我对省革委的负责人说过这件事了，叫你的朋友把他们那里的大学生开个名单来，我去交给省里。"他认认真真地吩咐着，仿佛仍是在战争年代，凭指挥员的决心或这种"游击方式"就能解决问题似的。我对大学生用非所学当然早已司空见惯，也不认为父亲的好心奔忙会有分毫结果，我甚至不记得自己是否通知了那位朋友去开名单。总之，事情是石沉大海了。

然而倒也看不出父亲怎样的沮丧，似乎并不觉丢了面子或受了挫折。也许挫折在他已是家常便饭了。

作为一个投身政治斗争的人，父亲最可贵的品质之一就在于他是一个用自己的大脑思索的人。"思远志坚"是一位老同志给他的赞词。虽然中国人习惯对死者"歌功颂德"，但这却并非虚言。

跟他共过事的人都知道，他有点像个活计算机，满脑子的数目字。粉碎"四人帮"不久，父亲到京住院治病，不少老同志去看他。有一次他与当时主管一个部门的一位同志聊天，问某项工程如何了，答曰快好了。父亲又问另一项，也说差不多了。于是他就提起第三项，问得人家有点不好意思，就说完成了。事后父亲摇摇头，笑道："前两项我不了解，他也说得含糊。第三项我知道根本没开工，是故意试试他的。"

父亲对毛主席的尊敬根植于中国革命胜利的历史事实。如果说过去他没有让这种尊敬转化为盲从，那么如今在他来说，对过去的检讨和清理也决不意味着对传统的破坏性的大否定。

有一件事颇能说明父亲对毛主席的感情及看问题的角度，那就是他对"四五"运动的反对。

"几十万人，不得了啊！"父亲说，"这是毛主席的不幸啊，他一辈子主张为人民，可现在这样的人上街去了。"

至今我不敢说自己是否正确把握了父亲在此事上的复杂心态。他当然是与群众一道反对"四人帮"，希望"四人帮"早日垮台的。然而他却是久久的无语默然，几乎有些沉重。他深知"文化大革命"绝非仅仅几个跳梁小丑的罪恶。在更根本的意义上，这是党的重大失误，是毛主席的悲剧。医治这场动乱所留下的创伤和后遗症，将是一个无比艰巨的任务。也许由于这个缘故，父亲的心情沉重多于兴奋。

当父亲决心对毛主席的评价问题讲讲话时，他已双目失明。别人帮不上什么忙，全凭他出色的记忆力以及他对社会情况的了解和判断，自己构思、自己讲话。讲话见报后，很多属于不同阶层、具有不同思想色彩的人都议论纷纷。有不少人热烈地赞同。也有不少人，包括一些老同志、老朋友，颇有异议，还有人说父亲"不识时务"、"'左'倾僵化"，声称这是他的"第二个悲剧"，甚至非议他的动机。

且不说父亲发言的科学性如何，如此纷纭的反响至少说明他切准了时代的脉搏，讲的不是人云亦云、无的放矢的套话。对于世人的毁誉，父亲一向淡然处之。我们曾就这类事半认真地劝他别再多事。我们说：你也到了"退役"的时候了，今天和明天，毕竟属于后来人，既不可能代庖，何不就此撒手呢？他点点头，却又十分认真地说：只是自己想到些问题，认为有关国家前途，不讲出来对不起党，心里不得安宁呀！

没有这一片无私肝胆、忧世心肠，就没有1959年他在庐山会议上的表现。父亲一向是"现实主义者"，对"奇迹"一类大抵不肯轻信。他自始就不赞成全民大炼钢铁或一味报高产、放卫星等做法，对于草率推行公社化和食堂制更是忧虑重重。所以他早就对当时在湖南工作的周小舟同志说，人民公社挂个牌子算了。这也是不得已时"消极抵制"的办法吧。

彭德怀同志给毛主席写信提意见，父亲事后才知道（他是在毛主席将彭信转发后才上庐山的）。他对意见本身基本赞成，但对写信的方法及个别说法也不无保留。（父亲说，有什么话都可以讲嘛，何必写信？）当时他已意识到彭老总"捅了娄子"。尽管如此，父亲上了庐山仍慷慨陈词，直抒己见，批评了"大跃进"中的许多做法，不肯为此明哲保身。

在批判之初，他本人尚未定性，还有转弯余地。有的负责同志也曾明言劝过他。但父亲摇摇头回绝了，不愿搞什么"反戈一击"。"落井下石也要有石头哇，"他说，"我没有石头。"那时主席也曾召见他和周小舟、李锐等几人。父亲对毛主席的敬仰和爱戴是极深极厚的。但他并不剖白自己的忠诚，或诉说自己的冤屈，只一项一项据理力争，试图驳掉主席给他戴上的几顶"帽子"。

言谈间不知怎地提到解放战争中东北的"保卫四平"战役。父亲当初就对该战役有看法，也曾向林彪提出过，林彪未置可否，也没采纳他的意见，这时主席说，那是我决定的。父亲便说："你决定的也是错误的。"

在大难临头的处境里还要如此不依不饶地争一桩如今已无关紧要的往事的是非，父亲的"迂"和"倔"由此也可见一斑。主席当时说，看来你是个右的方面的很好的参谋嘛。

可惜后来父亲并没有当"右的方面"的参谋，而是与彭老总等人一道被按在荒唐的大帽子下惨遭围攻。

父亲说，庐山会议实在是斗得很凶。连他这个惯于受批评的老"右倾"都有点吃不消了。当然，父亲也从来不认为自己是什么英雄好汉。他说，庐山会议后期，他还是违心地认了账。虽说很大程度上是出于长期以来服从集体决定、服从上级、服从大局的习惯，因而最后采取了彭总所说的"要什么就给什么"的态度，但父亲总觉得自己讲了不实事求是的话，心中一直耿耿。正是由于这个教训，他在"文化大革命"中写检查交代时，就变得更加"顽固不化"了。

父亲说他和彭老总"天天吵架子"。说天天吵不免夸张，但常常争论恐怕是事实。早年彭总也撤过他的职，只是大家虽见解时有不同，却都是为了革命，日久见人心，也就有了信任。

后来在抗日战争、解放战争时期，他也曾与一些领导同志意见不合，并直言提出，有时还争论得相当激烈。父亲从不隐瞒自己的观点，但是一旦中央或上级领导机关做了最后决定，作为一个党员，他也是服从的。人都有局限性，父亲的见解当然不见得都正确。重要的并不在于他是否一贯正确，而在于他从人民的整体利益和长远利益出发，独立思考，并执著地坚持他所是，勇敢地批评他所非。这本当是共产党人的良心吧。

父亲有点"清官"的名气。

也许是从小苦惯了，也许是后来在革命斗争中锤炼的自觉性，他在生活上是很俭朴的。

不过，他倒也并不把俭朴看作什么了不起的美德。他有时笑谈起某些同志"会吃会玩"，也并无贬义。他自己固然是节俭清寒的农家后代，人家又何妨是倜傥风流的才子呢！革命队伍本来就是个集合体。各种人，只要不违法乱纪，不危害革命事业而又能协力工作，在他来看就都是好同志。

但父亲律己与治家一向是比较严的，我们家的衣食住行，除了住房由公家安排、比较宽敞外，其他都很简单。我们小时穿衣多由外婆缝制。家里还种了几棵刀豆、几窝南瓜。于是吃菜常常不外是豆荚南瓜、南瓜豆荚，到了冬天还在吃干豆荚。公家给父亲配有汽车，但我们是极少能坐的。我年幼时多病，常常是叫辆三轮车去看病。我还记得雨天里，我发着烧，坐在挂着油布帘子的三轮车里的情景。

父亲一向不通音乐之类的雅趣。因读过几天旧书，他对中国书法略懂一点，但也从无把玩的兴致。过去别人也曾送过他几幅古字画，有些大约还是名贵的。1965年组织上分配他去山西任副省长，离京前，他把我们叫去，头一次给我们看了看这几件字画及他多年来保存的一些中央苏区时代的纪念品，随即就把这些东西一并送给了博物馆（倘我没记错，是中国历史博物馆）。后来事情的发展证明了他此举的"英明"。"文化大革命"中，他带到山西的一点个人财物在抄家时遭洗劫破坏，连当年授勋时发的三枚勋章也不翼而飞。倘那些字画在，必定难逃厄运。

这些东西，不论是送走的，还是丢失了的，我后来都再没听父亲提起过。

说来父亲唯一的嗜好就是下棋。虽然他在顺利时也下棋，但在他来说，棋似乎更是逆境中的"难友"。他起初学下围棋，就是在20年代末奔走四方找党组织时，于异乡的客店观战，观出了一点门道。路上他邂逅与他处境相同的曾希圣同志，两人一度结伴，他们都生死难卜处境危，却常为下象棋输赢吵得不可开交，几乎面红耳赤。

虽说他与孩子们下棋不时要叫"缓一着"，悔上几步棋，可是若有谁对他不认真，让着他，他还很恼火。有时实在下多了，他便说，不能下了，脑子都下乱了。然而，一旦来了会下棋的友人或晚辈，他就又常常一坐坐到半夜。我们笑他像《聊斋》里那个为了看棋连投胎都误了的棋鬼。这是我所见的唯一使父亲失去自制的事情。

对于家和子女，父亲很少顾及。活了一辈子，他始终不懂怎样和小孩子亲近。直到我们长大了，他有了孙儿孙女们，他对付孩子的唯一"手段"仍是"物质引诱"的老办法。一块糖或一片蛋糕的吸引力自然维持不久，孩子们在他身边也就最多待上几分钟。

对于童年的我来说，父亲只是一个疏远的"大人"。那时我家住在北海附近，父亲每天去北海散步，也常带上我。青青的柳树垂着如烟如梦的柔条。警卫员叔叔会折一小段细枝为我做支柳哨。用慢镜头在脑海里重演过去的场景，也很有诗情画意。然而画面里却没有父亲，他大约只是背景中一个身穿深色衣服的人影吧。

至于人们所谓的家庭生活的天伦之乐，我只依稀地记得一个小小的插曲。仿佛是在秋冬之际一个星期六的傍晚，全家人都聚在客厅里，屋里暖融融的，妈妈给我和二哥读一个苏联儿童故事。父亲和母亲说起什么地方有电影或"跳五（舞）"之类。后来他们决定还是待在家里。父亲把我抱起来，在屋里打了个转，于是母亲嘲笑他，说他只会"跳六"。这件小事永不磨灭地烙在了我心中，因为即使在父亲没"出事"的年月中，这样温暖安适、合家团聚的时刻也是那么的稀少。

1959 年以后，就连少不更事的我也感受到笼罩着我们生活的浓重的阴云，这样的记忆便被深深地埋在心底了。有时我甚至怀疑，这究竟是一段回忆，还是我对"幸福童年"的臆想。

自从我 15 岁时父亲很不成功地与我谈起入党问题之后，他再没督问过我政治上的进步。有时我也猜想他是否考虑这类事，但终于猜不出。不过，他倒曾敦促过我写作。

我们家人的关系有点像所谓淡如水的君子之交，很少谈心。父亲听说我喜欢文学。父亲本人对文学兴趣不大，虽说对古文和古诗词还是喜欢的，但对小说，特别是宝姐姐、林妹妹之类回肠九转的东西就读不下去。他一辈子写的大都是电报，只是晚年才在有关同志的要求下口述了几篇历史资料、回忆录等，也是极其简明扼要的。偶尔，他也吟几句打油诗。据他说长征到达陕北，吃上第一顿饱饭，曾"赋"有"大饼歌"一首。后来丢了官职闲居在家，继而"文化大革命"中又被监禁，才又多诌了几首。他自己虽不舞文弄墨，对文字却怀有某种中国人所特有的敬意。

"你为什么不写点东西呢？"他不止一次问我。

也许是由于儿时形成的习惯，我跟他讲话总有点搪塞或顶撞的味道。我几乎脱口说道："哪那么好写，又不是现成的牙膏，说挤就挤出来了！再说，写不好说不定你又来骂我的'错误倾向'了！"话到嘴边咽下了没讲。

于是他又说："写文章了不起呀，唯有文章是长留人间的。古来将相今何在呀。"我忍不住反问他："那你自己干吗不写？"他却只淡然一笑。意思也许是说写不来，也许是说顾不上写。

我们都爱父亲，虽然这爱来得很迟，虽然我们只是在经历了生活的颠簸之后才渐渐地理解了父亲。我们几个孩子的爱人，有的是干部子弟，有的是农民出身，也有的来自破落的旧官吏家庭。大家的经历、思想和个性都不相同。父亲却以他崇高的人格和境界，以他宽和通达的品性赢得了每一个人衷心的敬与爱。只是由于受父亲本人的淡泊、含蓄的风格的影响，我们从来没有向他诉说过自己的感情。

在生命最后的时日里，父亲长久地与病魔僵持着，活得很难，也很苦。有一度病重时，他甚至拒绝打针、服药，不愿在丧失了工作及生活能力的情况下苟延地活下去。家人和医生半说服半强制地施行了治疗，延长了他一段生命。不知他是感激还是抱怨。有许多的事，我们都永远不能得知了。

父亲的追悼会办得很隆重，可以说是"备享哀荣"了。这大概并非他始料所及，也未必是他所愿所望的。如他这样高寿而善终的献身者是有的，但这多少有赖于命运的偏宠。千千万万死在战争年代的烈士就不必说了，就是与他同在1959年罹难的几位，多数未能活到柳暗花明的今天。他从未忘记，自己踏上革命征程的初衷，是选择一条"为有牺牲多壮志"的道路。

他幸福吗？

父亲大概从未向自己提过这个问题。不过，如果人们问他，他一定会回答"是的"。父亲去世后，卧病在床的母亲拟他的口气为他写了一副挽联：

人生复何求　少逢国危　坚信马列　青年从戎　毕生尽瘁　幸得见中华民族光荣屹立

即死无憾矣　仰不愧天　俯不怍人　国运日兴　人才辈出　惜不随全

党同志再尽绵薄

他们毕竟相知近半个世纪了，这或许大体道出了他的心境吧？他找到了为之献身的理想和事业，他有过千百生死与共的战友和同志。若谈幸福，人生还有什么比这更深沉、更博大的幸福呢！

当我尝试着把一些关于父亲的雪泥鸿爪的印象和思绪缀起来时，便越来越深刻地意识到，我并不只是在缅怀自己的父亲，而是在又一次地追寻整整一代革命者前仆后继献身的脚印。

千千万万的先驱者将生命铺作了新中国的基石。不论人们是否自觉地铭记，也不论在历史的特定时刻里人们怎样地歌颂或诋毁，那一代共产党人的努力已永远地刻在了中华民族乃至全人类的命运里。

他们的奋斗，他们的勇气和牺牲精神，他们走过的弯路，他们的个人选择蕴涵的历史必然性，他们执著地梦想着的世界大同的明天……这一切，作为他们的后代，我们不会忘记。

（《作家文摘》1999 年总第 325 期，摘自《开国将帅和他们的儿女》，当代世界出版社 1999 年 1 月出版）

开国上将陈士榘的传奇经历

·陈人康·

我父亲陈士榘是 20 世纪 20 年代参加革命的，井冈山、二万五千里长征、抗日战争、百万雄师过大江……这让一代中国人肃然起敬、充满着史诗般传奇色彩的事件，父亲都参加了，而且干得有声有色。但是，作为子女，我们又特别看重他在家庭中的位置，我们特别惋惜父亲没有处理好同母亲的关系，也使我们子女在很长时间内生活在他们"冷战"的阴云中。他们在晚年离异，后来几乎不再来往，只是 1995 年父亲去世，母亲怀着复杂的感情赶到八宝山与他的遗体告别，见到叱咤风云的父亲僵硬地躺在那里，回首曾经与父亲度过的艰难与幸福的岁月，不禁泪如雨下，多少年的恩怨在此刻才突然消释了。

毛主席对父亲说："我们还是一个山头哩，都是井冈山的嘛！"

父亲 1927 年入党，同年参加秋收起义，随毛泽东上了井冈山。40 多年后，正是老干部纷纷被打倒、人人自危的时刻，毛主席在中南海接见军队干部，谈八大军区司令调动，父亲当时是中央军委常委，但也惶惶不可终日，指不定哪天被打倒。毛主席见到父亲，伸出大手握住父亲的手，说："陈士榘同志，假如说党内有山头的话，我们还是一个山头哩，都是井冈山的嘛！"这句话无疑使父亲的处境得到很大改观。

父亲解放后对我们念叨最多也最让他得意的是，1927年11月28日，毛泽东主持选举产生了湘赣边界第一个红色政权茶陵县工农兵代表，父亲作为士兵代表被选为三个常委之一，毛泽东笑着对父亲说："陈士榘，你做了县太爷了，你也是个山大王哩。"父亲还多次回忆起长征中他险些为中国革命闯下的大祸：1935年9月，红军走出草地到了腊子口，毛泽东让父亲找一个便于观察的地方，父亲用聂荣臻的望远镜观察好地形，主席半开玩笑半是安排任务地叫父亲"设营司令"。有一天父亲为中央机关带路，用半天时间翻山越岭，突然发现一条烂泥浅滩不能过人，父亲急得满脸通红，六神无主，毛泽东连一句责备父亲的话都没有，拍了拍父亲的肩膀向后做了个手势，扭头就走。父亲为这件事后怕了一辈子，他说当时若碰上敌情，前无出路，后无部队，中国的历史将改写。但主席第二天对父亲说："昨天那程子路，小事一桩，我这个人一爬山就来精神。"

一个工作狂的父亲，一个对妻子、子女缺少关心的父亲

父亲转战南北，直到30多岁还没有结婚。父亲任——五师参谋长时，师政委是罗荣桓。罗政委关心父亲的婚事，劝他30多岁的人也该考虑了。母亲当时才16岁，她是从山东日照参加革命的。我的外祖父也是老党员，当时任中共日照县委第一任书记。母亲先在——五师文工团，后在山东省军区机关电台工作，接触多了，父亲觉得这个小姑娘很讨人喜欢，对她产生了好感。一位干事发现了深藏在父亲心底的秘密，便主动牵线搭桥，把母亲的心说动了。

战争年代，父母的感情非常好，共同的理想、艰苦卓绝的环境，更让他们相濡以沫。母亲后来回忆起来仍很怀念。

父亲是个职业军事家，他把全部的心思用在打好仗、少伤亡、多歼敌上，他的战功是显赫的：歼灭日本一千余名精锐侵略军的平型关大捷，父亲任旅参谋长（——五师一共三个旅）；在解放战争著名的孟良崮战役中，父亲任华东野战军参谋长；淮海战役的第二阶段，战役处于相持阶段，总前委书记邓小平电召父亲，作为围歼黄维兵团的战场总指挥。百万雄师过大江，父亲率领的第八兵团

最先占领南京国民党总统府，父亲也成了解放后第一任南京警备区司令。

在我们的记忆中，一切都是"阳光灿烂的日子"。无论在南京，还是父亲调到北京当第一任工程兵司令，我们家属都是备受呵护。

如今回忆起来，我想他在"高官厚禄"后对母亲关心照顾得也不是太周到。父亲带有军人粗线条作风，对打大仗、建大基地有着丝毫不懈怠的职业习惯，他是个工作狂。我们六兄妹生活、上学的重担全落在母亲身上。我们谅解父亲，他的工作太繁忙了，有几个例子可以说明：父亲 1930 年在中央苏区拔掉过一颗牙，8 年后毛主席在延安批下给父亲镶牙的金子，频繁的战事让他一拖又是 8 年，直到 1946 年秋父亲赴重庆向周恩来副主席汇报工作，周副主席让邓颖超找了个当地的名医，才镶上了耽搁了 16 年的牙。新中国成立后，父亲也常常突然"失踪"，好多天不着家。那是 1958 年一个夏季炎热的中午，中央办公厅打电话给父亲，让他马上到中南海，毛主席有重要指示。父亲马上赶去，毛主席对父亲说："是我请你来的，正好有事跟你商量，郑州黄河铁路桥被洪峰冲垮，你们工程兵能不能在那里架座浮桥啊？"父亲很快赶到黄河，一待就是几十天。也是在那年夏天，彭总代表中央召见黄克诚、张爱萍和父亲，为了抗击帝国主义的核讹诈，中国导弹实验靶场第一期工程一定要在 1959 年 6 月 1 日前完成。中央决定工程兵作窝，国防科委下蛋。父亲率数万工程兵大军，开到西北大沙漠，在这个"死亡之海"完成了两弹工程建设。

"文化大革命"中，母亲因议论江青入狱

这源于工程兵的一场权力斗争。一位领导一直觊觎着父亲的位子。一场阴谋在暗中周密地策划开了：母亲是个直筒子脾气，加之是司令员的夫人，平常说些过火话别人也不敢说什么。但政治上并不成熟的母亲恰恰忘了，那是个非常岁月，有人系统地收集了母亲议论江青的材料，材料递到江青手里，她亲自下令让公安部长谢富治逮捕了母亲。

这一下的确让父亲陷入更为尴尬的境地。此时，他应该了解母亲，他完全可以为母亲的冤案申辩一下，但他没有，同时迫于压力，他要求和母亲离婚。

由于当时公检法也乱哄哄的，手续始终没办。

母亲在狱中度过了数年，受尽了残酷的迫害，有时几天几夜不让她入睡，母亲不仅身体坏了，神经也受到很大刺激。母亲出狱后问题并没有解决，反革命的帽子还没有摘。父母出于政治上的原因也还不能团圆。而这几年母亲在狱中时，一位年轻美貌的女军人闯入了父亲的生活，这在"文化大革命"中也许并不鲜见。父亲有地位，人高马大，很有军人的英武气，难免有些女性会对他有好感。出狱后获得自由的母亲很生气，这更加剧了他们感情的裂痕，如果母亲理智些，可以用妥善的方式解决，但在狱中受到强烈刺激的她已不懂得什么克制了，她也向有关部门写信揭发父亲，而且不止一个部门，这使他们的关系雪上加霜。

父亲再婚后，我们很少见到他……

父亲与母亲在20世纪80年代初曾试图尝试破镜重圆的可能，但母亲想起那些不愉快的往事便发泄和絮叨一下，父亲作为军人又有着刚烈的性格，他绝不迁就。短暂的聚会终于导致了彻底离异。

父亲离开职务后的日子是很寂寞的，他经常一个人看电视直到最后一个节目结束。他不和我们拉家常，也不问我们干什么。

80年代中期，我们认识了一位和我们年龄相仿的年轻女性，起初她来找我们聊天，后来我们发现，我们不在家的时候她到楼上的父亲那里，我们认为她看老人寂寞也去聊聊天，有一天父亲突然告诉我们要同她结婚，我们才知道还有这样离奇的事情。

父亲结婚不久就搬出去了，我们之间被一种神奇的力量隔绝了。我们想去看父亲，总要得到"批准"，那是在西直门内大街的总政招待所，我们电话打过去，总有一个声音回复："不见。"这当然不是父亲的声音。有的时候我们进去敲门探访，屋里明明有脚步声，但是就不开门，父亲年纪大并不知道，他的子女是何等地思念他。

应该承认，新的家庭使他焕发了生机，他把所有的感情投入到年轻的妻子身上，他在妻子的陪伴下，游览了很多地方。我们想，只要他老人家高兴就行了，我们尽量不要给他增加烦恼。

1995 年春天，父亲病重住进 301 医院，我们终于有机会去看看他。我们也得知，父亲虽然很少见我们，但也绝非忘记了我们。我六妹陈小琴去看他，老人家握着她的手不放，含着眼泪从她小时候说到现在，长达两个小时。

1995 年 7 月 22 日，父亲去世，他没有给我们留下一份遗嘱和任何财产。他年轻的妻子给了我们每人一件遗物，有的给了一条毛巾，有的给了两只都是右脚穿的鞋，有的是一个军用书包。

我们并不希望得到什么珍贵物品（其实他也没有什么），我们只是希望他的心中还有子女。我们聊以自慰的是，他的晚年是愉快的；我们感到遗憾的是，在他生命的最后几年我们只见过他几次，尽管我们很想念他。不知与子女的疏远，他的内心又是怎样想的呢？

父亲在弥留之际，新婚妻子终于忍不住问父亲："你一辈子最爱的是谁？"她希望她的终日陪伴能得到父亲的认可，能留下"是你"的回答。父亲喘息着，用微弱的声音说："毛泽东。"

（《作家文摘》2006 年总第 997 期，摘自《纵横》2006 年第 9 期）

父亲李天佑与林彪

·李亚宁·

我父亲李天佑1970年9月底病逝。去世前的职务是军委办事组成员、解放军副总参谋长。林彪出事后，有人宽慰我们："你爸爸不死，也是要受牵连的。"父亲的死是悲哉？幸哉？

父亲最早在林彪领导下工作，在1936年红军东征前到林彪任军团长的一军团四师十团任团长，政委是杨勇。在这以前，他在彭德怀指挥的三军团，从连长到副团长、团长，不满20岁当了三军团五师师长，曾在突破湘江的战斗中和师政委钟赤兵指挥红五师担任阻击任务。再之前，参加了邓小平和张云逸领导的广西百色起义，跟随红七军转战到江西中央苏区根据地。

1937年9月25日，父亲参加了平型关战斗，这是他一生中又一个亮点。当时他是林彪和聂荣臻指挥的一一五师六八六团团长，副团长（政委）是杨勇。六八六团作为主攻团，担任"拦腰斩断"任务，果断夺取了老爷庙，保证了整个平型关战斗顺利进展。

1939年6月，父亲与刘亚楼、杨至成、钟赤兵、谭家述和卢冬生等6位红军高级指挥员赴莫斯科治病和在伏龙芝军事学院学习，林彪当时也在苏联治病，并且是我们党在苏联的负责人。

1962年夏天，广州军区在湛江开军区党委扩大会议。正好放暑假，我们几个孩子都过去了。一天晚饭后，听父亲讲到他们1941年夏从苏联回国，同行数人经由外蒙古乌兰巴托进入内地。走到绥蒙大青山，因受到日军的封锁阻拦，无法逾越，他们不得已返回乌兰巴托。事后林彪批评他们"怕死"。

1944年春，父亲回到延安，1945年，参加了党的七大后，父亲重回林彪手下投入了解放战争。

"在东北时，天佑同志曾经救过林总一命。"这是父亲去世后的一天，在京西宾馆叶群跟母亲说的，当时我们几个孩子也在场。叶群所说是父亲在松江军区工作的时候，一次陪同林彪出去看地形，天晚路过一个村庄就宿营了。父亲因为了解到村后有一条河，担心万一有土匪偷袭，背水作战会很危险。父亲因此没有睡好，天不亮就叫醒林彪上路。结果他们刚过河，土匪就追过来了。当地的县大队在河对岸和土匪交上了火，掩护他们甩掉了土匪。我们从来没有听父亲讲过这件事，母亲的反应好像也是第一次听说。有人说，李天佑是林彪的爱将。我理解，这是指战争中林彪对父亲的重用而言。有这样几个例子：

一是我父亲换万毅任一纵队司令员。1947年4月，林彪、罗荣桓调父亲从松江军区司令兼哈尔滨卫戍司令到一纵队当司令员。东北一纵是东北民主联军的主力部队。按照当年辽沈战役结束后，东北野战军（由东北民主联军改名）总部对所属各纵队的战斗评语，一纵的一师和二师是"主力的主力"。万毅是东北军出来的，东北讲武堂毕业，年龄也比父亲大不少。李天佑曾经是一纵的老底子六八六团的团长，平型关一仗威风八面。万老将军也不含糊，一纵的主力是他从山东根据地发展起来的。两年前跟着罗荣桓跨海从山东带到东北，现在要把他调走他舍得吗？从后来万毅本人的回忆录中我们才知道，开始调他离开一纵到别的部队，很不情愿，要求留在老部队，并请别的领导帮他做林彪的工作。后来林彪同他谈话，同意留在一纵，改任政委。

二是三战四平和四战四平。我军初到东北后不久曾和国民党军队在四平交过两次手，1947年6月这次是第三次，所以叫三战四平。守城主力是陈明仁的七十一军，攻城部队统一由一纵我父亲和万毅指挥。

这次四平攻坚战打得很艰苦，但没有达到预期目的。在发起总攻后15天久攻不下，敌人援兵临近，林彪命令攻城部队撤出战斗。此次四平攻坚虽给敌人沉重打击，但是部队损失很大，光一纵就伤亡 4000 余人。作为主要指挥员的父亲，精神压力是很大的。

四平之战失利后，林彪于 7 月 13 日写了一封信给父亲。

天佑同志：

总部 2 日关于夏季攻势经验教训总结电，盼切勿草率看过，而应深切具体地研究，使今后思想有个标准：要把实事求是的原则，一切决定于条件的原则（这个原则我同你谈过），革命的效果主义的原则，实践是正确与否的标准的原则，加以很好的认识。你是有长处的，有前途的，但思想不够实际。夏季攻势中，特别是四平战斗直至现在，从你们的电报和你们的实际行动的结果上看，表现缺乏思想，缺乏见识。为了今后战胜敌人，盼多研究经验和学习毛主席的军事思想……在军事上要发挥战斗的积极性，而同时必须从能否胜利的条件出发。凡能胜利的仗，则须很艺术地组织，坚决地打；凡不能胜的仗，则断然不打，不装好汉。如不能胜的仗也打，或能胜的仗如不很好讲究战术，则必然把部队越搞越垮，对革命是损失。以上原则，有益于进步，望深刻体会之。这些原则同时也是我正在努力加深认识的东西。

林　彪

7 月 13 日

仅仅 8 个月后的 1948 年 2 月 27 日，东总下达了再攻四平的命令，即四战四平。

在我军历史上，甚至世界军事史上，都难以找到这样的案例：前后两次同一地方和目标的大规模作战，前一次作战失利的指挥员竟然又被任命为后一次作战的指挥员。我始终认为，这是林彪战场用将的经典之作！

父亲和他的战友果然不负众望，整个四平战斗历时 23 小时就胜利结束。四平解放后，历时 3 个月的强大冬季攻势也宣告胜利结束，整个东北战场的军事、政治形势发生了根本的变化。父亲也终于解脱了他肩负的巨大压力。

三是打天津。1948年11月一纵改称解放军第三十八军。军长李天佑，政委梁必业。12月30日，三十八军接受了主攻天津的任务。根据命令，三十八军与三十九军并肩由天津西向东实施主要突击，此主攻方向统由我父亲和梁必业指挥。

三十八军、三十九军合成一股洪流，猛打猛冲，先期占领会师地点金汤桥，并继续穿插一举占领敌天津守备司令部，生擒天津守备司令陈长捷中将。

抗日战争、解放战争中父亲在林彪的指挥下打过不少胜仗，不少大仗恶仗，他所带过的三十八军在我军历史上也是响当当的。在生与死的较量、铁与血的厮杀中，林彪对他是了解和信任的，父亲同几乎所有他那个时期的战友一样敬重林彪，这是事实。

新中国成立后，父亲仍在军队工作。1966年9月，由于父亲到张家口解放军技术工程学院指导过"文化大革命"运动，保护过学院领导，该学院学员跑到北京，把写着"打倒消防大队长李天佑"的大标语贴到了天安门城楼内墙上。10月1日国庆节上午，在天安门城楼上，毛主席走过父亲面前时，面带微笑地问："过关了没有？"站在毛主席身边的林彪替父亲回答道："还没有过关。"毛主席接着诙谐地说："天佑天佑，老天保佑！"说完便接着往前走了。

1967年国庆节过后的一天，父亲到林彪家汇报工作。一回来，他就告诉母亲，林彪准备要他到昆明军区当司令员。林彪说，本来想让温玉成（时任广州军区副司令员）去昆明，怕他镇不住，所以让父亲去，让温玉成到总参接父亲的工作。"准备年底前搬家。"父亲对母亲像下命令一样说道。可惜后来并没有走成。

1969年4月28日，党的九届一中全会通过军委办事组成员名单。继原来的黄永胜、吴法宪、叶群、李作鹏、邱会作、谢富治、温玉成、刘贤权之后，李德生和父亲增补进军委办事组。父亲因长期工作劳累病情加重，遂在1969年下半年打报告请休息。在1970年1月接到命令后离开了工作岗位。

1970年10月，父亲病故一个月后的一天晚上，林彪在家里接见我们全家。在那个特殊的年月，能受到林彪在家里的专门接见应该是我们全家很荣幸的事情。仅仅一年以后，全家人对此事就讳莫如深了……

1994年1月8日，在父亲诞辰80周年纪念座谈会上，时任中央军委副主席的张震上将题词"一生忠贞，矢志不渝，英勇善战，我军楷模"。时任国防部部长的迟浩田上将题词"一代名将"。

（《作家文摘》2007年总第1079期，摘自《华远》2007年第4期）

父亲苏振华的三次婚姻

· 苏承业 ·

苏振华（1912—1979），湖南平江人，中华人民共和国海军主要创建者之一。1955年被授予上将军衔，曾任军委海军第一政委、中共中央军委副秘书长、上海市委第一书记、第十一届中央政治局委员。本文系其女回忆——

父亲苏振华一生总共有过三次婚姻，但由于种种原因都不是一帆风顺。

父母把我从死神手里抢回来

父亲参加革命前家境贫寒，靠给地主做长工为生。我奶奶便将收养的一个叫"娇妹子"的穷姑娘给父亲当媳妇。后来，娇妹子生下大哥后不幸难产身亡。

我的母亲孟玮是父亲的第二任夫人，和父亲是在延安抗日军政大学认识的。她是河南南阳师范的高才生，1937年，17岁的她满怀革命激情奔赴延安。1938年下半年，父亲在抗大一大队任大队长，和政委胡耀邦一起组织学员学习。

母亲聪明好学，能歌善舞，又活泼好动，在众多抗大女学员中引起了父亲的注意。父亲比母亲大9岁，是个地道的工农干部，文化水平不高。而母亲是个多才多艺、情感丰富的知识分子。

刚开始，母亲没有完全接受，但周围同志的积极撮合，加上父亲对她的关心和爱护，她渐渐服从了组织安排，接受了父亲，最终他们结婚了。在那动荡不安的战争环境里，父亲母亲相互支撑，性格的摩擦没有影响到他们的感情和生活。

1942 年，他们的第一个孩子夭折了。两年后，母亲怀上了我。怀孕时正是部队在战略撤退，在行军过程中，母亲早产了，母亲营养不足，没奶水，使得我营养不良，刚生下时据说只有老鼠那么大，快一岁时，连脑袋都直不起来，周围许多同志都认为活不了。

当时有人看我母亲抱着个"死孩子"，行军又辛苦，曾劝爸爸妈妈把我扔掉。然而他们始终不肯放弃我，用小米糊糊一口一口喂我，终于把我从死神手里抢了回来。

倔强的母亲

1949 年，全国解放了。父亲任贵州省第一任省委书记，我们全家都到了贵州，家里又添了一个妹妹和两个弟弟，也把大哥从湖南老家接来上学，开始过起相对安定的生活。

母亲在战斗中头部曾受过伤，而且自小性格倔强好胜。过上稳定生活后，父母间的性格差异开始显现，他们争吵逐渐增多。刚解放的贵阳市百废待兴，繁重的工作使父亲很晚才回家，母亲是个情感很丰富的人，不免对父亲产生意见，认为对她感情疏远了。另一方面，要强的母亲觉得自己生孩子多，耽误了工作，埋怨父亲使她进步慢了。

1954 年，父亲调到北京工作。1957 年后，母亲的脑子开始出现幻觉，脾气也越来越暴躁。父亲为了家庭和谐和子女的幸福，总是处处忍让，更加细微地呵护她。

然而，倔强的母亲不以为动。1957 年，母亲说她找到了失散多年的初恋男友，而且男友终身未娶，于是她提出要离婚，很快起草了一份离婚报告并离家出走，住在单位的宿舍里。爸爸为了孩子，也考虑到社会影响，一直把妈妈的离婚报告压下来，没有签字。

我那时已经 13 岁，问妈妈为什么一定要和爸爸分手，她的理由很简单："我给你做的花裙子，你不喜欢，就坚决不穿。一个道理，我和你爸爸是组织包办的婚姻，我不喜欢的人，和不来！"1958 年，父亲最终在离婚报告上签了字。

离婚后，母亲一直独居。组织上多方了解，她并没有找到所谓的男友。我们推测，所谓找到男友只是借口而已，父亲和我们只能常常在生活上给她一些关怀，每逢节假日，父亲都会主动让我们看望她，给她应有的家庭温暖。

"让他放肆找一个"

母亲离开后，父亲带着 7 个孩子，又当爹又当妈。1959 年国庆节晚上，全家人到天安门看焰火。刘少奇的夫人王光美同志目睹了父亲拖儿带女的情景，她与毛主席谈到父亲的现状，毛主席考虑一下说："让他放肆找一个！"

1959 年秋天，当时的海军副政委方强同志找到了文工团的舞蹈演员陆迪伦，介绍父亲和陆阿姨见面。陆阿姨对父亲有所了解，也有过接触，对父亲的印象很好。

然而，父亲和陆阿姨的婚姻受到多方的争议和阻力。首先，父亲 47 岁，陆阿姨 25 岁。社会上和军内的非议很多：说父亲喜新厌旧，说陆阿姨贪图权势和财产……

我们子女的反对态度就更明显了。我只要见到她到我家，我就会站在楼梯口，不让她上楼。无礼举动的我，常常被父亲的孙秘书拉走，并苦口婆心地劝我要理解和爱护父亲。

1960 年初春，父亲和陆阿姨的真爱结了果。那年在广州召开的中央军委扩大会议上，贺龙同志为父亲和陆阿姨主持了一个简单而热闹的婚礼。

婚礼上短暂的幸福感，很快变成了无奈。父亲和陆阿姨回到北京家里，迎接他们的是我们子女冷漠和鄙视的眼神。

面对这难堪的局面，父亲和陆阿姨默默地忍受，同时用他们的爱和家庭责任感融化着我们。

陆阿姨用行动逐渐融入家庭

1960 年前后，全国人民生活都很困难。当时父亲的工资 300 多元，虽然已是不少，但是家里孩子多，还有老家的亲戚需要接济，依然是捉襟见肘。

陆阿姨到我们这个家，不仅要面对我们的冷落，还要极其勤俭，用节省的钱照顾几个未成年孩子的生活。我们从没有听到过她的埋怨和呵斥。相反，她对我们的合理要求积极想办法支持。那时候我爱拉手风琴，爸爸为我买了琴，陆阿姨为我请来文工团专拉手风琴的李春廷叔叔做我的老师……

虽然我们心里还是有想法的，但为了爸爸，看看陆阿姨也很不错，就不再为此争吵，日子过得还算平静。

1961 年后，陆阿姨先后生了两个小弟陆一和陆二。陆阿姨对这两个小弟弟并没有特别的宠爱，吃穿用和我们都一样。外人看不出我们是同父异母的兄弟姐妹。

"文化大革命"时一家人天各一方

爸爸和陆阿姨对我们平和的爱，我们对陆阿姨生的小弟弟的手足之情，使我们之间逐渐融洽起来。而使我们的心真正走到一起的，是"文化大革命"这场暴风骤雨。

1967 年 1 月 16 日夜，造反派抄了我们家，半夜父亲就被绑走了，陆阿姨也不知去向。

我的同母弟妹也都被逐出海军大院。大弟弟被打成反革命，下放到唐山烧锅炉；妹妹和二弟发配到云南玛黄堡当了割胶工；三弟、四弟被海军安排到天津草砣子农场，一个做酱油，一个养马；父亲、陆阿姨和两个小弟弟音信全无。一家人天各一方。

后来我才知道，1969 年晚秋，分别关押了两年的父亲和陆阿姨、两个小弟弟第一次见面，他们被一起武装押上火车，送往湖南零陵的冷水滩劳改农场。

分别近三年的陆阿姨一面关心父亲的健康状况，也深深理解他对孩子们的挂念。她一解除关押，就打听到每个孩子的下落，告诉父亲并安慰他："承业、承德他们几个孩子都好，你放心！"

父亲已经58岁，长年征战使得他到处是伤痛。陆阿姨把拉煤、买菜做饭等家务全包下，为了给父亲补养身体，她不顾专案组阻挠，养了鸡，用鸡蛋、鸡汤维持着一家人的健康。专案组逼她和父亲离婚，遭到她严词拒绝；她还让父亲悄悄给毛主席写信反映真实情况，提出申诉，并想尽办法找人把信送上去。

毛泽东批示"此人可以解放了"

"9·13"事件后，全国形势发生巨大变化，我在北京闻听父亲可能会被解放，但只能深切地盼望和耐心地等待。

1972年2月2日清晨，我在医院刚下夜班，突然接到陆阿姨的电话。她说父亲和她，还有弟弟们都在清晨回到了北京，但仍被专案组看管。我听到后浑身都在颤抖，眼泪也下来了，说不出心里是喜还是酸。

几天后，父亲被送到北京阜外医院，床头挂的是参军时的小名——"苏七生"，专案组仍然隐瞒父亲将被解放的消息。

1972年3月5日，毛泽东在父亲于1971年12月13日写给他的信上批示：此人可以解放了。如果海军不能用他，似可改回陆军（或在地方）让他做一些工作。

3月17日，父亲转院到301解放军总医院，对他的监护彻底解除。我们一家人才真正轻松地欢聚在一起。

1979年2月7日，刚复出工作没几年的父亲，身体严重透支，心脏突然破裂，倒在了工作岗位上。当时身边没有一个亲人，也没有留下一句话。那时陆阿姨才40多岁，孩子们工作生活也刚刚稳定。

经过洗礼的一家人非常珍惜家庭。2008年，陆阿姨被诊断患了肾癌，兄弟姐妹都想尽办法求医问药。陆阿姨说："苏振华同志和孟玮同志没有享到的福，我都代他们享了。"

2012 年 2 月 22 日，陆阿姨走完她的人生路，和父亲相聚去了。所有的孩子回京为她送行，但关于财产，所有的二代、三代家庭成员，没有一个人提及。

（《作家文摘》2012 年总第 1535 期，摘自《文史参考》2012 年第 9 期）

高岗五虎将之首张秀山
——女儿张元生讲述父亲的遭遇

·张元生 口述 程诉 整理·

张秀山，1930年参加革命，和刘志丹一起创建西北红军。新中国成立后，任中共中央东北局第二副书记兼东北军区副政治委员，在东北局的地位仅次于高岗。在"高饶事件"后，被定为高岗手下的"五虎将"之首，随即降职为辽宁省盘山农场副场长。

外地休假成了"反党串联"

1952年，父亲已到东北工作7年。这时候，工作逐渐上了正轨，朝鲜战争也已经基本停战，这时的父亲希望得到休假的机会。夏天，父亲借着暑假的机会，带上正在上学的刘志丹的女儿刘力贞和在我家住着的谢子长的儿子谢绍明一起回西北老家。父亲见到了习仲勋、马明方、王世泰等老战友，还看望了刘志丹的父亲。

离开陕西时，王恩茂正好要去新疆工作，父亲便和他同行到了新疆。王震陪着父亲在乌鲁木齐、伊宁等地参观。之后，父亲又去了中南和华东，见了许多四野的南下干部。

没想到，这次休假，在"高饶事件"之后，竟成了父亲到各地进行"反党"活动的罪状。

高岗自杀未遂，周总理叫父亲去做工作

1954年2月，国家计委专职委员安志文和高岗的秘书赵家梁向周总理报告高岗开枪自杀未遂的情况。听过详细的汇报之后，总理对父亲说："秀山同志，你去做一下高岗的工作。一定要稳住他的情绪。"

父亲从1930年在陕北闹"兵运"（即潜伏在国民党军队中待时机成熟发动兵变——编者注）的时候就认识了高岗，后来一直到创建陕甘根据地，两个人配合工作，前后长达20多年，建立了深厚的战友情谊，两人之间毫无忌讳，无话不谈。新中国成立后在东北局工作时，高岗大权独揽，只有父亲的话他听得进去。时任东北局副秘书长马洪说："在东北局谁敢跟高岗拍桌子？只有张秀山。"

当晚父亲便住在了高岗家。在谈话中，父亲指出高岗过去许多反对刘少奇等同志的言论，他都不承认，只说自己辜负了毛主席的信任。高岗说，我对毛主席、对党是忠心的，从来没有过反对毛主席的一丝念头，还说，"我与刘少奇不是个人之间的问题，是工作上的意见分歧"。

父亲和高岗之间的具体谈话，都跟周总理做了汇报。每次同高岗谈话，赵家梁都在场。后来赵家梁回忆，父亲和高岗都住在二楼，高岗房间在东边，父亲住在西边的客房，半夜三更，大家都睡觉了，高岗就跑到父亲的房间来，进门也不说话，往那一坐，父亲不说话，高岗也不说话，待一会儿，也不说什么，起身就走。

半年后，高岗吞服了大量安眠药自杀。后来，父亲听说，高岗是从报纸上看到，在全国人大代表的名单中，东北局和东北各省、市主要负责人的名字都没有了。他向看管他的人说，以后见到这些人时，请代我向他们表示歉意，是我连累了他们。父亲曾经说，高岗一再给主席写汇报材料，他就是想见主席，可是主席不见他。毛泽东得知高岗自杀后说："高岗的问题处理得不好。高岗不自杀，即使不能在中央工作，还可以在地方上安排嘛。"

在盘山农场的日子

七届四中全会以后，根据中央书记处的部署，东北局召开了东北地区高干会议。这次会议，父亲便开始"挨整"。1954 年 4 月 24 日，父亲受到撤职处理，由原来行政四级降为八级，下放到盘山农场当副场长。

我记得，在父亲离开沈阳之前，父母给力贞姐办了一个风风光光、热热闹闹的婚礼。回想起来，父亲是在被打成"反党集团"成员、即将下放农村的情况下，喜气洋洋地把刘志丹女儿的婚事给办了，那需要多大的胸怀啊！

父亲遭难之后，子女和亲属也受了牵连。从延安就一直在我们家长大的叔伯姐姐，本来是留苏预备生，被取消了留苏资格。我二哥也是因为父亲的问题，不能上军事院校。

搬到盘山农场之后，生活条件跟沈阳自然是没法比了。但是父亲没有消沉，他一旦投入工作，心情就很好。他的豁达影响着我们全家，我们家里没有悲观情绪。

周总理认为东北局高干会没有开好。1955 年夏天，周总理叫王震来看看我父亲。到了沈阳，王震硬要父亲住在自己的房间。两个人吃住在一起。父亲对王震讲了东北局高干会上的情况，他说："因为我和高岗一起工作时间长，把我打成反党集团成员可以，把张明远、赵德尊、郭峰、马洪打进去，实在是说不过去啊！张明远是冀东的老同志，跟高岗在历史上没有什么联系；马洪年轻有才，负责起草一些文件；赵德尊和郭峰是从原来的省委书记调到东北局当个部长，是平调嘛。郭峰刚调来不到一年，赵德尊也就是一年，怎么能变成高岗死党、反党成员呢？"

王震回到北京，把父亲的情况向总理做了汇报。周总理向毛主席做了反映。不久，毛主席批示中组部，每月给父亲 120 元生活补助费。

后来，我大哥视网膜脱落，在沈阳做手术。父亲不放心，就让母亲带大哥到北京去找习仲勋，习仲勋立刻找了一个特别好的眼科大夫，给大哥做了手术。我现在想，那些老战友，心里都知道父亲的冤屈，他们知道父亲是什么样的人，所以只要父亲开口，他们都尽力帮忙。

父亲是坚强的，从未想过自杀。他相信党，相信自己的问题一定会得到解决。1979年，中央重新安排了他的工作，任国家农委副主任，后来又做了中顾委委员。但遗憾的是，父亲1996年逝世，在有生之年，没有看到对他1954年遭受不公正对待的说法。但看到人民的生活一天天好起来，他晚年感到很欣慰。

（《作家文摘》2011年总第1417期，摘自《文史参考》2011年第3期）

父亲钟伟

·钟戈平 钟戈挥·

一

父亲钟伟，原名钟步云。1914 年 10 月 26 日出生于湖南省平江县的一个中农家庭。兄弟姐妹 9 人中，父亲排行老六。祖父看父亲聪明好学，想尽办法送他到乡里的小学读书。小学老师袁克奇是平江南乡一带中共地下党的负责人。父亲经常跟着袁老师到农民群众中进行革命宣传工作，为中共湖南地下省委负责人吴克坚做秘密交通员，这时父亲还不满 13 岁。

1930 年 7 月，彭德怀率领的红五军重新攻占了平江县。已担任红五军政治部宣传部长的袁克奇要父亲立即组织一批少先队员参加红军。

父亲一生身经百战，经历了无数险境，却只在手上和小腿上受过两次轻微的小伤。父亲笑着对我们讲，他生来福大命大，是打不死的！父亲告诉我们，他的应变和决断能力是在长期战争实践中不断总结经验教训后形成的。的确，父亲"从来不打蛮仗"。战争年代，他写下 4 本厚厚的作战笔记。遗憾的是，十年动乱，安徽的家被抄，4 本厚厚的作战笔记从此下落不明。

二

庐山会议刚刚结束，8月18日又在京紧急召开了批斗彭、黄的军委扩大会议。当时，父亲随以李天佑为团长的军事代表团出国参观苏联太平洋舰队军事演习回来不久。一天晚上我们正在吃饭，父亲突然十分严肃地对我们讲："这次是祸从天降，很可能会坐牢，你们都要做好充分的思想准备。"我们大吃一惊，愣住了。"怎么了？究竟发生了什么事？"父亲简略地告诉我们，庐山会议上，硬说彭总和黄克诚搞了个什么"军事俱乐部"，反党、反毛主席。这次军委开扩大会议，批斗他们时，自己不过是根据历史事实讲了几句老实话，就被定为彭黄反党集团的"积极追随者"，撤销了党内外一切职务。当我们追问"军事俱乐部"的具体情况时，父亲非常烦躁地说："见他妈的鬼！什么军事俱乐部？！完全是莫须有嘛！这些事跟你们讲，你们也不明白。"第二天，北京军区保卫部来人，将父亲最心爱的"七芯子"左轮手枪及卡宾枪、双筒猎枪统统收走。

1959年的军委扩大会议上，父亲被定性为"彭黄反党集团的积极追随者"。

彭德怀、黄克诚一直是父亲最敬重的领导，"彭总一身正气，从来不搞宗派。他最讨厌那些讲假话，拉拉扯扯溜溜拍拍的人"。"黄老办事公正，原则性强，对谁都不讲情面"，"一贯关心爱护部属"。长征路上，父亲突然发高烧到39℃多，连续几天不退，医生说没有希望了。黄克诚听说后，立即派人搞来一种当时很难弄到的消炎药，组织战士轮流抬担架。事后，父亲曾十分感慨地对人讲："就是父母对子女的关怀，也莫过于此！"25年后，这话成了某些人攻击父亲的一颗重磅炮弹："自称与黄克诚是父子关系。"

实际上，父亲对自己的命运是有所预感的。

参观苏军演习刚回国，北京军区政委就找他单独谈话，要他认真检查交代，划清与"彭黄反党集团"的界限，彻底揭发他们的反党罪行。父亲当即表示："我平时与他们都是正常的上下级关系，没有任何不可告人的东西。因此，也不了解他们有什么反党活动。"后来，他不止一次感叹地说："这次实在是在劫难逃啊！讲不讲都一样，人家反正是要整你的。明明是杨成武要我到北京军区来的，可有些人却硬说我是彭德怀安在北京军区的'钉子'。"

停职反省期间，父亲多次被大会批判，有人说他"态度极不老实，始终顽固对抗"。最霸道的处理是调离部队，下放到安徽省农业厅工作。

"文化大革命"初期，戴着"彭黄"帽子的父亲成了人人喊打的"死老虎"，一下子被推到群众运动的风口浪尖上。看着一批批老干部、老战友被扣上"三反"分子的帽子被打倒在地，面对着"造反派"的巨大冲击，父亲不仅感到无法理解，而且内心充满了气愤和压抑。他再次向中央申诉，要求解决自己的问题。信是通过林彪转报毛泽东的。谁知报告发出之后，如石沉大海。

1967年9月，"中央文革"成员戚本禹在一次接见安徽"造反派"群众大会上公开点了父亲的名，诬称他是"彭黄死党"，"是挑动安徽两派武斗的黑手"，"阴谋策动反革命武装暴乱"！一次批斗会上，父亲因不肯低头下跪"向毛主席请罪"，被几个家伙一阵拳打脚踢，捆起来塞进麻袋，扔到卡车上，扬言要扔到河里去喂鱼。所幸，途中父亲拼命挣脱了绳索，从车上跳了下来。在那以后，他被迫离家出走，躲进淮南市郊区农村。那里有几个北京军区的复员兵，救助掩护了父亲。

三

1974年年初，父亲到北京直接找到胡耀邦。胡耀邦对他的处境十分同情，认为对他的处理很不公正，当即与副总参谋长杨勇和向仲华联系，将父亲安排住在海运仓总参第一招待所，并促使总政正式受理了父亲的申诉。杨勇还特意向招待所打了招呼："一定要好好接待，钟伟是立了很大战功的。"正当大家满怀希望的时候，风云突变。1975年年末，"四人帮"疯狂"反击右倾翻案风"，邓小平再次被打倒。把持总政大权的张春桥在父亲的申诉报告上写道：立即回安徽等待处理。为了不给胡耀邦、杨勇等人整更大的麻烦，父亲决定暂时先回安徽。

"四人帮"被粉碎后，党中央迅速为彭德怀同志彻底平反。对父亲的问题，胡耀邦一直十分关心。后来，胡耀邦将父亲的问题反映给重新出来工作的邓小

平。邓小平明确表示：既然过去搞错了，那就应该平反嘛！父亲的问题终于得到
了解决。

父亲一生，经历了无数的坎坷和打击，但他对党的忠诚、对党的感情却从
未改变。在他病危即将去世的时刻，他以无限的深情在遗嘱里写道："党是培育
我成长最疼爱的母亲，我时刻没有离开过她，不管是在艰难困苦还是在幸福的
时刻……"

（《作家文摘》2002年总第 573 期，摘自《老照片》2002年第 23 辑）

父辈往昔

我的伯父周恩来

·周秉德　著　铁竹伟　执笔·

周秉德，周恩来的侄女，周恩来弟弟周同宇的大女儿。1949年6月，12岁的周秉德到北京和伯伯周恩来一起生活。在周恩来逝世25周年的时候，周秉德、铁竹伟执笔的《我的伯父周恩来》一书由辽宁人民出版社出版。

要去当演员？

1957年2月21日我给在无锡疗养的爸爸写过一封信：

亲爱的爸爸：

　　……伯伯（周恩来）的身体还很好，我已看到他，见他脸被晒得成了褐色了。他告诉我他长了两公斤呢。他还风趣地说，这两次到了十一个国家，走了十万八千里，孙悟空一个筋斗十万八千里，我也是孙悟空了！温度是零下40度到零上50度。上下九十度。这是一次多么伟大、艰苦的旅行啊！而他完成的使命是多么高贵、在国际上起的影响作用是多么伟大啊！

　　星期天我和（孙）维世姐都来看他了。他谈到在重庆时，与老朋友去吃饭馆，到一家小饭馆，楼上只有三桌，正好闲一桌，他们占用了。别桌人们都去看他，他与那两桌的人都握了手。他说，我和他们都握了手，都满足了，我又告诉他们请他们不要下去嚷，惹得很多人来。结果他们也都不嚷出去。我们说，你在北京就不行了，人这么多！他一听，立刻说，为什么不行？今天我就可以请你们到外边去吃午饭。我们有些不敢，他说，没什么关系。我们就商量了到个较小的僻静一些的小馆子去吃。我们坐车到了东单新开路的一家"康乐"，但那里满座。我们又出来，伯伯临时想起灯市口西口的"萃华楼"。他说1946年三人小组谈判时，与马歇尔等到这里吃过一次，有了印象。去年吴努来，他说"请你去吃饭馆"，就请他到这儿来了。今天他又想到了这儿。说，我第三次在这儿吃是请你们！我们吃的是简单的菜饭，五个人五菜一汤。米饭、馒头一共是十元零二角。他说，这可比重庆贵，重庆六人，六菜一汤有酒，菜还较好，只有三块四角六分，物价是低。我们回来，小虎（注：伯伯在抗战时期的副官龙飞虎之子）站在门口。他有趣地问小虎："你猜我们一人吃了多少钱？"

在谈话中，他说他发奋读《家》。已读了三十六页了！大家都笑了。他发奋读只读了三十六页，他的时间太少哇！他准备先读巴金的原著，再读剧本。伯伯很爱好艺术，他对文艺界的很多人、剧目都认识、都懂得。他看了《家》电影，说："演三少爷的就是过去演连长的。他没有生活。他说，我要去演觉新。也要比他演得好。"（这时七妈（邓颖超）提出说："让周同宇去演觉新才好呢，一定好。"）他又说："以后我要退休了，我就去演戏。谁说总理退休不能演戏？我就要开创一个！""我演戏还行，学导演向你学习（对孙维世讲）。"他（指周恩来）是很活泼的，他现在也仍注意运动，身体真算健康的！他的身体好是全国人民全世界人民的幸福！我首先非常高兴，您也一定高兴吧？爸在那很闷，我平常也没故事讲给爸听。今天的故事，我想爸是愿知道这些内容的。

女儿 秉德

1957 年 2 月 21 日

我当时对伯伯的处境毫不知情。胡乔木同志 1982 年 11 月 4 日在回忆 1956 年"反冒进"情况时曾说：

"1956 年各条战线、各省市根据毛主席 1955 年冬写的《中国农村的社会主义高潮》序言的精神，加快速度，扩大了预定计划的规模，增加了预算指标。4 月下旬，毛主席在颐年堂政治局会议上提出追加 1956 年的基建预算，受到与会同志的反对。""会上尤以恩来同志发言最多，认为追加预算将造成物资供应紧张，增加城市人口，更会带来一系列困难等等。毛泽东最后仍坚持自己的意见，就宣布散会。会后，恩来同志又亲自去找毛主席，说我作为总理，从良心上不能同意这个决定。这句话使毛主席非常生气。不久，毛主席就离开了北京。"

1958 年 2 月 22 日，周恩来结束对朝鲜的访问回到北京。这时，北京正在举行政治局扩大会议。传达南宁会议精神，继续批评"反冒进"问题，不过，同南宁会议相比，会议的气氛缓和了许多。

但往日车来人往，十分繁忙的西花厅，陡然冷清起来。没有外事活动时，伯伯就独自坐在办公室里写检讨。

白天，秘书已经按照伯伯的吩咐清理他的藏书，自己的留下扎好，从外面借的分头还去。大家心里也猜到几分，不当总理的话，周恩来一定会搬出西花厅，因为国务院办公室与西花厅只是一墙之隔，他要给新总理让地方……

叶飞是陈毅元帅手下的一员战将，两人情谊深厚。那是个星期天，他到中南海找老首长"摆龙门阵"，因为陈毅随我伯伯周恩来去朝鲜访问刚回到北京，他便随便问起在朝鲜志愿军的情况。一向心直口快的陈毅突然长长地叹了一口气说，这次到朝鲜，总理白天神采奕奕，谈笑如常，一到晚上，他关上门，就独自一个人喝闷酒，也没有菜，一杯接着一杯。我心里最清楚，他是以酒浇愁啊！

"文化大革命"后谈起这段往事，叶飞的眼睛还有些湿润地说，周恩来当时检讨自己"反冒进"错误的报告他已经听了，总理检讨完后，满场掌声，他也热烈地鼓掌。他敬重周恩来是党内"老犯错误老检讨"的一位好领袖。听了陈毅讲周恩来喝闷酒的事，他心里对周恩来又有了进一步的了解：噢，总理也是有自己的独立思考的，而并非上面说什么是什么的！于是，对周恩来又增加了几分敬重。他知道周恩来的检讨是为了顾全大局。

我伯伯立即用自己的实际行动，全力贯彻中央会议的精神。1958 年下半年，他除了留在北京处理必要的外交事务外，其余时间，他便到广东、上海，飞黄河，下工地，深入农村、工厂、工地第一线进行调查研究。

烈日炎炎的 7 月，伯伯要到广东去调查，到广东新会县调查水稻育种情况。

伯伯坚决不住县委安排好的招待所，就在临街的县委二楼办公室里搭了张床。一住就是七天！天热，新会县城的居民都爱光脚穿木板拖鞋上街，木拖鞋走在石板路上，"踢踏踢踏"的脚步声在夜里清脆刺耳，常常是响到后半夜才停，天还没亮又响。这不要说睡觉很轻的伯伯，连平时入睡很快的卫士长成元功，也常常被仿佛响在枕头边的木拖鞋声吵得睡不着。屋里又闷又热，没有电风扇，无论是我伯伯还是随从的工作人员，人人只靠一把芭蕉扇，不扇就流汗，直至夜深了，太困了，扇累了才在蒙眬中入睡，无奈天不亮，那清脆的"踢踏踢踏"声又把人惊醒，一睁眼就一身一脸的汗！伯伯全身长满了痱子，眼角也布满了血丝，然而，他总是精神抖擞，看工厂，看农村，与见到的群众亲切交谈。

1958 年 6 月 9 日政治局决定了伯伯继续担任总理的职务，不过虽然还是总理，但在国家建设问题上，再没有决定权，凡事必须报中央书记处批准。留在中央档案中，现已公布在《周恩来与北京》一书中，伯伯关于修建密云水库的批示就是明证：

拟予同意。

请彭真同志汇报中央书记处批准，并告水电部办。

周恩来

十月十日

为何下令逮捕自己的亲弟弟？

1968 年的一天，北京卫戍区干部王金岭奉命来到谢富治的办公室。谢富治没开口，先递给他一份文件，是周恩来总理亲笔批示的逮捕令：立即拘捕周同宇。旁边周总理还用蝇头小楷注明：其妻：王士琴；三女：周秉德、周秉宜、周秉建；三子：周秉钧、周秉华、周秉和，家住北京机织卫胡同二十七号。

"这是外交部红卫兵报到江青同志那里的一个案子。"谢富治口气平静地说，"江青同志直送总理处，总理亲自批准办的一个案子，需要找一个比较强的干部来办此案，选中你，是对你的信任。"

"这个周同宇是什么人？"

"他是周总理的亲弟弟。"

"总理的亲弟弟！"王金岭的头嗡地响了起来。

"是啊，严格地说，这是无产阶级司令部的家务事，你要多动脑子，实事求是，为无产阶级司令部分忧解难。我现在还要去开会，具体如何执行，由傅崇碧司令员给你布置。"

王金岭跟着出门，他敲响傅崇碧司令员办公室的门。

"把你从野战军调来，就是相信你有战斗力！你要敢跟红卫兵干！"一身军装的傅崇碧司令员声音洪亮，态度明朗："这个案子是红卫兵搞起来的，周同宇就是与王光美的哥哥一块儿吃过几次饭，红卫兵就说是什么阴谋'聚餐会'，是特务活动！完全是无中生有，无限上纲嘛！谁知案子报到江青那里，她倒动作快，不问青红皂白，一下送到了总理办公室。周总理找我去商量，我立即向他建议，与其让红卫兵乱来，不如由卫戍区出面用拘留的形式把周同宇保护起来，以免落在心术不正的坏人手里遭人暗算，甚至杀人灭口！煤炭部部长张霖之不就是活活被打死的！总理接受了我的建议，不过他提笔批示时想了想，把'拘留'改为'拘捕'，还是总理想得周到：拘留不能时间太长，而且不能搜查住所，拘捕当然不同了！"

"九一三事件"后失声痛哭

1971 年 9 月 13 日林彪乘飞机外逃，其中有一个情节鲜为人知：中国驻蒙古大使馆派人带回的照片，证实了林彪的确折戟沉沙、自取灭亡之后，不断有面色严峻的国家领导人脚步匆匆进出于人民大会堂，弥漫着高度紧张气氛的东大厅里终于恢复了往日的平静。其他人都已经如释重负地离开了，屋里只剩下周恩来、纪登奎。

突然，一阵号啕之声如江水崩堤猛烈爆发，这是一种长久的压抑到了极限，终于无法再压抑而爆发的哭声，一种痛楚无比撕肝裂肺的痛哭。纪登奎一下呆住了：不是目睹，他压根儿不会相信，发出这种哭声的不是别人，正是面对墙壁双肩颤抖的周恩来！就是刚才还和大家一样露出久违的笑容，举杯庆祝这不幸中的万幸的周恩来！

纪登奎震惊了，以至于话说得结结巴巴："总理，总理，林彪一伙摔死了，这是不幸中的万幸，应该说是最好的结局了，您该高兴，对不？！"讲完他自己才意识到，自己分明在重复着总理刚才讲的话。

周恩来回过身来，双肩依然在颤动，脸上老泪纵横，他摇着头，声音嘶哑地反复说："你不懂，你不懂！"

确实，纪登奎也是"文化大革命"结束后才想明白：为了树立和维护林彪副统帅的地位，冲击打倒了党政军那么多老干部……国家主席刘少奇被定"叛徒、内奸、工贼"，煤炭部部长张霖之被活活打死，多少老干部被投入监狱，多少群众因之划线受批判……如今，这个一直是被称为毛主席"最亲密战友"，并作为毛主席当然接班人写入党章的林彪，竟带着老婆、儿子逃往国外，落得个折戟沉沙，死无完尸！作为一个国家总理，他怎么不为"文化大革命"以来党的一次次错误决策痛心！怎么再说以打倒刘少奇大树特树林彪为主要成就的"文化大革命""就是好"？！他又怎么向全国党、政、军、民解释和交代这一切？！

（《作家文摘》2001 年总第 419 期，摘自《我的伯父周恩来》，周秉德著，铁竹伟执笔，辽宁人民出版社 2001 年出版）

思念依然无尽
——回忆父亲胡耀邦

·满 妹·

在胡耀邦同志诞辰 90 周年之际，由胡耀邦的女儿满妹撰写的《思念依然无尽——回忆父亲胡耀邦》一书由北京出版社出版。作者以女儿的视角，翔实地记述了父亲最后的日子，作品蕴积多年，和泪而成，字里行间流淌着女儿的无尽思念。

——编者

刚过完 1989 年元旦没几天，父亲的警卫秘书就打电话给我，谈到父亲多次问起满妹现在忙些什么，是不是很快就要出国了。当时我在中华医学会工作，接受了组织派我赴美进修的安排，正在北京忙着交接工作。

我知道父亲一定是想我了，便撂下手头已经做得差不多的工作，向单位请了几天年假赶往长沙，想在临行前再陪父亲聊聊天，散散步。

跟父母一起住了三天，我对父亲说："爸爸，我得回北京了。出国前还有些工作要交代。"

没想到父亲居然一反常态，执意不让我走，竟说："开会的人多得很，不缺你一个嘛！"转而问我，"你去过广西没有？"

我怔怔地回答："80 年代初去过一次。"

父亲笑了："噢，那还是好几年前的事了，现在广西变化大得很，一起去看看嘛！"

其实，我又何尝不想多陪陪他呢！于是我和父亲商量，到南宁的当天下午我就走。

父亲一愣，诧异地问："这么急？"他停了一下，又说，"好嘛，好嘛，要走就走吧！"

在火车上幸福地和父母晃荡了一天，到南宁已经是次日中午。看着大家安顿好都住下后，就到了向他们告别的时间。

至今我仍清晰地记得，那天父亲穿着深驼色的中山装，外面披了一件藏青色的呢子夹大衣。他和母亲一起出来送我，走在母亲和一群工作人员的前面。我们俩并排走着，他右手指间夹着香烟，无语地一直把我送到宾馆外面的汽车旁。一路上他都在微笑着，可眼神里却漾出我从未见过的伤感。就在这一刹那，我似乎感应到了某种无法诠释的人体信息，体内随之旋起一股黑色的悸动。在这股无形的力量推动下，我不由自主地转过身搂住了父亲的脖子，当着那么多认识和不认识的工作人员的面就哭了起来，泪水像溪水般不停地流出。

父亲静静地搂着我，一只手轻轻地拍着我的背，任时间分分秒秒地流逝，一句话也没说。

过了好一会儿我才克制住自己，哽咽着，不知为什么突然冒出了一句话："爸爸……你，你可一定……一定要等着我回来啊！……"

父亲慈爱地说："当然嘛，当然嘛！"

他看着我泪流满面地上了车，直到汽车开出很远，还在向我挥动着手臂。

突然间，我发现父亲苍老了许多，慈祥的脸上似乎有一丝抹不去的惆怅，单薄的身躯显得那样凄凉，流逝的岁月无情地蚕食了父亲那生动的表情和不倦的身影。随着汽车渐渐远去，我极力在视野里寻找着他，可离别竟是那样迅速。我暗下决心，一定要想办法尽快买一台摄像机，记录下日常生活中真实、热情和充满活力的父亲。没有想到的是，这样一个小小的心愿，竟没有在父亲在世时实现。

回到北京，我仍无法摆脱那种被称作心灵感应的阴影，它使即将在我面前展现的未知的西方世界变得兴味索然。出国前几天，我絮絮叨叨地挨个儿找工作人员以及有关的医护人员谈话，向他们介绍父亲的生活习惯、性格脾气和身体状况，拜托他们替我好好照料父亲。我甚至还特意叮嘱母亲和兄嫂们，要他们注意留心父亲的身体和起居，千万千万别大意……

至今我们还无法解释第六感，也无法破译这种人体信息，它实在太神秘，神秘得连它的存在都变得可疑。但我确确实实地感知到了，而且相信，我那位在老家当了一辈子农民的伯伯胡耀福也感觉到了。

在我去长沙之前的一个月，伯伯拎着一个装满父亲爱吃的红南瓜和干茄子皮、干苦瓜条、干刀豆条的尿素袋，从浏阳赶到长沙看望父亲。他怕给接待部门添麻烦，在九所住了五天就走了。

临别时，我那浑身泥土般朴实的伯伯肯定也是感应到了某种信息，怕失去什么似的突然拽住父亲的胳膊，一任老泪纵横。他们兄弟俩这辈子多次聚合离散，从来没有这样动情过。父亲一时也很难过，声音有些哽咽地劝道："哥哥，不要这样，有什么话慢慢说。"

伯伯眼泪汪汪地望着父亲，难过地说："我们都是七十好几的人喽，老啦，恐怕难得再见面了呀！"

父亲握着他的手，一再地说："再见不难嘛。你想见我，随时可以去北京！"

伯伯却伤心得说不出话，只是摇头，一路抹着眼泪走出父亲的视野，如同我黯然神伤地飞向了大洋彼岸，却把一颗心沉甸甸地坠在了中国。

我在 1989 年 3 月 3 日抵达美国西北部的海滨城市西雅图，如约到健康和医疗服务中心进修。

当地时间 4 月 7 日晚上，我忽然心绪烦乱，整晚都坐卧不安，神不守舍，惶惶不可终日。当我神情恍惚地回到自己住的房间，进屋还没坐下，电话就响了。

我爱人操着尽可能平静的语调从太平洋彼岸告诉我："爸爸病了，现住在北京医院。"

我马上截住他的话，急切地问："是心脏病吗？是不是需要我马上回去？"

他没有正面回答我，只是说："现在平稳多了，妈妈说，要你相信组织上会安排好父亲的医疗，好好学习，不要急着回来。"

或许是怕我再追问下去，他匆匆挂断了电话。我放下电话，急匆匆提笔给家里写信，我趴在台灯下一口气写了四五张纸，直到夜深人静。

第二天一早，家信发出后，我的情绪平静下来，直至14日黄昏。

那天，我像往常一样，饭后沿着湖畔散步。可是走着走着，那似曾相识的烦躁不安竟鬼使神差地又出现了。我两腿酸软，顺势坐在草地上，泪水泉涌般夺眶而出。

好容易平静下来，刚回到宿舍，我爱人的电话又来了。他急火火地说："妈妈要你马上赶回来！"

当时正是晚上9点多钟，后来我换算了一下西雅图与北京的时差，那会儿正是父亲的心脏猝然停止跳动的时候。

我怀着一线希望，紧张地试探："爸爸……他……还活着吗？"

电话另一端闪烁其词："你马上和旧金山领事馆联系，想一切办法尽快赶回来。外交部可能已经通知他们帮助你了。"

西雅图4月风雪初霁的夜晚，白雪茫茫，寒气沉沉。已经就寝的嬷嬷们一个个从床上爬起来，穿着睡裙，趿着拖鞋，三两相伴地来到我房间安慰我。她们又把住在湖边的医疗服务中心主席莫妮卡·汉斯修女找来。

莫妮卡轻轻扶着我的肩膀，柔声细气地对我说："亲爱的，别难过，你需要回家就跟我说。你需要钱买机票，我可以借给你……你是这么好的一个人，我相信你的父母一定也都是好人。上帝一定会保佑你们。"

终于在一位公派常驻当地的西安的朋友帮助下，用他的信用卡帮我买了回家的机票。

……

接下来是长达17个小时的漫漫航程，也是我人生旅途中最难熬的一段路途。

就在这时，汽车上的收音机传来一阵哀乐，接着我听到了父亲逝世的讣告。尽管一路上已经有了思想准备，可是听到讣告时，我仍然不敢相信自己的耳朵。播音员的声音使我脑子里顿时一片空白，无声的泪水似乎洗掉了所有的一切。

回到北京，我才搞清父亲从发病到病逝的全过程。

3月下旬，父亲从南宁返京参加六届人大五次会议。许多人都知道了他在湖南生病的事，而且注意到他很消瘦。

因得知一些本已脱贫的地区近期又有吃不上饭的情况，父亲心情一直不好。

4月7日晚父亲有些不舒服，中央政治局的会议通知送来时，母亲劝他不要去了，大家也都希望他在家休息。可是父亲还是拔出笔来，一声不响地在会议通知单"到会"一栏里打了个钩。

8日这天，父亲差5分钟9点进入会场时，所有与会人员已到齐。父亲走到后排坐在副总理田纪云和国防部部长秦基伟中间。

父亲坐定，会议随即开始。草案40分钟读完，教委主任李铁映首先发言。

这时，父亲突然感到胸痛难忍，呼吸困难。他知道自己撑不住了，一边站起来，一边向主持会议的赵紫阳举手说："紫阳同志，我请个假……"

坐在他对面的政治局委员们都看到他面色苍白，有人问："耀邦同志，是不是不舒服？"

父亲身子摇晃着说："是呀！可能不行了。也许是心脏的毛病……"

坐在父亲旁边的秦基伟和闻讯赶来的服务员刚扶住父亲，父亲就不由自主地跌坐下来。

政治局常委胡启立忙说："耀邦同志，别动！"同时吩咐，"马上找医生来，快叫救护车！"

赵紫阳大声问在座的人："谁带了急救盒？"

坐在父亲对面的上海市委书记江泽民连忙往口袋里摸，回答说："我有。来北京前医生给了我一个盒子，可是我不会用。"

有人接过药盒，把一片硝酸甘油放到父亲口里，嘱咐他吞下。

坐在父亲后面参加汇报的教委秘书长朱育理对身旁的统战部部长阎明复小声说："这药吃下去可能要很长时间才能起效！"

阎明复着急地说："那你赶快上啊！"

朱育理三步并作两步走到父亲右边，接过药盒，拿了一支亚硝酸异戊酯吸入剂捏碎，迅速捧到父亲面前，对已经不能说话、双目紧闭的父亲说："耀邦同志，快吸气，大口吸气！"

过了两三分钟，父亲的脸色开始恢复，并深吸了一口气。他勉强睁开眼睛，艰难地说："我……想吐……"

朱育理手疾眼快，转身拿起桌上的一条毛巾，往自己手上一摊，说："来，就吐在我手上。"

他话还没有说完，父亲就再也控制不住，吐出了两大口。

这两大口呕吐物，干得出奇。朱育理捧着没有怎么湿的毛巾，愣了：耀邦同志的早饭怎么吃得这么急，这么马虎！

十多分钟，中南海的医务人员赶来了，就地组织抢救。又过了十几分钟，北京医院的医护人员也赶来了，迅速加入了紧张的抢救。

随后，政治局扩大会议改到中央书记处办公的勤政殿继续进行，中共中央办公厅主任温家宝留在怀仁堂指挥抢救。

会议结束前，温家宝来到会场，向与会人员报告对父亲的抢救和诊断：心脏下壁和后壁大面积梗死，病情危重。下午3点多钟，父亲病情基本平稳，即被转入北京医院，同时通知了家属。

历史的巧合竟是如此奇妙，父亲被安排在当年周恩来总理临终住院治疗的同一间病房里。党和国家的一些领导人纷纷到医院探视。4月15日，父亲大面积急性心肌梗死发病的第七天，即将度过危险期的父亲，这天清晨醒来心情特别好，笑着问秘书李汉平："外面情况怎么样啊？"看到秘书不说话，父亲又打趣地说，"不要对我封锁消息嘛。"

父亲看到即将下夜班来查房的医护人员，又提出要下床活动的要求。医护人员认真地说，第一个七天虽然快过去了，但危险期还远没有过去，还要注意，最好不要下床。父亲有些不高兴地说："你们怎么一点商量的余地都没有呢？"

看见父亲情况不错，家里人帮他在床上洗了脸、漱了口，还喂他喝了些西瓜汁。父亲静静地斜倚在床上，等着吃早饭，等着母亲来看他。这些天他一直被困在床上，也没有吃过什么东西，又饿又乏。

几分钟后，守护在父亲身边的三哥德华发现心电监护仪上绿莹莹的心电图波形突然急促地跳动起来，心率从每分钟 60 次一直往上升，70、80、90……三哥慌忙叫来值班医生。医生看了看心电监护仪，不经意地说："没事儿，以前也有过这种现象。"

三哥不敢相信，仍然目不转睛地盯着监护仪。果然，当每分钟达到 110 次时，心率开始逐渐减慢，一分钟后恢复到 60 次。可还没等三哥和紧张得也凑过来察看的李秘书松口气，峰谷状的心电波形做了一个短暂的停顿，忽然耀眼地一闪，便冰雪消融般的坍塌下来，化作一条碧绿晶莹的水平线，向无极的空间延伸而去。与此同时，只听见躺在床上的父亲痛苦地大叫一声："啊！——"他那只被李秘书握着的手突然松脱，头部猝然转向一侧。

等医护人员赶来急救时，一切都已经无济于事了，父亲再也没有醒来。

极度悲痛的三哥用残余的最后一丝清醒，记下了这个黑色的时刻——1989年 4 月 15 日早上 7 时 53 分。

（《作家文摘》2005 年总第 900 期，摘自《思念依然无尽——回忆父亲胡耀邦》，满妹著，北京出版社 2005 年 11 月出版）

无大爱，何以言割舍
——写在父亲乌兰夫百年诞辰之际

·云 杉·

不久前，新华出版社为了编写《家风》一书，分别找到了我和我的二哥乌可力，让我们回忆和父亲的亲情往事。有意思的是，我和我这位二哥年纪相差差不多 20 岁，成长的时代也完全不同，二哥是在战争年代而我是在和平建设年代出生和长大的，但是我们对父亲的回忆有那么一点相同的意思，就是在很关键的时期，父亲有些忽略我们的存在。

剧作家史航在评论《追我魂魄》的文章中发表感言说，无大爱，何以言割舍，无割舍，何以成烈士？我很喜欢他这句话，感伤而贴切。我借用这句话，纪念父亲，纪念那些在中国大地上生活过的真正的理想主义者。

空军英雄刘玉堤：这么多年，一直想问乌老一句话……

在父亲去世 12 年后，一次偶然的机会，我见到了刘玉堤将军，这次邂逅，给我留下了终生难忘的记忆。

2000 年是纪念抗美援朝战争 50 周年，编辑部希望我们采访当年朝鲜战场上的英雄人物，我们经过反复讨论，把目标锁定在王海和刘玉堤两位空军英雄身上。当时王海将军已经有回忆录出版，各报刊纷纷连载，于是，我们最后决定采访刘玉堤将军。

刘玉堤在朝鲜战场和国土防空作战中共击落击伤敌机9架，并且创造过一次击落4架敌机的战绩。他和王海、张积慧、赵宝桐一起，是在我少年时代就留下深刻记忆的英雄。

事情的进展很顺利，我很快就接到回音：刘玉堤将军接受我的采访。

老将军的家是一处阳光明媚的小院子，刘玉堤将军高大英武，虽然年逾七十，但是眉宇之间依然能看出当年的英挺之气。将军同我握手，问我："你是乌兰夫同志的女儿吗？"

我说："是。"

接着的事情就非常意外了。

刘玉堤将军沉默了一下，说："我早就希望有这么一天了，今天一定要在家里吃饭。我把孩子们都叫回来了。乌兰夫同志是我的救命恩人。"

将军讲述了解放战争时期的一件往事。

1946年，国民党军队大规模进攻各解放区。年轻的刘玉堤奉延安工程学校领导命令，离开延安，去牡丹江参加航空院校的组建。

刘玉堤等一行人千辛万苦地走到张家口，想坐张家口机场那唯一一架教练机飞往东北。没想到，刚刚赶到机场，国民党的飞机就来了，他们眼睁睁地看着那架高教机被敌机炸得粉碎。

刘玉堤和他的战友们心急如焚。有的同志搭上了一辆去东北的卡车，可是，人多座位少，刘玉堤没能搭上这辆车。

这时候，刘玉堤做出了一个大胆的决定：走到牡丹江！

然而，这却是一次异常艰难的跋涉。为了避免遭遇国民党部队，必须绕道而行，已经投降的日本军队也在四处截击他们。

刘玉堤选择了开鲁—赤峰—牡丹江这条不引人注意的路线。他没日没夜地沿着这条荒原之路前行，衣服破了，鞋子也没有了，他把衣服扯成布条缠在脚上，后来他生了病，还是坚持着走。到了赤峰的时候，人已经病得不行了，这时候他忽然想起我父亲。

刘玉堤将军说，他在延安的时候，听过我父亲讲话，他知道我父亲是内蒙古地下党的负责人。

刘玉堤找到了我父亲。那时候他身患重病，没有鞋，衣衫褴褛，完全像一个叫花子。刘玉堤回忆说，我父亲看见他那双鲜血淋漓的脚时，眼圈一下子就红了。

刘玉堤将军说，父亲帮他治了病，并且联系好去东北的商队。他记得特别清楚的是，父亲给他一双布鞋，换下了绑在脚上的布条，临行之前，又给了他两块银元，让他在路上用。

两块银元他一直没舍得用，珍藏在贴身的衣袋里。

刘玉堤留下遗憾的是后来的事情。

将军说，新中国成立后，他开会的时候几次见过我的父亲，很想走过去，又想：这么多年了，也许乌兰夫同志早忘了，这样做太莽撞了吧？

就这样犹豫着，看见了几次，都失之交臂。一直到 1988 年，他在早晨的新闻里听到我父亲逝世的噩耗，眼泪一下子流了出来。他后悔，这成了他一生的遗憾。

"这么多年，我一直想问乌老一句话，"刘玉堤将军缓慢地说，然后他看着我，又问了一句：你说，乌兰夫同志他还记得我吗？

将军的眼圈有些红了。虽然是勇士，感情厚重和单纯，却仍然像孩子。我相信父亲一定会记住那个千里跋涉想当飞行员的年轻人。但是，他不知道那个年轻人就是后来的志愿军的一级战斗英雄和特等功臣刘玉堤。

我对将军说，如果父亲知道这个年轻人后来成了空军英雄，他一定会非常非常高兴。

说完了这句话，我不敢看刘玉堤将军的眼睛，因为我自己的眼泪已经夺眶而出了。

46 年后的祭奠

我年纪很小的时候，生过一场重病，几乎不治。那是三年困难时期，内蒙古和全国各地一样，也面临着巨大的困难。父亲早出晚归，几乎看不见他的人影。

我的病也急转直下，终于有一天，医生对日夜守护我的母亲说，把首长叫回来吧！

母亲听了这句话，如五雷轰顶。她立刻给我父亲打电话，并且在电话里哭了。

父亲回来的时候已经很晚了，母亲说，他只在病房里发了一会儿呆，然后又走了。母亲后来解释说，他很忙。我同意这种解释，但是我由此认为，他不如别人的父亲。有一次我问他，你是不是不喜欢我？他一愣，然后就笑了，说怎么会不喜欢你，就是抽不出时间啊！

流传甚广的父亲和内蒙古收养全国 3000 个孤儿的故事，我是后来才知晓的，从时间上推断，和我那场大病应该是同一时期。那时候，全国食品严重匮乏，南方许多地方的福利院里，许多幼小的孩子濒临死亡的威胁。康克清大姐为此非常着急，她与我父亲商量，能不能从内蒙古调集一些奶粉，我父亲说可以，但恐怕是杯水车薪，不能长期解决问题，于是他提议由草原人民领养这些孤儿。周总理当即拍板，于是从内蒙古调集了专列专护，迎接这些孤儿去内蒙古。大概在两三年的时间里，陆续有 3000 名孤儿来到内蒙古，其中上海一地就有 1800 名。

当年的有关人员在回忆文章中说，父亲对于这些孩子的安排，每个细节都考虑到了。后来的几年里，父亲一直关心着这些孩子的成长和生活，有关部门要定期汇报孩子们的情况，要求他们"接一个，活一个，活一个，壮一个"。这样的情况一直延续到"文化大革命"开始。

80 年代起，这件事情逐渐为人知晓。今年是我的父亲百年诞辰。我很意外地听说，100 多名孤儿代表在呼和浩特聚齐了。他们是从草原，或旗县，或他们现在生活的城市赶来的。他们默默地走进乌兰夫纪念馆，在父亲座像前献上了白色的哈达和他们的名册。

父亲已经成为渐行渐远的背影，也许就是到了这个时候，那些经过沉淀的记忆才真正明朗，父亲的轮廓才逐渐清晰。我们明白得似乎已经太晚了。

（《作家文摘》2006 年总第 997 期，摘自《瞭望新闻周刊》2006 年第 49 期）

秦铁：我的父亲博古

·胡展奋·

秦邦宪的父亲秦肇煌乃清末举人，江南四大名园之一的"无锡寄畅园"，400多年来一直是秦家祖业，直到1952年秦氏后裔才把它献给国家。今年6月下旬，在博古（秦邦宪）诞辰100周年之际，临近太湖的一个雅舍里，笔者和秦邦宪的小儿子秦铁聊起了秦家鲜为人知的传奇。

延安娃的记忆

记者：据说康熙6次南巡，曹雪芹他们家4次接驾，研究红学的都已经觉得殊荣非凡。而你们秦家，康熙朝居然6次接驾，加上乾隆朝的6次，一共接驾12次，这样的记录，是真的吗？

秦铁：这样的事既然公开了，谁敢戏说？史料上，宫廷档案早有记录，只不过最近刚刚公开披露罢了。秦家历代达官贵勋不断，在无锡已经经营了四五百年，分"河上秦"和"西关秦"，秦邦宪属于"西关秦"，"西关秦"的始祖秦金，也就是秦邦宪的十五世祖，号称"九转三朝太保，两京五部尚书"，可算"位极人臣"，大名鼎鼎的"寄畅园"就是他开创的。自清康熙二十三年到乾隆四十九年的整整100年间，两个皇帝12次巡游江南，每次都住在这里。

记者：这么大一个故事，怎么一直不见披露？

秦铁：作为"西关秦"的一支，秦家到我祖父一辈其实已经衰落了。我父亲是个革命者，很年轻就出了远门，戎马倥偬一生，而且39岁就遇难了，应该没有时间去考证祖先的历史。而我们更要"夹着尾巴做人"，父亲逝世都61年了，我们家就一直"夹着尾巴生活"。

1954年，我升入北京一〇一中学。这是一所以干部子弟为主的寄宿制名校。从这里开始，我慢慢地对父亲有了概念：历史课上，总是讲述王明、博古的"左"倾路线错误，虽然不懂什么叫三次"左倾"，反正给我的印象就是老爸犯过错误，所以我始终是夹着尾巴做人。但是总有些叔叔、阿姨在底下跟我讲："你爸爸是好人，很有学问，你长大要学你爸爸，他为人很正直，从来不搞什么阴谋诡计，光明磊落，而且能上能下，服从党的需要。"

常说这话的叔叔阿姨中，有朱（德）老总、康（克清）妈妈、叶帅和王胡子（王震）叔叔。20世纪50年代，每逢我爸爸的忌日，只要我母亲出差不在家，朱老总就把我们兄弟姐妹接到中南海吃饭。

我们家里存有一张照片，延安凤凰山上，我爸与周恩来、朱德、毛泽东并排站着，我爸站在最左侧，周恩来斜倚在他身上。在公开发表的这张照片上，父亲消失了，出现在他的位置上的是一扇门板。我曾经对照着两张照片，心里苦涩得不行，但也只好沉默。

王胡子叔叔（王震）"文化大革命"期间挨整的时候我常去看他。一次散步的时候，他说："小铁啊，你爸爸是好人。"他说这话，我也不敢多问，怎么个好法，有什么故事？一是路线斗争，我们不懂。二是我觉得有的事，叔叔阿姨们有口难言。所以私底下，我们就多谈延安的趣事，因为延安时代我有记忆。父亲死于"四八空难"（1946年）的时候，我已经是6岁的"延安娃"。

虽然住在一起，爸爸和我们玩的时间不多，印象深的就是常常玩"老鹰捉小鸡"。他对我们耐性很好，从来不会不耐烦。还有就是觉得他特别高，那时候的延安，像他这样一米八二高瘦的个子，很少；他的笑声也特别，很大，嘎嘎嘎的，爽朗，很远就可以听到，我从小叫他"母鸭子"。

"母鸭子"对人可好了，延安时代，他有一瓶特供的牛奶，听说他的下属杨永直（新中国成立后担任过上海市委宣传部部长）的夫人没有奶水，就立刻把这瓶特供的牛奶送给他们……

儿子眼里的秦邦宪

很多老一辈革命家都知道，周恩来在临终前再三嘱咐：张越霞（秦邦宪夫人）是个很好的同志，吃过很多苦。以后如果她有困难，应给予一定照顾。

还是在 20 世纪 50 年代初，张越霞任北京市西城区区委书记，自干部供给制改为薪金制后，她忽然发现单靠工资已经难以抚养 6 个孩子（秦铁的 5 个哥哥姐姐是博古与前妻刘群先所生，刘群先是著名工运领袖，在苏联卫国战争期间牺牲），仅 6 个孩子的学杂费就要压垮她。于是她跑到杨尚昆家，开门见山一句话就是："你们光管活人，死人你们管不管？"杨尚昆说："哎呀老大姐，有什么话你好好说，别生气。"张越霞说，"博古这些孩子，光靠我的收入，养不大。"杨尚昆说，"对，这是烈士子弟呀！"于是决定，每一个孩子每个月发给生活费 20 元。到"三反五反"时，有关部门查出了一个贪污分子贪污了博古的一笔稿费，将近 1000 元钱，组织上将这笔款子转给了张越霞。

1000 元钱在当时可是一笔可观的数字，张越霞为公家着想，主动把孩子们的生活补助额度退了。

记者：你母亲眼里的博古，是个什么样的人？

秦铁：一个品格高尚的人。一个勇于承认自己错误的人。一个脱离了低级趣味的人。一个殚精竭虑为党工作的人！

有些事是别人做的，最后他写信给中央：这个责任由我负。还有就是不揽功。我父亲就是这么个人，现在大家对我父亲的人品，没有说不字的。

母亲多次告诫我，父亲因为不懂得中国社会实际情况，所以走了一段弯路。但是后来他勇于承认错误，对自己给党造成的损失悔恨莫及，所以在延安七大的检查做得很深刻，得到了全党的谅解。我妈妈说，你爸爸老说给党造成这么大损失，我就是再艰苦工作，再做多少工作都弥补不了这个损失。他经常自责。

记者：关于你父亲，历来有些争议，其中一个议题就是他到底当没当过总书记。

秦铁：有称他为"负总责"，比如《辞海》1999年版；有称他为"总书记"的，比如"中央党史网"，我个人倾向还是听从权威的"党史网"，再说了，当年的中华苏维埃中央政府机关报《红色中华报》也常常称我父亲为"总书记"。

记者：你父亲犯的错误，我们都知道，"左倾冒险主义"，作为儿子，您如何看待他的贡献？

秦铁：一、和平解决西安事变，秦邦宪是中共代表团团长，和周恩来、叶剑英一起和国民党反复谈判，折冲樽俎，最终组建抗日统一战线，功莫大焉；二、恢复重建南方13省党组织、组建新四军、营救被国民党拘押的我党大批党员和革命群众；三、1938年创办《新华日报》，1941年创办《解放日报》任社长兼新华通讯社社长，是党的新闻事业奠基人。

（《作家文摘》2007年总第1059期，摘自《新民周刊》2007年第27期）

我的公公邵力子

· 杨之英 ·

嫁给邵公次子邵志刚

那已是 60 年前的事了。

20 世纪 20 年代末，邵志刚受中共中央委派赴苏联学习期间，与我姐姐杨之华、姐夫瞿秋白常有联系。30 年代初，邵志刚学习结束被派回祖国从事地下斗争。临行前，杨之华对他说："到了上海如有困难，可去找我妹妹，她会帮助你的。"

于是，他从海参崴乘船到沪后，便直接来找我，并暂住我家。邵志刚做事认真，待人谦和，颇得我们一家好感。我只见他每天早出晚归，说是去会朋友、找工作。然而每晚回来，我见他总是一脸疲倦，时常还听到他的叹息声。日子久了，他竟有些坐立不安。当时我们并不知道，他是为与上海地下党组织联系不上而焦虑。其间，我和邵志刚由相识、相知到相爱，并结为伴侣。我常常安慰他："明天再去找，或许会找到的。"最后，我俩商量，不如去找志刚父亲邵力子想想办法。

邵公见儿子回家，而且还有了媳妇，十分高兴。听说了儿子的处境，他思考了一阵后，建议道："可先离开白色恐怖的上海，到瑞士去深造几年后再伺机返回报效祖国。"原本我也随志刚同赴瑞士，无奈此时我已有身孕，只能暂留上海。

志刚赴瑞士后，邵公对我格外关心，就像对亲生女儿一样。闲谈之中，我强烈感到邵公对祖国的热爱，他严禁家里用日货。一天，他还专门关照家人不准买日本鱼翅及其他日货。

过了不到一年，那天是农历二月二十四日，我快临盆了。邵公亲自把我送入南市红房子产院。顺利产下一子，邵公高兴地为孙子取名美成。

邵公劝我改嫁

志刚赴瑞士之初常有信来，但后来却连续有一年之久不见片纸音讯，我颇觉不安。我想儿子出生后，志刚还没见到，应当尽快把这喜讯告诉他。我想方设法写信询问可能知道他情况的人。终于，志刚的二哥从法国来信告诉我，志刚已经在瑞士去世了。我闻言真似晴天霹雳，悲痛欲绝……二哥还叮嘱我，不要告诉邵公，担心他老人家年高体弱，受不了失子之痛。

但不久，我还是忍不住把这可怕的消息告诉了邵公。邵公听了，怔了好久说不出一句话来……过了一段时间，一天，他关切地对我说："你还年轻，可以改嫁。如自愿在这里，生活上绝对有保障。"自此，我一直带着儿子与邵公一家住在一起。邵公支持我东渡日本求学。

不久，邵公奉调西安任陕西省主席，我与儿子也随同前往。那一年，我24岁，儿子美成也已5岁了，我该思考一下自己的前途了。我决定去日本学医，那里有所日本女子医科学院年年招生。一天，我把留学的想法告诉了邵公。邵公一听，当即同意，并建议我去读护士学校。

我是在1934年春天到日本的。先入"日本东亚日语补习学校"学日语，然后再学护士专业。但仅仅学了两年，国内发生了西安事变，没过多久，卢沟桥事变爆发，中国留学生在日本受到严密监视，并随时遭受搜查。我们纷纷准备回国参加抗日斗争。

我变卖了一些衣物首饰，筹得一笔路费，不仅自己买了船票，还帮助一些经济拮据的同学买了票。其中有一位叫吴元坎的男同学，回国后先到江西然后转到重庆。他与我一直保持通信联系。

我从日本径直回到上海，住在周建人家中，同时把美成从嫂嫂那里接来同住。可是，不久上海沦陷。经与周建人商量之后，我去重庆找邵公。

过了几天，当我得知邵公快要到苏联任大使的消息，真是心急如焚，便马上拍电报给邵公，请他设法买机票。仅过了两天，邵公就回电并将机票寄来了。我就和儿子乘欧亚航班到达重庆。来机场接我们的人中，有一位是邵公的张副官，另一位是吴元坎。那时他在重庆国联同志会任编辑，彼此见面十分高兴。

邵公为我和吴元坎架鹊桥

邵公去苏联赴任日期就要到了。为了我的安全，他安排我在于右任先生家居住。

到了第三天下午，邵公突然问我，那天到机场来接我的那位先生是谁。我如实向他做了介绍，我说："他叫吴元坎，是我在日本东亚日语补习班的同学。他父母双亡，家境清贫。他是复旦大学毕业生，在学校时曾参加学生运动；到日本是半工半读，刻苦用功，助人为乐，我学日语常得到他帮助。我们之间仅是一般同学关系。"

邵公听完这番话后，没有说话，第二天晚上却将吴元坎请到家中谈话，了解他的具体情况，并向吴元坎介绍了我的身世和人品，还问他结过婚没有。最后邵公笑眯眯地说："你是复旦学生，我曾是复旦校长，那么，我们就是师生关系哩。"接着，邵公认真地问他："你是否愿意与之英结婚？"吴元坎听了当即大吃一惊，但他还是答应郑重考虑之后再决定。

第三天，邵公又把吴元坎请来，真诚地对吴说："之英出嫁，我是以义父之名，如果你们成婚，你即是我的女婿。"接着谈了一些具体问题。

过了两天，邵公就开始张罗我们的婚事。

我们于 1940 年 5 月 25 日在重庆结婚。邵公请于右任做证婚人，自己做主婚人，邀请了社会各界知名人士和各报记者。那天晚上，邵公容光焕发，稳步走入礼堂登上讲台，首先向来宾介绍于老，接着就朗声讲道："新娘是我的儿媳妇。自古以来女子丧夫要终身守寡，而男子丧妻则能续弦。但是，今天我要把我的儿媳妇作为我的女儿一样出嫁，我要冲破这些封建思想的桎梏，为新潮流树立新的榜样……"话毕，礼堂里响起热烈的掌声。

吴元坎精通几国语言，长期从事新闻出版工作，并致力于外国文学作品的翻译介绍。他翻译出版最多的是日本的文学作品，有《农民之歌，狼》《黑潮》《冲绳岛》《跑道》《金色夜叉》等。

邵公批评我孩子生得太多

新中国成立后，邵公虽住在北京，但他常来沪开会。他每次到上海，总要打电话把我们叫到他的下榻处，谈谈家常。一次，他对我生了 5 个孩子提出了批评。他说："子女过多，造成小家庭负担太重，同时对优生优育不利，对社会主义计划经济也不利，因此你们不能再生孩子了！"可我当时并不理解邵公的批评，竟又生了两个孩子。

后来我才注意到，新中国成立以后，邵公是最早提出计划生育主张的人。早在 1953 年冬季，他最先在政务院提出避孕节育问题。1954 年 9 月 17 日，他在第一届全国人民代表大会上发言时正式提出节制生育的意见，接着，他于1954 年 12 月 19 日在《光明日报》上发表《传播避孕常识问题》的长文。

1966 年 6 月，"文化大革命"狂潮肆虐全国，邵公很快在北京遭到批斗，我也被冲击。我与邵公一年左右不能通音讯，彼此都不知生死。直到 1967 年，儿子美成从北京来信告诉我，邵公忧愤成疾，已经逝世……我想起了邵公对我的种种关怀和教导，为自己不能在他病重卧床时尽一点孝心而难受，更为自己不能到北京去为他送行而遗恨终生。

（《作家文摘》2001 年总第 423 期，摘自《上海滩》2001 年第 2 期）

父亲廖承志与母亲经普椿挚爱一生

·廖 茗·

1997年9月，我80岁的老母亲去世了。

作为经常的陪伴者，我本应最为悲伤，可令人费解的是，我却十分平静。这是因为，我把母亲的离去视为她与在天之灵的父亲在离别16年后的重新相聚。

聚少离多，本是父母亲几十年来婚姻生活的概况。如今他们终于可以日夜相伴、朝夕共处了。正像父亲在一首纪念他们结婚30周年的诗中所写：

> 每逢此日分离惯，
>
> 且望他年聚首多。

我想，这一定是我对母亲的远离不那么悲痛欲绝的最大原因。

父亲和母亲是1933年相识的。那年父亲在上海英租界被捕。由宋庆龄、柳亚子、经亨颐等7位国民党著名人士联名作保，加上祖母何香凝四处奔走，据理力争（甚至还搬把藤椅，在上海市长吴铁城办公室门前"静坐"），父亲这才得以出狱。出狱后祖母将儿子好心地关在家中，却意想不到地成就了一段姻缘。

著名国民党左派、教育家经亨颐先生（后来成了我的外祖父），那时与祖母相邻，又常让女儿（即我母亲经普椿）过来照料廖伯母，这就使父母亲得以结识。

就在这期间，红军开始了举世闻名的二万五千里长征。身为共产党员的父亲，毅然离开了疼爱他的母亲和恋爱中的"阿普"（父亲对母亲的昵称），留下一幅为母亲精心绘制的油画肖像及致母亲和"阿普"的字条各一，便踏上了革命的征程。这幅油画历尽沧桑，在母亲床头高挂，似在无声地诉说与见证着这一段不平凡的人生故事。

母亲于是就开始了痴心的等待。

在这期间（约为4年），母亲的一位兄长（即我的舅父）扣压了父亲全部的来信与电报。可是，这"拙劣"的小小伎俩怎能阻挡住坚贞爱情！好事多磨，父母亲在1938年终成眷属。一切阻挠均告破产。

父母亲的结合甚为神奇，致使本是无神论者的我不禁也想，在冥冥之中是否真有操纵人间悲欢离合的主宰存在。

当母亲离开故乡（浙江绍兴），千里迢迢、几经辗转终于到上海找到祖母时，祖母却正准备赴港与爱子会合。由于母亲没有船票，祖母提议母亲睡在自己的舱中，就这样到了香港。到港之后，父母亲就幸福地成了婚。

这可真是"天缘巧合"。我常常想，如若母亲迟几天到上海，就见不到祖母，也就没有后来的成婚了，人间也许就少了一桩美满的姻缘。

革命的道路充满艰险，灾难随时随地都有可能降临到战友、亲人甚至自己的身上。1946年4月8日，震惊中外的"四八"空难，不仅使躲过一劫的父母体验了与战友生离死别的滋味，而且心中充满了"幸存"的负疚感，而他们崇高的友谊、广博的爱心也在我早期的记忆中留下了很深的印象。

那天，由重庆飞往延安的一架飞机坠毁，机上人员全部遇难。我的父母亲原定也乘此机赴延安。临行前，由于周恩来让父亲赴粤商谈东江纵队北撤事宜而取消了此行。父母由此空出的两个名额，就补上了黄老先生（黄齐生，王若飞的舅父）和他的外孙。

1942年，由于叛徒出卖，父亲被捕入狱。经党中央大力营救，以交换俘虏的方式（我方释放国民党第十一战区副司令马法五），使叶挺和父亲得以恢复自由。叶挺将军被俘于1941年1月的皖南事变。父亲出狱之日是1946年1月22日，叶挺则在3月。

据母亲回忆，4 月 7 日这天，听说要回延安，她便兴冲冲而小心翼翼地整理衣箱，还特地出去买了延安所没有的热水瓶、饭盒。母亲那时已经怀孕（就是 12 月底出生的我）。由于这次怀孕是"锦上添花"（父亲恢复自由不久），故母亲行动分外小心，生怕闪失。

母亲在追忆此事时常常感叹道："一想起黄老先生我就揪心，倒好像是替我们去送死似的。"我常常想，这种"幸存"的负疚感必定伴随了父母亲许多时日。

为纪念"四八"烈士，父亲为叶挺写了长长的挽联，还有一篇稀世佳作《遥献》。挽联写道：

> 同乡同志铁窗中同难　今日凄怆独奠酒
> 齐德齐心赤旗下齐勉　他朝谷乐再招魂

叶挺与父亲既是同乡，又是同学。先后入狱，又一同恢复自由。他们平素私交甚好，以兄弟相称。叶扬眉则称父亲为舅舅。

可以想象，他们在先后获得自由之后，又将同赴延安，心情会是何等喜悦、激动。

父母亲未能同行，偏偏叶挺一家又赴黄泉。父亲在《遥献》一文中描写他们父女在久别之后的感人重见，至今读来仍令人唏嘘：

一个灰白头发的人从车里钻将出来。呵！疯狂的鼓掌！拥抱！有些同志忘形地抱着对方跳起舞来了。

进了屋子。一个两条小辫发、穿工装、脸色像牛奶似的小小人儿，扑过去了。

"爸爸！"

"扬眉！"

一切景象都模糊起来了。好像沉在水里——每个人的面颊上，都挂着几颗水珠……

父亲还充满感情、活灵活现地描写了扬眉的鲜艳动人：

扬眉的鞋儿又在那里。

——渐渐这鞋儿上面长了腿，多了一段灰色的工装裤，两条小辫发、玫瑰色的面颊……

简直活脱脱画出了一个极为明媚可爱的少女。我虽未见过扬眉，但父亲的描写令其呼之欲出，使我就如同看见了她。母亲在谈及扬眉时总是赞美备至。我起先认为那不过只是一种美化的哀思，直到亲眼见到了她漂亮的妹妹剑眉，才知母亲所赞不虚。

"四八"后，父亲收养了剑眉。父亲对剑眉的关爱，远远超过了对自己的子女。

为自己的孩子，父亲从未求过别人，而为剑眉，父亲能求。我至今记得，为了把剑眉从天津转学到北京，父亲打长途电话给天津南开大学校方，说明让其转学的原因，请求校方协助。这种罕见的破例做法，给了我很深的印象。我记得当时我很诧异地望了望妈妈，妈妈没有说话，只是拍了好几下我的头顶。

这次空难，父母躲过一劫，这全是周总理有意无意的"搭救"。而这样的"搭救"又何止一次呢？

在周总理和父亲历尽各种艰险的战斗生涯中，这或许只是千万次惊涛骇浪中一朵小小的浪花，根本平淡无奇，但对我而言却非同小可。真的，仔细想想，实在令我后怕。如果父母上了飞机，那么岂非连同尚在混沌之中的我一道成了烈士？偶然之中，日理万机的周总理，用他那虽已致残却仍有扭转乾坤之力的臂膀，将我们揽到了安全地带。

时过境迁，岁月悠悠。"四八"空难发生的年份，恰恰就是我出生的年份。也就是说，"四八"空难距今多少年，我也满多少岁。因为是周总理神奇地保全了父母及我的性命，多少年来我总是把周总理当成"再生"的父亲。这可能是"大不敬"（因他曾在黄埔军校和我祖父共事），至少也是有些迷信色彩的吧，我虽深知，此生却永难改变。

随着岁月的流逝，年龄的增长，我也更多、更深地了解了父母亲。无论是环境险恶还是衣食富足，父亲总是对母亲一往情深。母亲也总是那么不遗余力，始终如一地支持父亲。

这在十年浩劫中，最为突出。

那时，祖母年事已高，父亲遭到"审查"，几年不能回家。7个儿女又分散各地，一家七零八落，日子苦不堪言。在这国欲破、家欲亡的时候，母亲以瘦弱的双肩挑起了这副沉重的担子。母亲咬紧牙关，每周一次去"监管地"看望父亲。距离虽不远，却需换乘好几次公共汽车。母亲每次都把干净的衣物带去，再将需洗刷之物带回。有时，还要肩扛厚厚的被褥。

特别值得一提的是，每次从"监管地"回来，母亲都"喜形于色"地赶去告诉祖母："妈妈，肥仔（祖母对父亲的昵称）有消息了！有代表团从国外回来，他们在大使馆看到了肥仔。"

每逢此时，祖母虽心存疑虑，但也乐得颤巍巍的。而母亲的心，却一定是酸得颤抖抖的。

年幼的我，当时对这一幕情境并不理解，总是不以为然，或认为大可不必。如今我成人了，才深知这种善意的谎言是出自一种怎样深情的良苦用心啊！

"文化大革命"期间，周恩来总理为保护一大批受冲击的干部，让他们搬入戒备森严的中南海居住。父亲即在其中。

为了不使祖母牵挂，父亲就与母亲"统一口径"，说自己是受"周公"（祖母一直称周总理为"周公"）委派，"长期出国"。母亲几年来一直遵照这一说法，把一切屈辱、辛酸、劳累统统咽下，在白发苍苍的祖母面前竭力做出喜悦表情。无怪祖母在久卧的病榻上，紧紧握住母亲辛勤操劳的双手，未语就泪流满面。婆媳间一切误解顷刻冰释。

记得"文化大革命"前，父亲经常出国，亚洲、欧洲、非洲……许多地方都留下了父亲匆匆的足迹。每次归来，父亲必给祖母和母亲带回一些小礼物。带给祖母的，常是一顶帽子，带给母亲的，多是一块手表。年幼的我曾很惊异地看到，母亲居然和所有前去接机的工作人员一样，与走下舷梯的父亲紧紧握手。如今回想，这貌似平淡的握手，该是隐含了多少揪心的担忧、多少牵肠挂肚的想念！

父亲的一往情深，还表现在他从不示人的诗作当中。

在20世纪40年代失去自由的4年监狱生活中，父亲写下了不少怀念家人的诗句。也许是由于身陷囹圄，诗情倍加浓烈。提及母亲的就有6首之多。

在狱中，面对屠刀的父亲曾写下《诀普椿》，深情相劝："白发人犹在，莫殉儿女情。""应为女中杰，莫图空节名。"坚信"廖家多烈士，经门多隽英"。"两代鬼雄魄，长久护双清。"在十年浩劫、人妖颠倒的日子里，父亲怀想家人的诗篇就更为凝练感人。有一首写于 1968 年 1 月 11 日纪念他们结婚 30 周年的七律，题目就叫作"一月十一日"。诗中写道："每逢此日分离惯，且望他年聚首多。""白发相偕愿已足，荒山野岭共销磨。"这最后一句，我视为点睛之笔，既概括了父母亲几十年相濡以沫的共同生活，同时也表明了父亲内心深处对婚姻生活的最高理想。而这个境界，我作为他们的女儿，一个长达几十年的旁观者，尤其每当清明节，望着他们连骨灰都合在一起的小小木匣，我深深相信他们是达到了。松涛、花香、清风，分明和他们美好的情感一起，在向着更为高妙的所在，飞升……

（《作家文摘》2002 年总第 523 期，摘自《党史博览》2002 年第 1 期）

建人叔叔的婚姻

· 周海婴 ·

羽太信子姊妹

一切都要从羽太信子说起。周作人讨了这个日本老婆竟"乐不思蜀"，不想回来了。还是父亲（指鲁迅）费了许多口舌，还亲自到日本"接驾"，他们才全家回到绍兴定居。从此一个人在北平挣钱，每月寄回所得，以供养绍兴一家人的生活，包括周作人和他的老婆。为了让信子在家中有稳定感，便把经济大权交到她手里，让其主持家务。也许她自知出身平民，起初还有自卑感（她原是父亲和周作人东京留学时寄宿房东的女仆，专事打扫一类杂务。这是父亲同学告诉我母亲的）。但随着看到家中老太太（祖母）和朱安都放权，又不以尊长的身份约束她，那种要完全主宰周家的野心就此逐渐膨胀起来。

不过羽太信子虽然有心控制一切，但她在周家毕竟势孤力单。于是想到身边需要有自己贴心的人。待她怀了孕，便提出要让她的妹妹芳子来华照料。芳子小她姐姐9岁，还是个不懂世事的小姑娘。据熟悉内情的俞芳告诉我，其实芳子起初并不愿意到中国来。因为她知道自己姐姐的脾气，任性、自私、跋扈，还有"歇斯底里"症，常常无端发作，难以服侍。可是考虑到家境困难，姐姐

111

又连连去信催促，还汇去了旅费，这样，才在犹豫拖延了两年之后，由胞兄羽太重久陪同来到绍兴。没想到这里的生活起居大大优裕于日本的家，这自然使她乐于在中国生活了。从此，羽太信子得到妹妹无微不至的照顾，芳子对她的任性和跋扈也总是逆来顺受。与此同时，芳子的性格也渐渐起了变化。她本是无知软弱的人，但在信子日长时久的熏陶之下，思想行为渐渐有了姐姐的影子，这也许就是她后来那样无情对待建人叔叔的根由吧。

羽太信子在生活上再也离不开这个妹妹了。为了让妹妹能够永远留在身边给自己做伴，像使女那样服侍自己，并使她对自己有所依赖，最好的办法就是在周家内部解决芳子的终身大事。家里恰好有个尚未成家的小叔。虽然在她看来这个小叔子性格软弱又没学历，不能挣大钱，但总比嫁给陌生人进入陌生的家庭好得多。那时建人叔叔正与小表妹（舅舅的女儿）感情颇笃。可悲的是这个小表妹后来患病不治而逝。建人叔叔非常悲痛，亲自为她料理丧事。这就给了信子实现计划的机会。终于有一天，她先用酒灌醉了建人叔叔，再把芳子推入他的房间，造成既成事实。因此，后来父亲对母亲谈起叔叔的这桩婚事，说是"逼迫加诈骗成局"的。

应该实事求是地说，建人叔叔与芳子不能说丝毫没有感情基础，结合以后生活上相互慢慢磨合，又互教汉语、日语，并且很快有了孩子，应该说婚姻还是美满的。但信子并不把妹妹成家放在眼里，仍要她像下女那样守待在身边。直到晚上，仍不让她回房去照料自己的孩子，而要建人叔叔去抱去哄。信子甚至把建人叔叔也当用人看待，支使他去烧茶水，动作稍慢就信口训斥："慢得像虫爬"、"木乎乎，木手木脚的中国人！"叔叔老实，看在夫妻情分上，忍耐着。不料到后来，由于信子的不断挑唆，连他们夫妻之间的关系也出现了裂缝。有关这方面的情况，除了婶婶王蕴如，很多是俞芳告诉我的。如前面介绍的，俞芳长时间陪伴我祖母，又是邻居，所见所闻，应当是可靠的第一手资料。再说祖母是一位和蔼、宽容、大度的老人，她的看法应该被认为是客观可信的。俞芳和我通过多封信，时间在1987年，那年月还比较有顾虑，不晓得披露的时间是否成熟，就此搁置下来。现在我就将它公布于众吧。

那是全家从绍兴迁到北平八道湾后的事，已属而立之年的建人叔叔由于没有相当的学历，一时找不到合适的工作。为了提高自己，他到大学去旁听社会哲学方面的课，一边阅读各种进步书籍。但他在八道湾的日子越来越不好过，在信子的心目中，他只是个吃闲饭的"呒作头"，整天指桑骂槐，她还大声告诫自己的孩子，不要去找这两个"孤老头"（指父亲和建人叔叔），不要吃他们的东西，让这两个孤老头"冷清死"。连建人叔叔去北大听课也冷言冷语，说什么"这么大年纪还要去上课，多丢人……"甚至自己的妻子也当面侮辱叔叔。这是俞芳目睹的。她这样告诉我：有一天周作人夫妇和芳子要出去郊游，三先生（指建人叔叔）要同行，当他刚要迈入车子，芳子竟然斜着眼冷冷地说："你也想去吗？钱呢？"在旁的周作人竟不置一词。对此建人叔叔实在忍无可忍。

叔叔的南下

父亲支持弟弟在北大进修，感到弟弟在这种家庭难以熬下去了。为此他向蔡元培先生写了求职信。内容是关于替叔叔介绍工作的。

就这样，叔叔只在北平待了一年半，便孤身一人南下了。他先是在杭州教了几年书。后来父亲给蔡元培先生的信有了着落，被安排进上海商务印书馆当编辑。

叔叔进的是商务印书馆编译所。所长王云五，向以严厉管辖下属著称，他用国外进口的打卡机考勤，这在当时的出版界还是首例。上班不准迟到，违者以累进法罚扣薪金，甚至开除。叔叔为了保住这个饭碗兢兢业业埋头苦干，不敢稍有懈怠，还经常带稿子回家加班熬夜。

在上海的生活稍为安定之后，叔叔就给妻子芳子去信，让她携带子女来上海共同生活。但这事却遭到信子的百般阻拦。她吓唬芳子：你们几口子住在八道湾，有大伯二伯养活你们，吃喝不愁，住的又宽敞，又有院子可供孩子玩耍，如果你们去了上海，建人一个小职员，不会有多少收入，上海的物价又比北京高，你们的日子一定不会好过……诸如此类。信子竟然还这样说，你替他生了儿子，已经尽到做妻子的责任，没必要再去跟着一起吃苦了。总之，她要把芳子扣在身边，永远做她的贴身使女。而芳子本是个没有主见的人，竟听从了姐姐这些"知心"的话，决计留在北京，甚至去上海探望一下丈夫也不肯，即使祖母出面几次三番地劝说，她也不从。祖母对此深为不满，不止一次在亲友面前说："女人出嫁，理应和丈夫一道过日子。哪有像三太太（芳子）不跟丈夫却和姊姊在一起的道理。"这些话是俞芳亲耳听到的。

信子不但教唆芳子拒绝去上海与丈夫团聚，而且又策动向叔叔要钱。当时叔叔在商务印书馆资历尚浅，工薪菲薄，每月只有80元的收入，他就按月寄回30元。芳子尚嫌不够，仍不断地催逼。叔叔无奈，只得汇去月收入的大部分——50元。他总希望妻子能够回心转意，带领子女来与自己一起生活，因此他在信中一次次提出这个要求，而芳子始终不予理会。后来，叔叔积劳成疾得了肺结核，但他还得硬撑着每天去上班。即使到了这种时候，芳子的态度还是那样冷酷，坚决不肯去上海照料丈夫，甚至也不让丈夫回北平休养，哪怕断绝关系也在所不惜。从1921年到1925年，他们之间这种名存实亡的婚姻关系就这样拖了整整5年。

叔叔与王蕴如婶婶

在无奈的情况之下，叔叔与王蕴如结合了。虽然这样的结合没有"名分"，婶婶却心甘情愿，并且勇敢地与叔叔一起承担起生活的艰辛。由于叔叔每月还要向北平寄钱，两口子的生活甚为拮据。当婶婶怀的第一个孩子将要临产时，为了省钱，她独自一人返回家乡去坐月子。在那个年代，回娘家生孩子是件不体面的事，会招致邻居亲友的议论，她也只得硬着头皮回去。

1936年12月是祖母八十岁大寿。那年父亲刚去世，她老人家与八道湾的次子又形同陌路人。因此，极盼望母亲和我、还有叔叔婶婶能够北上相聚。祖母更希望能见到我这个长孙，这是她老人家最大的心愿。不料正在母亲替我准备北上的冬衣时，我突然出水痘了，不能见风受凉，旅行只得取消，由叔叔婶婶做代表了。婶婶之所以同去，是要趁机公开宣布他们俩的事实婚姻成立，叔叔与羽太芳子婚姻的结束。这原是顺理成章的事，因为一切都是由芳子和她姐姐造成的。

不料，他俩出发才几天就匆匆返沪，显得非常气愤。母亲告诉我，叔叔、婶婶到了北平，住在西三条祖母那里，寿席却设在八道湾，这样婶婶未去赴席。谁知当建人叔叔向祖母祝寿致礼时，他与芳子生的长子周丰二突然从内屋冲出来，手持一把军刀，口称为母亲抱不平，向生身父亲砍去，被众亲友奋力夺下凶器，平息这场"血案"。幸亏婶婶当时不在场，否则真不知道还会发生什么事呢。但周丰二仍不肯就此罢休，又打电话到日本驻北平的领事馆，要他们派员来扣留叔叔，给以"法办"。幸亏正遇过新年，领事馆的值班人员喝醉酒了，答复说不能前往，这事才不了了之。但叔叔婶婶已不能再在北平逗留下去了，只得告别祖母，提早返沪。

也就从这个事件之后，叔叔才下决心不再给八道湾寄钱。只有长女马理没有参与逼迫生父，叔叔仍每月寄给她20元，通过祖母转交，直到她跟周作人去了日本为止。

到了日伪时期，叔叔与王蕴如婶婶已有3个孩子，是个五口之家了。但当时市面上商品奇缺，物价飞涨，尤其是粮食必须花几倍的钱买黑市的大米来补充，才得以勉强填饱一家大小的肚子。而这一切，全靠叔叔那有限的工薪来维持，其艰难可知。不想，就在此时，作为同胞兄长的周作人竟然使出凶辣的一手：他依仗日寇势力，让北平的日本使馆通知上海领事馆向商务印书馆的负责人王云五下令，由会计科从建人叔叔的每月工资里扣出一半，直接付汇给周作人。这无疑是釜底抽薪，使他们的生活雪上加霜。但他只能接受这一事实。因为在那个年代，以叔叔的性格和所从事的专业，想要另找职业是不容易的。为了一家人的生活，他唯有忍气吞声保住"商务"这只饭碗。

当时叔叔的肺病尚未痊愈，好在他意志坚强，很有自持力；也幸亏病情未再发展，使他能够支撑着去上班。本来他还抽烟，喝点酒，此后抽烟说戒就戒，酒也自我限量，并不要婶婶的劝说。他们的孩子遇到生病，若非重症，决不去医院诊治。常用的对策便是卧床。对孩子说："生病睡两天寒热退了就会好！"因此我经常看到小妹周蕖卧床。她扁桃体经常发炎，因感冒而引起，久而久之累及心脏，又得了风湿性心脏病。1944年，周蕖腹痛呕吐，叔叔婶婶采取惯用的卧床休息疗法，正碰上方行、姚臻两位熟友来访，他们看出病情不轻，竭力帮助送医院救治，入了红十字医院，才发现阑尾即将破溃穿孔，及时开了刀。二姐周瑾，下巴长了很大一个疮，有如小酒盅，正对着嘴，老一辈人都叫作"对口疗"，这种疮很凶险，有可能引起并发症，但也没有送医院，是我母亲自己动手治疗的。有一天，脓头肿胀得要穿破，又顶不出，二姐非常痛苦，母亲将一把剪刀用酒精消过毒，撑开疮的顶端，挑出脓头，才挤出许多脓血来。婶婶吓得不敢在旁边看，也怕听到女儿的呼痛声，躲到弄堂外面去了，但二姐很坚强，咬紧牙始终不出声。这件事她自己至今还记得。（二姐不幸于 2001 年 3 月 27 日去世）

就在这艰难的日子里，我发现叔叔房间里书柜顶上那台玻璃罩的德国显微镜突然不在其位了。这台显微镜是父亲买了送给叔叔的。他专研生物，没有这工具真如同削他的手臂、挖掉他的眼睛。若非无奈到了借贷无门，我想他是绝不愿捧出去变卖的。

周作人对胞弟的逼迫，甚至直到新中国成立后还不肯罢休。他唆使羽太芳子向法院状告叔叔"重婚"。为什么说这是周作人唆使的呢？因为羽太芳子的状子，内行人看了都觉得文笔犀利，功力非同一般；而几位知堂（周作人的号）的老友，更明确无误地判定，这捉刀人就是周作人本人。大家都不免为之叹息：知堂老人坐不住，又出山了（周作人自己向外承认说"改了几个字"）。这件官司出面的是周丰二，他以北平家族代表自居，气势汹汹，摆出一副非把建人叔叔扳倒不可的架势。

然而，出乎周作人意料之外，他认为稳操胜算的这场官司，竟然以败诉而告终。毋庸讳言，官司开始时对建人叔叔颇为不利。状子写得滴水不漏，"情、理"俱全：周建人在北平已有子女，竟又在上海结婚生女。这使被告方建人叔叔显得势弱理亏。待开庭后，法庭发现了很多疑点，感到这个案件不单纯是个"重婚"问题，需要进一步取证。因此，在休庭之后，法庭做了大量的调查访问，又向妇联咨询，取得许多人证和书面证明，使案情得以真相大白。最后，法庭判决叔叔与羽太芳子实际离婚成立。并宣判周丰二与父亲脱离父子关系，周作人的如意计谋就这样打了"水漂儿"。

关于周作人和周建人，这两位兄弟的恩怨纠葛，我已将自己所知悉如上述。

在我这个后辈人看来，建人叔叔和周作人之间的矛盾是不可调和的、终其一生的。这有事实做证，那是解放不久，新中国的政府部门建立，建人叔叔被委任为出版总署副署长，署里有两位老友，即担任正副领导的叶圣陶和胡愈之，他们出于良好的愿望，曾想促成这对兄弟的和解，于是在某一天，他们二人用双手紧紧把住建人叔叔的手臂，硬拉进一辆小卧车，开到了一个地方，这时周作人已经坐在那里。这两位老友竭力为双方撮合，要他们互相表态愿意和好。而两人始终坐在那里不说话。僵持了一会儿，两位老友无奈只得讪讪地一起离去。

至于周作人的长子周丰一，建人叔叔倒与他有过两次晤面，丰一曾在北京图书馆任职，于 20 世纪 90 年代中去世。是中国民主促进会的成员。

（《作家文摘》2001 年总第 485 期，摘自《鲁迅与我七十年》，周海婴著，南海出版公司 2001 年出版）

"阿丕"叔叔

·丹　淮·

我能记忆起来的是 1953 年，全家从南京迁往上海。一天父亲陈毅、母亲张茜带我去西郊公园玩，遇见了也是带着小孩的一家人。父亲就让我叫两个个子不高，但很精神的大人为："阿丕叔叔，小谢阿姨。"以后慢慢长大了，才知道阿丕叔叔真名叫陈丕显，从前是一个红小鬼，和父亲是共赴生死的战友。

1929 年，朱德、毛泽东领导的红四军从井冈山下来，在闽西一带活动。阿丕是福建上杭人。他经常看到红四军的布告，布告署名大多是军长朱德、党代表毛泽东、政治部主任陈毅。年仅 13 岁的阿丕就这样知道了朱、毛，也知道了陈毅。不久阿丕参加了革命，成为一名红小鬼。

1934 年 10 月，由于王明"左"倾机会主义路线的错误领导，中央苏区第五次反"围剿"失败，红军被迫长征。陈毅和阿丕同被留在苏区坚持游击战争。1935 年 2 月，留守苏区的机关和部队决定九路突围，分赴各游击区坚持斗争。

就是在这样危险的日子里，陈毅的诗人气质丝毫没有改变，仍是走到哪里就咏一首诗，而阿丕往往就是第一个读者。所以那时陈毅的每首诗是什么情况下写的，阿丕都可以一一道来。以后他们两人也经常谈到这时的情境，因为这毕竟是他们两人最艰难又最为光荣的岁月。新中国成立后阿丕曾对小谢说过："我是天生大喉咙，在三年游击战宿营时讲话声音特别大，很容易暴露，陈老总批评过我几次，总是改不了。他就在《赣南游击词》中专门为我写了一段：'休玩笑，耳语声放低。林外难免无敌探，前回咳嗽泄军机。纠偏要心虚。'以后我就比较注意放低声音了。"

1937年7月7日，抗日战争开始。国共第二次合作，南方八省红军游击队改编为新四军，1937年12月新四军部在汉口宣告成立，后移到南昌。陈毅任新四军军分会副书记、一支队司令员；6月率部队东进苏南，开辟了茅山抗日根据地。阿丕担任东南局青年部长留在皖南军部。他们分开了一段时间，但深厚的友情却有增无减。

1943年全党开展了整风运动，新四军代政委饶漱石却利用"整风"，制造了打击、批判、排挤陈毅的"黄花塘事件"。11月陈毅赴延安，饶漱石独揽新四军大权。张茜带着两个幼儿离开军部住到了军卫生队的村子里。饶漱石不仅占了陈毅的住房，还召集各师的负责同志开会，会上刻意攻击陈毅，宣布陈毅反毛主席、反政治委员制度等十大错误，还要各师回去立即传达。阿丕参加了会议，他根本不相信会有这样的事，回苏中后向粟裕做了汇报，并坦率地谈了自己的看法。粟裕也有同感，于是决定不向下传达。

阿丕还专门让小谢带着钱去看张茜。小谢在远离军部的一家民房找到了张茜，只见她一个人带着才几个月的我，孤单单地坐在那儿看书。

小谢问："小侉（即昊苏）呢？"

张茜答道："让崔义田带去寄放在老百姓家里了。"

小谢看着摇篮里的孩子奇怪地问："小丹耳朵里干吗要塞上棉花？"

张茜小声说："我怕他哭了眼泪流到耳朵里发炎。"

小谢顿时一阵心酸，两人默默地望着，不用再讲话了，一切安慰尽在这凝望之中。

新中国成立后陈毅担任上海市市长，阿丕担任苏南区党委书记，他们的工作都得到了党中央的肯定。1952年2月22日，阿丕忽然接到华东局负责人谭震林的电话："中央和华东局决定调你到上海工作。"

阿丕感到很突然，心中无底，说："我怎么能到上海工作？苏南都搞不好哇。"

谭震林说："不只调你一个人，还调了好几个人。现在上海急需干部，你马上就去报到。"

阿丕立即到上海向陈毅报到。陈毅非常高兴："阿丕，想不到我们又在一起工作了。"

从1952年起，陈毅和阿丕共事两年，为上海的恢复与发展呕尽了心血。1954年9月28日，陈毅被任命为国务院副总理。临行时，陈毅把上海的重担交给了阿丕。

陈毅到了北京，但1957年1月，他经上海市选举，连任上海市市长，所以他还是经常回上海，关心上海的工作。

一次陈毅接见外宾，一个记者问陈毅："您认为哪个时期是您工作最辉煌的时期？"

陈毅马上回答："是在上海那段时间，那段时间我感到最愉快。"可见他是如何珍惜在上海的那段时光，同样也看出他是非常满意上海的那些同事，当然首先是阿丕。

1966年2月，阿丕不幸身染癌症，陈毅十分焦急，经常询问他的病情。他对我们说："阿丕比我小十几岁，正是担负重任的时候，可是却得了这样的病，真可惜啊！"那时根本没想到"文化大革命"对阿丕的折磨远远甚于重病，也根本没想到才几年陈毅自己也因患绝症而早早离开了我们。

1966年6月，毛泽东发动了"文化大革命"，党内生活被严重破坏和扭曲，各级领导都成了被打倒的目标。10月在北京召开了中央工作会议，会后陈毅专门在家里宴请华东的省市第一书记等主要负责同志，他们是：陈丕显夫妇、江渭清、叶飞、江华……

陈毅从中央人事的变化已经预感到"文化大革命"是一场不同寻常的运动，已经预感到对干部将是一场灾难，可能再没有机会谈话了。他一反往常在席间谈论起了领导："德国出了马克思、恩格斯，又出了伯恩斯坦。伯恩斯坦对马克思佩服得五体投地。结果呢？马克思一去世，伯恩斯坦就当叛徒，反对马克思主义！俄国出了列宁、斯大林，又出了赫鲁晓夫。赫鲁晓夫对斯大林比对亲生父亲还亲！结果呢？斯大林一死，他就焚尸扬灰，背叛了列宁主义！中国现在又有人把毛主席捧得这样高。毛主席的威望内外都知道嘛，不需要这样捧嘛。

我看哪，历史惊人地相似……的确，过分吹捧你的人，不是另有目的，就是将来要反对你。"

由于大家对"文化大革命"的目的和做法很不理解，处境都很困难，所以情绪很差，饭桌上被一种沉重的气氛所压抑，完全没有了过去老战友相聚时的欢快、热闹的场面。陈毅责怪说："阿丕！你是个病号嘛，正在治病，干什么要出来工作。"

阿丕为难地说："不出来不行啊！江青专门打电话来催着，要我站到第一线去。"

陈毅看着自己的这些出生入死的老部下、老战友，心中一阵疼痛。他拿起茅台酒瓶，给每一位书记都斟满了酒，然后他举起杯子来沉重地说："让我们干了这最后一杯！我保不住你们了，你们各自回去过关吧。如果过了关，我们再见，如若过不了关，很可能这是最后一次见面了。"他的话不幸言中，没有一个能过关，就连他自己也没能过关。阿丕和其他书记一样，会后回到上海就被"造反派"揪斗起来。

1967 年 1 月，毛泽东忽然提出要保一批干部，特别是部长、省、市委书记。华东的名单是由陈毅和谭震林拟定的，赫然第一名就是陈丕显。名单提出后，经周恩来总理同意，毛泽东主席批准。被保的各省书记都被陆续接到北京，安排在京西宾馆。可是阿丕却被张春桥、王洪文扣在上海，不让到北京。陈毅、谭震林专门到京西宾馆慰问处于困境中的老部下，他们看到阿丕没能来京，对中央文革小组、"造反派"对抗中央毛主席决定，要把干部整倒、整死的做法十分愤怒。2 月的一次政治局碰头会上，谭震林责问张春桥："为什么不放陈丕显，陈丕显是红小鬼，有什么问题？"

张春桥阴阳怪气地说："是群众通不过。"

谭震林立即打断他："不要拿群众当挡箭牌，群众还不是你们支使的……"陈毅坚决支持谭震林，与中央文革小组据理力争，从而引发了对"文化大革命"看法的一场大争论、大斗争，也就是后来讲的"二月逆流"。陈毅因此离开了中央领导岗位。

1972 年陈毅逝世，华东的各省市书记都被关在牢房里。他们听到广播之后，都止不住悲伤的泪水。他们不能到北京最后一次送行陈毅，只能在牢房里遥寄哀思。小谢也被"造反派"关起来了，她看着报纸上登载的张茜扶着毛泽东参加陈毅追悼会的照片，眼泪就刷刷地流下来。她自己是那样的虚弱和憔悴，可是她看到报纸上的张茜，却为张茜的憔悴而痛哭。小谢一连哭了好几天。最使人愤慨的却是看守她的"造反派"，他们阴阴地冷笑着："啊！你的大树倒了吧！怎么那么痛苦啊！"这些利欲熏心的人，哪里知道一个共产党员的深厚感情和崇高的意境。

不幸成为了事实，陈毅与阿丕的诀别就是在北京的那次家宴。

（《作家文摘》1997 年总第 214 期，摘自《大江南北》1996 年第 11 期）

"铁打的江山，为啥硬是要搞垮！"
——回忆祖父刘文辉

·刘世定·

　　祖父刘文辉是中国近现代史上一个不大不小的人物。他1895年1月10日出生于川西平原上一个普通农家。在家乡受过家族私塾教育以后，于13岁（1908年）离家到成都考入公费的四川陆军小学读书，1916年从保定军校毕业后回四川从军。时值辛亥革命后的动荡年代，祖父在内战中逐渐崭露头角，10年中从一个下级军官变成四川军政界的一个重要人物。他曾任国民革命军二十四军军长、川康边防总指挥、四川省主席、西康省主席，中华人民共和国建立后担任过西南军政委员会副主席、西南行政委员会副主席、四川省政协副主席、林业部部长等职。在其军事、政治生涯中，经历过内战、经边、反蒋、联共、起义等活动。祖父的一生曲折跌宕，可以看作中国近现代社会大转折的一个缩影。

　　我1951年出生于重庆，从那时直到1968年年底离开北京到山西农村插队，始终和祖父、祖母生活在一起。此后，到祖父1976年去世之前，我凡回北京探亲、办事，期间也是和他们住在一个家里。虽然从书上读到过一些有关祖父的被描写得带有传奇色彩的故事，但是我多年所接触到的不过是一些寻常事情。事实上，新中国成立以后，祖父就逐渐离开了政治，过上相对平静的生活。开会、会客、读书、看报、散步、休假、生病、住医院、给后辈一些关心……和那个时代的许许多多中国人一样，走他们的生活之路。即使是"文化大革命"中的抄家，也不过是和那时的一些人同样的一些经历，而且因祖父的特殊身份和得到周恩来总理的保护，他所受的冲击也比其他许多人要轻得多。

在"文化大革命"中，祖父对自己的处境非常清醒。他曾讲过，国家还没有统一，对他估计不会怎样。

但他的心情是沉重的，也颇存感慨。他曾对父亲说："铁打的江山，为啥硬是要搞垮！"

在"文化大革命"发生前的 20 多年，他曾将"历史上的治乱循环"中由治到乱的过程归因为"不讲求进步方法"，即"不能随时代的变化而改进其统治方法"。

也是 20 多年前，他曾研究过社会风气的流行，特别是自上而下的政治风气的流行：

大凡一种风气，若是由上而下的，总容易流行……政治上最容易养成有各种风尚，如时值乱世，便很容易有巧于规避、崇尚狡诈的风气；如时值升平，便容易有工于逢迎、阳奉阴违和敷衍因循的恶习；如主官好静无为，不喜进取，政治上便容易有粉饰太平、只顾场面的现象；如主官励精图治，振作有为，政治上便容易有颠顿操切、遇事生风的情形。总之，上有好者，则下必有甚焉者。

这些研究，在他面对的现实中，能有解释力吗？以我对祖父的了解，他是会思考这些问题的，虽然他通常不会说出来，至少不会明确说出来。

我后来回忆，他在特定场景下的某些只言片语和暗示性的动作，也许能够反映出他的某些思考和政治判断。

"文化大革命"的公开而明确的目标就是要解决"接班人"问题。从 1966 年 8 月 18 日至 11 月底，毛泽东 8 次接见红卫兵，祖父都被邀请并出席了多次。这使他有机会近距离接触毛泽东和林彪。他出席后回到家中，有时会说上几句观感。有一次他向父亲和祖母伸出两个手指——意味着"二号人物"，说，他的神情很奇怪，目光游移。祖父接着说，看上去气色不好，好像是有……说到这里，他把大拇指和小拇指张开，做了一个"六"的手势。从祖父房里出来，我问父亲，那个"六"是什么意思？父亲说，你不懂！没有回答我。林彪事件发生以后，我再问父亲这个问题，父亲说，那是指抽大烟。祖父看林彪气色、精神都不好，像是用鸦片来提精神的人。

祖父这些简单的言语和姿态似乎反映出他的一种感觉：这个接班人的确定性是成问题的。

那么，何以会选择这样一个身体孱弱的接班人？更真实的指向何在？

"文化大革命"初期抄家的风浪过去后，祖父的一些老朋友重新开始上门走动。一次，刘衡如先生到来。刘先生知识广博，颇通医术。那次不知怎的，他从中医的眼光谈起毛泽东和林彪的身体。他说，毛主席的身体比林彪的身体要好得多，怎么选的接班人的身体比老人家还差呢？！祖父没有回答，以手指点了三下。刘先生没有再说下去。

我后来逐渐领悟到，祖父点那三下是写了个三点水，暗指江青。他是指要注意江青这个人物的出现。

以祖父的政治经验，他当然不会认为毛泽东会把权力最终交给江青。然而，他的确非常注意江青这个人物在中国政治舞台上出现的含义。那么，他从这个现象中看到了什么？

这样的问题，自然不能问，问了祖父也不会回答。事实上，"文化大革命"初期，思想幼稚的我也是问不出这个问题来的。

随着思维的逐渐成熟，这个问题便浮现在我头脑中。我想到了前面提到的祖父的感慨："铁打的江山，为啥硬是要搞垮！"他担心的"垮"，是垮在哪里？

是大批的贤良文武被整肃？的确，祖父熟知中国传统政治中的某些朝代在天下初定时期残害功臣的历史，也知道苏联在斯大林初上台时期对大批领导干部的"大清洗"。这些活动使国家组织受到很大的伤害，但并没有"垮"掉，这都是祖父知道的。看来，仅从大批贤良文武被整肃还不能完全解释祖父担心的"垮"。

我想到祖父所处的时代和他经历的历史事件。祖父是在辛亥革命之后的北洋政府时期步入军界，而在北伐战争后成为独立军事、政治力量的。他在青年时期目睹了袁世凯由朝野瞩望的似乎无可替代的重磅级大总统（可终身任职）转瞬垮台的过程。其间亲属关系介入权力继替过程发挥了重要的负面作用——

称帝是这种机制的外在极端形式。袁氏垮台标志着在中国政治舞台上亲属继替制度的合法性发生了根本性的动摇。当年,祖父那一代青年军官在权力日隆、意气飞扬之际,常标榜的理念是功成身退,还权于民。不管他们是真心还是假意,这种标榜反映了政治在社会精英中的认可或者说合法性的内涵发生了变化。

当然,在中国这样一个亲属关系深重的国家中,使政治活动拔出于这种关系绝非易事。事实上,祖父1949年之前在政治圈里摸爬滚打,亲属关系发挥着重要作用。特别是在军事上失败退至西康之后,财力有限、军队缩减,其属下几位高级将领几乎都是亲属。这样的组织结构在其政治上处于不利时起到了稳定作用。在1949年祖父组织起义中,这些亲属将领鼎力支持,保持高度一致,为起义做出重要贡献,说明这一结构在某些条件下的有效功能。不过,祖父深知,此种格局可济一时,却不可致远;可治一隅,却不可驭全局;在政治大局中,已属苦撑。因此,祖父决不让父亲再进入此种政治,学社会学、经济学、哲学、历史均可,乃至参加共产党组织的活动亦有自由。

在经过多年的磕碰之后,祖父得到一个看法,共产党特别了不起的地方是它创造了一种新的组织方式,它依靠这种组织来整合国家,实现了大陆的统一,替代了有深厚传统但合法性已经动摇的以亲属为基础纽带的政治组织方式。而"文化大革命"发起后,伴随着大批共产党干部被整肃,毛泽东的亲属进入核心政治圈,林彪亦行此道。看到这种状况,他的感慨可想而知。他之所以特别关注江青在政治舞台上的出现,应当是将此看作一个重要信号。他之所以担心"硬是要搞垮"的症结,应当是在这里。

祖父已经去了,我根据他的某些言语和曾有过的思路做出的推想是否合于他的判断,永远不得而知。

(《作家文摘》2009年总第1247期,摘自《寻常往事——回忆祖父刘文辉》,刘世定著,新星出版社2009年版)

李雪峰和我父亲纪登奎的一段往事

·纪坡民·

李小林约我为纪念她父亲李雪峰写点东西，这使我有点为难。对我父亲纪登奎过去工作上的事，我知道得很少，对李雪峰和我父亲之间曾经有过什么工作关系和交往，也了解不多。我想，就从李雪峰最初在我心中的印象谈起吧。

我印象里的李雪峰

"文化大革命"前，我就听说过李雪峰的名字，知道他是华北局第一书记，是党的高级干部，是中央领导人。

1966年6月1日，报纸电台公布了李雪峰取代彭真接任北京市委第一书记的消息，李雪峰成了政治明星。

可是不久，李雪峰卷进"派工作组"的"路线错误"里去了。后来，可能是"文化大革命"中检讨错误的态度比较好吧，而且因为他是毛主席十分信任的干部，1968年，李雪峰又"站出来"了。先是听说要担任天津市革命委员会主任，不知为何又搁置起来了。拖了一段，以后又"结合"为河北省革命委员会主任。

那时候，我父亲在经历"文化大革命"约一年的批斗和关押之后，也被"解放"了，被"结合"为河南省革命委员会副主任。

"文化大革命"时，我是军事院校的学生，关于李雪峰的这些情况，当时就听说了。

1969年春，我因为在"文化大革命"中"关心国家大事"而"犯了事"，正在受审查、住"牛棚"。在听传达党的九大会议精神时，我才十分惊异地知道：我父亲竟然在九届一中全会上当选为政治局候补委员。在九届一中全会上同时当选为政治局候补委员的，还有李雪峰、李德生、汪东兴等。

李雪峰再次卷进"文化大革命"的政治旋涡

在1970年的庐山会议上，发生了所谓"华北组简报"的公案：中央全会分组讨论林彪在庐山会议开幕式上的讲话，陈伯达在华北组发表煽动性的发言。会议讨论的情况当然要上报，作为华北组的召集人李雪峰签发了华北组记录会议发言的"简报"。这样做，对李雪峰来说，本来是正常的工作程序。

政治风云，瞬息万变。"华北组简报"一下子成了一个严重的问题。李雪峰又一次卷进了一场政治斗争的大旋涡。

"林彪事件"后我父亲经手审查李雪峰

在毛主席针对林彪的"甩石头"、"掺沙子"、"挖墙脚"的所谓"三大措施"中，一件十分重要的事，就是1970年年底召开的"华北会议"。会议最后撤销了李雪峰、郑维山北京军区政委、司令员的职务，改组了北京军区。从此，李雪峰开始了他长达8年的牢狱之灾。

听李小林说，李雪峰担任河南省委书记时我父亲在河南许昌地区工作。20世纪60年代，李雪峰是华北局第一书记，我父亲在河南只是个地委书记、省委书记处候补书记。在革命队伍里的资格、职务和地位，他同李雪峰很悬殊。所以大概也够不上有什么历史的恩怨纠葛。可是，"文化大革命"汹涌激荡的政治旋涡，却阴错阳差地把我父亲摆在了李雪峰的对立面。

那时候，我父亲在中央算是年富力强的，周总理总是戏称他为"壮丁"。庐山会议后，可能也是因为他在此间没有什么问题吧，毛主席压给他的工作担子更多了。在毛主席针对林彪的"三大措施"中，我父亲唱的都是重头戏。"华北会议"结束时，毛主席和中央又任命他和李德生分别取代李雪峰、郑维山担任北京军区政委、司令员。

"九一三事件"后，我父亲又参加了对"林彪反党集团"的专案审查，毛主席和中央还指定他和汪东兴负责"林彪专案组"的日常工作。所以，审查李雪峰的问题，也是归他管的。

"文化大革命"之后我父亲和李雪峰的一段往事

终于，"文化大革命"的灾难结束了。我父亲在"文化大革命"中跟着毛主席他老人家干了七八年，自然也难辞其咎。挨批判、做检讨、受审查，是情理之中的事。在走完这些例行过程之后，他于1980年春辞去了党和国家的领导职务。

作为"犯严重政治错误"的干部，我父亲很幸运，没有遭受牢狱之灾，只是闭门思过、在家里赋闲而已。

家里客人很少，可谓门可罗雀，父亲心情不太好，郁郁寡欢。就在这时，家里来了一位稀客。党的十一届三中全会以后，李雪峰的问题得到平反昭雪之后，他到家里来看望我父亲了。

李雪峰见到我父亲，第一句话是："纪登奎啊，你好大的胆子哟，竟然敢在毛主席面前唱反调！"

我问父亲这是怎么回事，他介绍了当年李雪峰的公案里这样一个故事。

1973年，林彪事件审查结案，我父亲和周总理、叶帅一道去向毛主席汇报。在谈到林彪事件涉案人员的处理意见时，我父亲向毛主席提议："李雪峰、郑维山两位，同黄（永胜）、吴（法宪）、李（作鹏）、邱（会作）四位大将的问题不一样，处理上也应当有区别，建议不要开除党籍了。"

谁知毛主席听了以后，高深莫测地说："纪登奎呀，你这个人哪，少两根白头发。不像我们这些人。"

父亲解释说，毛主席这个话，听起来好像是开玩笑，实际上是批评他的。意思是，你纪登奎阅历太少，政治上幼稚、不成熟。而且，这番话也就表示毛主席驳回了他的提议。就这样，李雪峰被开除了党籍。

这一件事，李雪峰在平反以后，不知从哪里听说了。他见到我父亲说的第一句话，指的就是这件事。李雪峰表现出的开朗、幽默、豁达、大度，仿佛他根本不曾因此受过8年的牢狱之灾，竟然还用特有的语气，传达了他对我父亲的理解和体谅，也许还有几分赞许和夸奖。其实，我父亲当年并没有公然顶撞毛主席，也没有固执己见，只是按照事实材料谈了自己的意见，没有多用心思去领会揣摩毛主席的意图而已。

李雪峰的一句话，大概使我父亲的心理负担冰释，无疑使他感到欣慰。他们那一次见面，似乎谈得很投缘。

从此，他们两人时有来往，成了很好的朋友。

后来，我问父亲：你的提议被主席驳回了，可是，郑维山却没有被开除党籍，为什么单独把李雪峰开除党籍了？主席为什么要那样对待李雪峰？父亲严肃而沉静地说："主席对高级干部政治上特别严格，尤其是对政治局的成员。"

父亲去世后，有一次当我去看望吴德时，像个傻子似的问吴德："李雪峰是不是林彪的人？"吴德笑起来，说："他哪里是什么林彪的人，历史上，李雪峰是邓小平同志的老部下嘛。"

（《作家文摘》2008 年总第 1143 期，摘自《党史博览》2008 年第 5 期）

我的父亲潘光旦

·潘乃穆·

父亲早年原名潘光亶，是我祖父所起。后来上清华学校，嫌笔画太繁，自己把末后一字改为"旦"。我们现在所见到的资料，从 1920 年 10 月起，开始用新的名字。父亲在清华学校上学的时候，因运动致腿伤，而不得不锯去一条腿。奇怪的是我从小到大，思想上似乎从未把他和"残废"二字联系在一起。也许是因为他行动敏捷，性格开朗，并不觉得他与常人有太多不同之处。记得 1942 年我进联大附中上初一，住到西仓坡清华办事处他的宿舍里，在没有给我另架一个木板床之前，他那缺一条腿的空当曾权充我的铺位。那时我 11 岁，个子也小，头对着他的一只脚，就可以搁下。当年的情形，最好是读梅贻宝先生的回忆文字：

> 我在 1915 年入清华，初次看见他，他已经是独腿客了。在前一年他跳高跌倒，伤了腿。医师有欠高明，耽延一阵，竟成不治，只可把伤腿切断。他曾碹装过假腿，但是麻烦胜过架拐，他索性架拐架了毕生。他虽然独腿，但是一般行动概不后人。周末同学们郊游散步，他从未缺席。有一次在西山卧佛寺开会，会序中有一项排列在寺院后山门（等于半山腰）举行。老潘亦就架拐登山，若无事然。（《清华与我》）

在一张校友调查表的"爱好"栏里，他填的有：旅行。我初看到时觉得很新鲜，虽然知道他常常出门旅行，但是达到"爱好"的程度，似乎是另外一件事。还是看他自己怎样讲的吧：我是主张中国人应该多多旅行的。中国的地方这么大，地理环境的变化这么多，历史的背景又这么悠远，而各地的背景又这么的不同，要是专靠一些书本的知识而不旅行，不给耳目一个实地接触的机会，要教一个民族分子对于本国的史地有一个差强人意的囫囵的概念，我以为是不可能的。从取得此种认识的这一天起，凡遇有旅行的机会，我是没有不利用的。（《豫晋行程的第一段》）

1952年春我参加完土改回北大，学校里的"三反"和"知识分子思想改造运动"已近尾声。一天高校党委的××同志找我谈话说："潘光旦的检讨一直没通过，他的认识太差，可是老拖着也不行，他的检讨不通过运动就结束不了。现在我们得想法帮助他让他通过，不行就内挂。现在清华要开大会，你得去发一次言。北大周炳琳检讨大会，他儿子上去发言，他很感动，对他的改造很有帮助。"当时潘是清华运动重点对象，周是北大重点对象，是北京高校中最大的两个重点。我觉得发言有困难。一则我并未读过多少我父亲的著作，发言缺少实际内容。二则我很了解父亲的性格，我发言绝不会使他感动，效果将适得其反。三则我一向沉默寡言、不善辞令。我对这位领导同志说明了理由，但是没有能说服他。最后我只好准备一个简短发言，基本是表态性的，希望父亲站到人民立场上好好改造云云，经过领导审阅，他们并不满意，但也难再改，我就这样发了言。事后父亲对我的发言没有作任何表示。此后，他的检讨就算通过。不过，父亲的问题绝不会到此为止。现在读到当年的《三反快报专刊》，可知当时批判、攻击之烈绝不亚于反右斗争和"文化大革命"，甚至提出一些性质严重的问题，从未给予澄清的机会。例如1936年清华学生运动中的问题。80年代李树青先生写道："潘先生身为教长，虽然也同情学生的爱国热诚；但是总觉得学校当局对家长负有学生的安全与读书责任，深恐由搏斗而造成惨案，或致学生被捕而陷身囹圄，荒废学业。一面央求校长到城内与军政当局洽商劝其容忍；一面劝阻学生，嘱其稍安勿躁。从现在来回顾当年的行径，平心而论，我们不能认为潘先生在教务长任内对学生运动的阻挠，犯了任何'反动'或'错误'。"

（《悼念业师潘光旦先生》）钱伟长先生说："他做教务长，每次我们都找他当面谈。可是完了以后他总把我留下，偷偷地告诉我一句话说：'你们听了就过去了，学校并不是完全反对你们的，不过外头不要宣传，我们作缓冲的人。'他说：'我们还得对上头，对南京讲话。'老是这一句话。所以他对学生运动的人总是讲而不处分的，一般是不处分的，就开除过两批学生会主席，都是开除以前先把他们安排好了，走了再公布，贴个名单对付南京。这是潘先生的情况。他虽然是作了教务长，不得不为当局讲几句话，可是他是很有分寸的，不是迫害学生的。这一点很重要。"（1987年在追思会上的发言）

反右派斗争中，民院党委某位统战委员到北大来找我调查父亲的情况，他对我说：如果你不揭发你父亲的问题，于你个人的前途不利。我对他这种非原则的以个人利害相威胁的言行甚为鄙视。但我确实不知道父亲有何种反党反社会主义的言行，不得不搜索枯肠，写一些我所知道的情况交给他。80年代有一次在民院图书馆碰见他，他主动对我说，在潘先生的问题上我们都错了。我听后愕然，未予答理。他能承认错误还是好的，因为至今还有人不能公开承认自己的错误。但是我对父亲并无不实之词，如何能与他等同起来，难道他想让我分担他的错误吗？反右派斗争后期，一天市委一位同志找我和乃穟去谈话，意思是说，现在钱端升交代了和帝国主义分子来往中性质很严重的问题，因此怀疑潘光旦也有这方面的问题，希望我们和他谈一谈，让他交代。我记得他当时写过两份很长的材料，一个有关和罗隆基的关系，一个关于和"帝国主义分子"的关系。到了80年代，我听说钱端升先生已经加入中共。历史常常无独有偶，并具有强烈的讽刺性。当年在我们这边认为"美国特务"或"帝国主义分子"的人，在美国的麦卡锡时代在他本国内却被认为同情中国而属"非美"，曾遭严重迫害。1979年费孝通先生赴加讲学，我随行，见到费慰梅（费正清夫人），她说费正清当时被迫害到几乎神经失常的地步。又在不列颠哥伦比亚大学见到原太平洋国际学会的Holland先生，他认识我父亲，他是因当时的迫害而逃往加拿大的。据说抗日战争时期美国驻昆明领事馆的官员，有的被排斥后来从商。我对过去发生的事，视为历史的必然或已然，只不过认为历史事实今天应该可以公布于众，让后来的人可以了解，可以吸取经验教训罢了。

至于父亲自己，一向对历次运动中一些颠倒是非、进行人身攻击的言行虽感痛心，也不愿多作解释。不怨不尤，平淡处之。乃谷回忆：母亲于 1958 年 10 月病危之时，她已大学毕业，正在待分配之中，因此父亲叫她回家照顾母亲，而避免影响我们。母亲去世之后，父亲大恸两次。他总觉得因自己遭遇反右斗争影响了母亲，使她精神负担过重，而过早地去世了。

（《作家文摘》2002 年总第 558 期，摘自 2002 年 6 月 5 日《中华读书报》）

我的叔叔乔冠华

·乔宗濂　口述　茆贵鸣　整理·

我父亲乔冠军是著名外交家乔冠华的大哥，早年参加革命，为20世纪30年代盐阜区地下党的骨干分子之一，与胡乔木（时名胡鼎新）、胡扬（时名邱剑鸣）、魏宪一等革命同志关系密切。他们组织严密，经常秘密出入我父亲住地，关门开会，研究对敌斗争策略。

我三叔乔冠华早年虽然因为常闹"学潮"，曾被几度开除、几度转学，但由于他聪明好学，成绩优秀，16岁即考取了清华大学。

三叔考入京城以后，祖父乔守恒即变卖田产并省吃俭用，以便省钱供他完成清华学业。祖父是当地的破落地主，靠曾祖父乔世泰留下的300亩左右的土地收租，维持着十几个人口的大家庭生活。父亲乔冠军病逝后，由母亲吴氏含辛茹苦地养育我们二男二女四个孩子。

1929年至1933年，我三叔乔冠华在清华读书期间，只回家过一次。后来，他在留学日本和德国及以后的几十年时间内，再也未曾回过家乡，很长一段时间几乎与家人失去了联系。国民党地方爪牙怀疑我三叔参加了共产党，但因没有证据，便不时地找我祖父乔守恒的麻烦，经常对他搞逼供，有时甚至夜间敲门骚扰。有一次，他们强行要把我祖父抓走。当时，祖父的腿已跌伤，不能走路，他们便将祖父放在柳筐里抬着走。就这样，他们将我祖父一关就是十多天，硬逼他承认乔冠华参加了共产党。我祖父因坚决不予承认，不断遭他们的严刑拷打。

新中国成立后，三叔乔冠华从香港回到了北京。他没有忘记生活在家乡的大嫂及侄儿侄女们。他与叔母龚澎商量后，决定定期寄钱资助我们。因为离开家乡几十年，不知家乡详细地址，他们便把钱直接汇到庆丰乡人民政府，由政府转交给我们。

收到这些钱，我们全家人喜出望外。吃饭、上学等诸多问题竟一下子都解决了。

在三叔的推荐下，当年随祖父定居上海的四叔乔冠寅（乔冠华的同父异母弟弟）和大哥乔宗盟（参军后改名乔栋），先后都到部队当兵去了。我们一家又享受了军属待遇。以前十分困难的境况终于得到了彻底的改善。

大哥乔宗盟参军不久，即赴朝参战。当时，他所在的部队开赴朝鲜战场以后，大哥竟不幸在上甘岭的一次战斗中失踪。后来，我三叔去朝鲜参加板门店谈判时，曾专门去我大哥所在部队寻找下落，但仍无功而返。最后，部队党组织认定我大哥光荣牺牲，政府还为我们家颁发了一张烈属证书。

我母亲怎么也承受不了痛失长子的打击。为此，她下定决心要去北京找冠华叔，请他继续寻找大哥的下落。

1957年7月，我母亲在大姐乔宗雁的陪同下到了北京。她们在外交部街乔冠华的家中住了一个多月。期间，叔叔乔冠华和叔母龚澎对我母亲关怀备至，天天热情款待。我母亲和姐姐感到过意不去时，他们便会讲："老嫂如母嘛！这是我们应该做的。"

那时，我母亲吴氏没有名字，叔母龚澎为此还特意替她起了一个名字叫"吴德荣"，意思是"得到了光荣"。

经过叔叔和叔母的劝说安慰，我母亲的心情一下子变得开朗起来。她感到自己确实是一个光荣的母亲。当时，我和我二姐乔宗雪还在家乡上学。母亲因心挂两头，此时又放心不下我们了。她谢绝了我叔父母的再三挽留，又匆忙回到了家乡。

大哥乔宗盟牺牲后，乔冠华的同胞三兄弟中，只有我和乔宗淮（三叔的长子）两个男孩了（二叔乔冠鳌没有小孩）。因"宗淮"的"淮"字有三点水，所以龚澎叔母把我的名字"宗连"改成了"宗濂",也有三点水了。从此,我就用起了"乔宗濂"这个名字。

其实,我叔叔、叔母家的生活也并不十分宽裕,但他们却总是放心不下我们。特别是叔母龚澎,把我们当成亲生儿女一样看待,每月按时寄钱供我们上学、生活,逢年过节还要多寄些钱给我们改善生活。除了每月按时给我们寄钱外,他们还不时写信问这问那,处处关心体贴我们。当得知我们的计划粮不够吃时,他们又赶紧将自己省下的粮票寄给我们。

60年代中后期以后,我们姐弟3人都相继走上了工作岗位。恰在这个时候,我母亲却突患重病,生命垂危。叔叔、叔母获悉后,立即与他们的好友南通医学院李颢院长取得了联系,并通知我母亲去南通住院治疗。

在十年浩劫中,叔叔、叔母都蒙受了不白之冤。

1982年,我出差北京时再次去看望了住在史家胡同51号的冠华叔。当时,他刚刚出院回家,一边休养,一边着手准备撰写外交回忆录。一见到我从家乡突然来到北京,他的内心竟有说不出的高兴,情绪极好。他放下手头的材料,紧挨着我坐在沙发上,与我谈家乡、唠家常,言语之中,流露出浓浓的思乡之情。

1983年9月,我从报上看到了三叔乔冠华去世的噩耗。我请假赶赴北京之后,继叔母章含之将我安排住进了外交部招待所。中央有关部门同意由乔冠华的亲属自发地举行告别仪式。那天,我终于见到了三叔乔冠华最后一眼,并护送其遗体至八宝山火化。

值得告慰的是,三叔离开我们虽已20多年,但家乡的父老乡亲们却始终没有忘记他,并且一直期待着把他躺卧在苏州太湖之滨的墓,尽快迁移至他的衣胞之地——建湖县庆丰镇东乔村乔家庄,实现他生前的遗愿。

据悉,经江苏省政协出面协调,苏州市委、市政府已同意迁墓,并表示在乔冠华墓迁移后,再重新立一墓碑,以示苏州人民的纪念。建湖县委、县政府亦已委托东南大学对乔冠华墓地及墓碑进行规划设计,决定开发出乔冠华早年在家乡学习和生活的多处遗迹,并进一步扩建乔冠华故居。

(《作家文摘》2005年总第827期,摘自《钟山风雨》2005年第1期)

父亲徐韬和江青共事的那些年

·徐伟杰·

20世纪50年代初，父亲调北京中央电影局工作，担任艺委会秘书长。我亦随之赴京就读于北京三中。家中不举炊，每天放学后便到位于羊市大街的电影局吃晚饭。饭后，我就趁人不注意偷偷溜进后院的放映间，这里经常放映外国影片，这使我乐而忘返，常常荒疏了课业。也正是在这里我第一次知道了江青。

江青这个名字我并不陌生，导演张客叔叔的太太就叫江青，他们是父亲在演剧队的老朋友。一次，父亲又带我去张家玩，一进门我就高声喊道："江青阿姨，江青阿姨！"江青阿姨满面春风地迎了出来，谁知父亲却沉下脸来对我说："以后不许再叫江青阿姨！""为什么？""大人的事，小孩不许多问！"回家以后，父亲才告诉我毛主席的夫人叫江青，普通人必须避讳。从此，我知道了世上还有另一个江青。

电影局的院子里有时会驶入一辆轿车，这是一辆漂亮的捷克造甲壳虫轿车。那时候的北京，西四和西单的牌楼还没拆，满大街跑的都是骡马大车，汽车很少，这辆甲壳虫轿车属时髦之物，十分抢眼。这辆车便是江青的座驾。

江青时任中央电影局电影处处长，但全局上下没人敢直呼她为"江处长"。江青平时从不来局里上班，但是审查影片或有好看的外国参考片，她从不缺席。审片时，她总是悄悄地坐在后边，一言不发。末了，父亲照例要恭敬地请示："请江青同志发表意见。"这时，大家支起耳朵，目光齐刷刷地转向江青。每当此时，江青总是俯身用铅笔在本子上写着什么，并不抬头，慢悠悠地吐出三个字："没意见。"

不要以为，江青只是挂了个闲职，平日貌似谦恭，从不轻易表达意见，可是我父亲明白，只要这个女人忽然对某部影片表示兴趣，那就意味着一场大灾难即将降临。此前，影片《武训传》《清宫秘史》《我们夫妇之间》被她调进中南海，没多久，全国各报纸杂志上批判文章铺天盖地而来，继而迅速演变成一场政治运动，又快速升级为人身迫害……其来势之猛，出手之快，令人不寒而栗。父亲说，江青的记忆力极强，看片非常认真，时隔多日，影片中的语言、镜头、细节仍可描述得丝毫不差。她简直就像一个蛰伏在黑暗中的猎手，有足够的耐心和计谋，一旦猎物出现，绝不会手软。有鉴于此，大凡来京送审影片的导演，在没听到江青"没意见"这三个字前，总是怀着惴惴不安的心情，连夜来找父亲打探消息。其实，父亲也只是揣摩江青的意思，与局长王阑西商议后，决定影片的审查意见的。父亲之所以能够揣摩江青的想法，是因为他对这个女人有一定程度的了解。当年江青以蓝苹的艺名到上海滩闯荡的时候，凭着《大雷雨》《娜拉》两部舞台剧一炮走红，准确地说是凭着女人的特别手段，诱使唐纳和章泯把她这个带着浓重的山东口音，演戏神经质的三流演员捧上了明星的宝座。那时候，父亲担任这两部戏的剧务主任，深谙这个女人的喜怒无常。出于父亲处处小心，进退有度，总算没有触到江青的逆鳞。而江青似乎对父亲也怀有好感，见面时必以"阿韬"呼之，以示亲昵。父亲往往趁她高兴，不失时机地把对影片的处理意见请她过目签字，就这样不少送审影片得以绕过暗礁，平安到达彼岸。

江青在中央电影局"垂帘听政"的这些日子，父亲的心情可以用"如临深渊，如履薄冰"来形容，但事情也有例外，有几次，父亲竟然得到了江青赠送的照片，这是他绝对不敢奢望的事情，当时真有点受宠若惊了。这些照片都是江青自己拍摄的生活照，有她自己的，有她和女儿李讷的，也有她和毛主席的，背景好像都是中南海。照片的背面都有江青的亲笔签字落款，有的写"阿韬留念"，有的写"给阿韬"，用的是绿色的墨水。江青的字很漂亮，字体修长，秀气中带有须眉气，父亲说这是怀素体，她在刻意模仿主席的书法意境，应该说模仿得确有几分毛体韵味。父亲把这些照片收藏在一本相册里，不肯轻易示人。江青赏赐"御照"的事情，令父亲很意外，也感到惶惑，是念旧吗？不像。上海的这段往事是她最不愿意被人提及的，避之唯恐不及，这是双方都心照不宣的事情；是一种政治笼络？此时的江青羽毛渐丰，急于搜罗一批文坛流氓在文化杀戮中为她充当打手，但她绝对不会看上父亲这样的人。接下来发生的事也证实了这一点。不久以后，电影局局长王阑西被摘掉了乌纱帽，司徒慧敏留任副局长，父亲立即被解职，回到了上海。江青无疑早就对父亲有了戒心。

当父亲重新站在水银灯下，拿起导演话筒的时候，他仿佛又找回了自己。回到上影后，他拍摄了《搜书院》《海魂》《小康人家》《摩雅傣》等影片。这一时期，父亲和赵丹每个星期都要到艾明之家中去打牌，渐渐地一个想法形成了，这就是电影《青山恋》的雏形。《青山恋》是一个上海知青在林区成长的故事，不久以后在福建顺利拍成了。上海电影局初审充分肯定了这部影片。

《青山恋》送中央电影局审查后，立即被江青调入中南海。没多久父亲带着江青的意见回到上海，向赵丹传达，大意是：《青山恋》宣扬资产阶级人性论，歪曲丑化林业工人和知识青年，赵丹演的老场长是武训的翻版。赵丹听后如同兜头浇下一盆冰水，半晌说不出话来，然后喃喃地说："阿韬，这下完了……为什么，为什么她（江青）老是揪着我的武训不放，看来我是在劫难逃了。怎么会是这样？"父亲说："眼下最要紧的是赶快准备好一份检查，局里传达完了我们要当众检讨的。""我心里乱得很，你是导演，还是由你代表吧。""我当然要写。可是江青点了你老人家的大名，你能一声不吭？""嗨……"灯光昏暗，两个挚友就像当初创作剧本一样，凑在一起，不过这一次他们在稿纸上洒下的是痛彻心扉的泪水。

到20世纪60年代，电影创作变得更加艰辛，稍不小心便会触雷。那时父亲拍摄了《关汉卿》，这是田汉为纪念关汉卿诞辰七百周年而写的剧本。上映后，便风闻有人说，田汉是以"敲不扁，砸不碎，煮不烂，响当当的铜豌豆"自诩，剧中朱帘秀因演《窦娥冤》被挖去了双眼，要求阿合马把眼球挂在城楼上，要看看他的下场！这是公开向党的领导叫板。对《关汉卿》虽未形成大规模批判，但也足以让父亲吓出一身冷汗了。自此以后，直至1966年"文化大革命"开始五年多时间，父亲就再也没有影片问世。

这里不能不提到徐景贤这个人。徐景贤是市委写作班子的成员，这个班子就是日后臭名昭著的"四人帮"的喉舌"丁学雷"。不过当时的徐景贤尚未显露锋芒，父亲和他的第一次合作是以上海交大革命烈士穆汉祥为题材的电影剧本《穆汉祥》，由于缺乏鲜活的人物形象，没有血肉，只写了一稿，就胎死腹中。这时的所谓"创作"，完全违背创作规律，遵循着"题材决定论""主题先行"的教条，即使勉强凑成一部作品，也是政治符号式的人物，活报剧式的情节。正当父亲茫然失措，徒然挣扎时，田汉的《白蛇传》像一线曙光般出现了。他兴奋得像是换了一个人，没等田汉的剧本脱稿，就迫不及待地带上摄影师上黄山去采看外景，并着手收集有关的话本及各种戏曲版本作为参考。徐景贤也是鞍前马后地奔走，十分卖力。父亲说，田汉具有诗人般的浪漫情怀，火一样的热情，再加上他的才华，《白蛇传》肯定会是惊世骇俗之作。这一时期，不甘寂寞的郭沫若、阳翰笙、曹禺等剧作家，和苏联的贝利耶夫一样，纷纷把创作转向历史题材，这是艺术家们在文化专制重压下无可奈何的逃遁。他们撩起艺术的长裾，小心地不使它沾染到政治的灰尘，一面挥起长鞭远远地抽击着现实。至于徐景贤参与《白蛇传》的创作的确有些令人费解，以他的一贯行事风格，他不可能不了解江青对田汉的态度，此人头脑机敏而且长袖善舞。然而善良的父亲对他毫无戒心，反而对这个跟定他的热心青年心怀感激，几乎引为知己，到了无话不谈的地步。

父亲望眼欲穿的《白蛇传》终于还是没能脱稿，田汉这个南国诗人的创作生涯已经走到了尽头，他早就被列入了江青的黑名单。对《燕山夜话》《海瑞罢官》的批判逐步升级并不断地扩大其政治外延，株连了一大批人士，从那之后，徐景贤的修长身影也从我家的客厅消失了，父亲从中似乎感到了不祥的预兆。

我再次见到徐景贤已是在文化广场的万人批斗大会上，他坐在主席台上，胸有成竹，气定神闲。那时父亲已经含冤去世，他是因为和瞿白音、羽山合写《炉边夜话》被作为上海的"小三家村"揪出来的。

父亲是自杀而死的。他选择在杭州结束自己的生命，这里是《白蛇传》里许仙和白蛇断桥相会、游湖借伞、坠入爱河的地方，也是他和前妻程婉芬在美专同学时一起玩耍、写生、定情的地方，父亲曾经的欢乐和梦想就如同白蛇一样被永远地镇在了西湖侧畔的雷峰塔下。

（《作家文摘》2010 年总第 1341 期，摘自《档案春秋》2010 年第 4 期）

父亲焦菊隐与石评梅、林素珊

·焦世宏 初稿 向宏 整理·

本文为焦菊隐女儿所写，它详尽叙述了焦菊隐青年时代的一段感情经历，首次披露了其与石评梅女士的交往。

——编者

1924年秋，父亲迈进燕京大学的门槛。

父亲在大学期间和大学毕业后直到结婚成家，是有着明显变化的。他从开始的热衷于学生运动到后来的疏远政治，其原因可能是非常复杂的，但不能不提及他所交往的两个重要女性——石评梅和林素珊。

石评梅，是父亲青年时的挚友；林素珊，是父亲的第一任妻子。石评梅和林素珊同是北师大的毕业生，但却是完全不同的人，选择了完全不同的人生道路，也造就了焦菊隐前后两种不同的生活态度。在石评梅和林素珊身上，折射出焦菊隐命运的变幻。

早在天津读高中时，父亲就已通过文学社团的活动结识了石评梅。评梅是个典型的新女性，成熟干练，热情豪爽。焦菊隐爱慕她的文采，钦佩她的为人，而评梅也拿他当作自己的弟弟，经常在信中关心他、鼓励他。他们不仅在信中谈文学、谈时政、谈家庭，也常常推心置腹地谈彼此的生活和苦恼。

143

评梅在信中常称父亲为"菊弟"，而自称"评姊"，如此姐弟相称，可见他们友情之笃。

父亲心中是很崇拜石评梅的。他曾对他和评梅共同的好友陆晶清说过："我崇拜梅姐简直到了爱她的地步。"他也对我母亲讲过评梅的故事："有一次我从天津去北平看梅姐，她拉我去滑冰。我是一个大近视眼，戴了眼镜没法滑，只有坐在旁边看。她穿着白毛衣，戴着白帽子，滑得那么潇洒、那么飘逸，好像天上飞下来的白天鹅，我真的看醉了。"

他从未对评梅提过感情，不仅是因为评梅比他大、比他成熟、比他有成就，更是因为他了解评梅，知道在她心里容不下高君宇之外的任何人。

在高君宇逝世周年前，父亲和几个朋友瞒着评梅，去陶然亭给高君宇墓上植树，却被评梅碰到了。回来后，评梅一连给他写了几封信，向他宣泄无法对外人倾诉的伤痛。

高君宇逝世后，评梅只活了短短的三年。这三年中，在人前，她依然是个坚强的斗士，而父亲知道，她在人后，过的是以泪洗面的日子。1928年9月30日，石评梅因脑膜炎病逝于北京。也许应该说，她真的是泪尽而去了。

21年后，父亲携我母亲回到北京。第二天一早，他就带着新婚妻子去了陶然亭。这是他第一次，也是唯一一次带我母亲去公园。他径直走到高君宇和石评梅的墓前，伫立了很久，对妻子说了一句："评梅就葬在这里，一晃20年过去了！"

又过了26年，父亲也离开了人世。我在他的遗物中发现一个小小的信封，上面工工整整地写着"评梅唯一的笔迹"。里面是50年前评梅寄给他的一张圣诞卡。

这张卡片被父亲细心地保存了50年。是为了纪念他永远的梅姐，也是在祭奠自己一去不复返的、热情真诚的青年时代和再也找不回的那颗"纯白的心"。

林素珊本来也是燕京大学的学生，在1925年或1926年转入北师大。当时北师大的学生都对她印象很深，因为她打扮得非常漂亮，很神气，英文又好，看上去很娇贵，很有外国派头，在女师大一群清贫的学生中显得十分引人注目。评梅和林素珊很熟，也知道父亲和林素珊的关系，但是不大赞成父亲和她在一起，认为两个人性格不同、气质不同，不是一样的人。父亲身边的其他朋友其实也都有同样的看法。于赓虞的夫人也说过："当时女师大学生中基本分成两派，我和刘和珍这一派多半是穷学生，焦菊隐是我们这一派的笔杆子，来往的人也都是当时新文化运动的一批人。另一派林素珊她们是大小姐派，她们很少与我们来往，讲究穿戴，课后结交权贵、买办资产阶级、世家儿女。菊隐与林素珊好后，与我们日渐疏远。"

父亲与林素珊这两个个性、作风都截然不同的人是怎么会陷入热恋，并很快订婚的？其中过程恐怕已没有人能告诉我们了。有人说林素珊嫁给父亲为的就是李石曾，这不过是闲猜妄测而已。至少在她与父亲结识的时候，李石曾（李石曾是前清大学士李鸿藻的五公子，1881 年生于北京。被尊为国民党内四元老之一，1973 年在台湾辞世）还没有出现在父亲的生活里。

据我所知，父亲是在上大学的后期才和李石曾有所往来的。当时他管李石曾叫二舅，但李石曾并不是父亲的亲舅舅。李鸿藻与焦佑瀛在清末同朝为官，他俩既是姻亲、挚友，又同为汉官，所以交往极深。李鸿藻的儿子李石曾能关注焦家后代，也在情理之中。

1928 年夏，父亲与林素珊同时毕业，也同时面临失业。

林素珊知道这时父亲已不打算结婚了，并想借留法与她分手，所以也开始四处活动，希望阻止父亲。她找到了李石曾的夫人，谈了自己的苦衷，求李石曾帮焦菊隐在北京安排工作，不要让他出国。李石曾于是给当时的北京市长何其巩发了电报，推荐父亲做中学校长。当时各中学都已开学，校长人选已定，何其巩不愿得罪李石曾，便因人设事，为父亲挂了一个"三民主义教育指导委员会主任委员"的名义，好一边拿薪水，一边等空缺。父亲当然不愿做中学校长，也不愿结婚，可是留法已经不可能了，一时也想不出其他的出路。他一拖再拖，林素珊却等不及了。他们已经订婚数年，如果男方单方面解约，对女方会是极大的难堪，即使新潮如林素珊也是不能承受的。她先找了李石曾，又去找了祖父，要求他们敦促父亲完成结婚仪式。祖父焦子柯为此把儿子狠狠地教训了一顿。

在家庭、经济、社会的重重压力下，父亲屈服了。他放弃了他的初衷，与他多年来并肩战斗的好友们渐行渐远。父亲觉得自己已成了行尸走肉中的一员。石评梅尖锐地批评这些人"闭着眼睛做那纸醉金迷的甜梦",评梅的文章字字刺进父亲的心头。

不久,石评梅逝世。

失去了梅姐的父亲,似乎也失去了自己的精神支柱。在哀悼评梅的泪水中,父亲接下了二中校长的聘书。他的内心无比孤独沉痛,一方面,他恨自己背叛了情同手足的梅姐;而另一方面,他又无法挣脱生活的胁迫。两种选择的撕裂、两种感情的搏斗,使这个一直血压偏低、才20岁出头的青年竟突发脑溢血,昏迷了多日。

父亲在协和医院住了一年多,几次生命垂危,话都不会说。病愈后,父亲与林素珊在北京饭店正式结婚。父亲后来告诉文怀沙,结婚当夜,他大哭了一场。他心中在想什么,无人得知,但他从此完全变了一个人。

结婚后他的生活方式也完全改变了。他们夫妻和林素珊的母亲、妹妹同住,林素珊的母亲持家,一切都按林家的习惯。据父亲的同学徐作钰讲,他们那时的生活是相当奢华的,出入都有包车。结交的人也不同了,过去的穷朋友换成了一批批的头面人物。

祖父当初是出于道义,硬逼着父亲成了婚,但古板老派的焦子柯大约也看不惯儿媳妇的这种派头,虽然同在北京,却从不登儿子媳妇的门。

1930年,李石曾回到北京,找焦菊隐谈话,要他筹办一个戏曲学校并担任校长。这样,从二中到戏校,焦菊隐一直都专注于办学。林素珊在二中和戏校期间都任副校长。父亲的精力都放在教学上,所有的行政事务都由林素珊一手打理。虽然因此引起一些教职员的不满,认为林跋扈,大权独揽。但平心而论,在那混乱的社会中,没有林素珊圆滑的社交手腕和运作能力,光靠书生气十足的焦菊隐是办不成事的。尤其是中华戏校的筹建过程,困难重重,资金的筹措、人事的纠纷,全靠林素珊与官场应酬,与董事会斡旋。

1933年,父亲在建校方针上与李石曾产生重大分歧,无法继续共事。到了年底,李石曾决定由董事会送父亲去法国留学,并同意林素珊同行。1935年赴法前,他们的第一个孩子毛毛(焦世缨)夭折了。父亲一生都对这个孩子怀着歉疚，他曾对我母亲说："我为了办戏校，每天要看戏，接触各种戏曲、曲艺，每天回来很晚，毛毛已经跟阿姨睡了。我觉得对不起这个孩子，我爱他，但从没关心照顾过他。"

父亲和林素珊的婚姻维持了大约15年，实际上他们的夫妻关系早在1937年父亲从法国回国时就已名存实亡了。当时父亲急于回国参加救亡，林素珊实际上不想回国，可是她那时已经怀了第二个孩子贝贝（焦世绥），只能提前回香港娘家待产，父亲回国后则一个人去了大后方。开始，林素珊还不断给父亲寄去贝贝的照片，后来，大概感到无法再共同生活下去了，林素珊才终于承认，贝贝早已病死，寄去的照片都是借别人的孩子拍的，无非是希望靠这个孩子挽回婚姻。

1946年抗战胜利后，父亲回到北平，与林素珊正式办理了离婚手续，很平和地分了手。林素珊很快就嫁给了李石曾。

1966年年初，父亲的第三次婚姻又出现危机，再一次面临妻离子散的命运。此时，"文化大革命"的序幕已经拉开，父亲仿佛已经感觉到大难即将临头，心里非常凄苦。这时，他想起了林素珊。在1966年1月1日深夜的日记中，他写道：

每逢生活苦恼，特别思念素珊，比起群魔，彼实忠厚百倍，虽有缺点，但绝非流氓之辈。结发之情，终生引以为歉。地下有知，必为我唏嘘。

看来，在父亲写这篇日记的时候，林素珊已不在人世。我不知道父亲所指的"群魔"是哪些人，想必是那些应运而生的"革命群众"吧！即便是生活态度、性格特点难以相容的林素珊，也比"群魔"忠厚百倍，这是严酷的现实带给父亲的反省。

时过境迁，覆水难收。父亲与林素珊之间的恩恩怨怨，岂是对错两个字可以说得清的？！也许真是应了评梅的话，他们本不是同一类人，注定是走不到头的。但不可否认的是，在父亲的三个妻子中，林素珊影响他最大，也成就他最多。

（《作家文摘》2005年总第883期，摘自《传记文学》2005年第9期）

我与继母廖静文

·徐静斐 口述 张应松 采写·

初识继母

我的父亲徐悲鸿与生母蒋碧微育有一子一女,即哥哥徐伯阳和我。

1943年,我13岁,在重庆的一所中学读初中。当时父亲在重庆磐溪租了一个地主家的花园,筹办了中国艺术学院。那年暑假,父亲组织学院的学生到风光旖旎的都江堰和青城山去写生。我和哥哥假期闲着无事,得到父亲允许也随同去山上学画玩耍。在青城山的日子里,我发现父亲身边总跟着一位秀丽端庄的姑娘,经打听得知这位姑娘是学院里的图书管理员,名叫廖静文。在我的第一印象里,廖静文十分含蓄,非常文静,每日把许多时间都花在练书法、看文学书籍上。凭直觉,我觉得和廖静文之间会有不少共同语言。

1944年夏秋之际,父亲患了严重的肾病和高血压,他终于病倒了,住进了重庆高滩崖的一所医院,医生向整日一人守在父亲病榻前的廖静文发出了病危通知书。廖静文哭成了泪人。

有一个周末,我偷偷跑来探视父亲,看到病床上的父亲头发蓬乱,胡子老长,瘦得皮包骨头,忍不住泪水在眼眶里打转。父亲埋怨我不该偷跑出来让母亲着急，我只得撒个谎说母亲知道我来医院。天快黑的时候，父亲催我快回去，廖静文把我送出医院，走了好长一段路，分手时她对我说："你爸爸病情稳定，你要好好学习，你身体不好，让妈妈多增加点营养。"我听了心里一阵热乎，觉得廖静文很有亲和力。

在父亲住院的一百多天时间里，我曾亲眼看到廖静文为了省钱，吃的是父亲的剩饭菜，睡的是冰冷的水泥地。我由此更加明白了这个女孩放弃金陵女子大学化学专业，摒弃来自家庭和外界的世俗压力，全身心地照料年长她28岁的父亲，为的不是名和利。

继母引导我走上革命征程

1945年12月，父亲和母亲蒋碧微正式离婚。次年由郭沫若和沈钧儒证婚，父亲终与廖静文喜结伉俪。还在住校上学的我此后便一个周末去父亲处，一个周末去生母处"改善生活"。

1946年2月，父亲和继母与三百多名进步人士一起联合签名了《陪都文化界对时局进言》，并发表在重庆的《新华日报》上。《进言》拥护中国共产党，反对国民党独裁。进步人士的震撼举措令国民党特务恼羞成怒，他们写了封恐吓信夹着两颗子弹寄给了父亲，但父亲和继母并未退缩。其时适逢郭沫若受周恩来嘱托从延安带来了小米、红枣等营养品来看望父亲，父亲激动地表态：我签的名负责到底，决不退缩！父亲和继母的勇敢也极大地鼓舞了我，不久我拒绝与生母同去台湾，选择走上革命道路。那时候继母多次与我促膝长谈，她的进步思想及对共产党的较高评价，开始影响我的人生价值观。

1946年7月，父亲因要担任北平艺专院长一职，举家迁往北平。毕业时，我准备报考北平的一所医学院，可母亲蒋碧微只准我报考南京和上海的大学。我很失望，和母亲吵了无数次也没有结果，绝望之下，我撕碎了所有的准考证，整天躺在床上看小说以示抗争。

在母亲的强烈干预下，我无奈走进了金陵女子大学的考场。我被录取了。像我这样穿蓝布衫黑布鞋的朴实学生很快就成了学校地下党组织的发展对象。

1949 年元旦我和 11 个姐妹跑到安徽巢县（今安徽省巢湖市），先在江淮五地委联络部学习，后参加了三野先遣纵队独立支队。

已在解放区投身火热革命事业的我全然不知自己出走后，生母致父亲的一封"丽丽失踪"的信吓得父亲寝食难安，倒是了解我的继母廖静文判断，我一定是到了解放区。我的平安信随后而至，才让父亲长吁了一口气。此后我在寄给父亲的信中开始称呼廖静文为"母亲"。后来我得知继母常常在深夜反复展读这些信，面带微笑，眼中含泪，她觉得自己很幸福。

母女情深

1951 年的一天，父亲突发脑溢血病危住院，我得到消息连夜奔赴北京。我哪里知道，这竟是今生与父亲的最后一次会面了！在北京的那几天，继母整日以泪洗面，情绪低到了极点。即便如此，细心的她仍不忘让保姆用高价买回对虾炒给我吃。

1953 年，无情的病魔还是夺走了父亲的生命，继母悲恸欲绝，迅即数次把噩耗电告我远在合肥的家。但遗憾的是，我此时正在医院产房中生第二个孩子，家人隐瞒了父亲去世的消息，直到孩子满月后我才知道我再也见不到最敬爱的父亲了！我提笔给继母写信，解释了未能去北京奔丧的原因。很快，我接到了继母的回信，信中说，你父亲生前对你唯一的希望就是想让你学一个专业。不学习太可惜，你和伯阳从小未得到家庭温暖，悲鸿走了以后我要善待你们，使你们感受到家庭的温暖。至于重新上学的学费，我会全力支持，希望你能完成父亲的遗愿！

1954 年，我怀第三个孩子八个月时，报考了安徽农学院（今安徽农业大学）蚕桑专业，并以非常好的成绩被录取了。继母在接到我被录取的喜报后以最快的速度从国家给的几万元抚恤金中取出 1500 元寄往合肥，并在我完成学业期间汇寄了数目不菲的生活费和学费。

继母在父亲去世后毅然把父亲的全部作品、藏品——价值过亿的财产捐给国家，她未要任何报酬。而我们家兄弟姐妹四人对继母的做法毫无怨言。继母的所作所为给我树立了榜样，使我在婚后也能善待爱人黎洪模前妻所生的四个孩子。

20 世纪 50 年代末的一天，继母只身来到合肥探望我们。看到孩子们穿得破破烂烂，伙食又差，继母的心碎了。她对我说，北京的家就是你的家，以后有困难就来北京。回去后继母把我弟弟妹妹穿过的旧衣服成包成包地寄来，给我的孩子穿。1961 年，人们在饥饿中挣扎，我们一家人的生活也陷入了危机，我只得带着四个孩子投奔在北京的继母。其实继母家那时也缺吃少穿，但她还是热心款待我们母子。后来我发挥特长，在继母家的院中种下几十棵玉米，自己进行人工授粉，收获不小，这个"创意"终于使全家人渡过难关。危难之中见真情，自此我们母女两人的心贴得更近了。

物质匮乏年代，继母常帮我改善生活，曾寄 700 元给我买冰箱，她的儿子徐庆平从法国带回来的冰箱她又送给了我，不久她又送了一台彩电……继母绵绵不断的爱，将北京的家与我合肥的家紧紧地连在了一起。

2005 年 9 月 25 日，继母来合肥举办父亲的画展，从 9 月 26 日到 10 月 10 日半个月时间里，我们母女每天都忙着在安徽省博物馆给前来购买继母的著述《徐悲鸿的一生》的市民们签名。我发现继母右手中指肿得突出了一大块，在得知继母的手指变形是因为常年签名售书造成的时候，我的泪水忍不住夺眶而出，我埋怨她不该太累，长期拖着患有糖尿病、高血压、颈椎病的身体奔波于全国各个城市办画展，为父亲的事业牺牲了自己的一切。继母久久地凝视着我，突然间哭了，说："我现在年纪越大越想悲鸿，做梦也梦见他走到我身边来了，心里真高兴，可梦一醒一切又都成了空白。"我对她说："您把毕生精力都献给了父亲的事业，父亲在天之灵会感激您的！"继母说："孩子，你有幸福的晚年，儿女们也都事业有成，在合肥的半个月里，你的儿女轮流到宾馆陪伴我，孩子们的热情使我感到非常温暖，更感到悲鸿遗爱犹存。"

受继母的影响，我多年以前即把生母在南京的一处房产捐给了南京大学美术系；在安徽，我把父亲的一幅画卖给马鞍山钢铁公司后，将所得 50 万元成立了"徐悲鸿教育基金会"；1998 年，全国发生罕见的洪灾后，我与继母将办赈灾画展的所得一分不留地捐献给了国家，出售父亲纪念品的一万多元，也捐给了安徽农业大学的贫困学生。至于平时三百五百地资助特困学生，我也记不清有多少次了。有人问我：你家徒四壁，房子里没有一样值钱的家具、家电，为什么还要这么做呢？我说，我不是没钱改善生活，是父亲和继母的精神鼓舞着我，去追求人生的更高境界。

（《作家文摘》2006 年总第 947 期，摘自《名人传记》2006 年第 6 期）

我所知道的《海瑞罢官》与吴晗伯伯的劫难

·万伯翱·

我们两家成了要好的友人

20世纪60年代初，由于父亲万里和清华大学教授、著名的明史专家吴晗同在北京市政府工作，因此我们两家常有来往，成了要好的友人。

那个年代大家的日子都挺清苦，而吴晗伯一有稿费收入，总是要请父亲等到全聚德、四川饭店和东来顺去吃饭。他的《朱元璋传》《投枪集》《灯下集》等都曾签名赠送给父亲"指正"。他主编的中华英雄人物历史丛书，几十本一套，送给我们一帮孩子阅读，我们家5个孩子总是爱不释手。在我的印象里吴晗伯个子不高，当时也不过50多岁，身体已开始发福，他总戴着一副金丝眼镜，微微挺着将军肚，很有一副大教授派头。他的夫人袁震阿姨出身书香门第，但身体不好，是个长期病号。她25岁考入武大历史系，旋入清华历史系。她27岁的时候，吴晗到医院探望这位身子如林妹妹般的同学，慕其才气，不久两人喜结秦晋之好。此后的日子，两人患难相扶、忠贞不渝。由于袁震阿姨不能生育，他们在20世纪60年代初抱养了一对子女，认养时女儿吴小彦才8岁，刚上小学，儿子吴彰仅仅4岁，吴晗夫妇对这一对认养的子女非常疼爱。

考上高中后，我还记得有幸执请柬去市委礼堂听吴晗伯讲有关朱元璋的学术报告。吴晗伯痛痛快快做完了报告，听者都已离席散去。我奔向主席台，向这位正摇着黑色折扇、身着米黄色纺绸短上衣、浅咖啡长裤的教授致少先队员的敬礼。他略愣了一下似乎是说，你这个娃娃怎么会来听这些？嘴里却说："我教授不如你这个'进士'（近视）啊！"因为我戴着白色塑料框的近视眼镜，故吴教授如此幽默对我说，他还问我："天这么热，游水了没有？我们小彦今天又带小彰去什刹海游水去了呢！等我有时间带他们去北戴河，像毛主席一样到大风大浪中去游水啊！"

一曲罢官戏，吴家遭到了灭顶之灾

吴晗伯的杀身大祸起因是20世纪60年代初期，应戏剧文化部门，尤其是四大须生之首的北京京剧团团长、著名京剧表演艺术家马连良及市剧协等再三邀请，利用工作之余写了《海瑞罢官》京剧剧本。当然还因为毛泽东主席早在1958年严重的"五风"盛行后，对党内不敢实事求是，报喜不报忧，讲假、大、空话的作风，在党的大小会上提出了严肃批评。毛泽东还在1959年4月5日上海召开的党的八届七中全会的最后一天，特别指出了"海瑞精神"，要干部学习海瑞刚直不阿、直言敢谏的精神。吴先生在各方面的支持鼓励之下，终于答应以史学家的思路，五易其稿完成了这部历史剧作。据有关资料表明毛泽东主席在《海瑞罢官》公演以后，亲自看了该剧，他老人家很高兴，还接见了该剧主要演员，并请马连良等演员吃了饭。席间，毛余兴未减，还请他们演唱了海瑞一剧中的唱段，并说："好戏啊，海瑞是好人啊！"

然而，从1965年10月以后，江青几次与姚文元、张春桥密谋，自此批判京剧《海瑞罢官》的文章和声势从上海到北京愈演愈烈。毛主席在1966年春夏之交又强调指出："嘉靖皇帝罢了海瑞的官，我们罢了彭德怀的官。'海瑞罢官'的要害问题是罢官，彭德怀也是海瑞。"

可怜吴晗一介书生，手无缚鸡之力。他万万没有想到一曲罢官戏，吴家竟遭到了灭顶之灾。

吴晗在北京市首当其冲被打成"黑帮分子""反党反社会主义的急先锋"，遭到造反派学生和"革命群众"残酷的批斗。看到父亲遭围攻，甚至遭受四周啐痰时，小彦再也忍不住了，她冲开人群，抱住爸爸，声泪俱下："要文斗不要武斗啊，这是毛主席的教导啊！你们不能再打我爸爸，你们回家打你们自己的爸爸去吧！"霎时，红卫兵惊呆了，武斗暂停了，小彦拉起地下的"泥土老人"，一边拍打着身上的泥土，一边扶着爸爸一脚高一脚低地往家走，吴晗的血泪点点滴滴淌出："好闺女，好女儿，爸爸今天能不被打死，全亏了你保护啦，我没白疼你们……"

身心俱残的一代名士吴晗孤独离世

1967年春节，我从河南农村回到北京永外的丁家坑探亲时，正是风声最紧的"红色恐怖"年代，父亲被抓走后不久，周恩来总理知道后报告毛、林正副统帅，最后由北京卫戍区监管起来。我听妈妈说过在毛主席点名北京市委是"针插不进，水泼不进"的独立王国时，特别是江青在大会上点父亲名后，风雨飘摇的形势对父亲来说就是大难临头了。那时每位高级干部人人自危，不知何时就会祸从天降。周总理看到形势难以控制和预料，就对父亲说："万里同志要不你先进去，将来我们想办法把你捞上来，就是用起重机也会把你救上来！"我想父亲在3年的监禁生活中，总理的这番言语，一直支持他战胜各种困难。

吴晗伯的日子比父亲更加难熬，因为他最早被批判。1968年我回家探亲时，吴晗已被抓走，从此家人再也没见过他。1969年10月，吴晗去世。

我探亲时还见过扶着门框勉强站立的吴晗夫人袁震，她虽遭如此大祸，但头脑仍清晰，意志够坚强："吴晗是位认真负责的历史学者而已，他怎么敢反对毛主席，感谢毛主席还感谢不及呢！我们和彭德怀也没有任何私下接触关系，当然说我们思潮一样，也许是这样吧！"

在丁家坑时，不但楼下的吴家孩子和我们常来常往，随着被打成刘少奇黑线上的干部越来越多，这些家落难的子弟们也都来探望我们，反正谁也不嫌谁"黑"了，大家都一样了嘛。饱受过饥饿穷苦出身的奶奶，最见不得孩子们说"肚子饿"，总是热情地用她亲手熬制的热粥和腌制的泡菜招待这些孩子。后来，我们家情况好转，我们又搬到北京火车站旁的后沟二号。那时的小彦父母已双亡，她显得像个大姑娘，虽然布衣布裤上也难免有些补丁，但都清洗和穿戴得干干净净整整齐齐。她常带弟弟去我们家，从她的眼睛里可以看出深深的忧伤。她当时总是反复地问我："大哥哥，万叔叔解放了，多好啊！我们的爸爸、妈妈什么时候能解放？他们都是好人哪！""是的，你爸妈肯定是好人，早晚都会解放的！"我一遍又一遍这样安慰着她破碎的心灵。每次她和小弟去，奶奶总要招待姐弟俩，临走要给他们一点车费。

小彦没有撑到"四人帮"垮台。1973 年夏，在多种煎熬、折磨打击下，终于患了精神分裂症，据说后来因被逼迫而自杀身亡。

1984 年金秋，正值吴晗先生诞辰 75 周年，也是含冤遇害 15 周年，同时又逢他清华毕业 50 周年，清华党委代表全体师生决定为这位清华学长在清华园内修建永久性的纪念亭"晗亭"。

吴家仅存的一人吴彰和吴、袁夫妇的亲戚及市委、市政府领导还有清华师生共同举办了隆重的揭亭仪式。后来听说吴彰被吴晗和袁震的亲戚接到美国去读书了，现在想必已成才。

（《作家文摘》2006 年总第 963 期，摘自《中华儿女》2006 年第 6 期）

公公杜宣和他的女朋友们

·商 羊·

"公公"是江西人对"爷爷"的称呼。我们叫公公的人，私底下也被我们叫杜宣，叫的时候声音总是不自觉地小了点。其实他就是听见了也不会说我们没规矩。北京的表哥大立叫他老杜，我叫他阿杜，他曾经说过我们都是戏剧学院出来没有教养的孩子，但是他每次都还答应。

公公喜欢生活，喜欢享受，喜欢安详、美好和完整。他最喜欢的是真实。因为他，我们都喜欢了真实。我们不偏不倚地履行着真实，整个家庭，都是——想到这些的时候，心里是舒畅的。

他深谙男女相处之道，和孩子们说起来，也是坦坦然。我从北京念书回来一直和他生活在一起，到他去世也有 7 年了。我们是他的亲人，亲人的回忆，很私人化，也很感性，于是，我就是这样小情小调地想到了他许多女朋友——关于一个男人的优劣，从女朋友那里可以得出结论。我一直这么认为。

他先后有两房妻室。前妻蒋宛茹是当年吴淞中国公学的同学，后一起去了日本。据说是一代校花。家里收拾抽屉的时候，也曾经从一个纸盒子里掉出一张黑白小照，上面有一对青年男女泳装坐在沙滩上，他直愣愣的，她半低头，挑眼看镜头，抿嘴，好像在生气。公公说，这是我，这是密斯蒋。我说，校花大概都应该是这般好看且坏脾气的吧。

他们离异后，密斯蒋去了辅仁大学执教。

公公后来的妻子是叶露茜，在上海戏剧学院导演系工作，1992 年 1 月去世。他们生活在一起 48 年，是恩爱夫妻。有关这一段感情，公公专门写过一篇名为"芳草梦"的文章。那是一篇祭文，写于 1992 年 12 月，在之前的 11 个月时间里面他不能就此事写作。

他有一些女朋友，彼此喜欢。作为孩子，我们也喜欢那些女人。她们都有着精彩强劲的人生，有的美人，有的才女，有的是普通女子。她们往来穿梭于上海泰安路家中的日子，真是一段缤纷的日子。

我印象最深的是郑农。我但凡能够活到 60 岁朝上，唯一的愿望就是要像她，身材除外。她又高又胖，一年四季穿松身宽长旗袍，冬天她只穿裘皮外套。我第一次见她是 2001 年在广州。

她 80 多岁了，有丈夫和一个女儿，女儿是和前夫生的。她和公公的感情非常好。当面都是玩笑话，背后真情实感地说好话——这是我理解的"好朋友"的最高境界。我们在她家做客的时候，她端出一桌子的菜，对公公说："杜宣啊，你年纪大了，不要那么好吃，我们家这些菜平时不摆出来，有客人才拿出来做做样子的，只能看看，你不要真的不客气都吃了。"后来她和战争年代失散去了台湾的前夫重遇，一道来上海做客，我们去卫乐园边上的小馆子吃饭，前夫易先生百感交集，当时就哭了，她大大咧咧地说："失散了好，要不是我们失散了，你怎么讨得到比女儿还年轻的女人做老婆呢，真的要恭喜的。"公公私底下说，这种在场面上嘻嘻哈哈的女人，多半是一个心思敏感细密、把日子活透了的女人。

公公得了癌症后她来看过他两次，都是冷天。她珠光宝气地坐在医院里，满堂生辉。公公说，郑农确实长得不好看，穿得好。郑农说，哎哟，你生病还说我坏话啰。她的嗓子有点哑哑的，出门一直攥着我的手。

类似这样活色生香的女人，我还见过一个，就是红线女。第一次在文艺活动中心约她吃饭的时候，公公遣我出门接她，我说她什么样？公公说，戴大墨镜，拿长柄伞，王家卫电影样。后见，果然特征明显。自然，她还有浑自天然的名伶艳光。公公说笑，这是一个出了名的刁蛮公主任性女子，粤地父母官上任之初，一定会被关照：伺候好红线女，无他。关于她的任性，此后也一一应验。比如她习惯把"杜宣"写为"杜萱"，把"桂未明"叫做"桂未来"，无论公公多少次说"邝健廉你以后写信不许再写草头"。

使公公真正敬佩的女子不多，钟耀美是其中一位。初时见她，在昆明，一个瘦弱如枣的老太太，和公公说话，却会脸红。我诧异着她的容貌和姿态都是平平，不像公公历来交往的女朋友的惯常做派。

钟耀美说给我带来了几件衣服，都是自己做的。她打开四方粗布的包裹，拿出里面的衣服，是那种剪了小鸡小鸭小白兔贴在袋口或者领口的棉布衣服，普蓝，白塑料纽扣。

公公大笑起来："耀美啊，本来你送衣服给她，她最高兴，可是你送这个衣服给她，她会恨你的。"

钟耀美说，为什么？妹妹不喜欢？

公公说，她怎么会喜欢？

我隐约知道那些衣服一定是有着故事的。当时我也许真的应该留一件作为纪念，可是我是实在不喜欢。她有点失望，这是肯定的。公公说，我们这一代的事情，不需要他们分享。

钟耀美是端木蕻良的小姨子，她的姐姐钟耀群是萧红之后嫁给端木的。姐妹俩长得不是很像，性情似乎也不像。因为我想如今世间或许不会有比钟耀美更加刚烈的女子了。她在"文化大革命"期间，坚决不肯走进牢门，说："我是一个问心无愧的共产党员，为什么要我坐共产党的监牢？"她住在牢门外，冬天的时候浣纱织布，裁衣缝补，也是在牢外度过。这样过了十年浩劫。

此后的日子，她就一直自己做衣，从来不穿买的衣服。她给我的衣服，是一份厚重的礼物。

回上海后公公问过我是否后悔没有拿钟耀美的衣服，我说没有，我不喜欢，拿了也是虚情假意。公公说，不后悔好，对人不能做作，对自己喜欢的人或者尊敬的人都不要做作。

在公公的女朋友中常常有一些风华绝代的佳人，使我觉得非在这样的家庭非有公公这样的长辈不会相识。公公始终是任一个领域的边缘人物，这一点，我们和他都心领神会。以前开会介绍他，或者看他的书稿扉页……及至最后到墓志铭，他有太多的称谓和头衔——太多的称谓头衔其实也就是没有称谓头衔。这个被叫了半个多世纪的"杜宣"，竟也是一个假名。他曾经自己解释取这个笔名的含义：杜就是杜撰，宣是言，一切都是子虚乌有。

公公是一个无神论者，信奉共产主义，没有宗教信仰，但是结交了不少佛家高僧。我渐渐就知道了，公公结了一些佛缘，又错过一些姻缘。他命运就是这样淡淡的。他也就是这样淡淡的一个人。

我因他认识了一个同样淡淡的女人，是赵清阁先生。

赵先生是一个眉目俊朗的老太太，肖虎，和公公同年。长得瘦小。独身终老。正如此，她的神情从不婆婆妈妈，身体的气息干干净净。

他们在一些公开场合见面，总是会拥抱一下。我也总是觉得公公的拥抱有着安慰的意味。可是他怜惜她什么？不得而知。公公赞美女性，最高的褒奖是"高标动人"，我不知道看他如此赞美了多少女性朋友，都是文字上的；言语中，我只听他这样说过的，就是赵先生。

1999年的冬天奇冷，赵先生的保姆突然造访，公公和她说了一个时辰不到。她走的时候公公说要散散步，我看他的神色是前所未有的严肃。之前，我陪他去华东医院看望过住院的赵先生，他去探病的初衷，还夹杂了劝她把收存的某君写与她的书简交归国有。某君即是她不嫁的缘由。书简虽为私人信函，但因某君在文坛的地位，其文其论应亦是文史资料。赵先生此番病重，公公担心孤寡的她无力再护终身缄口的秘密，故动此一念。然去了赵先生病房，迂回几时，终究还是无法开口，郁郁归家。

不多日，传赵先生凶讯，我和姆妈立刻陪公公去赵先生在吴兴路上的寓所。灵堂已经设好，据说我们是自张瑞芳之后的第二批访客。公公走进赵先生的书房，是她住院之前的模样，书桌上放着读了一半的书，反身搁着，是公公的散文集子。房间里还有许多文学大家写给赵先生的条幅立轴，也据说都是复制品，真迹已经捐出。唯一的一幅真迹就是挂于床头的一页素笺，那是某君在赵先生某年生日所赠。

那些书简，听说最终被赵先生烧毁。赵先生走后不久，公公终于说出他想说的话："我原本以为才女高标，洁身自好，是一件至善至美之事；可是看到赵清阁的结局，大受刺激。独身可以，但不要因为一个男人。好的女子一定要有好的感情呵护着，不能给予她们这种保障的男人，不配去接近她们。"

公公的人生观洒脱，为人却谨言慎行。他的一生背负了太多人、太多事的机密，来去却是轻装。他珍惜每一个和他相遇的女子，却非俗世可以妄猜。他不信来世，嘱我们不要傻乎乎地在天空中寻找他的身影。

（《作家文摘》2006 年总第 999 期，摘自《收获》2006 年第 6 期）

特殊年代的亲情
——资中筠谈父亲母亲

·资中筠　口述　陈洁　采写·

　　77 岁的资中筠老人坐在客厅里回顾她的父亲母亲。资家父女的故事，并不仅仅是女儿解读父亲、反省自己，更是用整个人生诠释和剖析一段特殊的历史。

我的心路历程与歉疚

　　别的家庭都是下一代思想左倾影响上一代，我正好相反，直到 1949 年，我还不大关心政治，只埋头读书。父亲还老敦促我，要在政治上求进步。后来经过学校好几次大的思想改造运动，以及"抗美援朝"的宣传等，我的思想转变过来了，觉得应该接受共产党的教育、改造思想，从此又走到了另一极端。

　　我 1951 年 8 月毕业到政务院文教委员会工作，很快"三反"、"五反"开始了。父亲从"进步民主人士"忽然被打成"大奸商"，还"里通外国"。我和家庭关系的转变就从这里开始。在单位，我成了重点"帮助"对象。你必须取舍，党报已经登出来了，"大奸商资耀华拒不坦白"，我还能说什么？

　　那年春节我还照常回家。组织上批准的，说是对我的考验。家里气氛非常不正常，父亲埋头看书，母亲表示坚信父亲没有问题，最终一定会搞清楚的。我除生活上必要的之外，一句多余话不说。父亲如果在家里发过牢骚，表示对党不满，我一定赶紧报告组织，可是他真的什么都没说过，我揭发不出来，这样就很苦恼。但我能做到的一点是，不跟他们来往。

从那时我跟家里就非常疏远了。父亲的问题不久有了结论，是"完全守法户"，但没有公开，他算是比较幸运，没有留太多尾巴。随即从天津调到北京，任人民银行参事室主任。他的处境其实后来还算好，没打成右派，只稍微批判了一下，还是政协委员。

我后来调了工作，但是出身的包袱一直伴随着我。一方面我被认为"业务尖子"，但运动一来我又必须老老实实检查思想，我的处境随政治运动的松紧而变化。即使宽松的时候也不敢跟家里太密切。就这样分分合合，慢慢地，亲情也真的淡漠了。现在想起来，我对家里是很自私的，生孩子、生病，还得靠家里照顾帮忙，平时关系却很疏远。1960年我生孩子，还没休满56天的产假，就有任务出国了，孩子完全交给母亲。但后来我所在单位又有人提出我的孩子问题，说资产阶级跟我们争夺下一代。所以孩子刚满2岁，我就坚决送去幼儿园全托，但因为我们夫妇总是出差，还是得由母亲接送。

1970年到1971年，全家下放河南干校。我有点开始觉悟，是在干校时，心里开始打问号了。思想上走出这一步非常不容易，这是常年形成的思维定式。绝大多数人都这样。基辛格秘密访华后，我和大批外文干部忽然被调回北京，遇到过去工作上有联系的熟人，有的刚从劳改农场或监狱里放出来，有劫后余生之感。后来从"批林批孔"到"批邓"，就完全没法接受了，想方设法逃避，消极应付。

由于母亲生病，父母比我先从干校返京，不知从什么时候开始我又恢复对他们的探望，但还是不愿意本单位的人知道。真正正常化是"四人帮"倒台以后，彻底毫无顾虑地往来，从此我们三姐妹每个周末只要在北京都回家一聚，那是父母最高兴的时候。父亲曾对母亲说："老太太，现在你高兴了吧，女儿可以不跟你划清界限了。"母亲当然是博大胸怀，随便我怎么对待她，永远体谅。可我那时刚进入学术研究，总想把失去的时间补回来，每星期去看他们有时都觉得是负担。他们的生活完全交给保姆，谈不到照顾。我内疚的是，始终没有明确向他们表达以前是不对的，请他们原谅，没有揭开这一层。

父亲从 90 岁开始写回忆录，到 93 岁出版。我顾不上，问都没问过。他对我们也没有任何指望，也没征求过我们的意见，自己抄、自己誊。现在我非常后悔，那本书显然前详后略，可能精力不够了，也许还有顾虑。直到第二次重版《世纪足音》时，我才负起责任来，仔细读了全书，那时才意识到他真的很了不起。在天津那一段，那么复杂和艰难的情况下，和日本人进行迂回曲折的斗争，既保住了银行财产（也就是中国人的财产），也保住了个人气节。我平时看到他是一个非常循规蹈矩的人，但是在那非常时期，他表现出来可以说得上大智、大勇，有些事是要冒很大风险的，但他能当机立断，例如书中提到抗战刚刚胜利时，在重病的情况下，从重庆带 10 万法币回天津的那个情节。与后来的谨小慎微形象不太一样。

父亲的历史和想法，对我来说有很大的空白，我不知道我还有没有可能填补那些空白。也许永远都没机会了，永远。

父亲资耀华，其人，其事

湖南耒阳田心铺有资家坳，1900 年父亲就出生在那里，1916 年他从省立三中毕业，正好赶上考取了到日本的庚款留学。在日本留学整 10 年，1926 年在京都帝国大学经济学部毕业后回国。

他一生事业的开始是遇到陈光甫。陈是中国近代史上有名的人物。20 世纪 20 年代他开办了中国第一家现代化的私营银行，正留意网罗人才。1928 年，在一本金融杂志上看到我父亲的文章，谈对现代银行的想法，十分欣赏，就通过熟人约他晤谈，一拍即合，立即聘他到上海商业储蓄银行。1935 年陈派他到天津任分行经理，以后成为华北管辖行总负责人。可惜两年后就发生卢沟桥事变，天津沦陷，他奉陈光甫之命留守天津，保住银行的财产和业务。直到共产党接管天津的 15 年是他最艰苦奋斗，也是发挥才干，成就事业的 15 年。他对陈光甫大约有一种知遇之恩的感怀，所以按他的本意当然是希望迁往内地，而不在日寇铁蹄下求生存，但是陈把这个任务交给他，他就忍辱负重，以最大的努力去完成。天津的日伪当局以及南京的周佛海（他的留日的老同学）都曾要他任伪职，都被他拒绝，即使任何空头名义也绝不沾边。其中有一次已准备好被抓去坐牢，后来竟化险为夷。但是这一切，我们姐妹当时并没有很深的感受。父母好像大树的华盖，一切风雨都给挡了。淋不到我们头上。

我感到父亲身上有很多书生气，有时甚至近乎迂阔，其实比较适合做研究工作。他在做银行工作时也随时注意调研，有不少著述。到人民银行参事室之后几十年中，主要工作是主编《中国近代货币史资料》《中华民国货币史资料》一、二辑，这是凝聚了几十人的劳动的巨著，有很高的学术价值。

他衷心拥护新政权，这里有他这一代中国知识分子的共性。因为他们一生最痛心疾首的是中国的积弱，特别是留过洋的，更感受到弱国国民的屈辱。所以毛主席在政协筹备会议上宣布的那句"中国人从此站立起来了"，使多少有泪不轻弹的男儿热泪盈眶，对新政权寄予无限希望。外人和当代青年对那一代老知识分子对 1949 年以后的种种苦难、委屈乃至残酷、荒诞的承受力感到不可思议，要理解他们当从这句话开始。父亲 1948 年正好有业务去美国，读到了《新民主主义论》，大为兴奋，更促使他兼程赶回国。当时很多人慌忙外逃，父亲反其道而行之，这在天津金融界引起不小的轰动。新中国成立初期他真的是热情满怀，并积极建言。至于后来，他绝口不提自己的得失荣辱，我不知道他心中有些什么想法。但我亲见他一反常态地大声提到《阿房宫赋》最后那几句话："秦人不暇自哀，而后人哀之；后人哀之而不鉴之，亦使后人而复哀后人也。"说明他虽然平日无言，心中并非没有想法，而且想得很深。

我的心债：母亲童益君

我父母亲同年，同享高寿，度过了钻石婚，是极难得的。母亲结婚以后为家庭牺牲了事业，父亲也就心安理得地把一切家务重担交给了她。到晚年，他才觉得抱歉，自传中给母亲专门写了一章。

母亲是浙江湖州人，外祖父当过地方官，外祖父对子女的教育很开明，他逝世很早，家道中落。外祖母力排众议，把给三个女儿准备的嫁妆钱都用作学费，让她们上新学堂。这在当时是非常了不起的举动。母亲因此就读于江苏省立女子蚕桑专科学校。那是当时仁人志士开办的新型学校，董事长是黄炎培。母亲在那所学校毕业后又在上海学了一年英语，然后就步入社会，从事丝业改良工作，最后的职业是镇江女子职业学校蚕桑科主任。父母是偶然邂逅，两人经历漫长的十年恋爱。20世纪20年代，母亲的事业蒸蒸日上，父亲还在日本读书，当时女子事业与家庭很难两全，所以母亲对结婚非常犹豫，父亲却认定了非母亲不娶，苦等了十年。1929年母亲为他的执着所感动终于完婚，从此，全心全意相夫教女。

母亲的气度、见识和才干都不同于一般家庭主妇，我为她惋惜，可能由此产生了逆反心理，走到了另一个极端，就是尽可能逃避家务和柴米油盐。

母亲常说她与父亲的婚姻是"以道义相许"。他们在大的方面有许多共识，并且在无形中影响我的人生观和性格：自强、爱国、理性、恪守诚信、蔑视权贵、崇尚学问，厌恶纨绔子弟等，但是母亲那种处处为别人着想、助人为乐和牺牲精神，我却实在没有能继承于万一，我大概只能做到父亲那样消极的清高自守，洁身自好。

（《作家文摘》2007年总第1064期，摘自2007年8月1日《中华读书报》）

我的父亲冯友兰

·宗璞 口述 陈洁 采写·

宗璞坐在三松堂的老式旧宅里，缓缓地说着家事。能看出来，她最看重的只有两样：她的创作和她父亲的声誉。她爱父亲，为之辩护，甚或有"护之过甚"之嫌，但我是理解的。在那个时代，谁的灵魂没被扭曲？尤其是知识分子。冯友兰不过是一个代表，只追究个人责任是不公平的。

父亲是教育家

父亲一生有三方面的贡献，一是写出了第一部完整的、现代逻辑方法的中国哲学史，是这个学科的奠基人之一；二是建立了自己的哲学体系；三是他是一位教育家。很多人对这点不熟悉。我想着重讲一讲。他一生没有离开过讲台和学校。

他从美国留学回来，担任中州大学哲学系主任、文科主任。中州大学是新建的，河南历史上第一所大学。1925 年 8 月，父亲去了广东大学（今中山大学）。后来 1930 年河南中山大学（即中州大学）再聘他为校长，但他"已经在清华找到安身立命之地"，就没有去。

父亲很爱护学生。他曾说在学潮中，学校负行政责任的人是政府任命的，不可能公开站在学生一边，但和学生又有师生关系，爱护学生是当然。所以只能中立，希望学生不要罢课。这一态度与蔡元培、梅贻琦都是一样的。国民党军警迫害的学生只要信得过他，到家里来隐蔽，他都尽力掩护，从不问他们姓名。他保释和掩护过的学生有黄诚、姚依林等。

他认为大学要培养的是"人"而不是"器"。器是供人使用，有知识和技能的可以供人使用，技术学校就能做到，大学则是培养完整灵魂的人，有清楚的脑子和热烈的心，有自己辨别事物的能力，承担对社会的责任，对以往及现在所有的有价值的东西都可以欣赏。

他是自由主义的教育家，几十年如一日，始终在北大、清华、联大维护和贯彻那些教育理念：学术至上、为学术而学术、思想自由、兼容并包等。

父亲很幸福

张岱年先生说，我父亲做学问的条件没人能比，他一辈子没买过菜。我们家是典型的男主外、女主内。父亲在家里万事不管不问。父母像一个人分成两半，一半专管做学问，一半料理家事，配合得天衣无缝。

父亲的一生除晚年受批判、受攻击以外，应该说是比较好的，家庭幸福；高寿；要做的事基本上都做完了。他说他一生得力于三个女子：他母亲吴清芝太夫人，我母亲任载坤先生，还有我。

外祖父任芝铭公是光绪年间的举人，同盟会成员，一辈子忧国忧民。母亲在北京女子师范学校读书，当时是女子的最高学府。我在清华附小读到三四年级，抗战了，有一年没读书，到了昆明后接着上学，等于跳了一级，功课跟不上，母亲就辅导我。母亲的手很巧，很会做面食。朱自清曾警告别人，冯家的炸酱面好吃，但不可多吃，否则会胀得难受。家里一日三餐、四季衣服、孩子教养、亲友往来，都是母亲一手操持。

西南联大在昆明时，大家在困难环境中互相帮助。王力夫人的头生儿子，是母亲接生的。王夫人夏蔚霞告诉我，王先生进城上课去了，她要临产，差人去请冯太太，冯先生也来了。后来是母亲抱着她坐了一夜，第二天孩子才落地。

三年困难时期，邓颖超送给母亲一包花生米，就算是好东西了。改革开放后我去外面买菜，看到那么多品种，高兴得不得了，没有经过的人都不能理解。那些日子，都是靠母亲精打细算熬过来的。

1977 年，母亲突然吐血，送到医院，都爱理不理的，有个女医生还说，"都八十三了，还治什么治！？我还活不到这岁数呢。"有一次，母亲昏迷中突然说："要挤水，要挤水。"我问她什么挤水，她说，白菜做馅要挤水。我的泪一下子就滴了下来。

父亲很委屈

这些年，有一个奇怪的现象，有些人想怎么说就能怎么说，不用负责任的，这是"文化大革命"遗风。很多不实之词，加在父亲头上。

先说和江青的关系。我们不认得江青，她曾到地震棚来看望我父亲，是周培源先生和北大党委陪同的，大家都认为她代表毛主席，数百学生聚集高喊，毛主席万岁。可见大家都是这么看的。北大学生喊"毛主席万岁"，第二天党委就让他表态，当时随便什么事都要表态，不可能不表态的，感谢主席的关怀，来看望大家。这个就变成我父亲的一个罪状，我觉得他太可怜了。

进"梁效"也是北大党委来调动的，这是组织调动，能不去吗？不仅我父亲，其他"梁效"的人，大家也应该理解。一来没法拒绝，二来那时候认为是党的信任，很光荣的。至于江青在党内篡了权，这些老先生们能知道吗？现在有些人不顾事实，硬说冯友兰写诗给江青，还说这是人格分裂等。他从来没有写诗给江青。我觉得这么多年，父亲受到来自各方面的批判、谩骂和打击，成为众矢之的，却不发疯也不自杀，仍然在他的哲学天地里遨游，真是非常勇敢，非常了不起。

1932 年，教育部请父亲出任高教司司长，他辞了。1934 年，他从东欧回来，发表演讲《在苏联所得之印象》，被国民党当局怀疑是共党分子，逮捕，差点遭牢狱之灾。1943 年，联大国民党党员还推举父亲致函蒋介石，要求他开放政权，实行民主，建立宪政。他不想做官，他只希望国家富强，老百姓生活得好。至于他自己，有这样高的学术上的地位，他并不要求什么。

如果说父亲有什么错的话，他的缺点就是过于信任了，一个哲学家不应该像老百姓那样，应该有自己独立的思考。人们可以这样要求他，但请注意，那个时代惨状的出现，是长期"思想改造"的结果。

1949年以后父亲一直就在被改造中，是最大的改造对象，因为他有思想。张岱年就说过，冯先生地位特殊，不仅没有"言而当"的自由，甚至没有"默而当"的自由。

1952年，他访问印度回来，刚到清华，还没进家门就被学生围攻批斗。他屡次检查过不了关。金岳霖、周礼全来看望他。金岳霖说："芝生，你有什么事就交代了吧。"两人抱头痛哭。

"文化大革命"中，父亲已经71岁了，天天有人来抄家，搬把凳子搁院子里，要父亲站在上面。家里贴满了打倒的标语大字报，铺天盖地，到处贴封条。衣服都封起来了，天冷了，封条不敢拆，父亲就披条麻袋御寒。他的输尿管不通，腰上挂着尿瓶，被拉去批斗，打倒在地。游街时连连跌跟头，还是要继续走。为了斗他，甚至成立了批冯联络站。我不明白，对手无寸铁的读书人，何苦至于此，何至于如此对待。

1973年"批林批孔"时，父亲在哲学系例行的政治学习会上发言（要知道，学习会是人人都必须参加的），但例行的小组发言被全国各大报转载，父亲并不知情。

父亲被放在铁板上烤，他想脱身——不是追求什么，而是逃脱被烤。他已经快80岁了，要留着时间写《新编》。再关进牛棚，就没有出来的日子了。另外，父亲的思想中是有封建意识的，他对毛泽东有一种知己之感，对毛主席的号召要说服自己努力跟上，努力跟上也是当时许多老知识分子的心态。

（《作家文摘》2007年总第1093期，摘自2007年11月14日《中华读书报》）

父亲是知识分子

·陆莹 口述 陈洁 采写·

什么时候都沉默

父亲陆平进北大时，北大的右派基本上已经划完了。但当时中央还要加强党的领导，要补划右派。

父亲很为难。他在一个内部会议上表示了这个意思，但当时党内一个高层说："你要是认为北大没右倾，你就是第一个右倾。"我不能说这人是谁，因为他后来也很遭罪。"文化大革命"就是这样，很多人开始的时候"左"得很，对老干部很厉害。后来自己也被打倒了，很惨。所以"文化大革命"的事情特别难说。

因为这个原因，父亲一直沉默了36年，也不准我们写。他总说："让社会和历史去客观评价吧。"

后来是因为批马寅初的事，一个电视剧说父亲和康生一起害马寅初，父亲觉得特别冤，他都已经84岁了，还受这不白之冤。这件事是毛泽东亲自点的名，当时重点批的是马寅初的"团团转"，捎带着批他的人口论。父亲在中宣部也说了，马寅初是北大校长、民主人士，让北大党委组织批他不合适。为此他还受到了批评，但到底没有进行全校的批评，只在系里由北大毛泽东思想学习研究会开会批。

后来李海文约父亲谈"文革"，他就意外地答应了。一来李海文在中央文献研究室工作，在父亲看来就是组织行为；二来李海文父亲是"文革"前北京市委宣传部部长李琪，"文革"中被逼自杀了。为了准备这次谈话，父亲用两个月的时间查笔记、列提纲，列了 9 个大问题，计划每个问题谈一小时。2001 年终于谈了第一个问题，因为太刺激，两天后他就住院了，后来再也没完成拟定的谈话。他到最后也没有把要说的话说出来。

父亲晚年私下里说过一句话："我顶不住。"他真的顶不住，那时候是全党路线的"左"，大家都很"左"，包括我父亲，他有没有"左"的地方？也有的。你说他当时思想认识有多高？也没多高。有些事情他也许想到，但不可能多深。他只是从工作上考虑，学校划了这么多右派，以后怎么开展工作？

1964 年春节茶话会，毛泽东请了 16 人，其他都是高层，级别低一点的就蒋南翔和我父亲。一个清华一个北大，"学制要缩短（那时大学学制有的 5 年，有的 6 年），教育要革命"，教育方面"左"的东西，都是从这次座谈会开始的。"瓦特没上过大学也发明了电灯"就是那次讲话时说的。

毛主席对北大的教育不满意，已经明显流露出来了。可父亲绝对没想到在教育文化领域会爆发那么一场他首当其冲的"大革命"。

现在大家说北大批这批那，他们对我父亲有意见和看法，这也正常，可以理解。不管他个人认识是什么，他在那个位置上，必须要执行党的路线。很多人既是受害者，又是执行者。

"文革"后很多年父亲不能去北大，见到未名湖就难受。但北大百年校庆时，他一定要去。当时他小便不能控制，是带着"尿不湿"去的。他心里真的憋了很多话要对北大说，但说不出来。他对北大很有感情。有一回我跟他说，我一定要给你写一篇文章，把你在北大的事写出来。当时父亲的泪就流下来了。他一句话都没说。没过几天他就去世了。

什么时候都坚强

但毛泽东时代也赋予了父亲坚强的性格。父亲的外号"大炮"。1966 年 6 月

1日，中央人民广播电台播聂元梓的大字报《宋硕、陆平、彭珮云在文化革命中究竟干了些什么》，第二天晚上，收音机不停地播《人民日报》的社论《是革命党还是保皇党》。父亲一言不发坐在沙发上。那晚，一伙中学生跳墙入院，大叫"黑帮陆平出来"，父亲把他们放了进来，他们也没干什么。

这之后，父亲就被带走了。父亲在生物楼被吊起来打得很厉害，打得大小便失禁。连续好几天不准他睡觉，用强光灯泡照射眼睛。在工人体育场召开10万人大会"斗争"他，胸前挂块大牌子，坐喷气式飞机。在江西农场劳改两年，他就跟小卡好。小卡是北大生物系的一条狼狗。父亲被下过病危通知书，但他挺过来了。

全家都遭罪。父亲被专政时，母亲在送去的香烟里夹了个条子，写了几句话，"一定要经得起群众的考验"，结果被发现了。那天事情赶到一起了，妈妈成了"与反革命分子划不清界限"的顽固分子，被隔离审查。哥哥陆征的同学来斗他，他一米八的大个子，年轻力壮，喊"打倒法西斯"。被用铁丝捆了，装进麻袋用马车拉走了。哥哥被打得脑震荡，昏死几次。他多少年从不参加十九中校庆和同学聚会，不能想起那些事。

家里就剩姐姐、我和妹妹，1968年，姐姐陆微徒步去山西绛县插队。走了一个多月，极其艰难。我去云南。北京家里就剩一个10岁的妹妹。学校让一个贫下中农大妈照顾妹妹，每周炖一锅白菜给她吃七天。后来她脑血管痉挛。任何刀子、剪子、血、带刺的东西都不能看，看了就痉挛。吃中药，现在好多了。

我也一样，到现在也不能看知青的东西，看了就头剧痛，泪流满面，受不了。

"文化大革命"真的值得好好思考。全民族都跟疯了似的，完全失去理性。挺可怕的。

什么时候都相信党

父亲党纪观念特别强，他在北大工作时，毛、邓、刘、贺、彭的孩子都在北大读书，都是凭考分考上的。刘少奇的孩子从北大转学到东北，后来想再回北大，父亲愣不同意，要他们按程序走，再经过一次考试。根本没有走后门一说。

邓朴方跟我说过，"那时候一到逢年过节，你父亲就把我们几个高级干部的孩子召集起来，教训一番。"年年开个这样的会，要他们和工农的孩子一起。

我们家孩子从小都是自己洗衣服。公家的信封、信纸都不让我们用，公车没坐过。新中国成立后几十年，母亲和父亲的出行路线一样，但从没搭过他的车，每天坐公共汽车上、下班。1971年，母亲才51岁，脑溢血导致半身不遂，瘫痪在床一年多，后来慢慢能动了，看病都是自己搭公交。有一次还被别人挤下车，摔裂了尾骨。去世的当天上午，她去医院看病也是乘公交车去的。

父亲从来不反党，永远信任党。1958年，他去浙江考察，对"大跃进"有点怀疑和看法，但居委会上门让大家献铁，他还是很积极。他觉得，对党的路线有看法，可以在组织会上提，但是行动上不能和党不一致。

"文革"后父亲带我去看了几个人，其中一个是萧克。"文革"中有一天听说上头来人了，就是萧克，要开会，通知我去。有人同情我，就向萧克反映，说我们这里有这样一个人，第一张大字报打倒的黑帮的孩子，人表现不错，申请入党，能不能让她入？

他看我的目光特别凄楚，战友的孩子就在眼前，他却爱莫能助。他看着我的眼睛，说，你长得真像你母亲。

父亲和萧克谈得来，其实他们级别差得挺多的，但萧克是军中的文人，书香门第，父亲是知识分子，他们有共同语言。

什么时候都敬畏知识分子

父亲非常尊重知识分子。我家住在燕南园时，父亲一再嘱咐我们，咱们的邻居都是泰斗级知识分子，他们要做学问，一定要安静。教育救国的思想在父亲那里根深蒂固。当时提"资产阶级知识分子"，他就明确反对。他是想保知识分子的，但无能为力。

父亲特别希望我们读书。读书是我们全家的一块心病。

我知道我们是被毁了的一代，但只要有机会我还是要考的。后来我考到北大分校——这是父亲的心愿。他的记忆力特别强、反应特别快，是家里遗传。

可"文革"后很长一段时间他反应不行，人都呆呆的，木木的，成天不说话。我的北大分校录取通知书来了，父亲坐在那儿，一动不动，木木叽叽的，就说，"我们家也有大学生了"，连着说了三遍，就那么一句话，多一句话没有。他就希望我们读书。

（《作家文摘》2008年总第1124期，摘自2008年3月12日《中华读书报》）

松柏岁寒心
——写在父亲陈白尘百年诞辰之际

·陈 虹·

1944 年岁末,36 岁的父亲为他刚刚完稿的剧本《岁寒图》写下了《代序》——"冬夜还很长,而在此时此地号召耐寒的气节,这正是我们对于每一个抗战之人最高的也是最低的要求!"

后来,有一位年轻人曾好奇地问过父亲:"你取名'白尘',是否有看破'红尘'之意?"父亲大笑起来,连忙摆手说没有任何的联系。

"红尘"之说,未免带有佛家的色彩,父亲不信宗教。但是 1944 年的那声呼喊,似乎成了他不祥的"谶语"——父亲的一生竟与"风雪"结了伴。老友阿甲说他是:"坎坷踏尘世,执笔到白头。"这是指他的人生道路。学者董健则总结为:"他往往处在一种'夹缝'之中:右倾势力把他当成'左'派;'左'倾势力把他当成右派。"这是指他的创作历程。

父亲究竟属于什么"派",连他自己也搞不清楚,他似乎也不愿为此而花费脑筋。他只想做一名真正意义上的"文人",一名他所说的"在酷烈的严冬里的耐寒的人物"。

然而不曾想,《岁寒图》当年在重庆上演时,竟遭到某位权威人士的批评:"我觉得忠贞自守并不是这个社会的抗毒素,也不是它的药方。……要想不被黑暗所征服，所粉碎，就必须勇敢地站起来与黑暗作战，征服它，粉碎它！"父亲哑然了，他不能不承认这一意见的尖锐与深刻——毕竟奋起抗争是那个时代的精神与需要。但是对于一位知识分子来说，又岂能没有自己的操守和信仰……

1955 年，人民文学出版社邀请部分作家自编一部具有代表性的作品集。父亲似乎连想都没有想，便在自己书稿的封面上写下了三个遒劲有力的大字——"岁寒集"。

其实，当年何其芳对《岁寒图》的批评也并不完全准确——从父亲来说，他又何尝不曾"勇敢地站起来与黑暗作战"？

第一次，是在 1926 年。大革命的形势如火如荼，18 岁的父亲再也无法平静地坐在教室里读书了，他一跃而起，参加了中国国民党，还在区分部里担任了一个小头头。他废寝忘食地工作，然而还不到一年的时间，革命却惨遭失败……

第二次，是在 1932 年。九一八事变与一·二八事变的相继爆发。24 岁的父亲再次投奔了革命——这次他选择的是中国共产党，而且还于共青团江苏淮（阴）盐（城）特委机关中担任了重要职务。于是乎，废寝忘食的生活又开始了……然而，这一次的下场却更加悲惨——仅仅两个月的时间，特委机关即遭破坏，父亲被逮捕，判处了五年徒刑……

父亲曾回忆："我的第一本书是《曼陀罗集》，1933 年至 1935 年写于镇江监狱中。"其实他当初的目的很简单——"我不能浑浑噩噩虚度这五年刑期！"不过，这样的"结果"倒是令左翼文学阵营很快接纳了他。但是令他没有想到的是，这一"作战"的经历，竟一直持续了下去：从此之后，他的创作也同"严寒"结了缘，他的作品几乎无一不是诞生在风刀霜剑之下——

话剧《升官图》，完成于国民党的疯狂搜捕之中，遭到监视的父亲不得不躲藏在一位地下党员的家里；

电影《乌鸦与麻雀》的问世，正值蒋家王朝崩溃前最黑暗的时刻，父亲再次上了敌人的"黑名单"，不仅自己整天东躲西藏，就连稿本也只得塞进摄影棚的草堆里；

《牛棚日记》诞生在十年浩劫期间，父亲白天接受批斗，晚上栖息"牛棚"，直到夜深人静时，才敢悄悄取出来，记下那段荒谬的岁月；

历史剧《大风歌》，执笔于 1975 年，父亲被开除了党籍，申诉无望，平反无期，工资被冻结，职务被罢免，留给他的只剩下了一个"公民权"；

……

这究竟是父亲的"不幸"还是"幸"？——他与"严寒"形影不离；"严寒"铺就了他创作的道路，"严寒"也铸就了他作品的风格。

1939 年的春天，父亲完成了多幕剧《乱世男女》，他以"现实主义"的目光发现并揭露了一个不容忽视的问题——在抗日民族统一战线的内部，隐藏着一群只会空喊口号而无任何作为的冒牌"革命家"！

此时，距离抗战爆发，距离统一战线的建立，还不到两年的时间，不肯撒谎的父亲便首当其冲地陷入了重重的厄运之中：先是剧本遭到禁演，继之则是劈头盖脸的批评与指责——"暴露太多，使人丧气，尤其是给前线将士看了，会动摇抗战的心理。"……

父亲急了："讳疾忌医，不是一个民族的美德！"——他诚恳地告诫人们。

直到一年之后，冯雪峰才为父亲说了句公道话："我认为应该列入作为我们文艺发展的标识的好作品的行列里去……作者是有胆量的，已经着眼到社会的矛盾。"这"胆量"二字，无疑是对父亲的赞誉；但这"胆量"二字，也无疑成为父亲作品屡遭责难的原因。其实，稍有一点政治头脑的人都会明白如何在斗争中保护自己。如果说父亲于新中国成立前敢于揭露社会的黑暗，这尚可以"胆量"二字相誉的话；那么到了新中国成立后他依然是"一如既往"，依然是"我行我素"，这就实在是"不合时宜"了。当然，他也曾缄过口，封过笔，但是艺术家的"良心"却又时时逼迫着他去直面社会，直面人生。他不懂得应该如何去"顺应"形势，他仍然生活在《岁寒图》的情景当中，于是乎，他的道路也只能依旧曲折下去……

1995 年三联书店的范用先生，将父亲于"文革"中留下的《牛棚日记》付梓出版了。它让众多读者看到了那段尘埃落定的历史，看到了中国文人艰难曲折的足迹。陈原先生读罢后慨然写道："这真是一部激动人心的'纪实文学'！作者陈白尘，著名的剧作家。如果他一生仅仅留下这一部作品，也够得上一位真正的作家，一位无愧于时代、无愧于人民的作家了！"

遗憾的是，父亲没能等到这一天。1989年，父亲抱病写下了他的最后一篇散文——《他这样走过来》，以怀念他的故友、著名画家庞薰琹："近代中国知识分子，回顾自己的一生，特别是进入新社会的历史时，都会叹息自己：'就是这样走过来的！'但每个人的'这样'，究竟又是'怎样'的呢？答案大不相同。"

作为"绝笔"，这岂不同样是在对自己发问吗？——父亲将自己的呐喊留在了严冬的天空中，将自己的"这样"留在了他走过的每一个脚印上。

（《作家文摘》2008年总第1156期，摘自2008年7月4日《文汇读书周报》）

父亲张伯驹的婚姻

·张柳溪　口述　张恩岭　整理·

我父亲张伯驹是在天津长大和受教育的，爷爷张镇芳先是在家里给父亲请了私塾先生，后来送父亲到国学大师、教育家、南开大学创办人严范荪所办的新学书院学习。新学书院当时在法租界的法国花园附近，父亲经常在国民饭店吃饭，家里和国民饭店结账只需在年节前。父亲就是在那时候养成喜欢吃西餐的习惯。国民饭店楼上是高级客房，我父亲经常和亲戚朋友（袁克文等）在这里吟诗、填词、唱戏。

我为娘打幡当孝子

父亲十五六岁时由爷爷包办娶了安徽亳州一女子，她父亲姓李，曾任安徽督军。父亲的这位原配夫人我称为娘。

我娘纯粹是封建社会的牺牲品，她生在清代高官的家庭里，从小缠足，虽然后来放了，但仍然是小脚，她没有受过多少教育，从小受父母的宠爱，总有人侍候，然后受父母之命嫁给我父亲。我父亲是在不愿意、不甘心的情况下和她结合的，她没有让父亲欣赏、爱的条件，也不能侍候、照顾我父亲的生活，所以她和我父亲一直没有建立起真正的感情，而且结婚多年也没有生儿育女。

当时，在天津家里楼房二楼东边的两大间和一个亭子间是我娘的房间，只有保姆与她同住。当然她不快乐，身体也不好，整天不出屋门，连按礼节每日应该下楼给我爷爷奶奶请安的事也免去了。

她死于 1939 年，当时天津闹水灾，我和父亲都在北京。她的丧事由我妈妈负责料理，我被叫回天津为她打幡当孝子，父亲没有回天津。

大妈是走红的京韵大鼓艺人

除了原配夫人外，我父亲先后又娶了我大妈邓韵绮、我妈王韵缃和我三妈潘素。

我大妈原是北京的京韵大鼓艺人，韵绮的名字是父亲给起的。当时我父亲经常在北京，先是按照我爷爷的安排在官场做官，后来又在盐业银行任董事之职。父亲在北京时住在西四牌楼东大拐棒胡同内弓弦胡同 1 号的宅子里，那是我爷爷在北京做官时置办的产业。那个年代，一些富家子弟都是在大家庭里已有妻妾的情况下，再另外买一所房子娶一个女人，成立一个外家，我父亲也不例外。

我大妈当年是唱得好的京韵大鼓艺人。她到底是出身贫寒，所以很会料理家庭生活，她能把我父亲在北京的生活料理得很好，北京家里的管家和厨师也能够按照我父亲的需要随时侍候，做出令我父亲满意的丰盛菜肴。

那时期，我父亲经常带着大妈游山玩水并和朋友聚会，即便后来父亲调任上海盐业银行任职期间，每到春暖之后、秋凉之前，父亲仍然经常会回到北京，和在北京的文人雅士聚会，吟诗填词作画度曲，这时都是我大妈陪伴左右。

爷爷把管家的事交给我妈妈

我妈妈是苏州人，我姥爷从家乡外出做工在北京安了家。我父亲经过大中银行职员的介绍看中了我妈妈，就在北池子一带弄了一套小院，给我姥姥一笔钱，娶了我妈。他给我妈起名叫王韵缃，不久以后我妈妈就怀孕了，我爷爷奶奶早就盼望有个孙子，知道我妈妈怀孕后，就把我妈接到天津家里与爷爷奶奶同住。妈妈生下我之后，爷爷奶奶为了让妈妈照顾好我，也为他们能看着我长大，就没有再让我妈回北京。

我妈生长在一个比较贫困的家庭里，她从小养成的习惯是老老实实，尊重孝敬长辈，关爱体谅同辈。她对任何人都老实、实在，办什么事都考虑别人的需要和利益。

我爷爷认为我妈妈为人忠厚老实，可以信赖，便把管家的大事交给了我妈妈。

当时我们家大大小小的开支都是靠爷爷手中近 300 万盐业银行股票的股息，爷爷把这些股票交给了我妈，每年的股息由我妈妈在银行存、取支付全家的一切生活开支。我妈接管这个家以后，凡是大事，即便像逢年过节、长辈过生日这样的开支都要与我爷爷、奶奶商量，对长辈的生活格外照顾。20 世纪 30 年代中期，市场上刚刚出现电子管收音机，我四奶奶自己出钱买了一台很好的电子管收音机，随即我妈妈给我六爷爷、六奶奶和我五奶奶各买了一台收音机，却没有给自己买一台收音机放在屋里。一直到五奶奶去世之后，我妈妈才按照四奶奶的吩咐接收五奶奶的收音机，这才有了自己的收音机。

我妈和我娘的关系非常好，我娘体弱多病，整天大门不出、二门不迈，我妈几乎天天上她屋里看她，让我每天上她屋里请安。我娘也把我视为己出，有什么好吃的都叫我去吃，我记得最清楚的是她经常给我吃那时稻香村制作的约一尺见方的盒里的蛋糕，她还常给我些零花钱。我娘生病时都是我妈妈给请医生、送医院，照顾她的一切，直到她去世。

我父亲当时在北京，上海盐业银行的俸禄有限，但生活开支比较大，我妈妈常把盐业银行的股息转账给他，以保证他的开支。父亲逢年过节回天津，也都是我妈妈给他安排一切。我妈妈一有时间也带着我去北京看望父亲。

我妈和我大妈邓韵绮的关系也非常好，她们互相尊重，互相关心。我大妈也把我视为己出。

父亲娶了我三妈潘慧素

20 世纪 20 年代末，我父亲被委派去上海任盐业银行总管理处总稽核时，我妈妈准备随我父亲去上海，但是我爷爷奶奶不同意。

因为我妈妈没有随我父亲去上海，父亲在上海又娶了我三妈潘素。我三妈多才多艺，见过世面，接触过社会上各方面的人物，她能够妥善处理各种关系和对待各方面的人物，她和我父亲在上海霞飞路建了家。我父亲娶了三妈并没有告诉我爷爷，因为在我妈生下我以后，爷爷曾经告诉父亲不能再娶妾。所以，爷爷在世时，我三妈也没有到天津见过我爷爷。直到我爷爷去世，我妈按照我父亲的想法，把他娶了三妈的事告诉了四奶奶，四奶奶认为已成事实，就承认了三妈，并让三妈回天津参加我爷爷的葬礼。这以后她也是一直陪我父亲在上海，交往的都是一些银行界的人士，只有到每年的旧历年，才按家里的老规矩随我父亲回天津全家团聚，住些日子。1948 年我大妈邓韵绮和我父亲离婚了，1952 年我妈王韵缃也和父亲离了婚。只有我三妈潘素留在了父亲身边，陪伴他度过了坎坷的一生。

三妈是很聪明的人，后来在我父亲和他身边的国画家的教导下学习山水画，成了一名画家。我的三妈原名潘慧素，学画以后，三妈在画作上用的都是潘素这个名字。

（《作家文摘》2010 年总第 1340 期，摘自《世纪》2010 年第 3 期）

父女如影

·鲍旭东·

我原来的名字叫张萧鹰，是萧军的亲生女儿，1953年出生在北京。

由于当时的历史环境和种种原因，使我一直生活在父母亲手制造的影子后面，不仅在萧军子女的名单中找不到，甚至不为父母双方亲朋好友所知。

对我因此而受到的伤害，父亲萧军很内疚，当年他曾经几次不无伤感地对我说："……他们（指他的其他子女）都在我身边，只是苦了你一个人在外面……"

如今，父亲已经带着那份缺憾永远地离去了；我也早已走过不圆满的童年，心灵的伤痕随着岁月的打磨，已经结痂，化成了我最不肯触碰的记忆。

在萧军已经离去22年后的今天，仍旧有许多人在关注着他，关注他的作品。

能够展现一段真实的历史事实，既是对作家、对读者、对历史及所有当事人的尊重，也是身为子女者及所有当事人、知情者义不容辞的义务与责任。

我的生母和她的家庭

当年的故事必须要从我的生母与她的家庭讲起，不了解她的家庭，就不会理解这个故事。

后海北岸、银锭桥西二三百米的地方，有一幢英式建筑风格的二层小楼，坐北朝南、砖木结构。院子不太大，约两亩两分多，但很整齐。这就是我外公在北京的家，北京市西城区鸦儿胡同48号，母亲远走他乡之前生活的地方。后来由于萧军长期租住在这里，也经常被人称做"萧军故居"和"海北楼"。

我的外公张公度，人称张公，民国期间毕业于中国陆军大学，先后在国民政府军事委员会参谋本部、军令部、军政部任职，少将军衔。外公是程潜的部下，新中国成立后由人民政府安排，携妻女回到北京。我母亲是他们唯一的女儿，是个名副其实的"乖乖女"，孝顺至极。

我的生母张大学，南京人，生我的那年，她25岁。从她年轻时的照片上可以看到她当年的样子：苗条文雅，善良真诚，一双大眼睛似乎永远带着忧郁。

母亲是新中国培养的大学生，对共产党、对新中国怀着虔诚的忠诚和热爱。她努力学习，立志要做新中国的科学家，可以说是品学兼优。

当时，张大学正与一位大学同班同学恋爱。那是她的初恋，她很投入，也很快乐。对方性格开朗、高大英俊，对张大学很好。但这桩恋情遭到张公反对。

父女之间第一次发生了公开的争执。虽然最终女儿赌气终止与对方交往，但也从此埋下了隐患。为了摆脱家庭，张大学曾几次报名参军，结果都是外公让外婆出面，以女儿是独生为由，给截了回来。一心要求进步的张大学觉得非常丢人，终日处在内心的煎熬之中。就在这样的境遇中，她与萧军不期而遇了。

那是1951年，萧军44岁。虽然已经是中国很有名气的作家，甚至是东北作家群中的领军人物，但那时，他却正处于人生最艰难困苦的阶段。从1948年开始，萧军就受到东北局错误的批判和处理，被排挤出文坛。为了争取生存空间、保存写作权利，1951年年初，萧军以养病为由，与家人先后来到了北京。

为了有个好的写作环境，萧军看上了外公的小楼，后来经人介绍，租住了外公的房子，成了鸦儿胡同48号里的房客。

父亲就这样走进了母亲的生活。

邂逅爱情

对于作家萧军的名字，张大学并不陌生。她读过萧军的成名作《八月的乡村》，听说过萧军的经历，也和当时许多青年人一样，把萧军看作传奇人物和偶像。

但是，当这位久闻大名的作家真的站在她面前时，张大学第一印象却是觉得与想象中大不相同。用她的话说是"看上去粗犷有余、文静不足"。

而张大学留给萧军的第一印象却很好、很深刻："你妈妈当年很像萧红！但是又比萧红文静、漂亮！"——这是多年后，父亲亲口对我说的。我想，这也是吸引他初次见面就开始关注我母亲的最初原因吧！

后来，由于张大学的姑父徐教授和萧军很熟，经常在一起诵诗、拉琴、唱京戏……随着接触的机会增多，他们谈话的内容也多了：谈文学、谈革命、谈延安、谈各自的理想和遭遇……很是投缘。

萧军的身上有许多光环：书写第一部抗日小说，鲁迅先生的忠实弟子，去过延安，并且受到毛主席赏识、多次与毛主席交谈，以及在东北任鲁迅艺术学院院长、创办《文化报》……这些经历，对于出身于国民党军人家庭的张大学来说，是既新奇又羡慕的事情。加上萧军身上粗犷不羁、张扬奔放的性格和那种仗义执言的豪爽做派，都与张家人的文质彬彬、谦恭低调风格反差极大。这一切都让一心想摆脱家庭阴影、追求进步的张大学有一种耳目一新的感觉。

就这样，萧军以自己传奇般的经历、长者般的阅历以及对于青年人的理解和关心，时时开导着不谙世事的张大学，客观上支持了她对家庭的"反抗"，使张大学觉得自己遇到了一位师长似的知音，渐渐走出了失恋的阴影。

而恢复了活力的姑娘则以自己的善良热情和青春的生命力，关心和感染着正处于人生低谷、被灰暗色彩蒙盖中的萧军，鼓舞着他的创作热情。

张大学的字写得很漂亮，萧军那部命运多舛、著名的《五月的矿山》的书稿抄写，便出自她的手笔。她还曾帮助萧军把通过周总理送交毛主席的信件和审阅的书稿送了出去。

这种患难之交的感觉，迅速拉近了他俩的距离，促进了感情的升温和升华。

我出生前后

1952 年夏天，张大学发现自己怀孕了。

这在当时的社会环境中，绝不是小事。特别是对于萧军，已经背负沉重的政治、经济双重负担，再稍有风吹草动，就可能遭遇灭顶之灾。他决定离婚，给张大学一个婚姻、给未出生的孩子一个完整的家庭。

张公度老夫妇被这晴天霹雳般的消息震蒙了，不相信自己严格教育的孝顺女儿会做出如此辱没门风之事。

张公强迫女儿说出真相后，气急交加，让女儿立即去打胎，并且执意要把萧军告上法庭。女儿为了爱情，不肯打胎，不肯告状。左右为难、盛怒之下的张老先生气昏了头，决定与女儿断绝关系，将她拒之门外。这一拒，断了女儿的后路、最终使女儿远走他乡；这一拒就是 7 年，直到我 6 岁时，外公才第一次见到自己的外孙女。

那时的张大学住在学校，默默承受着周围异样的目光与压力。最后是张大学原来的奶妈——付妈，帮她找到了可以替他们照看孩子的人，解了燃眉之急。

那时付妈五十多岁，正在东城的蒋家胡同一家人家做保姆。同院里住着一位单身蒙古族妇女，姓包，人称包妈妈，年龄四十多岁，干净利落，为人诚实、厚道，丈夫去世早，家有一儿一女都已经长大，平时家里只有她一个人。

很快，萧军陪着张大学见到了包妈妈。由于张、萧二人年龄悬殊较大，付妈为了不让别人生疑，就谎称张是萧的弟妹，因其弟不在北京，所以请萧陪同前来。

付妈一定不会想到，她这一临时编排的说法，竟然真的造就出一种另类关系——我出生后一直称呼萧军为"大爷"，称呼他的妻子王德芬为"大娘"。直到萧军去世，直到今天，这个称谓从未改变。

1953 年 3 月 17 日清晨，在北京同仁医院，一名女婴呱呱落地，那就是我。

当时，父亲为我取名萧鹰，是与他家里几个孩子顺序排下来的，而母亲似乎已经预感到什么，坚持在前面加上了她自己的姓，于是一个叫作"张萧鹰"的名字出现在了公安局的户籍登记簿上。

"张萧鹰"这个名字我用了 13 年。"文革"期间，为了不因自己的存在再给生父生母增加"罪行"，也为了宽慰抚养我长大的包妈妈，我自己做主，沿用了包妈妈丈夫的姓，给自己改名"鲍旭东"，这个名字从那时起一直陪我到今天。

随着我的出生，张、萧之间的关系也被改变着：萧军答应给她合法婚姻的承诺，已经不可能实现了，因为王德芬不肯离婚，他们已经有了 5 个儿女。

张大学本来就是个心地善良、性格软弱的人，既不愿为难萧军、不忍拆散其家庭，又不能不顾现实中刚刚出生的孩子今后的境遇，还要尽可能把安宁还给自己的双亲。

她不得不做出最后的选择——离开萧军、离开北京。于是在毕业分配时，她婉拒了学校的挽留，自愿要求到最边远的地方去。

我就这样留在了蒋家胡同，留在了包妈妈家里。

父母之间

张大学去过浙江、到过山东，做过教师、搞过科研，一直做到了研究员，但是她从没打算调回北京。1957 年，她在远离北京、远离父母和孩子、远离萧军的他乡，结婚生子，落地生根。尽管一生都在为与萧军的关系承受痛苦，但她从未抱怨和责备过萧军，反而一直在关注他、关心他。

从我出生住到包妈妈家里，直到"文化大革命"开始之前，萧军每月都要去看望我。初起时，每周要去两三次。

1966 年，"文革"前夕，我上六年级了。一天晚上，萧军又来看我，临走时让我送送他。路上，他告诉我："你知道吗？我是你的父亲。"

由于我从幼儿时期就已经从包妈妈那里知道了自己的真实身世，所以并不吃惊，只是一时不知该说什么，我静静地听着他讲述……

1966 年"文革"开始，我的父母都没了音信。外公外婆在"文革"刚开始抄家之时，就被公安部门带走保护起来，好长时间不知下落，后海边的小楼人去楼空。

1969 年 9 月，我去了黑龙江兵团。

1971 年年初，我收到了父亲萧军寄来的亲笔信，信上简单述说了他几年来的情况，还寄来一张他新拍的照片。

他在照片的背后写着这样一段话："英儿，这是我第一次还家照下的一张照片，送给你罢！萧军时年六十三岁"，我现在仍旧珍藏着。小时候我总嫌"鹰"字太难写，就偷懒写成"英"，于是后来就鹰、英通用了。

母亲张大学的信来得稍晚些，她在"文革"期间被抄家，被扣上"资产阶级政客"的帽子，随着丈夫一起下放到了边远农村。

在 1973 年年底，我回到了北京。

由于萧军年事已高，复出工作之后越来越忙，已经没有时间来看我了，我又不愿意去他家。我们见面的机会变得很少了。

1981 年我准备结婚，他知道后叮嘱我说："结婚之前你是两条腿走路，一旦结婚，你们两个人只有三条腿了，其中一条是被婚姻的带子绑在一起的，所以要注意协调行动、互相关注，不然是会摔跤的……"随后又让大娘取出 200 元钱给我，我不肯收，他说："这是咱们家的规矩，女儿出嫁给 200 元钱，生了小孩子，每人 100 元，所以这个钱，你是一定要收的！"

果然，到了 1984 年元旦，我和丈夫带着刚满周岁的女儿去看他，他高兴极了，还没忘记送给女儿那"规定的"100 元钱。

大娘王德芬兴致勃勃地为我们一家三口与萧军拍了两张合影。照片上的小丫头坐在她外公的写字台上，神气活现，萧军则坐在她旁边笑得像个弥勒佛。

后来，母亲来我家里看到了那两张照片。她注视着照片的目光充满温情，久久不肯离开，我知道她心里一直牵挂着萧军，就把其中的一张送给了她。

（《作家文摘》2010 年总第 1352 期，摘自《看历史》2010 年第 7 期）

母爱无疆

在母亲丁玲遭批判的日子里

·蒋祖林·

1957 年。

我于 8 月 4 日晚 9 时回到北京，当火车驶入车站时，我看到站在暗淡灯光下的妈妈。我们上了小轿车，一路上，我兴致勃勃地向妈妈叙述我在上海的情况，让她分享我的喜悦。可是，我感到我的话很少得到她回应，便把话打住了。我觉察到妈妈似乎有很重的心事。我想，一定发生了什么事，是不是中国作家协会党组扩大会议复会后有什么变故？我心里隐隐地出现了一种不祥的预感。

回到家，我和妈妈、陈明叔叔一起走进客厅。妈妈坐在我对面，神情略显困顿，凝神的目光显示出她在掂量如何开始同我的谈话。这气氛令人难耐。

终于妈妈先开了口，她语气沉重地说："祖林！告诉你，我的问题又有了大的反复。这些天，天天在开斗争我的会。"

尽管我已有一点不祥的预感，但这几句话仍有如晴空霹雳。我惊呆了，想说却说不出话来，思想似乎都凝滞了。

妈妈继续说："我已经在会上做了检讨，在这样的情况下，我只得检讨。但是被斥为'态度不老实'，说我的态度是'欺党太甚'，'欺人太甚'。我是处在被斗争的地位，事实上现在是棍棒齐下，责骂、讽刺、挖苦，任何人都可以在这个会上把对我的不满发泄无余。"

192

她还说了一些这些天会上的情况，我听着这一切，精神上感受到很大的压力，直压得透不过气来。

妈妈转而向我："现在谈谈你吧！你是共产党员，应该相信党，同党站在一起。应该认识到妈妈是在反党。"她用极大的力量，抑制住自己的情感，字斟句酌地向我说出了这几句话。我明白，她是怕我犯错误，说出与党不一致的话来。

她又说："你也可以相信我，你这次回来以后，我向你说的一切，都是真话。"她克制着自己，但悲愤之情依然溢于言表。

这是一个不平常的夜晚。夜气如磐，令人窒息。我几乎彻夜未眠，思绪有如波涛，起伏翻腾不已。

我属于政治上早熟的这一类人，也就是较早地建立了共产主义信仰，在未满17岁时入党。这是从小在革命队伍中成长，接受党的教育的结果，也是家庭影响的结果。我也较早地接触到政治运动，在延安参加整风审干运动，我的同学中有70多人先后被"抢救"成了"特务"。后来，一风吹，全部平反了。由此，我体验到了政治运动中也有搞错人，冤屈人的事情，初步认识到，凡事要遵循实事求是的原则，并且也应该独立思考。

如今，风云突变，厄运再次降临到妈妈头上，也降临到我们这个家庭。我将如何承受？我将如何对待呢？

8月5日下午，作协党总支通知我去谈话。在组织上，我不属他们管，但他们通知我去谈话，我不能不去。离家时，妈妈嘱咐我："你要有思想准备，满楼都是揭发批判我的大字报。"我点了点头。

我步入王府井大街64号全国文联作协大楼，就见赫赫十几张大字报贴满了门厅周围的墙壁，在"丁玲"前面冠以菜碗般大的"反党分子"头衔，右边走廊上也贴满了这样的大字报，楼梯两侧的墙壁也无一例外地贴满了大字报。我顿时感受到这场斗争的气氛，这是我有生以来第一次见识大字报这种形式，我真正地为妈妈的处境担忧了。

在总支书记办公室里，总支书记黎辛招呼我坐在他的办公桌旁，同他的办公桌拼拢的另一张桌前坐着一位三十几岁的女同志，面前放着一沓纸和一支笔，看来是打算做记录。可能黎辛想缓和一下气氛，他向我做了这样的自我介绍：

"我叫黎辛，在延安解放日报社时，曾经在你母亲领导下工作，我们那时见过，也许你还有印象。"我说："记得。"从1941年至今，16个年头过去了，他的模样似乎变化不大。他随即言归正传："现在作协党组扩大会议正在开展对你母亲的斗争，作协党总支认为有必要同你谈谈。"他首先概要地说了1955年作协党组所定"丁、陈反党小集团"的主要事实，肯定这个结论是正确的，然后说了妈妈在这之后"翻案"和配合社会上的右派分子向党猖狂进攻的事。最后，他向我说了两点："一、希望你相信党，相信党对你母亲开展的斗争是正确的，站在党的立场一边；二、现在党还在挽救她，通过斗争来挽救她，希望你同党一起来挽救她。"我向他表示："我相信党，愿意站在党的立场上来认识她的问题。"我只能做出这样的表示，没有别的选择。

这时，女同志发话了，她说："你刚才表示愿意同党站在一起，那么你对你母亲的反党言论与行为有什么要揭发的？"

我说："我去苏联学习4年，出国前在东北，也只是学校放假时回北京住些日子，所以我对她工作方面的情况不了解。"

我回到家，妈妈问我："谁同你谈话？"

我说："黎辛，还有一位女同志，坐在黎辛对面，她没有自我介绍，黎辛也没有介绍。"我说了女同志的模样、穿着。妈妈说："那是胡海珠，总支副书记。"

我向妈妈说了方才谈话的情况。

这时，妈妈又提出了前一天夜晚说过的事，她说："我看你还是提前回苏联学校去吧！你待在这里，只会一步步地被牵进作协机关的这场运动中去。你留在这里也帮不了我什么。你可以相信我、放心我，我不会寻短见的。"她的语气中透出些许急切。

我改变了留在北京陪伴妈妈一些时日的打算，决定提前返回苏联，就把车票的日期改订为8月11日。

这天下午，妈妈去作协参加党组扩大会。直到吃晚饭时，妈妈才回来。她进门后，只说了一句："头疼，我休息一下。"就回房躺到了床上。

妈妈告诉我："刘白羽要见你，他要你明天上午10点到他的办公室去。"

这时的作家协会，邵荃麟是党组书记，刘白羽是党组副书记。

7 日上午，我准时走进了刘白羽的办公室。

刘白羽说："听说你从上海回来了，找你来谈谈。关于你母亲1955年定为'反党小集团'的问题以及现在'翻案''向党进攻'的情况，黎辛同志已向你谈过了，我就不多说了。我今天主要同你谈你母亲在南京的一段历史问题。你母亲不仅有反党的错误，而且历史上还有自首变节行为。"

刘白羽说的大意是：母亲 1933 年 5 月，因冯达叛变而被捕。被捕后，最初几个月对敌人是做过斗争的，但后来屈服了。她向敌人写了一个书面的东西，她交代是一个条子，内容是："因误会被捕，在南京未受虐待，出去后回家养母，不参加社会活动。"不在于是条子还是自首书，问题在内容，仅从这个内容来看就是自首变节行为。条子就是自首书。其次是被捕后仍和冯达住在一起，而她明知冯达已叛变。再就是，她被捕后与国民党特务头子徐恩曾、大叛徒顾顺章来往，丧失了共产党员气节。她没有被投入监狱，生活上受到这些特务头子的优待。主要就是这几个问题，他还说了一些说明这几个问题的细节。

刘白羽最后说："考虑到你可能不知道这些情况，所以找你来谈谈，希望你同党有一致的看法。至于你嘛，你父亲是胡也频烈士，对于你的父亲，我们都是很敬仰的。"

他谈了一个多钟头，我注意地听着，心中骇然。

回来后，我走进家门，步入客厅，沉重地坐在沙发上。这三日，噩梦般的事情接踵而来，我的思想接连不断地处于惊疑交集的状况，精神上感受到的压力也一次又一次加重。加上睡眠不足，我感到极度的疲惫，正想暂且什么也不去想，稍歇一会儿，不料邮差送来报纸。

我随手翻开《人民日报》，第一版上醒目的大字标题："文艺界反右派斗争的重大进展——攻破丁玲、陈企霞反党集团。"三天以来的感受，不能说我对此完全没有思想准备，妈妈也向我说过："我的问题迟早会见报，你要有精神准备。"但是，当它来到我面前时，我仍感到震惊，心不停地在战栗。

吃午饭时我走进饭厅，坐在餐桌旁，望了妈妈一眼，心里袭来一阵悲凉。我不忍心再看她，就低着头吃饭，从碗里扒了一口饭，却咽不下去，抑制了几天的眼泪终于溢满眼眶。我不愿妈妈看见我流泪，就站起身走回到客厅。这是我回到北京后第一次流出眼泪。

我刚在客厅中坐定，妈妈就跟了进来。她有些慌乱，一边用手揩拭着流淌着的眼泪，一边开口想说什么，但泣不成声。

妈妈稍稍平息了激动的情绪，说："你不要为我难过，我的问题见报是预料中的事，只是迟一点，早一点的事情。"

我无可奈何地点了点头。

我向她说了刘白羽谈的一些内容。

妈妈说："我要向你说明的是，所有这些情况，我以前都向组织谈过。在延安时我是这样说的，中宣部专门小组审查这段历史时，也是这样说的。专门小组做了调查，调查的结果同我向组织讲的也是一致的。专门小组的结论否定了'自首'，但留有'政治错误'。我对这个结论提出保留意见。现在他们没有拿出新的根据，反而加重说我'自首变节'，并且在报纸上公布，这我又有什么办法。但是，就刘白羽所说的这几点，事实上是，我被捕之初，知道家里的地址是冯达供出来的之后，就一直痛骂冯达，我多次提出要和冯达分开，并且提出让他们把我关到监狱里去，但这些掌握我命运的国民党特务就是置之不理，硬要把我和冯达关在一起，利用他来软化我，以此来达到他们的政治目的。后来我觉得既然摆脱不了冯达，那么我也可以利用他，借助他麻痹敌人，使敌人对我的监视松懈，寻求机会逃离南京。写那张条子是徐恩曾通过冯达之口告诉我，说他们逮捕我引起了一些麻烦，社会舆论抗议，外国人也不满，因是在租界抓的我，侵犯了外国人的治外法权，说如果我写一个书面的东西，表示是因误会被捕，愿归隐养母，就可放我回湖南。我想，如果真让我回湖南，我总会找到党组织，继续革命的。于是我写了一个条子，也就是在一张信纸大小的白纸上写了：'因误会被捕，未经审讯，出去后愿居家养母。'但他们食言，我骂他们不讲信用，他们也不理睬，囚禁依旧。在党组扩大会上有的人说，这条子就是自首书。就这个内容来说，我既没有承认自己是共产党员，也没有任何损害党的言论，没有自首的言辞，这只是为了应付敌人企图脱身，我被捕后，没有出卖党的组织，没有出卖同志，也没有泄露党的秘密。而且，敌人企图利用我的名望为他们做事，写文章，我都拒绝了。至于与特务头子徐恩曾、顾顺章等人的关系，我是被囚禁的人，他们来找我，我怎么能拒绝得了不见他们。"

在她概括地说完了以上情况之后，她说："你可以相信你的母亲，相信你母亲这个老共产党员。你也是共产党员，你也可以自己思考，判断。"

妈妈还一边流着眼泪，一边向我讲了她在囚禁中，曾自尽明志，以死证明自己的清白，以死证明对党的忠贞的情节。我听来心里非常的难受，眼泪一阵阵夺眶而出。

她说："我本不想告诉你这些伤心事，现在也只有说了。"

下午，妈妈从作协开会回来后，又同我谈了回苏联去的问题。她说："你还是改乘飞机去莫斯科。三四天后，在莫斯科就会看到今天的《人民日报》。我很不放心祖慧，她什么情况都不知道，要是说出什么同党不一致的话来如何是好，这至少会影响她预备党员转正的。"

我已入党10年。祖慧这时还是一个预备党员，她1956年8月，去苏联留学前夕入党，预备期一年。

我说："若改乘飞机，要花好大一笔钱啊！我乘火车走，是无须妈妈花钱的，我在列宁格勒已买了双程往返的车票。"

妈妈说："现在这情况，不要考虑钱的问题。"

我说："好吧！"

11日，天刚蒙蒙亮，我就起身了，妈妈卧室的灯也亮了。不一会儿，司机老王来了。

还在我吃早餐的时候，妈妈就一直无言地坐在客厅里的一只单人沙发上。我希望自己在这离别的时刻表现得坚强一些，比较不动感情地同妈妈告别。我极力克制着心里的悲伤，走到妈妈跟前说："妈妈！我走了，你自己多多珍重啊！"

妈妈想站起，双手撑着沙发的扶手，却没能站起来。她瘫软在沙发里哭泣起来。我一只腿跪了下去，头伏在妈妈的怀里，再也控制不住感情的闸门，眼泪倾注而下，呜呜地哭了起来。这是我6天中第二次流泪。妈妈用手抚摸着我的头和耸动的肩膀，她的手不停地颤抖着。过了好一会儿，我抬起头来，见妈妈脸上流淌着一行行的眼泪。我打算站起来，妈妈伸开了双臂，我趁势把她扶了起来。妈妈刚一站定，就扑向我，紧紧地拥抱着我，好像一松开就会永远失去似的。妈妈泣不成声地，断断续续地喊着："儿子！我的儿子！"她全身都在颤抖。我好不容易才止住的眼泪，又夺眶而出。

妈妈终于松开了紧紧地拥抱着我的双臂。我说声："妈妈！我走了。我爱你，为了我，为了我们，你一定要珍重自己啊！"我狠下心来走了出去。在临出大门前，我回过头来最后地望了妈妈一眼，见她无力地倚靠在北屋客厅的门框上，悲哀地目送着我的离去。

（《作家文摘》2002 年总第 521 期，摘自《左右说丁玲》，汪洪编，中国工人出版社 2001 年 12 月出版）

母亲杨沫

·老　鬼·

我不是母亲的宠儿。

我从生下来就放到农村老家，新中国成立后 4 岁时才被接到北京。虽然只与父母分别了短短 4 年，却造成了我与父母之间的深深隔膜。

母亲年幼时老挨打，是暴力的受害者，但让人不解的是她对自己的孩子也主张打。我是在姑姑的爱抚下长大的，从不知道什么是害怕，刚来到北京时，整天在院子里乱跑乱钻，十分淘气，被母亲认为野得要命，说是农村的姑姑把我惯的。她跟父亲合伙，狠狠打了我几次，把我打老实（见母亲 1951 年 5 月 3 日日记）。

从那以后，我见了父母像老鼠见了猫，不寒而栗。平时他们把我送到新华社托儿所，只有周末才接回家，回家后，我也像母亲小时候一样，跟保姆睡在一起。我的活动天地就是饭厅和厨房，只有吃饭时才能与父母见面。除非父母叫我，我不敢去父母的卧室和客厅。

我从学校回家后，母亲绝少到我的房间看看我，与我说两句话。父亲更是冷酷，老动手打。家里有什么好事，如参加什么活动，看什么表演，很少带我去，所以我对这个缺少温暖的家没有感情。

这个家给我造成的精神伤害是惨重的。

——为什么自己崇尚暴力，一部分原因就是幼年总挨打造成的。父亲打我数不清有多少次。促使我从初一起就拼命练块儿、悠双杠、举杠铃、摔跤打拳……以为自己身强力壮，武艺高强，父亲就不敢再打我。

——我的孤僻也与这个家庭有关。父母不和的家庭，孩子大都孤僻怪异。除了姑姑和老家的亲戚，我不相信任何人，连生身父母都这样冷酷自私，我还怎么相信外人？

——社交能力、口头表达能力极差。家里来了客人，从来不让我在场（可能是嫌我脏，嫌我嘴笨）。平时除了保姆，无人跟我说话。这样总不跟人接触，见了生人就紧张，手足无措，说不出话。父母也越嫌我不体面，越不让我见客人，结果我毫无社交能力。我有事向父母说时，即便在家里，也要写在纸上，面交给父母，用书面方式表达。

不过，母亲的冷漠也激发了我的奋斗意志。她瞧不起我，我越发憋一口气，非要干出点事，来证明自己！

随着母亲一年一年变老，她也在变化。

自从我的书《血色黄昏》1987年底出版并获得很大反响后，对她是个震动。张光年告诉她，这本书是迄今为止写"文革"写得最好的一部。王蒙对她说，你儿子炸了一颗原子弹。冯牧为这本书热情奔走，还批评了评论界。——这一切对她有所触动。她开始承认了我。

80年代末，我去美国布朗大学做访问学者之后，写信请她帮忙买一本学英文方面的书，她立刻托人去买，跑了很多书店也没买到，结果给我捎来了四五本别样的书，厚厚一大摞。

她开始牵挂我的儿子马骁，来信劝我一定要教育他知道自己是个中国人，别丢了中文。尽管她老写错我儿子的名字。

这一段"洋插队"期间，母亲给我写了很多信，毕生中这是母亲与我通信最勤的一个阶段。其中有的信，字迹歪歪扭扭，很难辨认，是她在重病中所写。1993年9月她写了一篇文章《儿子老鬼》表达了对我的思念。此时，她已经79岁。

……

孩子时代我害怕母亲，随着岁数的增长，体力的强壮，我也叛逆起来，鄙视那些向她点头哈腰的人。缺少关爱，使我对母亲产生了不满，很少去亲近她。她病了住院也从没主动去看过，不愿讨好她。

"文革"中，她挨了整，我毫不同情，真的认为她腐化堕落了，该整一整。特别是她后来跟那个机灵过头的秘书厮混在一起，我感到她身上也有邪气，对她十分鄙视，一肚子意见。从1963年到1985年，20多年中我没有和母亲照过一张相。很长一段时间，她是不合格的母亲，我是不合格的儿子。她做母亲失败，我做儿子也失败。除了"文革"中打、砸、抢过她一回，后来我又偷过她一次。

那是父亲去世后，她纵容秘书大肆抢掠家里的财产，我们几个孩子自然对母亲不满。我帮助她找到了家里一批最值钱的字画，如数交给了她，却不料她完全据为己有，说什么我是第一继承，等我不在了，你们才能继承……我、姐姐徐然、哥哥青柯都很担心她会与秘书私分了这些字画。我不得不给她寄去一篇《法制日报》，写信说明孩子与她一样有权同时继承父亲的遗产，不存在谁先谁后。她当时在珠海，看完了信，气得满脸通红，大发雷霆，骂我贪婪，白眼狼，父亲刚死就与她争父亲的遗产……徐然告诉我后，我自然恼怒，决定采取行动，把那批字画再偷回来——谁叫你们过去偷我手稿的？这是一报还一报。自母亲去珠海后，秘书把母亲小红楼的卧室大门和大衣柜全都贴了封条。其主要用意是威吓我们几个孩子，显示他凌驾在我们孩子之上。我不反抗一下，也不甘心。1986年1月某天深夜，我开摩托车到小红楼，从门上的窗户钻进母亲的房间，撬开她的大衣柜，寻找字画。翻了半天也没找到，只好偷了她的一个照相机。

为此老实的哥哥背上黑锅——秘书和母亲都说是他拿的，因小红楼无人居住，他经常去照看。后来哥哥因一时经济拮据，向我借钱，我送给了他100元，以表内心的愧疚。19年来这个秘密从未对任何人说，在此，我向哥哥表示诚挚的道歉。

我对母亲的感情非常复杂，难以用几句话说清楚。对她的美好，我恋她；对她的不美好，我恨她。

但不管母亲有多少毛病，怎么缺少母爱，理智告诉我，她还是值得尊敬的！

在民族危亡时刻，她没有窝在大城市北京过舒适安稳的小日子，却来到抗日战争的第一线——虽然她身边的战友三天两头牺牲，虽然她很怕死，却没有当叛徒、逃兵。

而她的第一个丈夫，张中行当时却坐在北京的书斋里读书，做学问，毫无生命之虑。她若跟张中行生活，只会是个家庭妇女的下场，绝无后来的成就。

这是她生命中第一个亮点。

母亲战胜病魔，苦熬数年，写出了《青春之歌》，获得了广大读者的喜爱，全国的轰动，这是她生命中第二个亮点。

走出极左的桎梏，坚持真理，主持正义，晚年为徐明清、王汉秋、胡开明等人奔走呐喊，为受压迫受侮辱的弱者拔刀相助，是她生命中最后的亮点。

母亲不是神，也有人的各种缺点，也犯过错误。她写过失败的作品，对孩子缺少关爱，看错过人，被别人当枪使过……可人一辈子，干出了这三个亮点，足矣！

父亲去世后，一次我去看望她，临分手前，趁她心绪不定，我鼓足勇气，吻过她脸一次。母亲当时像触了电，全身抖动，几乎流泪。

自从母亲离开了那秘书，她恢复了正常，恢复了堂堂正正，我对她再也没有什么意见。她的晚年可以说是个完全合格的母亲。乐于助人，通情达理，富有亲情和母爱，无可挑剔。临终前几天，她在昏迷中还不断地呼叫着白杨和我的名字。

我很感动。所以望着在痛苦中熬煎的母亲，我数次难过得扑簌簌流泪。她走后，我给她戴了3个月的黑纱。我把她的小骨灰盒放在床头，夜夜伴随着自己。

如今，母亲已经离开了我10年。10年了，母亲的粗毛线帽子我冬天还戴，母亲的尼龙袜和肥裤衩我偶尔还穿，母亲的大羽绒服我午休时天天盖。母亲擦过的口红，我虽不抹，却也保留了10年。一闻见那甜甜的香味，就想起了母亲身上的芳香。母亲在我的心目中是美丽的。那大圆脸、金鱼眼、扁鼻子、阔嘴都极有韵味，潜藏着慈爱，百看不厌。

（《作家文摘》2005年总第875期，摘自《母亲杨沫》，老鬼著，长江文艺出版社2005年8月出版）

我的母亲上官云珠: 不尽往事红尘里

·韦然　口述　李菁　整理·

低调平和的韦然，正式的身份是中国建筑工业出版社的编辑，负责上海地区的业务，却又经常被熟悉的电影界长辈介绍，参加电影圈的诸多纪念活动。回忆起美丽的母亲、美丽的姐姐，那些经常让韦然红了眼圈的往事，已滤去了最初的巨痛，转而成为一种淡淡而持久的忧伤。

母亲之死

1968 年 12 月的一天，我突然接到姐姐的来信，让我马上回上海一趟。那一年，我只有 17 岁，刚离开北京到山西农村插队还不到一个月。我心神不安地上了火车，不知道已经支离破碎的家，又出了什么事。

一路颠簸到上海，迎接我的是这样一个噩耗：11 月 22 日凌晨，母亲跳楼自杀。

1966 年，正在江西农村参加 "四清" 的母亲得了乳腺癌，回上海做切除手术。此后的两年，对母亲来说是黑色的岁月。她出院不久就被逼去电影厂上班，所谓 "上班"，其实就是要每天去牛棚报到，那时她的身体，还远未恢复到健康状态。在那里学习、劳动、写交代、受批判。

出事前一天，母亲又一次被传唤，两个外调人员和厂里的造反派轮番逼问她，要她承认参加了特务组织，并利用毛主席接见她搞阴谋。母亲不承认，他们就脱下鞋用皮鞋底抽她的脸……

当天晚上回到家里，也许母亲实在害怕即将到来的又一场羞辱与磨难，在黎明前最黑暗的一刻，她从四层楼的窗口跳了下去……

那一年，母亲只有 48 岁。

明星的诞生

1920 年，母亲出生在江苏江阴长泾镇，是家中第五个孩子，原名叫韦均荦，又叫韦亚君。舅舅的一位同学叫张大炎，是同乡一富绅的儿子，他原来在上海美专学西洋画，毕业后在苏州做美术老师，母亲也在那里上学。张大炎一直很喜欢比自己小 9 岁的同学妹妹，也照顾有加，不久母亲有了身孕，他们只好结了婚。17 岁那年，母亲生下了我的哥哥，为此她中断了学业，回家乡做了富家的儿媳妇。我手里还有一张母亲穿着泳衣，和张大炎在家乡河里游泳的照片，可以看出，母亲在当地确实属于领风气之先的人物。

1937 年抗战爆发，母亲跟着张家逃难到了上海。刚到上海的母亲，为谋生，到巴黎大戏院（今淮海电影院）边上的何氏照相馆当开票小姐，经理何佐民十分器重她，他从霞飞路上给母亲买了时髦衣服，还为她拍了许多照片放在橱窗里，以作招牌。

何佐民原是明星影业公司的摄影师，跟上海电影界人士来往密切。当时影业公司老板张善琨与红极一时的女星童月娟因片酬产生矛盾，张老板故意想捧母亲，准备让她取代童月娟，导演卜万苍觉得"韦均荦"的名字太过拗口，于是取了个"上官云珠"的艺名。

母亲与反对自己演戏的张大炎的分歧越来越多，1940 年，母亲离了婚，张大炎带着哥哥回到老家。

第二年，母亲拍摄了她的电影处女作《玫瑰飘零》，开始在影坛崭露头角。

1942 年，母亲加入"天风剧社"，在此结识了成为她第二任丈夫的姚克。

1944 年 8 月，母亲生下了我的姐姐姚姚。

此时的母亲，已是众人眼里的"大明星"。她的事业一帆风顺时，感情生活却再一次遭遇危机——这一次问题出现在姚克身上。在母亲到天津、济南、青岛等地巡演时，姚克在上海爱上了一个富家女。母亲闻讯后立即决定同姚克离婚，不满两岁的姚姚姐就跟了母亲。

在姚克离她而去后，母亲曾与蓝马有过一段感情。蓝马是一个好演员，也是一个好人，但大家都觉得他们两人不合适，蓝马是典型的北京人，比较粗放，两人最终还是分了手。

我对母亲以前在电影界的地位并无多少概念，直到这些年，我看到无数观众仍在怀念她，赞颂她，我才渐渐意识到，母亲是一位多么伟大的艺术家。客观而言，母亲在进入这个圈子时没什么特殊的优势，但母亲比较聪明，她也会利用一些关系，比如与姚克的结合，与蓝马的交往，以至于后来与我父亲的结合，对她的演艺道路都有帮助。但光有这些关系，也不足够。其实母亲个子很矮，只有一米五几。但沈浮导演曾对我说，你妈妈一上台就能把台子压住，别的演员上来就没这种感觉，个子高也没用。也有很多被湮灭的女演员，她们曾经得到过各种各样的机会，但并没有持久。

荣耀与辛酸

1951 年，我的父亲程述尧与母亲在上海兰心大戏院举行婚礼，成为母亲的第三任丈夫。

父亲出生于北京一殷实之家，毕业于燕京大学，与黄宗江、孙道临都是同学，也是学校文艺舞台上的活跃分子。1937 年七七事变后，日本人跑到燕京大学扣留了司徒雷登等人，也逮捕了一批进步学生，其中就包括我父亲。

1946 年，父亲与黄宗英结婚。不久黄宗英去上海拍戏时结识了赵丹，向父亲提出离婚。父亲不甘心就这样结束，从北京赶到上海。父亲追到上海也没能挽救这一段婚姻，却从此就留在了上海，后来做了兰心大戏院的经理。

父亲与黄宗英离婚后，他们之间的友谊却并没有因此受影响。父亲与母亲结婚后，也与赵丹、黄宗英保持着正常交往。

我小时候在上海电影剧团的托儿所，和黄宗英的儿子、寄养在她家的周璇的儿子都在一起，有时候赵丹家的保姆也会把我接到他们家，下了班后父亲再到他们家接我，一切都很自然，那种关系不是这个圈子里的人，好像不太容易理解。

20世纪60年代，母亲到北京来开会，爷爷带我到宾馆等他们到来。那些演员们坐在大厅里，有人介绍说：这是程述尧的父亲，上官云珠是他的儿媳。大家开玩笑说："还有一个儿媳妇呢！"黄宗英站起来，给我爷爷鞠了一躬，大家哈哈一笑。1950年，父母新婚到北京看望我的爷爷、奶奶，正值孙维世与金山结婚，母亲带着我姐姐，江青带着李讷还参加了他们的婚礼。

1952年，全国开展"三反"运动，有人揭发父亲贪污兰心剧院的款项。虽然这件事情后来被证明是诬告，但当时母亲正进行着将自己从旧上海的明星脱胎为新中国文艺工作者的努力，她不能容忍父亲的"错误"，于是坚决提出离婚。他们离婚时，我只有1岁多一点。

很快，母亲与上影导演贺路有了她最后一段感情。贺路对母亲心仪已久，父母感情还很好的时候，他租了我们家的一间房子，中午交饭钱在我家吃饭。当父母之间产生裂痕时，他"适时"地出现在母亲的生活里。贺路井井有条，或许一定程度上弥补了父亲那种粗枝大叶的性格对母亲形成的缺憾。

不过他们并没有结婚。这是一段不被祝福的感情，母亲也很快就后悔，但那时已经进入到50年代，组织上也不允许她再闹出更多的风风雨雨。

很多年，母亲与贺路各花各的钱，平时是贺路向母亲交"饭费"，从某种意义上说，他一直以"食客"的身份待在这个家里，他与母亲周围的朋友也格格不入。在我的记忆中，他们好像从未同时出现在同一场合，我也没有他们两人在一起吃饭、逛街的任何记忆。

按我的理解，我一直觉得贺路是生活在阴影里的人，这么多年来，他崇拜母亲，但与母亲在一起不久，母亲便失去了她曾经令人仰视的位置与荣耀，曾经的光环并没有照耀他多久，相反给他的却是一场灾难。一次体检时他查出了癌症，结果一周后他就去世了。

悲欢离合

父母离婚时，只有 1 岁多的我被判给父亲。不久，父亲也结了婚，父亲的第三任妻子是以前上海社交界的名女人吴嫣。她以前是上海滩著名的"玲华阿九"，新中国成立前，协助潘汉年在上海做地下工作，在电视剧《潘汉年》里，还有以她真名出现的一个角色。新中国成立后，在潘汉年的亲自安排下，成了文化局的一名干部。

其实父亲那时在兰心戏院的问题已经得到澄清，正要重新进入文艺界工作。但 1955 年，吴嫣因为潘汉年事件牵连，被关进提篮桥监狱，财产也被充公。有人上门来劝父亲与她划清界限，虽然当时父亲和她结婚还不到一年，但父亲将来做工作的人骂了回去。这样一来，"自取灭亡"的父亲也彻底断送了他的政治前途。

父亲与吴嫣的婚姻也并不那么幸福，因为北京的程氏家族难以接受父亲娶了这样一位"茶花女"式的人物。父亲后来得了老年痴呆症，而吴嫣在政治气氛宽松后又慢慢与她原来的"姐妹"热络起来，对父亲照顾得并不是很周到。77 岁那年，父亲去世于上海。

因为父亲的再婚，4 岁时，我被送回到北京的爷爷、奶奶家。我是程氏大家族的长孙，爷爷、奶奶和叔叔们对我都很好，但我从来没有享受过与父母一起生活被宠爱的那种快乐。在我看来，即便是父母的责骂，也是一种与父母之间令人渴望的交流。可惜，这一切我从未拥有过。

1962 年，母亲来北京拍《早春二月》，她把我接到剧组里，利用一切机会，增加母子之间的交流。现在回想起来，在母亲四十几岁时，她也许想到自己的未来，希望我和她在一起，母亲对我的母爱也越来越多地流露出来。

我的姐姐姚姚虽然和我是同母异父的姐弟，但我们之间的感情非常好。父亲当年也对姐姐视若己出。

1972 年冬天，在毕业体检中，姐姐被查出怀有 7 个多月的身孕，第二天便从上海消失了——我后来才知道，她和男友开开到了广州，想搭车前往深圳偷渡出境。但开开被边防军抓获，在旅店里苦等的姐姐因为没有实施叛逃、又有身孕，被学校领回。1973 年 1 月 17 日，姐姐生下一男孩，这个孩子很快被这个医院的医生夫妇领养。

1975 年年初，我刚从山西回到上海时姐姐曾对我说："从此以后，我们俩要相依为命。"但半年后，1975 年 9 月 23 日，一场车祸，姐姐也死了，我一心一意地要回北京，坚决不肯留在上海，我在这个城市已经失去了几位亲人。

1995 年，我委托上海的一位记者朋友找到了当年收养姐姐孩子的那位父亲。记得那位父亲说这几年有关我母亲与姚姚的文章他都精心收藏着，他答应我会很快给我一个答复。

但第二天他告诉我，那位养母坚决不同意我见那个孩子，他们不愿意破坏他现在的生活。其实我早已知道那个孩子的姓名和上学的学校，如果我真的想找他，就一定会自己找到的，但我思考了很久，最终还是放弃了……

（《作家文摘》2007 年总第 1006 期，摘自《三联生活周刊》2007 年第 1 期）

回忆母亲丁一岚

·邓　壮·

母亲的文章引起父亲邓拓的注意

1937 年 9 月,母亲和一些进步青年从南京、上海出发,历时近两个月,到达了延安,并成为陕北公学的学生。在延安,母亲改掉了她原来的名字刘孝思,改叫于虹。母亲在陕北公学短暂学习后转到中央党校。

1938 年 11 月底,改名为丁一岚的母亲与 100 多名青年战友在彭真、刘仁的率领下,离开延安徒步行军向晋察冀根据地进发了。

母亲到晋察冀根据地后被分配到四分区妇救会工作。在母亲工作的地区,有一个出色的妇女积极分子,因为把大量的精力投入到了抗日救亡的支前工作,影响了家务劳动,被封建意识浓厚的丈夫殴打身亡。母亲义愤填膺,写了一篇名为"血的控诉"的通讯投给《晋察冀日报》。文章很快就发表了。

母亲这篇通讯流畅的文笔和字里行间的革命激情,引起了时任《冀察冀日报》总编辑邓拓的注意,母亲从此成了报社的通讯员,和父亲开始了交往。母亲说,和你父亲第一次见面是在分区的妇救会。他身穿一袭军装,清癯消瘦的面庞,两眼却炯炯有神,言语斯文。自那次后我们就开始了书信往来。你父亲的每封信中总送给我一首诗。我喜欢他的诗词，情感真挚又充满时代的革命激情，很有气势。

1942 年，母亲调到报社工作，她在这支特殊的队伍中，增加了与父亲的接触，也加深了对父亲的理解。她说，你父亲和报社战友们是一支战斗意志坚定的队伍，他们一手拿枪，一手拿笔，在日军一次次对边区的"扫荡"中，一边游击，一边坚持出报。

三八妇女节前夕，父母亲结婚，边区司令员聂荣臻为这对新人特意准备了家宴，并送了礼物。

母亲在那年秋季反"扫荡"时已经怀孕 8 个月，仍和报社其他人员一起穿越敌人的封锁线，躲避敌人的"追剿"。母亲的身体状况很难长时间地坚持，父亲决定让卫生员和母亲留下来。临分别时，父亲叮嘱母亲，你一定要注意安全，保护好自己，我们会尽快派人来接你。

"你们姐姐那时已 8 个月了，在肚子里躁动引发着阵痛。在大山里，时而传来野狼凄厉的嚎叫声，远处还不时响起枪声。我手里紧紧攥着手榴弹。一个战士离开了自己的队伍，孤身一人在寒窑的瑟瑟秋风中，我感到孤独。可是想到你们爸爸临分别时对我的嘱托，要保护好自己，我也要保护好我们的孩子。我相信报社会很快派人来接我。"母亲后来回忆起当时的情景如是说。在那次反"扫荡"中，报社的队伍曾经在河北灵寿县北营村与鬼子的运输队遭遇。夜战中，父亲的坐骑被打死，他却镇定地指挥着报社的同志边战斗，边撤退。报社在敌人的大包围圈内，在阜平大山中一个只有三户人家的小山村日夜潜伏了半个月。在食物短缺、物资匮乏的条件下，报社的同志们却奇迹般的印发了 12 期报纸。

父亲母亲的爱情信物

父亲的坚定自若和乐观精神，母亲看在眼中，爱在心里。

然而，他们没有想到的是，事隔一年，在敌人的秋季"扫荡"前夕，母亲和父亲却接到通知，到晋察冀中央局党校参加整风学习。父亲在党校被列为怀疑对象，接受审查。对来自自己阵营内部的怀疑、打击，父亲心绪沉重。临分别前，他把自己写的《战地歌四拍——反"扫荡"前夕遥寄丁一岚》抄写在一方丝帕上，送给了母亲。

所幸"抢救运动"很快被中央紧急终止，父亲仍回《晋察冀日报》担任总编辑。母亲把这方丝帕视作夫妻情感和精神的历史证物，悉心保存起来。

"文革"初期，父亲成为运动的首要目标之一，母亲也被当作"走资派"受批斗、监督劳改。母亲和家人只能携带生活必需品，被扫地出门。母亲把当年结婚时聂荣臻司令员送的礼物——碳精石雕刻花瓶收拾起来，又把这方丝帕悄悄地缝在自己随身穿的棉袄里面，这是已经冤屈而去的丈夫留给她的精神支柱，是他们夫妻之间的信物。在十年动乱里，无论是站在批斗台上，还是在"专政队"的劳动中，汗水、雨水、泪水浸润着爱人的诗帕。

当"四人帮"被打倒后，当父亲的冤案被昭雪后，母亲才从这件伴随她13年的棉袄中小心翼翼地取出丝帕。

母亲与齐越一起在开国大典上做现场播音

1945年8月，抗日战争胜利。受报社委派，母亲向大家播报了胜利消息。她的情绪激昂，嗓音嘹亮清脆，回荡在山谷间沸腾的人群中。报社的副社长胡开明对父亲讲，丁一岚的声音这么好，怎么原来没有发现，将来我们有了广播电台，她可以去做播音员。一句不经意的话，却成了母亲后半生的经历。

接管日军占领的张家口后，也就从那时开始，母亲走进了晋察冀新华广播电台的大门，开始了她40年的新闻广播工作生涯。

1949年4月21日，母亲很荣幸地播送了毛泽东主席、朱德总司令发布的向全国进军的命令和《将革命进行到底》的公告。

1949年10月1日，在开国大典上，母亲与齐越一同站在了天安门城楼上，担任现场转播的播音员。可是，母亲这份荣幸、激动的经历，却被她封存心中，全身心地投入到新中国的新闻广播事业中去了。直到1979年国庆30周年的一次专题展览上，当展厅里又回响起开国大典的实况录音时，母亲才把她的这次光荣经历告诉了一同参观的女儿。

每到父亲祭日时，母亲总会给他写一封信

自从父亲去世后，如果情况允许，在每年 5 月 18 日父亲祭日时，母亲总会给他写一封信，然后把信烧掉，让那一缕青烟把他们远隔两个世界的话语捎去。年复一年，母亲就是这样和父亲表述着心声，传递着感情。

在父亲得到平反后，母亲担任中国国际广播电台台长，全身心地投入到国际广播的事业中。繁忙的工作之余，母亲整理着父亲的作品，她以这样的辛劳来表达对父亲的思念和爱。

1998 年 9 月 16 日，母亲平静而安详地离开了我们。

(《作家文摘》2008 年总第 1132 期，摘自《党史博览》2008 年第 3 期)

情同手足

忆大哥秦基伟

·万　舒·

凡了解秦基伟将军或读过他的传记的人，都知道他少年时就成了孤儿，没有弟弟妹妹。然而，我们称他大哥却已有 40 年了。

大哥，还记得吗？1956 年夏天，正在天津南开大学读书的我，被男友唐贤民约着去南京你们家过暑假，我羞羞答答地跟着他对你这位将军姐夫叫起了大哥。那时，你正在南京军事学院学习。我们到达时正逢第二天你要参加最后一门课程的期终考试。南京的夏日奇热难当。夜灯下，你虽已满头是汗，还是在认真地复习，直待第二天考罢归来，你才满意地向我们宣布：没问题，这一门又可拿个满分。你说："我文化不高，但我笨鸟先飞，学得一定不会比别人差。"你爽朗的笑声，一切不在话下的气概，使初识你的我感到无比惊奇。考完试的你一身轻松。姐姐要上班，你就一个人带我们去逛南京名胜，记得在逛秦淮河夫子庙时，忽然一阵香味飘来，把你吸引到了一个小吃摊前，只见一口大锅里，炖的羊杂碎正咕咕嘟嘟冒着热气，食客们吃得津津有味。"这东西好吃得很呢！怎么样？每人来一碗？我请客。"你兴高采烈地边说边挤进人群里去找座位。当时，你虽然穿的是便装，但警卫员还是慌得连忙上前阻止。没办法，安全第一，你虽然心里一百个不情愿，还是离开了。那时的你，是多么可亲可爱。

晚上在阳台上纳凉时，你教我们玩一种"抓傻瓜"的扑克游戏。你和贤民为一方，我和姐姐为另一方。你鬼得很，手脚也真快，桌上偷牌，又教贤民在桌下暗递王牌，弄得我和姐姐每次都当"傻瓜"。经我们"审问"贤民揭开秘密后，你却调皮地回答："玩牌嘛，就和打仗一样，真真假假，虚虚实实。当着你们的面偷牌，硬是看不见，用过的王牌又拿出来再用，也发现不了，不是傻瓜是什么！"几句话，说得我们干瞪眼。

这个假期在南京玩了多久我不记得了，但我们这个家庭的和谐温馨，你的刻苦用功、聪明机智、开朗活跃、平易近人却铭刻在我心里。和你这样的人在一起除了欢乐，还能有什么呢？

学成回昆明军区任司令员的你，来北京开会时，有时也来天津看我们。记得一个星期天的清晨，我被贤民叫起后，惊喜地发现你和警卫员站在女生宿舍的院子里。还未等我开口招呼，你就得意地笑着说："又是一个懒汉啊，我今天抓懒汉的收获不小。"原来，贤民也是在睡梦中被叫醒的。你冲着他喊："贤民，太阳都晒屁股了，还不起床吗？懒汉！我今天就是专门来抓懒汉的。"爽朗的笑声，风趣的话语，惊醒了全室的其他"懒汉"。后来，当他们得知你的身份后，都为这意外的幸会感到高兴。

在随你去招待所的路上，你的警卫向我们"诉苦"说：首长太随便了，弄得我好紧张。原来，昨天下午你们乘火车到天津后，你让警卫员去联系住处，约好在附近一家小饭馆里见面，谁知待警卫员跟车返回时，那家饭馆已打烊，你已不见踪影，后来才发现你正坐在饭馆街边的地上和人下象棋，边下边哼着小曲。警卫员对我们说，我怎么想到首长会坐在地上和不认识的人下棋呢？你又是调皮地回答："首长怎么就不能坐地上？怎么就不能和老百姓下棋？你找不着我，只怪你侦察经验不丰富。"

又是一个冬季来京开会的周末，你和姐姐以及贤民在北京工作的哥哥嫂嫂一起来天津。你没有惊动天津市的党政军领导，一家人就欢聚在我们那间不足12平方米的南开大学教师宿舍里，在取暖用的蜂窝煤炉上做饭。一顿普普通通的饭菜，你吃得好香好香。当晚，我们有的去外面借宿，有的睡桌子，你和姐姐就睡在我们的木板床上。贤民开玩笑说："大哥，我们这儿条件不好，大小便还得去二十几米外的公共厕所，你就当长征时爬雪山，过草地吧。"你听后一本正经地回答："条件不错嘛，瓦顶砖墙，战争年代老帅们也住不上这样的房子哩！"第二天你对我们说，昨天晚上你照样美美地睡了一觉。

1961年，我大女儿出世了。当时正是困难时期，产妇在月子里除凭孩子出生证可买斤鸡蛋外，不供应任何肉食品，就是蔬菜也只能凭副食本每人每天供应半斤，炒不满一盘的青菜还得分两顿吃。孩子饿得像小猫，我也瘦得皮包骨头，根本没有奶水。这时，又是你意外地出现在我们面前。看见孩子可怜的样子，听说产假后就要把她送进托儿所，你果断地要我趁这次会后有送与会人员回西南的机会，跟你一起去昆明。犹豫再三，我们仍不敢同意。可你劝我们说："我最小的儿子已经上幼儿园，保姆活儿不多，她与我们相处也很好，你付给她一些报酬，请她帮忙照看一下孩子，她会同意的。再说云南的灾情没有北方严重，日子比这里好过多了。"

就这样，孩子送到了你的家，解决了我们一大困难。你们待她犹如亲生，甚至吃饭她也常常要指定你或姐姐一勺一勺地喂，才肯乖乖地把饭吃完。25年过去，当女儿长大结婚时，你们一家又来天津祝贺。没有彩礼婚纱，没有大摆宴席，普普通通的一桌家宴上，我作为母亲对新人最想说的话，是历数你和姐姐对她的爱。激动的泪水哽咽我的喉头，使我不时语塞。

1976年夏天，唐山发生大地震。天津也死伤不少人，且余震不断，人心惶惶，市民大都露宿街头。一切都瘫痪了，电话不通，电报打不出去。我们拿着你们询问平安的急电，知你们望眼欲穿，却不能把"一切平安"的信息传递给你们，叫你们放心。后来得知，你们收不到回电焦急万分，是你下决心让姐姐和侄女坐汽车来天津看我们。当姐姐她们提着挂面等副食品，在遍布防震棚的南大校园里到处打听，最后找到我们时，我们的那份惊喜和感动，简直无法用语言来形容。亲爱的大哥，你是让自己的妻子、爱女冒着余震的危险来寻找我们的呀，你的至爱之情叫我怎么能忘？

你那么爱孩子，但当自己的幼子要随部队开赴老山前线参战时，你不仅不设法把他留在身边，还支持他去最危险的地段坚守。你柔情似水，心细如发。每年的三八妇女节，你都要布置炊事员做几个好菜，向家里包括保姆在内的全体妇女表示慰问。即使你下部队了，这一天你也要打电话回家祝贺。去年在你重病不起的时候，听说贤民动手术解决了腿疼问题，你写条子叫人送给他："贤民手术成功，我祝贺他晚年恢复青春。"署名是"在病床上的大哥"。听说我的小女儿大学毕业刚参加工作，月薪近千元时，你也在病床上写条祝贺她还幽默地嘱咐她"要当守法万元户"。总之，家中的每一个人，都能感受到你的爱心。你是大家公认的好丈夫、好父亲、好爷爷、好大哥，也是你身边工作人员公认的好首长。

接触你的 40 年里，我听你谈过许多往事、趣事，却从未听你讲过自己的功劳。就是在这次生病之中，你也这样动情地对我们说："我这一生能有今天已经很满足了。当初参加革命哪里会想到当官，牺牲了那么多同志，能活下来已经很不简单。几十年里，我没有愧对党、愧对人民，但党和人民给我这么多荣誉，这么高的地位，是我没有想到的。我还有一个幸福的家庭，你们兄弟姐妹也很团结友爱。所以我是很满足、很放心的了。"当时的你想已猜出这次病情的严重，你说这些表面是宽慰自己，实际是想宽慰姐姐、宽慰我们。可恨自己回天乏术，也不能代你忍受熬煎，只能把你的话永记心间。

大哥，你去了，永远地去了，但病魔带走的只是你的躯体。环顾四周，你的身影无所不在。你爽朗的笑声、诙谐的话语、挺拔的身姿、坚定的步伐和你的湖北乡音，无时不在我们身边回荡。四壁上你那一张张表情生动、呼之欲出的照片，好像随时你都会从中走出来参加我们的一切活动。我曾千百遍看过或用过"永远活在我们心中"这句话，但直到今天我才深深体会到，唯有这句话能表达我们对你的思念，慰藉你在天之灵。亲爱的大哥，你安息吧，你将永远活在我们心中，我们永远永远热爱你！

（《作家文摘》1997 年总第 235 期，摘自 1997 年 5 月 21 日《羊城晚报》）

姐姐眼里的王元化

·桂碧清　口述　陈怡　整理·

　　我家祖籍湖北江陵，外公桂美鹏是基督教圣公会鄂西片区（湖北沙市至宜昌一带）的第一位华人牧师。和许多中国传统乡绅不同，外公把自己闺阁中的女儿——我妈妈桂月华送到了上海，在教会办的圣马丽亚女校接受新式教育。

　　爸爸是外公教会教友的儿子，从小家境贫寒但勤奋好学，由教会资助到上海圣约翰大学就读，后任清华注册部主任兼授英语，由清华公派赴美国芝加哥大学留学。

　　弟弟快满一岁的时候，我们全家随父亲搬到清华园南院 12 号的教职员宿舍。清华园里的中外教授常常一起开 party，清华园里中国人、西方人相处愉快的气氛，深深印在了我们童年的脑海里。

　　弟弟小的时候很顽皮，常常骑着个大竹竿在广场上乱跑，用人严师傅除了做饭，就是跟着弟弟跑，防止他闯祸。清华的一些外籍教师看见了，常常好奇地问："这是谁家的孩子？为什么一个大男人老跟着他跑？"

　　七七事变爆发后，严师傅从外面打听来的消息说日本兵就要进城了，我们全家赶紧准备逃难。弟弟的眼病那时还没有痊愈，由家人扶着上车，却仍冒着很大的风险，偷偷将自己画的鲁迅像和两册《海上述林》带到了上海。

　　抗战时期的上海被称作"孤岛"，有一阵子弟弟骗我们，说中共上海地下党

218

文委书记黄明病了，要到我们家休息几天。黄明来了后就住在我家的亭子间，后来我们才知道，当时外面抓共产党的风声很紧，他是来避难的。当时只知道弟弟是很爱国的，写文章爱打抱不平，净得罪人，不知道他已经加入了共产党。

弟弟做地下工作的时候，没法挣钱补贴家用，可由于时局引起通货膨胀，我们家里人又不会做买卖，积蓄不久都用完了。地下党为了帮助我们解决生活困难，先介绍我去苏联塔斯社在上海的电台用普通话播出中国第一个儿童节目。我要在日本人和国民党双重监控的夹缝中向社会宣传共产党的进步思想，揭露社会的阴暗面。所以每次找材料都很用心，弟弟也为我提了许多选材方面的建议。

电台因国民党的破坏被迫解散后，地下党又推荐我去教外国人学中文。我曾教过《大美晚报》的总编杜勒氏夫妇中文。上海解放前一天，杜勒夫妇和我一起站在他家房顶的平台上看下面的街道，正好看到一幢房子里国民党兵在准备逃跑。第二天，上海解放了，弟弟兴高采烈地说自己要去向组织报到，我们这时才知道他是个共产党员。他是这样忠实于党的事业，可还是在1955年遇到了胡风事件，那年他才35岁。

因为胡风事件，弟弟被隔离审查。我实在想不通怎么刚解放没几年，他一下子就变成反革命了。信基督教的妈妈只好整天做祷告，祈求上帝为他洗清冤屈。

我常常陪弟媳张可去打听弟弟的消息。有人告诉我们，弟弟没什么大问题，只要他承认胡风是反革命。但弟弟坚持"我不能证实，就不能随便说别人是反革命"。他一边提醒自己是共产党员不能说假话，一边被人逼迫说假话，就这样整天自己和自己的思想进行着斗争。

不久以后，弟弟被转移到香山路龚品梅神父的花园洋房里，与彭柏山关在一起。那个花园正对着我妈妈家厕所的窗户，中间隔着一条马路。一次，我妈妈抱着刚会说话的大外孙女透过窗户看马路，正好看见弟弟在那个院子里放风，妈妈激动地喊："你看，舅舅，舅舅！"从那以后，我们家里人常常透过那扇窗户看弟弟。有一天，天非常冷，我看到弟弟只穿了一条米色的单裤，木头木脑的，赶紧对妈妈说："他可能脑子不好了。"后来，张可找到看管弟弟的人，要求让弟弟出来看病，医生一看，果然是不对了。其实他就是自己跟自己的思想斗不过来，才得了精神病。结束隔离那天，弟弟的嘴巴已经歪了，他去抱儿子，儿子都怕他，很陌生地望着他。

弟弟的病给家人带来多大的痛苦，旁人难以想象。20世纪80年代，他儿子听到他要出任上海市委宣传部部长的消息时，竟号啕大哭，说："我们家又要出事了。"

好不容易，在我们全家人的努力求医和呵护下，弟弟的病渐渐好转些了。

"文革"中，弟弟作为"老运动员"，又一次被隔离，和我的二姐夫杨村彬等文艺界人士在一个地方劳动。

有一天，外头下着雪，结着冰，杨村彬听到浴室里有人在洗冷水澡，推门一看，正是我弟弟——他的脑子又不正常了，说了很多胡话。

弟弟下乡回来后，医生继续给他治病。慢慢地，病情好些了。

我们楚人生性比较刚烈，我爸爸的脾气就不好，弟弟自称比爸爸的脾气更不好，性格不宜当官，宣传部部长也最多做两年。

他的毛病后来虽然好多了，但有时还是会控制不住自己的情绪。

张可去世后，家事都落在了弟弟身上，他因此常来请我出主意，说我是这个世界上唯一可以和他谈心的亲人了。

在得知弟弟患了绝症的消息后，我辞去了自己大半生没有停止过的对外汉语教学工作。能够和弟弟在一起的时光日渐珍稀，他人生最后的岁月我要陪伴他好好度过。那些日子，我每天风雨无阻，吃了早饭就上医院，坐在病床边给他安慰，到晚上七点半他要睡觉时才离开。

虽然弟弟也经常冲我发脾气，事后又请我原谅，可我觉得他从风华正茂的年纪就遭遇坎坷，精神几度陷于崩溃，却没有在漫长的艰苦岁月里自暴自弃，仍然执着地埋头钻研，取得今天的成就是很不容易的。作为姐姐，我以同情来理解他的情绪，告诉他："你不用请我原谅，我们之间不需要谈什么原谅。不对我发脾气，你还能对谁发？"

弟弟刚去世的那段日子，每到晚上7点半，我就特别难过。88年的岁月里，我们共同走过人生的风风雨雨，对于他点点滴滴的回忆都留在我的心中，永远不会忘记。他是我一生最大的骄傲。

（《作家文摘》2009年总第1241期，摘自2009年5月14日《南方周末》）

我和维世的最后三次见面

·任均　口述　王克明　撰写·

"文化大革命"中，烈士子女孙维世被打成"现行反革命"，被迫害致死。在中央文革专案组的档案中，她被打成"反革命"的"罪行"只有一条，就是"在50年代曾给李立三的夫人李莎送过青年艺术剧院的戏票"。

孙维世是我二姐任锐的女儿，我的外甥女。她的父亲是孙炳文。虽然我长她一辈，却只比她大一岁，我们俩是从小一起玩儿的最要好的朋友。

维世在苏联一待就是六七年，经历了苏德战争。那段时间，她学习戏剧，接受斯坦尼斯拉夫斯基戏剧体系教育，这为她后来从事戏剧导演工作奠定了基础。

在延安大家都不喜欢江青

1935年，二姐任锐带着我和维世一起去了上海，我们俩住在一个亭子间里。本来，二姐是想把我们送进学校继续读书，可是我们俩想学表演艺术，二姐就找地下党的人帮忙，把我们俩介绍到天一影片公司东方话剧社学习。

在东方话剧社，我和维世假装是姐妹俩，都化名姓李。我叫李露，维世叫李琳。我和维世来学习的这个班，一共就十几个学生，请来了当时的著名导演万籁天给我们上课，讲表演等。还有不少新文艺工作者，如崔嵬、王莹、左明等。江青那时候叫蓝苹，也来给我们讲过课。她来时，手里拿着一摞她自己的照片，一只手托着下巴照的，送给我们每人一张，正面都有她自己的签名"蓝苹"。天一公司还组织我们观看了王莹、顾而已、叶露茜、蓝苹等演的话剧《钦差大臣》，蓝苹在里面演木匠妻子，不是主演。

大概两三个月，课程完了，我回了开封，继续在静宜女中上学，维世也回北京上学去了。

再见维世，就是在延安了。

维世和我二姐当时是延安马列学院的母女同学。那段时间，一到星期天，我和二姐、维世就见面。我跟维世什么都聊。她常给我说些外面不知道的事。她不喜欢江青，也跟我聊。

我到延安前，江青曾在鲁艺做女生生活指导员，大家都不喜欢她，后来她就到马列学院去了。那时常有人背后议论她30年代的一些绯闻。

到延安后，江青老看我们的戏。她那时挺热情，有时在路上碰见，就招呼说："任均，有时间到杨家岭来玩儿嘛！"因为平时没什么接触，心里也并不喜欢她，所以我也就没去过。

维世让我烧掉江青送的照片

新中国成立后，一晃十几年忙碌过去，家人团聚，亲友往来，一如既往。可是突然之间，"文革"骤至。谁都不会想到，维世的生命旅程即将终结。

我清楚地记得我和维世的最后三次见面。

第一次是在1966年冬天的一个晚上，维世戴头巾，穿大衣，急匆匆来到我家。她跟我说她成了反动艺术权威了，每天都在刷碗刷盘子扫厕所。她跟我说："六姨呀，江青怎么能出来参政了呢？她出来对大家非常不利，我知道她在上海的事儿太多了，而且她知道我讨厌她。她非整我不行，我知道她的事儿太多了！"

　　第二次，一天黄昏时分，维世偷偷来找我，进门说她已经被软禁了，天天有人监视她，她是秘密地溜出来的。一坐下，她就告诉我，哥哥死了。

　　孙泱死了？我大惊。她说："他们说哥哥是自杀，我不信，得搞清楚这件事。"她很难过。我们谈孙泱，谈他的家人孩子，都觉得他那样乐观的人，不可能自杀。她问我："六姨你还保存着江青在上海的照片吗？"我说："就是在东方话剧社，她一块儿送给咱们一人一张的那个？签着'蓝苹'的？还在呀。"维世说："你赶快烧了吧。要不万一查出来，恐怕就是反革命了，闹不好有杀身之祸呢。现在他们一手遮天，说什么是什么，咱们不能让他们抓着把柄。"我理解她的话，也相信她的话——尽管我还以为毛主席会管着江青，不让江青胡来的。维世走后，我就把江青那张照片烧掉了。

　　第三次，也就是最后一次，是在一个寒冷的冬夜，维世敲开了我的家门。她戴着帽子，帽檐压得很低，大围巾在脖子上围得很高。我的孩子们平时都叫她"兰姐"，这次，她只是对问候她的表弟妹点头笑笑而已，就进到我屋里。掩上门，她把帽子掀开一点儿让我看。我大吃一惊：她的头发已经被剃光了。看到她的样子，我心疼极了。维世是个多漂亮的人哪！怎么能被弄成这个样子？维世告诉我："六姨，金山已经被抓起来了。"我说："啊？那你可千万当心。你就一个人怎么办哪？他们会不会抓你？"她说："六姨放心，我没事儿！"维世愤愤地说："他们让我说总理的情况，想从我这儿搞总理。总理（的事儿）我有什么可说的？我能说什么？我又不会胡编乱咬！我看不出总理有问题！"她非常自信，相信自己没有能被人家整的问题。临告别时，维世说："六姨你也小心，咱们家的人都得小心。现在斗的斗，抓的抓，能说话的人不多了，我总会有机会再溜到六姨这儿来的。"

　　可是，那以后，她再也没来过我家。因为周总理、邓大姐也保不了她了。她为孙泱之死和金山被捕鸣不平，发出了五封申诉信，分别发给毛泽东、林彪、周恩来、康生、江青。没想到，孙泱、金山的事儿没人理，维世自己也被抓起来了。

杀死维世的凶手，我想宽恕你们……但你们是谁？

江青他们那时整维世，主要目的之一是搞周总理。但是维世直到被害死，也没有屈服。我了解维世的脾气，她倔强得很，肯定是越打她，她越不屈服，打死她，她也决不低头，也不会乱咬一句。维世被捕后，直接被关进了北京德胜门外的监狱，死在了那里。

后来听说，是江青派人搞了份孙维世是特务的文件，送到周总理那儿。过后总理批捕了维世。维世死后，邓颖超曾跟维世的妹妹孙新世谈过这件事。她对新世说："当时想，放在里面也许比在外面更安全。而且你们（指江青她们）说是特务，抓了起来，你们得给个交代。"谁都没想到，维世直接给害死了。邓颖超和周总理曾索取孙维世的骨灰，得到的回答是，作为反革命处理了——大概就是当垃圾扔了吧。

我想，邓颖超同志说的"你们得给个交代"，指的是政治方面的规则。总理一起批捕的人包括他自己的弟弟、他的养女等。他以为这样的话，政治上的对手就必须对他有个交代，不能任意处置。这里面按说是有平衡有制约的。没想到江青他们胡来，不按规则出牌，使总理失算，没保住维世。

"文化大革命"中邓小平同志复出时，有了给维世平反的希望。我和一达，还有新世、金山，四个人曾一起到一个地方去看中央文革专案组认定孙维世是"现行反革命"的结论。结论总共只有短短几行字，维世的"罪行"只有一条，就是她"在50年代曾给李立三的夫人李莎送过青年艺术剧院的戏票"。维世和李莎，还有林伯渠同志的女儿林莉，在苏联相识相熟，是一起从苏联回国的。50年代，林莉曾住在李立三家里，维世只要有戏票，就送给她和李莎。后来，江青掌控的"中央文革"找不出维世的问题，就拿10多年前的这件小事，给维世做出了"现行反革命"的结论。

"文化大革命"结束后，才正式开了给维世平反的会。

我珍藏着几张维世的照片。每每翻看，维世的音容笑貌，总在眼前。宁世（即孙泱）死的日子，维世死的日子，我都记下来了，永远不想忘掉。宁世死的日子是1967年10月6日。维世死的日子是1968年10月14日。维世死了5年以后，家属才得到她死亡的正式通知。

只是，到现在也不知道，维世和宁世到底是怎么死的。杀害他们的凶手，一定希望自己被人忘掉，但一定更希望自己被人宽恕。其实，他们可以用真相换取宽恕。站直了，告诉人真相，他们才可能有真诚的忏悔，他们就能得到宽恕。一定的。

（《作家文摘》2010年总第1368期，摘自《中国新闻周刊》2010年第32期，原载《我这九十年——一段革命家庭的私人记忆》，华文出版社出版）

长空祭

——纪念中国人民抗日战争胜利 56 周年

· 梁从诚 ·

> 中国人民以自己的血和汗同日本侵略者英勇奋战了八年之久，这是一次在抗日民族统一战线旗帜下，国共两党同各民主党派、各阶级各阶层爱国人士联合进行的神圣的民族战争。至今，国民党正面战场和解放区战场相互配合、相互支援的场景，依然历历在目。许多为民族独立而英勇殉国的国民党爱国将士的精神，与在抗战期间为抗击日本侵略军而壮烈牺牲的无数共产党员、我军将士和人民群众一样，仍然令人崇敬不已。
>
> ——聂荣臻

就在那走投无路的时刻，竟发生了一个"奇迹"：从雨夜中传出了一阵阵优美的小提琴声

抗日战争前期，我们家曾经同一批年轻的中国空军有过一段特殊的友谊。当时，我还是个孩子，但我记得他们，他们的一些事，父亲母亲后来常常讲起，也深深地留在了我的记忆里。如今，近半个世纪过去了，这些飞行员的英勇事迹几乎不为人所知。不过，我相信，在那国家危急存亡之秋，曾以鲜血来换取民族生存权的人们，历史是不会忘记的。

我的父亲梁思成七七事变前在北平从事中国建筑史的研究，母亲林徽因与父亲同行，又是诗人和文学家。1937 年 7 月底，为了不愿见到日本侵略军的旗子插上北平城，他们领着外婆、姐姐和我，匆匆离开了这座古城，往西南大后方撤退。

战争刚刚爆发，人们纷纷"逃难"，沿途一片混乱。我们的旅程异常艰难，直到 10 月间，才辗转抵达长沙。不久，日本飞机第一次空袭长沙，炸弹落到离我们的临时住房只有十几米的地方，全家人死里逃生，行李却埋到了瓦砾堆下。

12 月初，我们又离开长沙，乘长途汽车往昆明去。当时，这种撤退全无组织，各人自找门路，没有任何团体、机关的安排照应。而内地的公路交通，更处在一种可怕的野蛮状态。破旧拥挤的汽车，在险陡狭窄的盘山公路上颠簸着；沿途停宿的荒街野店，臭虫虱子成堆，小偷土匪出没。沿海大城市来的人，没有一点勇气，是不敢踏上这条路的。父母虽然还年轻，身体却不算好，特别是母亲，早年得过肺病，经不住这样的艰苦跋涉，体力已经不支。

乘公共汽车晓行夜宿，几天以后，在一个阴雨的傍晚到达一处破败的小城——湘黔交界处的晃县（今新晃侗族自治县）。泥泞的公路两侧，错落着几排板房铺面，星星点点地闪出昏暗的烛火。为了投宿，父母抱着我们姐弟，搀着外婆，沿街探问旅店。妈妈不停地咳嗽，走不了几步，就把我放在地上喘息。但是我们走完了几条街巷，也没能找到一个床位。原来前面公路塌方，这里已滞留了几班旅客，到处住满了人。妈妈打起了寒战，闯进一个茶馆，再也走不动了。她两颊绯红，额头烧得烫人。但是茶铺老板连打个地铺都不让。全家人围着母亲，不知怎么办才好。我太小了，倒在行李包上，昏然入睡。

父亲后来告诉我，就在那走投无路的时刻，竟发生了一个"奇迹"：他忽然注意到，从雨夜中传出了一阵阵优美的小提琴声，全都是西方古典名曲！谁？会在这边城僻地奏出这么动人的音乐？"如听仙乐耳暂明"的父亲想：这拉琴的一定是一位来自大城市、受过高等教育的人，或许能找他帮一点忙？他闯进了漆黑的雨地，"寻声暗问弹者谁"，贸然地敲开了传出琴声的客栈房门。

乐曲戛然而止，父亲惊讶地发现，自己面对的竟是一群身着空军学员制服的年轻人，十来双疑问的眼睛正望着他。那年月，老百姓见了穿军装的就躲，可是眼下，秀才却遇上了兵！父亲难为情地做了自我介绍并说明来意。青年们却出乎意料地热心，立即腾出一个房间，并帮忙把母亲搀上那轧轧作响的小楼。原来，他们二十来人是中国空军杭州笕桥航校第七期的学员，也正在往昆明撤退，被阻在晃县已经几天了。其中好几人，包括拉小提琴的那位，都是父亲的同乡。这一夜，母亲因急性肺炎高烧40℃，一进门就昏迷不醒了。

我们家同这批飞行员的友谊，就是这样开始的。

我当然不会想到，当父母看见他们的年轻朋友就要驾着这样的古董出征时，心里又怀着怎样苦涩的感情

1938年初，我们终于到达昆明。父亲所在的研究机关和西南联合大学也都陆续迁到这里，生活开始安顿下来。很快，我们就同晃县相遇的飞行员们又见了面。他们全都来自江浙闽粤沿海省市，家乡有的已经沦陷。20岁左右的年轻人，远离亲人，甚至无法通信，在这陌生的内地城市，生活十分寂寞。坐落在郊区巫家坝机场的航校，训练生活枯燥艰苦。军队中国民党的法西斯管理办法常激起他们的愤恨。

那时，昆明的外省人还不很多，我们家就成了他们难得的朋友聚集地，假日里，总是三五成群地来这里聚会。恰好我的三舅林恒也是抗战前夕投笔从戎的航校第十期学员，不久也来到昆明。这一层关系更密切了我们家同这批空军的友谊。

我的父母，性格开朗，待人诚恳热情，母亲尤其健谈好客。他们很快就成了年轻人的好朋友，被视为长兄长姐。飞行员们无处诉说的心里话，常常向他们倾吐。因为我们家的关系，他们和西南联大的一些教授，如张奚若、钱端升、金岳霖等也常来来往。有时，我们家同他们去郊游，泛舟五百里滇池，拉琴、唱歌、游泳，他们还偷偷地欣赏俊俏的船家姑娘，淘气地商量，要选出一个沈从文《边城》里的"翠翠"……

然而战时后方的空气，毕竟严峻多于欢乐。空军部队里，充斥着无能和腐败现象。直到抗战初期，中国空军还是按照法西斯德国的体制来训练，甚至教官都直接聘自希特勒的德国空军。这些地地道道的法西斯分子训练学员"无条件服从"，动辄用皮鞭抽打，有人竟被抽得满地乱滚，刚吃下去的饭都吐了出来。后勤部门的长官则盗卖零件、汽油，使地勤工作全无保证，飞机经常发生故障。最使他们焦虑和愤慨的是，由于当时政府的无能，使得中国空军的装备极端落后，远远不能同日本侵略者相匹敌。

当时空军作战使用的，主要还是20年代的古董：一种帆布蒙皮、敞着座舱的双翼飞机，我记得飞行员们把它们叫作"老道格拉斯"。现在回想起来，大概是美国产的"道格拉斯O-2型"，这种老式驱逐机（当时称歼击机为驱逐机）又慢又笨，火力很弱，比日机的性能差得多。记得他们曾在我们家一面比画着，一面向大家解释，空战中为了抢高度，我机要"一圈一圈"地往上爬，而敌机却能够一下子就拉起来。如果我机幸而占了优势而一次俯冲射击不中的话，就很难再有攻击的机会，只能等着挨打了。当时，他们是多么希望早日得到美国或英国的新型驱逐机啊！什么"老鹰式七五"，什么"旋风式"，经常是最让他们激动的话题，以至当年我作为一个孩子在旁边所一再听到的这些名称，至今还印在脑海里。

大约在我们到达昆明一年多以后，他们从航校毕业，成了正式的空军军官，将作为驱逐机驾驶员编入对日作战部队。毕业典礼在巫家坝机场举行。由于他们中没有任何一位有亲属在昆明，便决定请我的父母做他们全体毕业生的"名誉家长"，到典礼上去致辞。那一天，我们全家都去了。父亲坐在主席台上，也致了辞。记得典礼前，有人领着我们去参观正在装弹的飞机，有许多用"洋铁皮"焊成的模拟弹，里面灌上水，挂在机翼下面。讲话之后，毕业生们驾着那些"老道格拉斯"进行了飞行表演。当它们编队隆隆飞过机场上空，在跑道外投下的"炸弹"激起了一柱柱白色的水花时，我兴奋极了。但是，我当然不会想到，当父母看见他们的年轻朋友就要驾着这样的古董出征时，心里又怀着怎样苦涩的感情。

陈桂民说，他决心把敌机撞下来，敌人发现了他的意图，靠着飞机性能的优势躲开了，他两次撞击都不成功，"急得我直掉眼泪"……

这时候，日机对昆明等地的空袭日益加紧。正式编入作战部队之后，他们难得休假，同我们见面的机会越来越少，而"跑警报"却成了我们的日常功课。不久，我们家又从城里疏散到了市郊农村。每逢日机空袭，我们就怀着忐忑的心情从村后小山坡上远远望着城里炸起的一柱柱黑烟、空中闪烁的银色小点和高射炮弹留下的朵朵灰云，还看到过不知哪一方的飞机拖着长长的黑烟坠落到地平线下。由于我们没有制空权，猖狂的敌机常常肆意低空扫射轰炸，有时就从我们的村头掠着树梢尖啸而过，连座舱里戴着风镜的鬼子驾驶员都看得清清楚楚。

飞行员们偶然来到我们家，讲些战斗故事，还给我带来过一架用日机残骸上的铝熔铸的日本轰炸机模型和一颗敌机机关炮的弹头（里面没有炸药）。那模型上有个赛璐珞的透明炮塔，两个小螺旋桨还会转动。但我记得这时的气氛已和过去大不相同。谈起空战中我方的劣势和某些我们不认识的老飞行员的牺牲，他们是那样的严肃和忧愤，使人觉得，好像有什么可怕的事情将会发生。

果然，不久就传来了他们的噩耗。

那是从部队寄给我父亲的一封公函和一个小小包裹——一份阵亡通知书和一些日记、信件和照片等遗物。死者名叫陈桂民，是我们的飞行员朋友中第一个牺牲的。因为他在后方没有亲属，部队就把这些寄给了"名誉家长"。母亲捧着它们，泣不成声。他们当时还没有想到，这种做法后来竟会成为这支部队的惯例。

说话带着浓重广东口音的陈桂民，是个爱讲故事的热闹小伙子。个子不高，方方的脸。他的战斗故事最多，也最"神"：一次，一架滑油箱被打漏的敌机向他俯冲射击，没有击中，却从他敞开的座舱上面淋下一阵乌黑的滑油，沾了他一头一面。他本来皮肤黝黑，这下子回到机场简直成了个黑人，地勤人员都笑了起来。还有一次，他说自己在空战中把子弹打光了，一架敌机却从后面"咬"住了他，"吓得我面都青了"，讲到这里，父亲还开玩笑地问："是你在飞机里照镜子，看见自己脸都青了吗？"但碰巧敌机也没有子弹了，两架飞机并排飞行，互相用手枪射击，手枪子弹打光了，陈桂民说，他决心把敌机撞下来，敌人发现了他的意图，靠着飞机性能的优势躲开了，他两次撞击都不成功，"急得我直掉眼泪"……

陈桂民的死，只是一连串不幸消息的开始。据我的回忆，随后牺牲的一位，名叫叶鹏飞，也是广东人。他个子瘦长，不善言谈。由于飞机陈旧失修，他两次遇到机械故障，不得不弃机跳伞。那时，不少飞机是南洋华侨和各界同胞集资捐献的。他摔了两架，心情非常沉重，曾对着母亲落泪，说自己无颜面对江东父老。尽管父母一再安慰他，说这不是他的错，但他却发誓，决不跳第三次。不幸的是，这样的事竟真的发生了。在一次警戒飞行返航时，他的飞机又发生严重故障，当时长机曾命令他跳伞，他却没有服从，硬是同飞机一道坠落地面，机毁人亡，为了当时政府和军队的腐败无能，白白地牺牲了性命。他的死，使他的战友感到特别压抑和悲哀。

由于日机对昆明的轰炸越来越猛烈，1941年冬，我们家随父亲所在单位再次从昆明迁往四川宜宾附近的一个偏僻的江村——李庄。从此，我们同这批空军朋友已难于直接来往，只有一些通信联系。然而空军部队却仍在坚持他们的惯例。不久，小提琴家黄栋权的遗物也寄到了李庄。后来我曾听父亲说，黄栋权牺牲得特别壮烈，他击落了一架敌机，在追击另一架时，自己的座机被敌人击中，遗体被摔得粉碎，以致都无法收殓。我们全家对于黄栋权的死特别悲痛，因为当初正是他的琴声才使我们同这批飞行员结下了友谊之缘的。他的死，像是一个不祥之兆。这时，母亲肺病复发，卧床不起，她常常一遍一遍地翻看这些年轻人的照片、日记，悲不自胜。

这以后，又陆续有人牺牲。父亲为了保护母亲，开始悄悄地把寄来的遗物藏起，不让母亲知道。但是不久，她却受到一次更沉重的打击。刚刚从航校第十期毕业的三舅林恒（他们的训练基地后来迁到了成都）也在成都上空阵亡了。

那一次，由于后方防空警戒系统的无能，大批日机已经飞临成都上空，我方仅有的几架驱逐机才得到命令，仓促起飞迎战，却已经太迟了。三舅的座机刚刚离开跑道，没有拉起来就被敌人居高临下地击落在离跑道尽头只有几百米的地方。他甚至没有来得及参加一次像样的战斗，就献出了自己年轻的生命。

父亲匆匆赶往成都收殓了他的遗体，掩埋在一处无名的墓地里。为了向外婆隐瞒这一不幸的消息，他把舅舅的遗物——一套军礼服，一把毕业纪念佩剑，包在一个黑色的包袱里，悄悄地藏到了衣箱的最底层。但后来老人家还是从邻居口中知道了真相。

面对着猖狂的日本空中强盗，当时后方的许多人曾寄希望于美国的援助，因为那是太平洋地区唯一有实力援助中国空军同日本较量的国家。然而，"中立"的美国却一年又一年地使中国的希望落空。直到1941年年底以后，在"珍珠港事件"中挨了日本人痛打的美国被迫参战，情况才开始有所转变。战争初期，中国的老飞行员们已经为此付出了血的代价。

1942年、1943年前后，美国开始向中国提供 P-40 等新型驱逐机，并在印度等地为中国培训了几批新飞行员，中国空军装备上的劣势开始有所转变；同时，由陈纳德上校率领的美国志愿援华航空队，即赫赫一时的所谓"飞虎队"，也活跃了起来，配合着中国空军，逐渐夺回了西南地区的制空权。空军成了后方报纸上的英雄，新一代的中国飞行员也神气起来，有些人也学会了穿上全套美式军装，开着敞篷吉普，携着"抗战女郎"招摇过市。但是，我们家认识的那批老飞行员，除了一位伤员林耀之外，到这时已全部殉国了！他们之中没有人死在陆上，个个都牺牲在惨烈的空战中。他们的遗体被埋葬在远离故乡和亲人的地方，苍烟落照，一枕清霜，从此湮没无闻。纪念着他们的，也许只有我们一家。自从陈桂民牺牲后，每年7月7日卢沟桥事变纪念日中午12点，父亲都要带领全家，在饭桌旁起立默哀3分钟，来悼念一切我们认识的和不认识的抗日烈士。对于我来说，那3分钟是全年最严肃庄重的一刻。可惜的是，由于年代久远，我今天已记不起更多的人和事。只有林耀除外。

这一年的 7 月 7 日，我一个人在学校里，按照父亲的榜样，默哀了 3 分钟，为林耀，也为所有其他的人

林耀，澳门人，在同期飞行员里他年龄最长，也最沉稳。在其他飞行员和我三舅相继牺牲后，母亲待这个同宗的青年人更加如亲弟弟一般。我们家搬到李庄以后，林耀常给父亲和母亲写来长信，母亲总是反复地读，并常说他是个"有思想的人"。

大约是在 1941 年，他作战负重伤，左肘被射穿，虽然没有伤到骨头，却打断了大神经。伤口愈合之后，医生又给他动了二次手术，勉强把神经接上了，但从此手臂不能伸直，而且出现严重的神经痛。医生知道他喜爱西方古典音乐，便劝他买一架留声机（这在当时是一种昂贵的奢侈品），用听音乐来镇静神经，同时进行各种恢复性锻炼。在疗养中，他开始用各种体育器械来"拉"直自己的左臂，这常常疼得他头上冒汗，但是他顽强地坚持着。最后，终于恢复了手臂功能，可以出院了。本来，他完全可以离开战斗第一线，甚至申请退役，但是他却回到了作战部队，还驾起了新型驱逐机。

他在归队之前，曾经利用短暂的假期，到李庄来看望过我们，在我家住了几天，大约是在 1942 年的深秋。当时，抗日战争已进入艰苦的相持阶段，欧洲和太平洋战场上，德意日法西斯正猖獗一时，大后方人们的心情悲观忧郁。母亲被病魔击倒，痊愈无日，困于床褥，而林耀也正经历着同辈凋零，人何寥落的悲哀。

他们在李庄简陋的农舍中重逢，那气氛很难说是欢乐的。他们常常秉烛长谈，或者相对无言，长时间地沉默。林耀带来了他的唱机和唱片，说他已经用不着了。这给我们那种"终岁不闻丝竹声"的生活多少增加了一点乐趣。他很有音乐修养，是我西方古典音乐欣赏的第一个启蒙老师。他给我们讲贝多芬怎样同耳聋症搏斗，一面放《第五交响曲》，一面喃喃自语："命运又一次来敲门……"他还讲过威伯的《邀舞》："请求……拒绝再请求……再拒绝……答应了……跳起来了……"有一次，他说自己感冒了，带着我和姐姐跑到长江边，

11 月的天气，竟跳到江中游起泳来，还说这是治感冒的好办法！不会游泳的我在岸上羡慕地看着他在水中沉浮，望见他左臂上露出粉红色长长的伤疤。

他归队不久，曾奉命到新疆乌鲁木齐（当时叫迪化）去接收过一批苏联援助的战斗轰炸机。飞回成都后，他又来李庄小住了几天。带给我们一张苏联唱片《喀秋莎》（还有他手抄的中文歌词），给我一把蓝色皮鞘的新疆小刀，还有一包我生平第一次吃到的哈密瓜干。他同父母谈了许多新疆见闻，包括红军、共产党什么的。可惜我这个五年级小学生当时听不大懂，只记得他说那种苏式飞机设计不合理，有一个冷却用的水箱，还风趣地说："天上有那么多风，不用风冷用水冷，打漏了怎么办？"这一次，除《喀秋莎》，他还教了我一首《航空队员进行曲》，歌中唱道："你听，马达悲壮地唱着向前！它载负着青年的航空队员；青年的，航空员！"从那时起，每当我唱起或回想起这支歌，都会想起林耀，而且眼前总会浮现出巫家坝机场上空那一架架从白云边掠过的老式双翼飞机。直到新中国成立后，我才从一个歌本上知道，这原来也是一首苏联歌曲。

这以后，林耀又"来"过一次。那是驾了一种什么新型教练机从昆明转场到成都，"路过"李庄，"顺便"到我们村头上超低空地绕了两圈，并在我家门前的半干水田里投下了一个有着长长的杏黄色尾巴的通信袋，里面装了父母在昆明西南联大几位老友捎来的"航空快信"和一包糖果。

1944 年的秋天，我离开李庄到重庆读中学，一学期才回家一次。这以后林耀同家里有过什么联系，我不知道。就在这年秋天，日军发动了"南下战役"，衡阳在日军围困 47 天之后失守，接着是湘桂一带中国军队的仓皇溃退。第二年的春天，我回到李庄，母亲才告诉我，就在这次战役期间，在衡阳一带空战中，林耀失踪了。由于中国军队的溃败，他的飞机和遗骸始终没有找到。这一年的 7 月 7 日，我一个人在学校里，按照父亲的榜样，默哀了三分钟，为林耀，也为所有其他的人。这是我在抗战期间最后一次"七七默哀"。

就这样，在抗战胜利前一年，我们失去了最后一位飞行员朋友。林耀的最后牺牲，在母亲心上留下的创伤是深重的。她怀着难言的悲哀，在病床上写了长诗《哭三弟恒》。这时离开三舅的牺牲已经三年，母亲所悼念的，显然并不只是他一人。

这首诗曾于 1948 年 5 月发表，现已收入人民文学出版社出版的《林徽因诗集》。

我的纪念写到这里本来可以结束了，但没料到这段往事后来竟有一个令人难堪的尾声。

我的母亲早在 1955 年便去世了。十年浩劫开始时，只有父亲、外婆和我的继母生活在一起。清华园中那些戴红袖章的暴徒们把父亲打成"头号反动学术权威"，并按"最高指示"踏上了"千万只脚"。父亲的住房几次遭到他们的洗劫。从我家一只几乎从不打开的箱底，他们翻出了那个久已被遗忘了的黑色包袱，发现了三舅那把镌有"名誉校长"蒋介石名字的佩剑。"梁思成还藏着蒋介石赠的短剑！"一时成了清华园中耸人听闻的头号新闻。年老多病的父亲为此受到更残酷的批斗折磨，直到他 1972 年含恨长逝。母亲当年悲愤的诗句"而万千国人像已忘掉，你死是为了谁"竟在这批人身上再一次得到印证。这历史的回声该有多么刺耳！

1937 年，我们家与这批飞行员晃县邂逅时，他们不过 20 来岁，如能活到今天，该也都年近古稀了。而他们真正的家长，也许始终不知道自己子弟最后牺牲的确切消息。这些老人，如今大概也都早已不在人间；至于飞行员们的弟兄姊妹，侄甥晚辈，是不是还有人记得他们呢？在那民族的生死关头，他们英勇捐躯，而青史上却没能留下名字。但我深信，烈士们的忠魂也一样熔入了中华民族绵延的生命，而得以永垂不朽。

在抗日战争最艰苦的岁月中，为抗击敌寇而血洒长空的中国空军英烈们，人民没有忘记你们，安息吧！

（《作家文摘》2001 年总第 478 期，摘自 2001 年 8 月 15 日《中国青年报》）

师友之间

想起郭小川

·阎 纲·

江姐绣红旗，死于共和国礼炮声中，郭小川喜欲狂，死于一望中的长安路上。

郭小川死了，至今整整 20 年。

郭小川当过县长，下过南泥湾，一位英姿勃发的战斗诗人。五六十年代之交，任中国作家协会秘书长，是我们的领导。《望星空》挨批，《一个和八个》挨批，调《人民日报》当记者之后，日子越来越不好过，从清醒到糊涂，从糊涂到清醒，又从清醒到糊涂再到心如明镜般地清醒，以致看出领导比群众还糊涂，大人物比小人物还糊涂，忧国忧民，热心地传播"小道消息"，恨不得把江青一伙咒死。

"文革"中，郭小川被揪回作家协会接受革命群众批斗，和我同在一个"牛棚"，大家面壁而坐，或者学"毛选"认罪候审、写材料，或者准备随时拉出去登场、亮相表演。是他私下告诉我说，当我挨斗之后被两条彪形大汉押解回棚的时候，他看见我被揪得满头乱发，满脸血印子，像是要押赴刑场，可见当时自己的尊容。不久，比我更沉重的无产阶级的铁拳就落在他的头上。其实，他是很合作的，只要以群众的名义，叫他干什么他就干什么，写交代材料非常认真，而且客观。后来，他和我们一同下干校，下地干活。他不愿落在人后，插秧飞快，全

238

连第一。残酷的、马拉松的抓"5·16"的战役，闹得人人自危、个个紧张、神经分分地坐卧不宁，他劝我吃安定。我是从他那里知道这种毒性较小的安眠药的，当时只有安定片药房可以卖给你，但是，安定对他已经不起作用，强力安眠药药房又怕他自杀，所以他只能大把大把地吃安定，午休也大把大把地吃。他对我说："我才不自杀呢！可是他们不信。"牙周炎又闹得他不得安生。但这一切都不妨碍他，一天到晚乐呵呵地满不在乎。他邋里邋遢，大大咧咧，没大没小，没心没肺，没心计，不设防，天真无邪像个小孩。只要把他"放到群众中"，他就有说有笑，就找人聊天，打听或传播"小道消息"，指天画地，参政议政之心不死，要么就下象棋，尽管骂他臭棋要赖他也笑嘻嘻死不认账死不认输。如此这般，在上边的眼里他就成了更神秘更具破坏性更难对付的危险人物，休得让他安生，一会儿说他对活着的林彪进行攻击，一会儿又说他诗里的武昌东湖的太阳是为从飞机上摔死的林彪翻案。他无私无畏却备受折磨，自身难保却行侠好义，打抱不平、爱管闲事，见谁受委屈（甚至看见女同志挑重担），他就愤愤然地说："我找连部提意见！"或者保证说："我给上头写材料，马上就写！"他自己"解放"无望，却替别人张罗着联系工作，岂知要打发出去一个五七干校的人多不容易，哪个部门敢要？他也不想想，事到如今他的一封推荐信到底有多大分量。

作家协会有两个周明：大周明、小周明，我们三人同属一案，都是"5·16反革命分子"，被审、被批、被打、被斗，不亦乐乎，狼狈不堪，后来放出来听候处理。打"5·16"，大敌当前，"枯木朽株齐努力"，郭小川被调到四大队队部使用，接触过我们的材料。他分别暗示我们要实事求是，不能胡说八道，但是，军宣队厉害，屈打成招，谁顶得住？一次，他告诉我说："这回'清查'有问题，起码是个'扩大化'！"可以想象，他在怎样困难的情况下进行斗争。大周明最惨，险些被打死，打死也不承认，让他老老实实交代问题，他的回答是："一、我没有参加过'5·16'；二、我要参加'5·16'，那就是你们介绍的；三、怎么处理都成。"就这么三句话。后来，他把这三句话写成好多张纸条，拷打一回交一张，要写交代再交上一张，直到别人"供认"他，才落个"在铁证面前不得不低头"的罪名，"宽大处理"，放在群众中间劳动改造。就是他，郭小川也找来下棋，嬉笑怒骂不在乎。周明问："你跟我下棋不害怕吗？"

"怕什么！"小川早听烦了这样的话。

"我是'5·16'重点审查对象，你是走资派又是老革命……"这时他急了，问周明："你认为你是'5·16'吗？"

不久，他离开大队部，当然是因为思想反动而被清出。

郭小川后来回京看病，活动频繁，绝密地向难兄难弟们透露"'四人帮'快完了"的自以为有来头的传言，这时的小川，从未有过的激动。上边又盯上他了，不管他牙周炎多么痛苦，还是把他赶到文化部另一个五七干校——河北静海干校——团泊洼。办了六年多的湖北咸宁文化部五七干校宣布撤销，极少数分不出去的人合并到静海。1975 年，我又和小川在一起了。他的身体大不如前，牙痛加剧，离了安眠药没法活。他的居室……怎么说呢？做饭炉子，空酒瓶子，锅碗瓢盆，垃圾煤堆，报纸杂志，床铺上堆满杂物，像一个懒人家的根本没人归整的破烂仓库，客至无立锥之地，只好拒之门外。一天，几个女同志趋前义务劳动，谓之曰"起圈"。这时的郭小川还是原来的郭小川，一个落魄的老革命和真正修炼到家的老诗人。山高皇帝远，我们聊了许多，主要是政局和艺术，治学和做人。他正在酝酿一个比较长远的写作计划，毫不悲观和失望，坚信"兔子尾巴长不了！"同年秋天，我离开静海后，他写了《团泊洼的秋天》：

> 战士自有战士的性格：不怕污蔑，不怕恫吓；
> 一切的打击，只会使人腰杆挺直，青春焕发。

> 真正的人不压迫人也不受别人压迫。
> 真正的人同受压迫的人同命运。
> 真正的人生活在恐怖诡秘的时候却跟不幸的小人物打成一片。
> 真正的人生长着两颗心：一颗流血，一颗燃烧。
> 真正的人生活在说假话的时候不但不沉默不说假话而且说真话。
> 真正的人生活在"文死谏、武死战"的时候不但勇敢地写出而且危险地递上。
> 真正的人在绝望的时候以衰弱之躯传递着生的信息。

一个人做好事并不难，难的是一辈子做好事不做坏事。一个人说真话并不难，难的是文字狱满视野而以公德良心不设防不计较个人安危事，整个"文化大革命"过程中说真话不说假话。

"节者，死生此者也。"真正的人留下的至高的礼物和至重的遗产是真正对人的尊重，即我党之宗旨——"为人民服务"的真谛所在。

我想，郭小川的内心是极其痛苦的，但是他笑口常开、佛面常笑，笑自己从前的可笑、笑现在有人的可笑。笑对于郭小川不但意味着清醒，而且意味着坚韧。郭小川的笑是磁场也是希望，跟他在一起你不会想到自杀。

郭小川脸上常挂笑，嘴上老叼着烟卷，不承想他笑得大意，正是这手中烟在浮他一大白让他最开心最需要他献身收拾文坛残局的时候送了他的命，火里凤凰骑鹤而去。

> 我知道，总有一天，我会化烟，烟气腾空；
> 但愿它像硝烟，火药味很浓，很浓。

20 年过去，人们怀念他。一个人能叫人始终怀念，这才是很难很难的啊！

(《作家文摘》1997 年总第 212 期，摘自 1996 年 12 月 15 日《文论报》)

留在太平湖的记忆

·傅光明·

今年是我国现代著名文学家老舍先生的百年诞辰。自1966年8月24日老舍先生自沉太平湖至今，已有33年了，但"老舍之死"的话题至今没有结束。因为这已不仅仅是他个人的悲剧，而且是20世纪中国知识分子整体悲剧命运的缩影。本文作者傅光明先生从1993年下半年起，断断续续地采访了许多作家、学者，1966年8月23日"红色风暴"中北京文联批斗老舍的现场见证人及老舍的家人，以从中获取值得思考的资料，结集为《老舍之死采访实录》，以此纪念老舍先生。

——编者

老舍夫人： 老舍出事的前一天，他问我："今天是红卫兵学生们'帮助'我们文联搞斗批改，你看我参加不参加？"我说："没有通知你就不参加。""'文化大革命'是触及每个人灵魂的一场大革命，我怎么能不参加呢？"我无言以对。于是他就去了，谁知一到那里，"造反派"和"红卫兵"们不由分说，一边扭过老舍双臂让他做"喷气式""请罪"，一边对他拳脚相加。老舍分辩说："我不是反革命，我写的作品都是歌颂新社会和中国共产党的。"造反派们马上讥笑地反问他："你歌颂共产党，为什么共产党不要你入党啊？"

242

提起入党的事，老舍更痛苦。那是 50 年代末到 60 年代初，梅兰芳、程砚秋等艺术家们相继入党，老舍也写了入党申请报告。报告最后送到周总理手里，周总理亲自来到我们家里，对老舍说："老舍先生，你的入党要求我们知道了，我想就这件事和您商量一下。在目前帝国主义和反动派们对我们新中国实行孤立、禁运、封锁的情况下，我们认为你暂时还是留在党外好，因为有些事，让我们自己说，或者让我们的党员同志说，都不太方便，而让你一个有声望的党外人士说，作用就大多了，对党的贡献反而会更大，你看呢？"周总理说话从不强加于人，不发号施令，老舍对周总理的话完全理解，他也十分尊重周总理，就说："谢谢总理的关心，我听党的，听总理的。"所以，当周总理听说老舍出事后，当着他身边工作人员的面，跺着脚说："把老舍先生弄到这步田地，叫我怎么向国际上交代啊！"

那天老舍被打得皮开肉绽之后，已经站不起来，有人怕他当场被打死，就把他拖到附近一个派出所。几个红卫兵听说他是"反革命"，马上又进屋你踢一脚，他踹几下。

我知道消息已经是晚上了，忙奔到那个小派出所，在门口等了许久，才让我进旁边的小屋。一进门就见到老舍满脸是血地躺在地上，眼睛紧紧闭着。我走到他跟前，俯下身，拉着他的手，把他轻轻扶坐起来。这时，他两手才紧紧地抓着我的手，久久没有松开。我俩谁也没有说一句话，当时，找不到车辆，我也背不动他，就在北京街上找了好久，才找到一辆平板人力三轮车，我求人家："请您行个好吧，我们有一位年岁大的老头受了伤，请您把他送回家去。"那位同志被我说心动了，送我俩回了家。

回家后，老舍不吃不喝，光坐着发愣。我用棉花轻轻帮他擦去脸上、身上的血，帮他换上衣裳，让他躺下休息，在那百思不解的恐怖中度过了一个难眠的黑夜。

第二天，老舍仍然没有吃东西，我知道他的脾气倔，就对他说："今天我俩都不出去吧！"他瞪了我一眼，道："为什么不出去呢？我们真是反革命、特务？不敢见群众了？"在我行将离家时，他又一次两手紧紧抓住我的手，凝视我好久。我预感到可能要发生什么意外，可是在那叫天不应、叫地不灵的日子里，又有啥办法呢？

听说我离家不久，老舍整理了一下自己的衣服，拿上一本《毛主席诗词》就出去了。走到院里，他见 4 岁的小孙女在那里玩，还把小孙女叫到面前，拉着孩子的小手说："跟爷爷说再见。"天真的孩子哪里知道这是和爷爷的永别？还真的说了"爷爷再见"，并向她爷爷摇了摇手。

老舍出门后，就一直往北走，走到太平湖（此湖今已不存，改建成地铁停车场）边，坐在那里读起了《毛主席诗词》。整整读了一天，天黑以后，他头朝下、脚朝上投进了那一汪平静的湖水。

我中午回家时，小孙女只告诉我"爷爷出去了"。到晚上他还没有回来，我慌了，到处找，结果都没有他的影儿。一直找到第二天下午，才有人告诉我，太平湖有一个老头投水死了，好像是老舍。我急忙奔上公共汽车，找到湖边，见到他已被人捞上来，平放在地上。他嘴、鼻皆流着血，上身穿白汗衫，下身穿蓝裤子，脚上的黑色千层底鞋子，白色的袜子等都干干净净。可见那是他把头埋进水中之后，自己用双手硬扒住湖崖石头淹死的，那本他带出去的《毛主席诗词》还漂在水面没有沉下去。

我见到老舍躺在地上，不知怎么是好。看湖的人提醒说："给他的单位打个电话，怎么说也得把尸体尽快处理掉！"我就找到附近一家单位，给北京市文联挂了电话。他们在电话里回告我先等着，马上有车来。我一直等到天黑，才来了一辆卡车。他们抬上老舍遗体，我也爬上车，守在他身边。车开到八宝山，天已漆黑。去的人告诉我，他是"反革命分子"，火化后就不保留骨灰了。当时遗体还没有火化，他们就叫我回去。我只好向卡车上投去最后的一瞥，从八宝山拖着沉重的脚步往回挪。那真是昏天黑地的日子，也不知走了多久，回到东城我家里时已是清晨 5 点多钟了。这时我家里屋外到处贴满了大字报，我一个人孤零零地站在院子里，心里想着："我还活不活呢？"这时使我想不到的是，"进驻"我家的一批北京市六十四中的高三学生却悄悄安慰我说："你去做点吃的，你不能也不明不白地去死啊！如果那样，以后有许多事就没人说得清了。"在那个岁月里，这两句平平常常的话却给了我莫大的安慰和活下去的勇气。学生们还告诉我："你的电话也不要拆，如果有别的造反派再来你家，你就拨这个

244

电话号码，我们马上就来。"他们一边说，一边递给我一个写有电话号码的小纸条。当时我真有点不敢相信，后来才知道是周总理说服了一批学生来保护我。

舒乙：我走到父亲尸体旁一看，他仰面躺在杂草丛生、中间踏出来的一条小路上。他的头朝西，衣服凌乱，但也许是经 8 月骄阳晒了一天，已干了。父亲穿着布鞋，还比较干净。看得出来，公安部门、法警、派出所来验过。父亲的脸是虚肿的，脸上、颈上、胸上都有很多伤痕，整个看来绝对是遍体鳞伤。有一个席子盖着他，估计是白天有人好意给他盖上的。

这时夕阳还在，我就退出来，朝西坐在前湖最靠近后湖的椅子上看着他。我只觉得，现在回忆起来眼前是一片黄，也许是夕阳的黄，也许是席子的黄。我坐在那儿等母亲。此时思绪非常复杂，想了很多事情。我当时主要是特别可怜父亲，他这么一个人，最后的下场竟是这样，实在让人无法接受。我觉得他非常非常可怜。我有一种抑制不住的悲伤。这时候，天好像变了。我来时还有很大的太阳，突然天阴了，下起了蒙蒙小雨。我很害怕，席子也挡不住，父亲要淋雨了，我盼望着母亲早点来。但是一直没有消息。我感觉脸上有很多水，不知是雨水还是泪水。我很感谢这雨水，因为它可以掩盖我的泪水，可以陪着我一块儿落泪。大概到了 9、10 点钟，街上快没车了，母亲还未到。我恐慌了，我怕她找不到我。我站起来去迎她。这时母亲实际上已经来了，她找不到我，因为天太黑了，一个路灯也没有。她在湖边叫着我的名字，她这种急切的声音被看湖的人听见了。看湖的人告诉她在这个地方。母亲是坐着火葬场的车来的，这样就把父亲运到火葬场了。收尸的时候没有交证明，火葬场说第二天还要把证明拿来，所以我第二天一清早又到火葬场，给他们证明。是两个姑娘接待我的，这时尸体已经处理完，他们说不能保留骨灰。

后来搞的骨灰安放仪式，实际上是一次追悼会和平反会。但骨灰盒是空的。我们为了纪念他，把他的眼镜、一支钢笔、一支毛笔放进去。他平常喜欢喝茶，喜欢花，我们就把花茶中的茉莉花拣出来放在里面，用这几件东西代表他。很久后，我找到一张老北京地图，发现北京城旧城西北角的外面有一个太平湖，而城里相对应的这个地方叫观音庵，这是我奶奶的住地。我恍然大悟，父亲等于是来找他的母亲，这个房子是他当了教授后买给自己母亲的。当他丧失了一切，而且他感受到人们把他抛弃的时候，他突然想起来他的归宿应该是这儿，这儿有他的妈妈，他妈妈是把生命和性格传给他的唯一的人，这可能是一个圆满的结局了。

他在抗战时，在那样一个民族存亡的关头，曾写过一篇叫"诗人"的文章，他说，作为诗人，作为文人，如果蒙受了巨大的灾难，将以自己的身体，投水殉职。那天坐在父亲尸体旁，我就想，他的死是自觉的，是一种自己的选择，他的死肯定有某种使命。这就变成很积极的东西了。在他投湖的湖面上，漂着很多纸，是他带进去的，有人捞上来看，是他抄写的毛主席诗词，他的字很漂亮，他也喜欢抄毛主席诗词。据目击者说，是核桃般大小的字，若干张，在他跳湖时，大概散落在湖面上了。后来，北京市文联的人把手杖、眼镜、衣服、工作证等从他身上搜出来的东西几乎都还给了我们，唯独没有这个。我们知道这个东西很重要。我们猜想他在这上面写了东西。他一个人在这儿坐了整整一天和大半夜，有笔，有纸，他自己又是写家，他当时情绪又是非常之激烈，肯定写了东西，这几乎是不用怀疑的。我们追问，却得不到回答，是公安部门转上去的。当时有人还编了很多谣言，说他来太平湖是在念《三家村札记》，这是正式的谣言，是上面传下来的"口径"。这是一个很大的谜，到现在也没有解开。

冰心：我觉得老舍自杀是很有可能的，因为他这个人脾气很硬。我总觉得他一定会跳水死，他写的小说里死的人差不多都是跳水。我想，他受欢迎时，听的全是称赞的话，他也习惯了。被人打，他是受不了的。所以我听说他死，我一点都不奇怪。他的脾气跟人不一样，他受不了一点委屈。还有，那时候夸他的人也多，从来没有一个人说他不好。他这人又很乐观，平常什么玩猫啊，什么种花啊，他很随便的。忽然有人对他那样批斗，他是受不了的。

曹禺：我听到老舍的死讯很难过，同时我很气愤。老舍先生不是自尽，是逼死的呀！说老舍先生自杀是不对的，他是真正的抗议呀，抗议"四人帮"，抗议"文化大革命"对知识分子的压迫、迫害。他一生勤恳、热忱。他很自信，做了很多好事情。当然不只是好事情了，还写出了了不起的大著作。他怎么会在"文化大革命"受这么多的摧残，他不明白，我也不明白呀。

端木蕻良：老舍之死是"文革"中一个悲哀的插曲。我特别悲痛。我还能写东西时，写了一篇叫"打屁股"的文章，记录了我们一起在 8 月 23 日那天挨斗、挨打的情景。那天是自我批判，一个个出来在太阳底下撅着，在背上贴上工资、等级等，然后又挂上"牛鬼蛇神"的牌子。我和老舍是最后两个，我知道文联有个后门，出去就是西单商场。本来我想和老舍说，我们从后门溜出去，但又想："不行，这样一来就该罪加一等了。"我们被拉到文庙后，就用黑红棍打屁股，当时我就忍不住想笑，因为这是在戏台上用的。但我不敢笑，就咬着舌头。

当时老舍也被打得很厉害。有人问我："哪个是老舍？"我说："我头低着，看不见。"他离我不远，穿着西装外套。过后文联的人想办法把老舍送到公安局，这样保险些，不至于被打死。

后来，当造反派告诉我们"老舍不会回来了，是自绝于人民"时，我不大信。老舍这人是很乐观的，我不相信他会自杀。我们这些"牛鬼蛇神"被集中到一个小屋里，还有一张床空着呢，等着他来……一个作家对人民的主要贡献是通过作品来展示，老舍当时还在写《正红旗下》，没有完成十分可惜。他的生命不至于那么短。他有好多事可以做，好多东西可以写，别人无法代替他写东西。

曹菲亚：自 1954 起到老舍去世前，我一直在他身边工作，经常与老舍先生在一起。他去世前在医院住了一段时间，因为他曾大口吐血。出院的第二天即 8 月 23 日，他早上 8 点就来到北京市文联。我们惊奇地问："你刚出院，怎么来上班了？"他说："这是个大运动，应该参加，感受感受。"

当时文联已乱得一塌糊涂，墙上名家的画也没了，贴满大字报。中午，老舍准备回家，但专给他开车的司机已被通知不再给"权威"开车。我对老舍说："给你弄点吃的吧？"他很沉重地说："不要。"我又建议他在沙发上休息。此时，看得出老舍心里很不宁静，他只抽了 1/3 的烟就掐掉了。接着又点上一支，又掐掉。不一会儿，烟灰缸里有了好多烟头。

下午 2 点多钟，一群红卫兵冲进文联。开始打的是萧军。老舍起初没被揪出来，他还站在院子里看。我总想走近他说一声："你赶紧回去吧。"可走到跟前又不敢说。老舍当时为什么不躲开？我现在都觉得是个谜。也许他想不会揪他的。但后来有人点了他的名，他很快就被揪出来，眼镜也没了。之后，老舍被推到汽车最后的一个角落里拉到了文庙。2 个小时以后，老舍从文庙回来已面目全非了。那天，有人提出了"老舍因《骆驼祥子》拿了美国的版税"这个问题，老舍说："没有，我没拿。"红卫兵们尽管不知道什么是《骆驼祥子》的版税，但一提美国还得了，当时的美国就是敌人。红卫兵一听就要揍老舍。

第二天下午，我听到老舍在太平湖跳湖了，脑子傻了一般，直掉眼泪。老舍为人和蔼、谦虚，但性格倔强，在这样的狂暴面前，让他低头是不容易的，我想他大概是宁死不屈。

葛献廷：我当时是文化局筹委会的副主任。文化局与文联在一个楼里。8 月 23 日下午 1 点半，文化局的人强迫著名作家萧军去挖煤，萧军不服。文化局的一部分干部越强迫，萧军就越反抗，围的人也越多。这是"8·23"事件的导火线。强迫之下，萧军没办法了，文联的端木蕻良、骆宾基也被揪出来去劳动。

那天，当我听说革命群众与萧军打起来，就跑去看。我正劝萧军去劳动，文化局接到一个电话，说国子监的一个印刷学校要焚烧北京京剧团等放在那里的"四旧"，即旧行头、戏箱之类，必须让文化局走资本主义道路的当权派、反动权威到现场作为罪人出现。文化局革命筹备委员会召开常委会，决定接受印刷学校革命群众的"最后通牒"，准备带"四大名旦"之一荀慧生等 3 人到现场去，于是在文化局院里广播宣布。在这过程中，文化局院里就乱了，我和你有仇就揪你，你和他有仇就揪他。这一揪就是几十人，这是一个突发事件。

我感觉问题严重了，打电话向北京市委宣传部请示怎么办。是个姓吴的一般干部接的，他说部长李立功、副部长白涛都不在，要高姿态，支持革命群众的革命行动。好像还说了句"不许挑动干部斗学生"。我打电话时是下午 3 点左右，亲眼看见老舍衣着整洁地从电报大楼胡同往文化局院里走。而此时，北京女八中的红卫兵们也已来到了文化局大院。

我看见老舍刚走到北京市文史馆，离我打电话处有 30 余米。这时文联的一位司机随便地对红卫兵们说："你们看，那边来的那个老头，是这个院里最大的权威——老舍。"于是学生们就把老舍喷气式地揪到 30 多人当中。

老舍被揪后，文化局革命筹备委员会又开会，多数委员同意揪出来多少，就拉多少去国子监，最后派包括我在内的 6 个人押送。

我到国子监时，看见老舍坐着，脑袋被打破了，血往下流。我知道老舍的分量，就对红卫兵讲："老舍的罪恶很大，你们不能把他打死，打死就没有口供了。"我又问老舍："你知罪不知罪？"老舍说："我知罪。"我就说："把老舍押回去。"费同志和卫同志赶快找了块唱戏的水袖，给老舍包扎一下伤口，架着他往外走。当时，我不能指责红卫兵而公开地保护老舍，那样连我自己也生存不了。后来我又说："把被揪的年龄大的、血压高的人先撤回去。"再后来，我被揭发时，"造反派"说我在这次批斗会上把问题最多的人先拉回去，便给我扣上"葛老保"的帽子。

王松声：我当时是北京文化局艺术处处长，"8·23"事件中作为走资派被揪出来。那天北京市文化局和文联揪出来的人都站在一起，有三四十人。我脖子上挂着一个牌子，是用打字纸的盒子用线一拴做的，我刚被押上车，就见老舍也被架上来了。我在一个角，老舍在另一个角。押我们的红卫兵拿着皮带，让大家低头，有的人跪下，有的人蹲下。我和老舍都蹲下了。

这时，老舍问我："松声，你是怎么回事？"我说："你别问了。"从他的问话里证明，对这个突发事件，所有的人都没有准备，阴差阳错凑在一起发生了这么个事情。

押我们的红卫兵都是女孩子，梳着两个辫子，扎着一根皮带。那会儿刚时兴塑料凉鞋。我一看，想起自己的女儿那几天也是这样的打扮，一天到晚出去也是拿个皮带抡。我们被押的人一路上谁一探头，就会遭到一皮带，并被吼斥："低头！"

女八中的红卫兵那天为什么来北京市文化局大院呢？当时有个文化局艺术馆的干部，每年给她们排舞蹈。他那日看萧军不服管教，就打电话请来了救兵。

等我们到了文庙，戏箱等"四旧"已烧起来了，我们三四十人统统围成一圈，跪在火场。火烧得很厉害，红卫兵每人拿着藤子、棍子、刀枪把子，一边挑火、一边扔。

他们头一遍问我们什么出身，自己报，出身好就不打，出身坏就打一两棍子。第二遍问什么职务，又打一轮。第三遍问挣多少钱，又是打。当时有个红卫兵叫我跪下，我正犹豫时，后头被踹了一脚。我一下趴在那儿，接着藤棍子"呼"地过去了，幸好我被踹趴倒，否则打在后脑勺上，至少也打蒙了。我心想若是谁被打死了，只要有人喊一声："扔到火里烧了他！"没有人会说不字，也就烧了，打死也就打死了。

围在火堆时，我看到了老舍挨打，这是我和他的最后一次见面。听人喊"有病的，起来先回去"，老舍他们先回去了。我属于少壮派，留下来被剃了阴阳头，当天晚上又被关在后院里了。

赵大年：老舍当时在文学创作上处于一种矛盾状态，这对一个名作家、老作家来说是非常痛苦的。在"文革"中挨斗、挨打是他死的直接原因，但"左"的文艺政策也扼杀了很多人。当时他与周总理的联系是有中间人的，即原国务院秘书长齐燕铭和北京的文教书记邓拓。这两人当时也"完"了，邓拓首先自杀。老舍1966年8月23日去文联时，不但知道邓拓自杀，而且与周恩来断了联系，他不理解了。康生叫他出院，他已经没有摸底儿的渠道了。这是我猜的。那时老舍的地位不是不高，又是全国政协委员，又是人民艺术家。"文革"不是天上掉下来的，是多少年积累起来的，在那时爆发并走向极端了。回过头来想，老舍对此的认识也是一步步的。到"文革"，他绝望了。1965年，老舍作为中国作家访日代表团团长，曾同水上勉和井上靖讲过玉壶的故事。从中已能看出老舍当时已有"宁为玉碎"的想法。1964年，毛泽东对文艺界的一些批示他都知道。"文革"不是偶然，老舍之死也并非偶然。"宁为玉碎"是老舍性格中的一个东西，所以后来巴金痛哭："怎么让他替我们死了呀！"巴金当时也挨整，但老舍的性格就更刚烈。与郭沫若、茅盾、巴金、曹禺、丁玲、冯雪峰、胡风、夏衍、艾青相比，跟得紧、拼命写作的显然是老舍嘛，而反差最大的、自杀的还就是他。

当然，他这种自杀也是一种抗争。

苏叔阳：关于老舍先生的死，说法很多。引起十几年前我写话剧《太平湖：老舍之死》主要有两个原因。一是中国知识分子的民族性。中国知识分子历来有舍身取义的传统，老舍先生的死是否有这样一个意义？是不是在当时那种浮躁的情绪下大家都重利而忘义？另一个原因是当时关于老舍先生之死说法很多。台湾地区及美国的一些书写道："中国内地的知识分子在'文革'中表现得不负责任，自己死，而不愿用自己的行为去揭发'文革'的丑恶，教育国人。"我觉得这是站在河边说风凉话。究竟老舍先生是在一种什么心态下去死的？死的时候想了些什么？这些已无法得到他本人的说法。我想，从他一生的经历、作品和他死前的情况，可以看到一些蛛丝马迹。

黄裳：我和巴金聊天时讲过，老舍解放后一直是一帆风顺，一直是人民作家，没受过什么打击，所以这么一来他受不了，像我们这些人挨批挨斗多了，所以"文革"就挺过来了。巴金对我的说法不满意，说我"胡说"。

（《作家文摘》1999 年总第 316 期，摘自 1999 年 1 月 17 日《北京日报》，原载《老舍之死采访实录》，傅光明著，中国广播电视出版社 1999 年版）

站在胡适之先生墓前

·季羡林·

我现在站在胡适之先生墓前。他虽已长眠地下，但是他那典型的"我的朋友"式的笑容，仍宛然在目。可我最后一次见到这个笑容，却已是50年前的事了。

1948年12月中旬，是北京大学建校50周年的纪念日。此时，解放军已经包围了北平城，然而城内人心并不惶惶。北大同人和学生也并不惶惶；不但不惶惶，而且在人们的内心中，有的非常殷切，有的还有点狐疑，都在期望着迎接解放军。适逢北大建校大喜的日子，许多教授都满面春风，聚集在沙滩子民堂中，举行庆典。记得作为校长的适之先生，满面含笑，做了简短的讲话，只有喜庆的内容，没有愁苦的调子。正在这个时候，城外忽然响起了隆隆的炮声。大家相互开玩笑说："解放军给北大放礼炮哩！"简短的仪式完毕后，适之先生就辞别了大家，登上飞机，飞赴南京去了。我忽然想到了李后主的几句词："最是仓皇辞庙日，教坊犹奏别离歌。垂泪对宫娥。"我想改写一下，描绘当时适之先生的情景："最是仓皇辞校日，城外礼炮声隆隆，含笑辞友朋。"我哪里知道，我们这一次会面竟是最后一次。如果我当时意识到这一点的话，我是含笑不起来的。

从此以后，我同适之先生便天各一方，分道扬镳，"世事两茫茫"了。听说，

252

他离开北平后，曾从南京派来一架专机，点名要接走几位老朋友。他亲自在南京机场恭候。飞机返回以后，机舱门开，他满怀希望要同老友会面，然而除了一两位以外，所有他想接的人都没有走出机舱。据说——只是据说，他当时大哭一场，心中的滋味恐怕真是不足为外人道也。

适之先生在南京也没有能待多久，"百万雄师过大江"以后，他也逃往台湾。后来又到美国去住了几年，并不得志，往日的辉煌犹如春梦一场，已不复存在。后来又回到台湾。最初也不为当局所礼重。往日总统候选人的迷梦，也只留下了一个话柄，日子过得并不顺心。后来，不知怎样一来，他被选为"中央研究院"的"院长"，算是得到了应有的礼遇，过了几年舒适称心的日子。适之先生毕竟是一书生，一直迷恋于《水经注》的研究，如醉如痴，此时又得以从容继续下去。他的晚年可以说是差强人意的。可惜仁者不寿，猝死于宴席之间。死后哀荣备至。"中央研究院"为他建立了纪念馆，包括他生前的居室在内，并建立了胡适之陵园，遗骨埋葬在院内的陵内。今天我们参拜的，就是这个规模宏伟、极为壮观的陵园。

我现在站在适之先生墓前，鞠躬之后，悲从中来，心内思潮汹涌，如惊涛骇浪，眼泪自然流出。杜甫诗："焉知二十载，重上君子堂。"我现在是"焉知五十载，躬亲扫陵墓"。此时，我的心情也是不足为外人道也。

典型的"我的朋友"式的笑容

积 80 年之经验，我认为，一个人生在世间，如果想有所成就，必须具备三个条件：才能、勤奋、机遇。行行皆然，人人皆然，概莫能外。别的人先不说了，只谈我自己。关于才能一项，再自谦也不能说自己是白痴。但是，自己并不是什么天才，这一点自知之明，我还是有的。谈到勤奋，我自认还能差强人意，用不着有什么愧怍之感。但是，我把重点放在第三项上：机遇。如果我一生还能算得上有些微成就的话，主要是靠机遇。机遇的内涵是十分复杂的，我只谈其中恩师一项。韩愈说："古之学者必有师。师者所以传道、授业、解惑也。"根据老师这三项任务，老师对学生都是有恩的。然而，在我所知道的世界语言中，只有汉文把"恩"与"师"紧密地嵌在一起，成为一个不可分割的名词。这只能解释为中国人最懂得报师恩，为其他民族所望尘莫及的。

第二次世界大战期间，我被困德国，一待就是10年。第二次世界大战结束后，听说寅恪先生正在英国就医。我连忙给他写了一封致敬信，并附上发表在哥廷根科学院集刊上用德文写成的论文，向他汇报我10年学习的成绩。很快就收到了他的回信，问我愿不愿意到北大去任教。北大为全国最高学府，名扬全球；但是，门槛一向极高，等闲难得进入。现在竟有一个天赐的机遇落到我头上来，我焉有不愿意之理！我立即回信同意。寅恪先生把我推荐给了当时的北大校长胡适之先生，代理校长傅斯年先生，文学院长汤用彤先生。寅恪先生在学术界有极高的声望，一言九鼎。北大三位领导立即接受。于是我这个三十多岁的毛头小伙子，在国内学术界尚无藉藉名，公然堂而皇之地走进了北大的大门。唐代中了进士，就"春风得意马蹄疾，一日看遍长安花"。我虽然没有一日看遍北京花，但是，身为北大正教授兼东方语言文学系主任，心中有点扬扬自得之感，不也是人之常情吗？

在此后的三年内，我在适之先生和锡予（汤用彤）先生领导下学习和工作，度过了一段毕生难忘的岁月。我同适之先生，虽然学术辈分不同，社会地位悬殊，想来接触是不会太多的。但是，实际上却不然。我们见面的机会非常多，他那一间在孑民堂前东屋里的窄狭简陋的校长办公室，我几乎是常客。作为系主任，我要向校长请示汇报工作。他主编报纸上的一个学术副刊，我又是撰稿者，所以免不了也常谈学术问题。最难能可贵的是，他待人亲切和蔼，见什么人都是笑容满面，对教授是这样，对职员是这样，对学生是这样，对工友也是这样。从来没见过他摆当时颇为流行的名人架子、教授架子。此外，在教授会上，在北大文科研究所的导师会上，在北京图书馆的评议会上，我们也时常有见面的机会。我作为一个年轻的后辈，在他面前，绝没有什么局促之感，经常如坐春风中。

适之先生是非常懂得幽默的，他决不老气横秋，而是活泼有趣。有一件小事，我至今难忘。有一次召开教授会。杨振声先生新收得了一幅名贵的古画，为了想让大家共同欣赏，他把画带到了会上，打开铺在一张极大的桌子上，大家都啧啧称赞。这时适之先生忽然站了起来，走到桌前，把画卷了起来，做纳入袖中状，引得满堂大笑，喜气洋洋。

他对共产党没有深仇大恨

在政治方面，众所周知，适之先生是不赞成共产主义的。但是，我们不应忘记，他同样也反对三民主义。我认为，在他的心目中，世界上最好的政治就是美国政治，世界上最民主的国家就是美国。这同他的个人经历和哲学信念有关。他们实验主义者不主张设什么"终极真理"。而世界上所有的"主义"都与"终极真理"相似，因此他反对。他同共产党并没有任何深仇大恨。他自己说，他一辈子没有写过批判共产主义的文章，而反对国民党的文章则是写过的。我可以讲两件我亲眼看到的小事。解放前夕，北平学生经常举行示威游行，比如"沈崇事件"、反饥饿反迫害等，背后都有中共地下党在指挥发动，这一点是"司马昭之心，路人皆知"的，适之先生焉能不知！但是，每次北平国民党的宪兵和警察逮捕了学生，他都乘坐他那辆当时北平还极少见的汽车，奔走于各大衙门之间，逼迫国民党当局非释放学生不行。他还亲笔给南京驻北平的要人写信，为了同样的目的。据说这些信至今犹存。我个人觉得，这已经不能算是小事了。另外一件事是，有一天我到校长办公室去见适之先生，一个学生走进来对他说：昨夜延安广播电台曾对他专线广播，希望他不要走，北平解放后，将任命他为北大校长兼北京图书馆的馆长。他听了以后，含笑对那个学生说："人家信任我吗？"谈话到此为止。这个学生的身份他不能不明白，但他不但没有拍案而起，怒发冲冠，态度依然亲切和蔼。小中见大，这些小事都是能够发人深省的。

最使我感动的是他毕生奖掖后进

我在上面谈到了适之先生的许多德行，现在笼统称之为"优点"。我认为，其中最令我钦佩，最使我感动的却是他毕生奖掖后进。"平生不解掩人善，到处逢人说项斯。"他正是这样一个人。这样的例子是举不胜举的。中国是一个很奇怪的国家，一方面有我上面讲到的只此一家的"恩师"；另一方面却又有老虎拜猫为师学艺，猫留下了爬树一招没教给老虎，幸免为徒弟吃掉的民间故事。二者显然是有点矛盾的。适之先生对青年人一向鼓励提挈。40年代，他在美国哈佛大学遇到当时还是青年的学者周一良和杨联陞等，对他们的天才和成就大为赞赏。后来周一良回到中国，倾向进步，参加革命，其结果是众所周知的。杨联陞留在美国，在二三十年的长时间内，同适之先生通信论学，互相唱和，在学术成就上也是硕果累累，名扬海外。周的天才与功力，只能说是高于杨，虽然在学术上也有表现；但是，格于形势，颇令人有未尽其才之感。看了二人的遭遇，难道我们能无动于衷吗？

我站在适之先生墓前，心中浮想联翩，上下五十年，纵横数千里，往事如云如烟，又历历如在目前。中国古代有俞伯牙在钟子期墓前摔琴的故事，又有许多在挚友墓前焚稿的故事。按照这个旧理，我应当把我那新出齐了的《文集》搬到适之先生墓前焚掉，算是向他汇报我毕生科学研究的成果。但是，我此时虽思绪混乱，神志还是清楚的，我没有这样做。我环顾陵园，只见石阶整洁，盘旋而上。陵墓极雄伟，上覆巨石，墓志铭为毛子水亲笔书写。墓后石墙上嵌"德艺双隆"四个大字，连同墓志铭，都金光闪闪，炫人双目。我站在那里，蓦抬头，适之先生那有魅力的典型的"我的朋友"式的笑容，突然显现在眼前，五十年依稀缩为一刹那，历史仿佛没有移动。但是，一定神儿，忽然想到自己的年龄，历史毕竟是动了。可我一点也没有颓唐之感，我现在大有"老骥伏枥，志在万里"之感。我相信有朝一日，我还会有机会重来宝岛，再一次站在适之先生墓前。

（《作家文摘》1999年总第340期，摘自《百年潮》1999年第7期）

我所知道的周谷城先生

·苏双碧·

痛斥姚文元

　　1976年初夏，正处于"四五"事件之后，中国的上空乌云滚滚，到处在追查"四五"事件中的目击者、参加者，人们的精神经受一次空前的压抑。正在这时候，我从北京来到上海。刚到上海的当天晚上，我就想起了周谷城先生。因为在北京吴晗是第一个被揪出来为"文革"开刀祭旗的；在上海，周谷城是最早受批判并在"文革"初期被当作反动学术权威揪出来示众的。而这两位史学界的名家，在"文革"前我都有过接触。第一次见到周谷城就是吴晗要请他吃饭，让我先来联系的。那是在北京饭店的一间客房里，周先生很关心地问起我的工作和学习情况。他操着一口湖南口音，亲切热情，没有名教授的架子，给我留下深刻的印象。这次，我来到上海就想去看周先生，自然是出于对他的崇敬以及对他遭受残酷迫害的慰问。

　　那天晚上，当我找到周先生的住处时，他正在翻阅古籍，我告诉他我已调到《光明日报》当记者。他高兴地说："你是'文革'以来第一个登我家门的《光明日报》记者，我本来也是《光明日报》的老作者。"闲谈一阵之后，话题自然

257

转入"文革"中他受迫害的情况。周先生胸怀开阔大度，他对那些批斗过他甚至打过他的青年学生，全不计较。但有一个人他却是不能原谅的，那就是文痞姚文元。周先生说："姚文元是根棍子，他写文章到处诬陷人，任意上政治纲，置人于死地。他批判我，说我是唯心主义，是阶级调和论，他有什么根据呢？现在他是以势压人，不让讨论，要不我就写文章驳他。"

这天，周先生兴致勃勃谈了很多往事，快结束时，他又转到姚文元身上，鄙夷地说："这种人靠踩着别人肩膀往上爬，我见到他都不同他打招呼。"当我回到住处，已是夜里11点多。我把周先生痛骂姚文元的话向同来上海的记者复述一遍，他对周的硬骨头精神也很敬佩。但出于职业和责任，他问我要不要整一份内参，我说："整材料就等于向姚文元告密，出卖周先生。"同伴嘻嘻一笑了之，我知道这也并非他的本意，就不再提这件事了。可是，在上海几天，接触到几家报社的记者，果然遇到一位某报记者，绘声绘色地谈了他们找周谷城采访时，周大骂姚文元的事。而那位记者来者不善，就在谈话的场地，拉了一条布幕，安排另一个记者在那边做记录。事后，他们整了材料向市革委会报告，使周先生又再次遭到残酷的批斗。记者当中确实有一部分是为虎作伥的。但从这件事，更看出周先生的骨头之硬。他自然知道骂姚文元有风险，但并不怕。

毛泽东的老朋友

周谷城是湖南益阳人，毛泽东的大同乡。1921年以后，周谷城和毛泽东都在湖南第一师范学校教书。不久之后，毛泽东离开湖南，到广州办农民讲习所。有一次，当他知道周谷城来到广州时，就亲自到越秀酒家去找周谷城，希望周留下来在农民讲习所讲课。周谷城以还没有辞去第一师范的工作职务为由，婉言谢绝了毛泽东的好意。北伐战争开始后，毛回到长沙办农民协会，周谷城也加入了农民协会，并担任顾问。随后周谷城又亲自组织了支持革命的教育工作者协会。不久，毛泽东和周谷城都来到武汉，周在邓演达的领导下，搞农民运动，毛主持全国农民协会的工作。但周谷城是一位学者，当时身体不好，不能到前线或农民当中做基层工作，就辞别了邓演达。毛泽东知道这一情况后，又亲自到黄鹤楼下一间很小的旅馆，找到周谷城，要周留在全国农民协会工作。这个协会当时设在武汉，比较安定，可以不要过多奔波。周谷城同意了，就留了下来，在农民协会当宣传干部。宁汉分裂之后，毛泽东到湖南组织秋收起义，周谷城也离开武汉到上海，以译书、卖文为生。从此，毛泽东和周谷城的友谊交往便暂告中断。

1945 年，为解决中国在抗战胜利后的国内问题，毛泽东从延安飞到重庆。周谷城得知孙科要在中苏友好协会举行茶话会招待毛泽东，便提前站在会场的门前等着。毛泽东一到就认出周谷城，大声喊道："你是周谷城吗？"当周谷城做了肯定的回答时，毛泽东感慨地说："18 年了。"毛泽东激动得眼泪滚滚而下。周谷城也是眼泪夺眶而出。

新中国成立以后，毛泽东不论是在北京还是在上海，一有机会总要把周谷城找来见面聊天，探讨一些共同感兴趣的学术问题。有一次，毛泽东把周谷城找去，要他一起在中南海露天游泳池游泳。毛泽东善于游泳，一下水就进入深水区，周谷城不太会游泳，不敢到没顶的深水区去。两人便开起玩笑来，毛站在深水区招呼周："来呀！"周说："我既不能深入浅出，也不能由浅入深。"这是学者的幽默。在公开场合，毛泽东找知识分子开会、谈话，只要有周谷城在场，总要周谷城离他近一点，或坐在他的身边，对周的学术研究、教学情况都经常问到。

他们最后一次见面是 1965 年，在上海西郊一座旧式别墅里。这一次他们谈到哲学史，谈到文学史、佛教史，也谈到胡适等人。这一次谈得非常高兴，周谷城当场用湖南话念起了李商隐的一首七言律诗。最后两句周谷城一时背不出来，毛泽东接着补诵出来："如何四纪为天子，不及卢家有莫愁"。周谷城认为这次会见是"心情舒畅，超出寻常"。但万万没有料到，这次会见竟成了永远的诀别。此后不久，史无前例的"文革"就爆发了。周谷城遭受姚文元的攻击之后，被当作"反动权威"、"阶级敌人"打倒了。他被关进"牛棚"，失去了人身自由。但是，大约因为他和毛泽东有这"一层关系"，"四人帮"还不敢贸然把他置于死地。而毛泽东在最后年代，把许多朋友、同事当成敌人打倒时，对于周谷城来说，毛确实还念了一点旧情。他在一次讲话中，特地谈道："周谷城的世界近代史还没有写完，书还是要让他写下去。"这么一句"最高指示"，就意味着他要保一下周谷城。此后不久，周先生从"牛棚"里放出来。在毛泽东去世后，周先生非常伤心，当晚写了一首七律诗，痛悼毛泽东主席。前四句是这样的：

> 深秋日午朔风号，
> 领袖惊传别我曹。
> 抢天吁地呼不应，
> 伤心惨目泪如潮。

（《作家文摘》2006年总第991期，摘自《历史学家茶座》总第5辑，山东人民出版社2006年版）

追忆故友金山和孙维世

·张　颖·

一

1955 年年末，我从天津市调到北京中国戏剧家协会书记处，主要是管《戏剧报》的编辑审稿工作。

1956 年，中国青年艺术剧院上演了一出新的话剧《同甘共苦》，是岳野的新作，由孙维世导演，舒强、于蓝、刘燕瑾主演，受到观众的欢迎，《戏剧报》上也曾发表过称赞的文章。工作所系，当然我也去观看了。我这个人有个"毛病"：大家说好的，我总想去挑点毛病；别人批评的，我反而要找出些好处来。

剧本故事情节并不复杂：抗日战争期间，一个年轻人告别新婚的妻子参了军，从此杳无音信。他的妻子也参加了抗日后勤工作，成了妇女积极分子。男青年又在抗日队伍中认识了一位知识分子女干部，而且结婚生子了。这种情况在那个年代是相当普遍的，这是战争环境所造成的，也无可非议。后来一个偶然的机会，三人相逢了。难得三人都是好人，识大体顾大局。可当时新中国成立不久，正在宣传一夫一妻的新婚姻法。于是我心里提出了问号：这样的戏不是违背婚姻法吗？而且那位高级干部同时应付两个妻子，使我感到不可思议。

最后我得出自己的结论：这个戏的主题思想不健康。于是我提笔写了一篇剧评文章，说该戏违背婚姻法，还给老干部脸上抹黑。总之是一棍子打下去了。文章刊登后引起圈内人士的吃惊。不几天就由剧协艺委会召集了有关《同甘共苦》座谈会。在会上还真有争论，开始时都还心平气和的，轮到孙维世发言时，她声色俱厉地指着我说，你不就是掌握舆论工具吗？怎么就这样胡言乱语给人扣帽子？新生事物出来不容易，你一棍子就想打死呀，你是什么评论家，一窍不通！当时我都蒙了：没想到会这样。我的个性也倔，见她如此，便回了一句：你是了不起的大专家，批评不得吗？座谈会变成吵架了……本来我和孙维世认识很久了，相处得也不错，这一下成了"仇人"似的，见了面都不说话不理睬。我的心里也很不是滋味，怎么会这样呢？不就是一篇剧评吗？

　　不久，周恩来总理办公室忽然给我打电话，叫我吃午饭时去西花厅。我去了，到西花厅一看，维世已经坐在那里和她的邓妈妈亲热交谈着，我一见这情景不知所措，也就坐下来。过不一会儿就开饭了，公务员提来两个饭盒放在桌上。邓大姐和周总理的饭菜从来就很简单，倒是给我和维世的那两份又多又好。这时周总理进来了，维世是干女儿，很亲热地叫爸爸。总理很客气地先和我握握手，便让我们吃饭，也没说什么话。饭吃完了坐在沙发上，总理笑着说道，我听说你们两个人当着不少人的面打起来了？维世笑着不说话，我倒是吃惊地看着他们，说，没有哇，怎么可能打起来呢？不过是对一个戏有不同看法而已。总理哈哈笑起来：我的情报又准又快，真的没打？维世说，打了，不过是嘴仗。邓大姐这时才发话，你们都是老党员了，不会各自多做自我批评吗？都认为自己全对了？她说话时表情很严肃，但很平和，没有责备我们的意思。我觉得很难向维世道歉，这件事好像就过去了。我和维世也和过去一样了。就在这时候，戏剧圈忽然刮起一阵风，既批评《同甘共苦》，又批评别的有创意的剧本和演出。这时我才真正感觉到我的无知。我的文章居然引来了一股极左风——应该说这股风从来就有，是我的无知不觉中起了推波助澜的坏作用。我想做个自我批评也无济于事了。到了反右派时，这些作家们都被批判成右派分子，这时我才知道自己犯了大错，但根本无能为力去挽回什么了。这件事成了我数十年来的一块心病。我一直感到对不起维世和岳野，当时确是出于无知，但也不能原谅。

我和孙维世 1937 年在延安时就认识了，那时她年轻漂亮，是从上海到延安的电影明星，她比江青名气大，因此在那时候江青对她埋下了嫉妒之心。林彪也追求过她，但维世对"首长"并不感兴趣，这也引起了叶群的嫉恨，以致几十年后她被人害死。1939 年孙维世去了苏联留学，直到全中国解放前夕才回国。在那段时间我们没有什么接触，但我和她一家还是挺有缘分的，她小姨任均和我在鲁艺是同学，在抗战期间，她母亲任锐因为身体不好，曾到重庆治病，我受恩来同志的嘱咐照顾老大姐，所以与她感情很好。新中国成立后我在天津工作时，任锐又在天津治病，那时维世到天津看望和照顾她母亲，我常常与她见面，一起去看望她母亲，直到她母亲去世。那次矛盾很出我的意料，当然很快也过去了。其实我对她的艺术才能一直都很钦佩，她的为人、她的勤奋，都给我留下很深的印象。

"文革"来临，我被关入牛棚。时有各种消息传来，听说孙维世被捕了，当时这样的消息不足为奇，不想维世从此杳无音信。5 年后，1970 年我从干校回来第一次见到邓大姐，她告诉我，维世已经离开人世，并被说成是自杀的。邓大姐很愤怒：死不见尸，怎能说是自杀呢？我心里明白：维世是被害死的。维世这样一个乐观、聪明、勤奋的人，竟落得如此下场，真让人心酸。

二

我和金山认识是在 1942 年，当时他刚从南洋回到内地重庆。他回到重庆不久即被周恩来推荐、郭沫若选中饰演《屈原》剧中的主角屈原。有一件事使我记忆犹深，一次，周恩来要我约金山到红岩咀八路军办事处谈话。当时我已经知道他是地下党员，但交谈不多。那天坐在三轮车上，他非常兴奋，滔滔不绝地和我谈起他们在南洋一带宣传抗日的情况，他忽然站起来，高声呼喊，我要回家了！又特别向我声明，红岩咀办事处就等于他的家了。当时我很惊讶，在国统区怎么可以这样忘形呢？我连忙让他赶快坐下来，别再胡乱叫喊，虽说在乡下也难说万一遇到麻烦，他连忙笑说对不起，我说不是对不起，而是要注意自我保护。他才又开怀大笑起来。

在重庆时，金山和张瑞芳合作演出《屈原》后又共同主演了曹禺改编的《家》，由舞台上的感情变成真实生活中的感情，两人正式结婚了。抗日战争胜利后，他们又在一起到东北接收长春电影制片厂，还拍摄了《松花江上》，成为文艺圈中一对幸福的模范夫妻。

新中国成立后，我和金山在北京有了更多的接触。为了积极反映工农兵的生活和历史，金山写了话剧《红色风暴》，那时候写工人运动的话剧尚未有一个成功的，他要创造一位工人运动领袖人物顾正红，但在写作过程中，倒是被领导工人运动的知识分子施洋大律师的事迹深深感动，认为没有施洋的参加与领导就不会有轰轰烈烈的五卅运动。那么要怎么写这段历史呢？于是创作就出现了大问题。有一天金山突然约我去他家聊天，说是有事要商量，并说维世也在。到了他家，发现金山满脸愁色，而维世默默坐在他身旁。维世拉我坐在她身旁的破沙发上说，金山的剧本写不下去了，这个剧本的主角到底是谁好呢？历史上是施洋大律师，可他是个知识分子，难道他能领导工人运动吗？我直直地望着他们两位，脑子在急转弯。我突然说，两个都是主角成吗？没有工人领袖当然不能称为工人运动，但没有思想领导也不成啊，马克思主义难道不是知识分子介绍到中国来的吗？只要是与工农群众相结合不就成了吗？金山笑了，我和维世给金山打气讨论了整整一下午，最后金山显得有点把握了。《红色风暴》这个戏，金山作为编、导、演全面开花，不久以后改编为电影《风暴》，应该说反映工人运动的电影很少，这一部是不错的。

"文革"开始后，金山的日子当然也不好过，那时他的最大罪名是混入党内的坏分子、假党员。而且他的党的直接领导人是周恩来，造反派大为恼火，对他穷追猛打。

"文革"以后，大约是1982年，金山忽然找到我在南河沿的家，这次见面大家都分外兴奋和快活，感到有很多话要说。那几年我知道他从牢狱出来，身体很不好，才是第一次见面，我们一直聊了整整一天还没聊够，相约几天后再见，孰料没过几天，却听到金山因突发心肌梗死而离世的消息，真是世事难料啊！

三

已经几十年了，关于金山与孙维世的恋爱史，我始终未能释怀。他们恋爱结婚那段时间，文艺圈中传闻多多，都说金山是"浪荡子"，又说维世是插足的第三者，拆散了金山与张瑞芳的美满家庭。其实并非如此。事实是，金山在离婚之后才和维世恋爱结婚的。他们结婚那天我曾去祝贺，邓颖超作为主婚人出席而且有赠礼、有祝福。在那段时间生活过来的人都知道，周恩来和邓颖超两人在这个问题上是非常严谨的，不管是对他们自己，还得对他们亲近的人。如果维世做错了，邓大姐不可能原谅更不会去祝贺。虽然这不是什么大事，也已过去几十年，现在更无人会议论什么，但我既然知道内情，觉得还是应该为他们作历史的澄清。

（《作家文摘》2007 年总第 1036 期，摘自《纵横》2007 年第 4 期）

一路之隔，两家悲欢

——忆马寅初先生

·沈 宁·

我至今清楚地记得，母亲（陶琴薰，陶希圣之女）在历数她在西南联大和中央大学听过课的名教授时，不止一次提到过马寅初先生的名字，而且对马老表示极度的尊敬，对他后来几十年受到的不公平待遇非常愤慨。马寅初的女公子马仰兰曾在重庆中央大学跟母亲同班，后来又是同事。

马寅初先生因 1940 年公开发表反对国民党政府的演讲，惹恼蒋介石，遭军警逮捕，关进贵州息烽军统集中营。1942 年获释后，继续被蒋介石软禁。1946 年抗战胜利后回上海，在中华工商专科学校任教，后出任浙江大学校长。

台湾地区资料里很难找到有关马寅初的记载，而大陆关于马寅初的记载，（从1941年到1946年）这一段时间总是略带一笔跳过，很不详细，甚至互有矛盾。比如有的说他 1942 年获释，有的则说他 1944 年获释，还有说他被继续软禁在重庆歌乐山上。可是 1944 年马寅初出版一本专著《通货新论》，那么，他什么时候写的这本书，又在哪里写的呢？

母亲没有对我讲过马寅初曾遭国民党逮捕的事，她也许不知道。后来马仰兰阿姨给我写的信里，也提到当年许多同学单身到重庆，没有父母在身边，生活比较苦，言下之意，她有家在重庆，生活好得多，似乎并无她父亲被软

266

禁的迹象。

但母亲确实告诉过我，1949 年以前，马寅初确以敢于公开批评蒋介石政权而著称于世，国民党对他是又恨又怕。

有一点我很存疑，就是我的外祖父从来没有讲过一句有关马寅初的回忆。1919 年马寅初任北京大学教务长时，外祖父正在北京大学读法学院，1929 年马寅初先生任南京国民政府财政委员会委员长兼南京中央大学教授，而外祖父 1930 年初受聘为中央大学法学教授，若论起来，马寅初当时是中国顶尖级的经济学家，而我外祖父是中国经济史学界的一派领袖，两人无论如何不至于互不相识吧。

不论马寅初获释是 1942 年还是 1944 年，那时外祖父已经进入蒋介石的权力核心，并且主持国民党文化宣传工作，碰上马寅初那样响当当的铜豌豆，到处批评国民党政府，外祖父绝不会无所知或无所为。可是遍查外祖父所有的回忆文字，我始终没有找到一处提到马寅初的文字。

我知道外祖父尊敬一切真有学问的人，是否因为马寅初先生曾得罪过蒋介石，外祖父避尊者讳？可是在外祖父的回忆里，并不忌讳提及当年曾激烈反对国民党蒋介石的人物，如郭沫若、许德珩，甚至中共领袖周恩来、董必武等。外祖父在庐山会议上，曾专门拜访周恩来、林祖涵、秦邦宪三人，并称赞他们言行温文尔雅，颇得众人好感。外祖父也曾具体地记录了他在北平与延安代表凯丰先生的密谈，对这些，他好像并无禁忌。

不过，不论马寅初与外祖父是否相识、相敬，或相仇，他们的两个女儿却是同学、同事、好友。马寅初是母亲非常尊敬的人，马仰兰阿姨在我们家受迫害最深重时，从美国回归而特别来我家看望过母亲。所以我们对于马老的身世也特别关心，同时对于中国史界对马老生平所表现的选择性记忆，轻率的忘却，既理解也不满。

1957 年反右运动过后，母亲获知马寅初没有被划作右派，还是很觉庆幸。她说，马老那样的学问家，如果从此不能著书立说，那就太可惜了。但那只是母亲那种知识分子的愿望，1958 年下半年间，全国已是上下一片对马寅初人口论的杀伐之声。

那种高压状态之下，母亲曾经悄悄告诉过我一些马寅初讲过的话：为了国家和真理，我不怕孤立，不怕批斗，不怕冷水浇，不怕油锅炸，不怕撤职坐牢，更不怕死，无论在什么情况下，我都要坚持我的人口理论。我对我的理论有相当的把握，不能不坚持，学术的尊严不能不维护。母亲当时叙述马寅初这些话，不知是为讲给我听，还是讲给她自己听，增强她鼓足勇气渡过难关的信心。

1979年马寅初获得平反，回到北京大学做名誉校长。可惜我的母亲没有那么幸运，前一年因病不治去世。

事实上，在北京许多年间，我们家住得离马寅初家不远。马寅初家住在东单东总布胡同里，我家刚从上海搬到北京以及"文革"后期，都是住在北帅府马家庙，跟东总布胡同只隔一条珠市大街。

我清楚地记得，马阿姨1974年头一次来我家的情况，我那时本已下乡陕北插队，刚好回京，所以碰上马阿姨。那天母亲挣扎着从床上起来，张着两手，迎接她的朋友。她们拥抱在一起，两个人的身体都在剧烈抖动。马阿姨的肩头上，母亲干涩的眼睛，流出不断线的眼泪，冲刷她布满皱纹而浮肿的脸。母亲说，你回来了，又见面了，真想你啊！马阿姨说：又见面了，27年了，我也真想念你啊。母亲说：很多年没人来看我了。马阿姨说：我答应过你，一定回来看你，可惜来得太晚了。母亲说：是，你答应过，我记得。再晚，我也等着。

听着她们简短的对话，我心里难过得要命。我悄悄离开母亲的屋子，给她们留一片属于自己的天地。两个人在母亲屋里坐了一下午，没有叫过我一次。我在外面独自坐着发呆，羡慕母亲一辈人的真诚友情。

隔了一年，马阿姨第二次来我家，我没有在，是妹妹接待的。后来她讲给我听，她送马阿姨回家，马阿姨请她进去坐了一坐。也许那时候普通中国人住宅都十分窄小，我家情况更糟，所以妹妹说马寅初家里大极了。大概刚好马老的孙子们准备出国，几间屋子和走道里都放了行李。几个年轻男孩子，奔来跑去，个个志得意满的样子。

我听妹妹这话，就想起来"文革"刚开始的期间，据说因为周恩来的特别保护，马寅初的家暂时没有遭多大殃。可是因为恐惧红卫兵，马寅初先生的亲孙儿自己动手，把马老收藏数十年的大批文物古董，都偷偷堆起来，一把火焚为灰烬。那个故事在当时北京城里我们这些"反革命狗崽子"圈里，广为流传。听到那故事，我为马寅初的不幸而伤心，对马家后辈的做法又十分理解。我们没有办法，我们得保护自己和自己的家庭。我自己也曾设法销毁掉家里保存的书画、唱片，也曾想尽办法把外祖父刻了字留给母亲的一个墨盒丢进紫竹院的湖底。我能想象，他们望着熊熊大火中燃烧的珍贵字画，心里会有怎样的无奈和痛苦。

而更永远铭刻在我心里的是，妹妹告诉我，她在马阿姨的陪同下，左看右看，总想有个机会能够看一眼马寅初先生。最后真被她看到了，走过一个走廊的时候，她看见一间屋子里面一个瘦弱老人的侧面，满头稀疏的白发，深驼着背，坐在一部轮椅车里，旁边空无一人。他一动不动地坐着，孤孤零零，安安静静，没有声息，没有生气，好像一座雕像。

妹妹相信，那一定就是马寅初先生了。她略略站了一站，心里挣扎了片刻，终于没敢过去打扰他老人家，轻轻地离开了。

（《作家文摘》2008年总第1168期，摘自《一个家族记忆中的政要名流》，沈宁著，中国青年出版社2008年版）

兰畦之路

· 刘心武 ·

　　1957 年初冬，我 15 岁那年，忽然有位妇女出现在我家小厨房门外。我望着她，她也望着我。我在想：她算嬢嬢，还是婆婆？

　　那位妇女穿着陈旧的衣衫，戴着一顶那个时代流行的八角帽（帽顶有八处褶角，带帽檐），她脸上尽管有明显的皱纹，但眼睛很大很亮，那时我随父母从重庆来到北京，还保持着重庆地区的话语习惯，对较为年轻的妇女唤嬢嬢，对上了年纪的妇女唤婆婆，但是眼前的这位妇女，年纪介乎两者之间，我望着她只是发愣。她望够了我，一笑："像天演啊！你是他幺儿吧？"我父亲名"天演"，妈妈闻声提着锅铲出得厨房，一见那妇女，似乎有些意外，但很快露出真诚的微笑，忙把她引进正屋，我就管自跑开玩去了。

　　我玩到天擦黑才回到家里，那位妇女还没有走，爸爸妈妈留她吃晚饭，她就跟我们同桌吃饭，这时妈妈才让我唤她"胡嬢嬢"，我唤她，她笑，笑起来样子很好看，特别是她摘下了八角帽，一头黑黑的短发还很丰茂。

　　胡嬢嬢没有再到我家来。爸爸妈妈的窃窃私语，偶尔会传进我的耳朵。关于胡嬢嬢，大体而言，是划成"右派分子"，送到什么地方劳动改造去了。

　　1983 年，爸爸已经去世 5 年，妈妈住到我北京的寓所，记不得是哪天，我忽然想起了胡嬢嬢，问妈妈，她跟我细说端详。论起来，大家都是同乡。胡嬢嬢名"胡兰畦",她虽有过一次婚姻,但遇上了陈毅,两个人坠入爱河,在亲友中那并不是秘密,他们山盟海誓,在时代大潮中分别后,互等三年,若三年后都还未婚,则结为连理。胡兰畦生于1901年,1925年大革命时期,活跃在广州。后来国民党分裂,胡兰畦追随国民党左派何香凝,何香凝让儿子廖承志先期去了德国,胡兰畦不久也去了德国,并在那里由廖承志介绍加入了德国共产党,组成了一个"中国支部",积极投入了国际共产主义运动。1933年德国纳粹党上台,疯狂打击共产主义分子,廖承志和胡兰畦先后被逮捕入狱。那一年何香凝去了法国,并到德国将廖承志营救出狱,不久,入狱三个月的胡兰畦也被营救出狱,流亡到了巴黎,在那里写出了《在德国女牢中》。这部作品先在法国著名作家巴比塞主编的《世界报》上以法文连载,很快又出版了单行本,并被翻译成了俄、英、德、西班牙文,在世界流布。1934年苏联召开第一次全苏作家大会,向寓居巴黎的胡兰畦发出邀请,她也就以唯一的"著名中国作家"的身份参加了那次盛会。

胡兰畦命途多舛,但寿数堪羡,她熬过了沦落岁月,活到了改革开放时期,得到平反,恢复党籍,1996年含笑去世。她在复出以后写出了《胡兰畦回忆录》,但到1997年才正式出版,尽管关注这本书的人至今不多,留下的宝贵历史资料却弥足珍贵。1934年那次大会选举高尔基为第一任作协主席,他对胡兰畦非常欣赏,除了大会活动中主动与胡交谈,还多次邀请胡到他城外别墅做客。那时候胡所接触的苏联官员与文化界人士中赫赫有名的除高尔基外,还有布哈林、莫洛托夫、日丹诺夫等。因为作为共产主义作家,西欧对胡限制入境,苏联政府就为她在莫斯科安排了独立单元住房。1936年高尔基去世。出殡时,斯大林亲自参与抬棺,并亲自圈定棺木左右执绋人,而"来自中国的著名女作家胡兰畦"被钦定为执绋人之一。

1936年年底,胡兰畦回到中国。1937年到1949年12年里,她的活动让我这个后辈实在搞不懂。国共联合抗日,她公开身份是在国民党一边,作为战地服务团团长,蒋介石给她授了少将军衔,成为中国近代史上的第一个女将军。她为共产党暗中做了许多策反一类的事情,但她的共产党员资格却被地下组织轻率取缔,这期间她与陈毅有几次遇合,爱得死去活来,但明誓三年之后他们失却联系。1949 年中华人民共和国成立，这应该也是胡兰畦此前奋力追求的一个胜利果实，但她的身份却变得格外尴尬，她算什么？国际共产主义运动的斗士？但能证明她这一身份的人要么已经不在人世，要么已经在这个运动的流变中成为可疑之人甚至是"叛徒"。她算苏联人民的朋友？一些曾被斯大林养起来的外国文化人在"大肃反"中被视为西方间谍驱逐出境，实际上她后来也被"克格勃"怀疑。她算"著名中国作家"？她那本《在德国女牢中》后来虽然也在中国出版，但并没产生什么大的动静。她算共产党的地下工作者？谁来证明她有那样的身份？陈毅跟她之间只有隐私没有工作联系，又能证明什么？上海解放后，陈毅担任第一届市长，她顺理成章地写信到市政府请求会面，很快有了回音，约她去谈，但出面的不是陈毅而是副市长潘汉年。潘汉年告诉胡，陈已娶妻生子，"你不要再来干扰他"，胡只好悻悻离去。1950 年以后，她在北京工业大学找到一份工作，不是担任教职，只是一个总务处的职员。当年她灰头土脸地前往我家时，街上有谁会注意到她呢？谁能想象得到这曾经是一个在中国革命大潮乃至国际大舞台上，叱咤风云的巾帼英雄呢？谁知道她在 1927 年大革命时期的事迹，被茅盾取为素材，以她为模特塑造了小说《虹》中的女主角呢？更有谁知道她曾经和蓝苹以及当年其他美女一样，登上过《良友》画报的封面呢？

那时从爸爸妈妈的窃窃私语里，我就知道，胡嬢嬢"日子难过"，"三反"、"五反"运动里，她因管理大学食堂伙食，在并无证据的情况下被定为"老虎"（贪污犯），关过黑屋子。"肃清胡风反革命集团"时，她又被定成"胡风分子"，其实她根本不认识胡风。她到我家来，连我那么个少年都看穿了，除了享受温情，实际上也是来借钱的，在那个革命浪潮涌动的年代，像我爸爸妈妈那样还能接待她的人士，实在已经属于凤毛麟角。

我有一幅田野写生，画的是田间小路。我画这条乡间小路时，想到的是自己似乎曲折的命运。但是现在再端详这幅画，忽然想到了胡兰畦，她的生活道路，那才真是万分曲折、千般坎坷、百般诡谲呀！……忽然想缄默下来，咀嚼于心的深处。

回忆世交孙炳文一家

·刘心武·

2008 年初冬，二哥从成都来电话告诉我，孙四叔去世了。二哥问我是否还和黄粤生保持联系。喟叹说，这一家人啊，前两辈就剩黄粤生一个了啊！

我祖父刘云门是孙炳文的好友，孙炳文和任锐在北京什刹海会贤楼举行婚礼，我祖父是证婚人。

祖父和孙炳文在日本留学时都加入了同盟会。20 世纪 20 年代初，孙炳文和朱德赴德国留学之前，在我家什刹海北岸的寓所借住了多日，我父亲刘天演那时十六七岁，朱德见他骑自行车很顺溜，就提出来让他教骑自行车，父亲也就真的手把手教了起来，朱德没几下就学会了，这事给父亲留下非常美好的记忆。新中国成立后，父亲从重庆调往北京海关总署任统计处副处长时，曾往中南海给朱德写去一封信，朱德马上回信约他去叙旧，父亲去了，朱德先把学骑自行车的往事讲出，高兴得哈哈大笑。临别时朱德亲切地对父亲说，以后有事可以找他，但那以后父亲没有主动去联系过。

孙炳文和朱德在德国见到周恩来，周恩来介绍他们加入了中国共产党。他们没多久就一起回国，投入了第一次国共合作的大革命。作为意志如钢的政治人物，他们也很有柔情的非政治行为。那时我祖父先一步到广州投入大革命，任教于中山大学。我父亲为生计漂泊在外。留在北京的后婆婆对我母亲非常不好，孙炳文和任锐听说后，就写了一封信给我母亲，让母亲离开苛酷的后婆婆，住到他们家。母亲到孙家不久，孙炳文、任锐夫妇也奔赴广州，但他们对我母亲作出了妥善安排，让她再住到任锐妹妹家去，而任锐的妹妹任载坤，是著名哲学家冯友兰的夫人。我妈妈管任锐叫二姨，冯夫人为三姨，大姨呢，是嫁给了后来四川天府煤矿总经理兼工程师的黄志煊（黄爷爷是祖父的忘年交）。孙、冯两家以及三位姨妈，还有两家的孩子，对我母亲都非常好。在孙家，那时长子孙宁世还是个少年，热爱《红楼梦》，所有能找到的关于《红楼梦》的文字都读。三女孙维世还是个儿童，很喜欢当众唱歌跳舞，大方活泼。在冯家，三姨后来生下一个女儿名叫冯钟璞。后来我父亲结束漂泊找到稳定工作，才把妈妈从冯家接走。

孙炳文在 1927 年国共分裂的四一二反革命政变中，由蒋介石亲自下令，被残暴地腰斩于上海龙华。那时任锐刚生下小女儿，从广州抱到上海不久，据说反动派来搜查住所时，刺刀挑起尿片，气势汹汹，倘若那刺刀稍一偏斜，小女儿也就结束生命了。任锐为继续革命东躲西藏，无法抚养小女儿，就把她送到大姐也就是我母亲所称的大姨即黄婆婆那里，因为这个小女儿生在广州，就取名为黄粤生。

大约 1956 年初秋，忽然又有人到钱粮胡同海关宿舍大院找母亲，母亲被亲友们一贯以"刘三姐"称之。就像我二哥告诉我"孙四叔去世了"，"孙四叔"也是孙家大排行的称谓，其实他是孙炳文和任锐的二儿子，孙维世和黄粤生的二哥，他们还有一位三哥孙名世。那次来找"刘三姐"的是一位风华正茂，脸蛋红苹果般放光，穿着"布拉吉"（苏联式连衣裙）的女子，她走进我家，母亲迎出还没站稳，她就热情地扑过去紧紧拥抱，还重重地一左一右亲吻母亲脸颊。我在母亲身后看得吃惊。那位来客就是黄粤生，她在黄家长大后，养父母告诉了她的生身父母是谁。父亲牺牲许久了，母亲任锐曾与姐姐孙维世和哥哥孙名世齐赴延安，同入马列学院学习，两代三人成为革命学府的同学，一时传为佳话。任锐在 1949 年年初病逝于天津，孙名世则牺牲在解放战争的淮海战役中。孙维世后来到苏联学习戏剧，解放后年纪轻轻就担任了中国青年艺术剧院的总导演。黄粤生 1949 年从重庆转道香港到达北京，携着姐姐的亲笔信到中南海找到邓颖超，也被接纳为义女。后来黄粤生到苏联列宁格勒大学攻读俄罗斯与苏联文学，她那次来看望"刘三姐"时，已学成回国，并被安排到北京大学俄罗斯语言文学系担任讲师。

我祖父在1932年著名的一·二八事变中于上海在日本飞机轰炸中遇难。他在生命的后期已经从政治潮流中边缘化。但我家虽在边缘，却总是与社会中心人物有着若即若离的剪不断的联系。抗日战争胜利后，我家住在重庆，父母有时会带我到黄爷爷黄婆婆家，也就是黄粤生养父养母家做客。那几年里我母亲和粤姑姑走得很近，粤姑姑苏联学成归国来看望"刘三姐"，见面惊呼并且热烈拥抱亲吻，显然完全出自真情。

黄粤生因其家庭背景显赫，人们都以为她必定会在高干子弟中觅到如意郎君，没想到她爱上贫农子弟李宗昌。她回国后将自己的恋情向"总理爸爸"和"小超妈妈"公开，得到赞同，遂与李宗昌缔结连理。

黄粤生在1966年6月以前，生活非常顺遂幸福。1967年，街头出现了"打倒朱德"的大标语。我知道，粤姑姑的大哥孙宁世后来公开使用的名字是孙泱，曾任朱德的秘书，后来任中国人民大学党委副书记和副校长。没几天，街头又出现"打倒三反分子孙泱"的大标语。再没几天，街头出现了"反革命修正主义分子孙泱自绝于人民罪该万死"的大标语。后来知道，孙泱被残酷批斗，拒不认罪，被囚地下室中，他的尸体被发现时，呈在暖气管上用绳索套住脖子的勒毙状态。究竟是自杀，还是有人把他折磨死了以后，用那样的办法掩饰他杀的真相，成为一个永久之谜。

我们私下议论到朱德的被辱、孙泱的死亡，父母不胜唏嘘。那时候还不知道孙维世和黄粤生的情况。我安慰父母说，"文革"爆发后的夏末，孙维世在大庆编导，并由真正的石油工人家属演出的话剧《初升的太阳》还在上演，可见她应该还安全。

我家直到"四人帮"垮台以后，才知道孙维世已在1968年就被逮捕入狱，并惨死狱中。谁也救不了她，谁也没有救她。

大约在1981年夏天的一天，我接到黄粤生打来的电话，很亲热地问我："还记得粤姑姑吗？"怎么会不记得呢？她约我去她的住处见面。

我按图索骥，找到了粤姑姑居住的地方，她开门迎客。度过劫波，她略显憔悴，但风度不让当年。在她去张罗茶点的时候，我随手翻了翻书房里书架上的书，不经意中，我发现手中那本书的扉页上有金山藏书的印鉴，难道这是金山的住宅？说实在的，我对后来粤姑姑的生活变化一无所知，因此，当她请我喝茶吃点心时，我还问："李叔叔呢？"粤姑姑告诉我，宗昌叔叔已经因癌症去世了，我不禁长叹。她主动说起粉碎"四人帮"后的生活变化，她恢复了最早的名字——孙新世。李叔叔去世以后，两个女儿都到外面上学去了。因为姐姐惨死，姐夫金山身心也备受摧残，她就搬到金山这里照顾他。最初，他们是各居一室，晚上如果金山身体出现问题，就按电铃，她闻声赶到金山身边照顾。"后来，觉得这样很麻烦……你懂，我们也产生了感情……我们就住到一个房间了……现在，我们正式结婚了。"说完最关键的，显然也是她说出来最感吃力的这几句，她望着我，我虽确实有些吃惊，迟疑了一下，就说："能理解。这样也好，你们可以……"她不等我说完就接过去说："相依为命吧！"

　　"现在孙家、刘家剩下的人别断了联系，世交嘛。"她的亲切使我颇为感动。

　　但是我后来再没有跟粤姑姑保持联系，倒是跟冯钟璞交往甚多。我们在一起时，就文学艺术充分地交换意见，但我们多不涉及她的大姨、二姨两家的人与事。

　　孙炳文、任锐的二子孙济世新中国成立后一度到北京任绒线胡同四川饭店经理，朱德、邓小平、吴玉章、陈毅常去那里吃饭，我父亲也曾被邀去品尝过精品川菜。后来孙济世在成都任职，粉碎"四人帮"后，已定居成都多年的我二哥刘心人跟孙济世来往颇多，二哥叫他"孙四叔"。

　　孙四叔去世的消息搅动了我平静的心。孙家前两辈只剩黄粤生即孙新世一位了，她早已离开北大。1982年金山病逝后，听说她曾组建公司，开拓中苏文化交流。年老退休后，常到定居美国的女儿家长住。算起来，到2009年，她进入83岁的高龄了。往事联翩浮过心头，我百感交集。祝愿孙家这一辈仅存的生命，能幸福安康，越过百岁。

追忆沈从文与萧乾

·文洁若·

今年是沈从文逝世 22 周年。1988 年 5 月 10 日，他在北京驾鹤西去，12 日，萧乾写了一篇《没齿难忘——悼沈从文老师》，刊载在 15 日的台湾"中国时报"上。文中有这样的话：

"他是我的恩师之一，是最早（1930 年）把我引上文艺道路的人。我最初的几篇习作上，都有他修改的笔迹，我进《大公报》，是他和杨振声老师介绍的。在我失业那 8 个月时间（1937 年至 1938 年），他同杨老师收容了我。这些都是我没齿难忘的。"

一

1929 年秋，萧乾进了不需要文凭的燕大国文专修班。那一年，他旁听了从清华大学来的客座教授杨振声（字今甫）的"现代文学"课。经杨老师介绍，他于 1930 年结识了沈从文，后来称沈为"师父"。课余，他协助美国青年威廉·阿兰办了 8 期英文刊物《中国简报》（*China In Brief*），负责其中介绍当代文学部分。他佩服沈从文的学问文章，以"当今中国一个杰出的人道主义讽刺作家"为题，发表了一篇访问记，称沈是"中国伟大的讽刺幽默作家"。

1933 年 10 月，沈从文将萧乾的短篇小说《蚕》刊登在《大公报·文艺》上。"绝顶聪明的小姐"（沈从文语）林徽因很喜欢此作，邀萧乾到她家去吃茶。两年后，由于杨振声、沈从文二位向《大公报》总经理胡霖推荐了萧乾，他大学刚毕业就到天津去编《大公报》副刊。

及至萧乾旅英 7 年后，于 1946 年返回故土，他几乎成了美国作家华盛顿·欧文笔下的瑞普·温克尔，对这期间国内发生的变化感到十分隔膜。钱锺书曾说萧乾"盛年时过于锋芒毕露"，指的大概就是 1947 年 5 月 5 日刊载于《大公报》上的社评《中国文艺往哪里走？》。其中，"近来文坛上彼此称公称老，已染上不少腐化风气，而人在中年，便大张寿筵，尤令人感到暮气"这 37 个字，闯了大祸。从此萧乾陷入泥潭，1979 年 2 月 1 日的"关于萧乾同志右派问题的复查结论"，才使他真正解脱。

那篇社评并未署名。郭沫若恐怕做了周密充分的调查研究，10 个月后才写了一篇《斥反动文艺》，"1948 年 2 月 10 日脱稿"，此文刊在 3 月 1 日出版的香港"大众文艺丛刊"第一辑《文艺的新方向》。红、黄、蓝、白、黑这五种反动文艺中，萧乾被列为黑色的，他的遭遇比被郭沫若封为"桃红小生"的沈从文聊胜一筹。1949 年 8 月底的一天，萧乾从香港搭乘"华安"轮，随地下党经青岛来到开国前夕的北平。10 月，任外文局的英文刊物《人民中国》副主编。

1949 年元月上旬，北大学生洋洋洒洒地写了一条巨幅标语："打倒新月派、现代评论派、第三条路线的沈从文！"从教学楼上悬挂下来。还有一份大字报重抄了郭沫若的《斥反动文艺》中有关沈从文的段落，贴出来示众。当时，北京大学位于沙滩红楼，沈从文在该校中文系担任教授。他认为自己会遭到灭顶之灾，遂于 3 月 9 日试图用保险刀自杀。幸而他的堂弟张中和正好来串门儿，把他送到医院去抢救，得以脱险。3 月 20 日，叶圣陶前来百般宽解沈从文。丁玲于 6 月 8 日下午从东北抵达北京，10 日就前往沙滩中老胡同去看望沈从文。全国第一次文学艺术工作者代表大会于 7 月 19 日闭幕后，丁玲在丈夫陈明和何其芳陪同下再一次登门造访，劝慰沈从文，使他度过了精神危机。

二

1950年11月，为了向国外报道土改运动，萧乾赴湖南岳阳采访。1952年年底，萧乾从外文局调到人民文学出版社。1953年11月，他住进了东总布胡同46号的作协宿舍。1954年5月，我和他结婚，这时，沈从文已经从北京大学正式调到历史博物馆陈列组工作。博物馆分给他的宿舍坐落在东堂子胡同东口，是三间北屋，说明单位待他不薄。两家相距不远，萧乾带我去看望过他和张三姐兆和。那是风调雨顺的日子，气氛和谐。沈从文的案头放着《边城》日译本，我自告奋勇，把译者序口译给他听。他神情凝重，显然，国外的评价在他心中是有一定分量的。

1957年，风云突变，萧乾和沈从文的长子龙朱都被错划成右派。萧乾在唐山柏各庄农场监督劳动了三年三个月，1961年6月，调到人民文学出版社编译所做翻译工作。1964年6月，文化部党委宣布，摘掉萧的"右派"帽子。我们误以为熬出了头，还设家宴与沈从文、张兆和伉俪共度良辰，庆祝一番。岂料两年后，更大的灾难铺天盖地而来。这回轮到萧乾自寻短见了。幸而被好人及时发现，送到隆福医院，捡了一条命。

1969年9月底，文化部的工作人员"一锅端"到湖北咸宁的"五七干校"。加上随后被赶下去的家属，共达6000多人。沈、张二位自不用说，我们一家四口全去了。沈因不能劳动，被分配到离老伴儿10公里外的双溪。

1972年年初，沈从文因心脏供血不足，浑身浮肿，干校批准他回京治病，住在八次抄家后，仅余一间的东堂子胡同宿舍。入了夏季，张兆和也办了退休手续抵京。张兆和的单位（《人民文学》）在小羊宜宾胡同作协宿舍给她找了一间屋子。老夫老妻就这么安顿下来。

8月，我从干校请假回到阔别三年的北京，为儿子安排转学的事。萧乾曾到武汉去看病，带回四盒孝感麻糖。他要我面交黄永玉、孙用各一盒，沈从文两盒。我叩门而入，发现这位已过古稀之年的老人被埋在图书资料里，废寝忘食地工作着。他舍不得耽误工夫，通常只到夫人那里去吃一顿饭，把其余两顿带回来，凑合着果腹。1973 年 2 月，萧乾请探亲假回京治病（他在抢场时患上了冠心病）。当年 7 月，我被正式调回人民文学出版社，外文部给了萧乾与人合译《战争风云》（［美］赫尔曼·沃尔普著）的机会，他就有充足的理由不返回干校了。由于替沈从文张罗住房，引起误会，二人在 1975 年以后未再见面。

三

1979 年 8 月，萧乾应美国艾奥瓦大学"国际作家写作计划"主持人聂华苓夫妇邀请，与诗人毕朔望赴美参加 30 年来海峡两岸以及中美作家之间首次交流活动。

1980 年 10 月 27 日，沈从文应邀赴美讲学，张兆和偕行。动身前，张三姐专程光临舍下，萧乾为老友写了几封介绍信。我感觉，沈、萧二人之间已经不存在什么芥蒂了。我把张兆和送到公交车车站（那时我们已经搬到天坛南里）。

1999 年 2 月 11 日萧乾去世。我派回来奔丧的老大送一套《萧乾文集》（十卷本）给张兆和。进入新世纪后，萧乾的老友、归侨陈布伦从漳州写给我这么一封信："旅美记者李成君来信，说在网上读到湖南某杂志一篇文章，提及沈从文临终前交代不要让萧老参加他的葬礼，说萧乾在'文革'中揭了沈云云。"萧乾在谢世 11 天前搁笔的《吾师沈从文》中，有自我批评。1948 年，他一度同意为《新路》编国际问题及文艺，还曾赴沈从文住处，邀他参加这份刊物的筹办，并在发起人名单上签名。沈断然拒绝了。1957 年，萧乾又代表《文艺报》，鼓动沈老师鸣放。沈摇摇头，根本未答理萧。倘若这两次跟着萧跑，会有什么样的政治后果，就不难想象了。

李辉所著《和老人聊天》（大象出版社 2003 年版）有 1992 年萧乾送给李辉的一张照片。他在背面写道："这是 1935 年我随沈从文、张兆和伉俪去苏联玩耍，我为他们拍的。"沈从文坐着，张兆和打着阳伞站在他后边，戴草帽的张允和伫立在姐姐左边。第 42 页的李辉、沈从文对话，说明沈从文已同意与萧乾和解：

李：你们老也老了，和好不行吗？要是他来见你，你赶不赶他走？

沈：（沉吟了一会儿）来看我，我赶他干什么？

李：你解放后幸好钻到故纸堆里才没有事，不然也跑不了。

李辉是 1988 年 4 月 21 日上午在沈家做这个采访的。那天下午，他就专程前来告诉萧乾这一喜讯。萧乾当然求之不得。李辉要出差，说好返回后就陪同萧乾前往。没有想到，"5 月 10 日，他一故旧之女来访，言及其父的不幸遭遇，他心情激动，心脏病猝发，抢救无效，于晚八时三十分在家中逝世，走完了他八十六年的生活历程。"（引自《沈从文生平年表》，糜华菱编，北岳文艺出版社1998 年版）

沈从文与萧乾的矛盾，是不正常的年月造成的，进入新时期，迎刃而解。沈从文逝世后，萧乾对《沈从文史诗》中译本的问世尽了绵力。我保存着作者金介甫和译者符家钦先后题赠给萧乾、文洁若的《沈从文史诗》。

沈从文先生地下有知，会感到欣慰的。

（《作家文摘》2010 年总第 1364 期，摘自《书屋》2010 年第 7 期）

私人叙述

我和陈昌浩共同生活的日子

·孟 力·

一

我与陈昌浩相识，是从我 1957 年到中共中央马恩列斯著作编译局联系工作时开始的。

当时，陈昌浩在编译局主持工作，他的老友朱一清带我去看他，介绍了我的情况。

近一个月后，陈昌浩同志直接打电话到我单位通知我："关于调编译局工作一事，你准备一份自己的俄文翻译稿和一份个人简历，交朱一清同志转我或者直接寄来，我好请局里搞业务的同志们看看。"

又过了一段时间，编译局派人到我单位中科院心理所调查和了解我的情况并查阅了我的档案。时隔不久，陈昌浩同志告诉我："孟力同志，编译局组织部门同意你调局工作，请你不要着急，过几年时间再办理调动手续。在办理手续前，你在俄文翻译方面如遇到困难或有什么问题，可以打电话约定时间，我帮助你。"

有一次，我给昌浩同志打电话请他帮我解决几个俄文翻译中的问题，当时我爱人已去世几年，两个女儿还小，正巧赶上过节，昌浩同志对我说："正好孩子放假，你把两个孩子带来，在我这里一起玩。"我们去了。他给我们讲故事，讲得非常生动，孩子们都爱听。我们还坐在他院里的果树和葡萄架下，一边喝着水，一边听他讲年轻时的爱好和经历。

以后凡是节假日，孩子们总希望我带她们上陈伯伯那里去玩，久而久之，我与昌浩同志之间的了解逐步加深，使我更加敬佩他，我们成了能够谈心的忘年交。

有一次，昌浩同志很郑重直率地对我说："孟力同志，我们通过彼此间的接触，互相都比较了解了，组织上也审查过了，你和我都是延安过来的老同志了，当然那时你还是红小鬼嘛，你现在也比我年轻，身体也比我好，如果从工作事业上考虑，我是从事俄文方面的工作，你是学俄语的，并且也要从事这方面的工作。我因为年龄关系，俄文字太小，看书感到非常吃力，有时看不清，有时看错行。你所学的俄语也需要巩固和提高。我想如果我们能合作就可以解决工作中的许多困难，同时也可以给公家节省两个秘书。我们彼此可以互相帮助，比如在看俄文书和审阅俄文稿子时，你读我可以听和写，或者我读你可以听写，这样不断地练习听写能力，你的俄语水平也会很快巩固和提高，这不是对工作很有好处吗？你的困难就是两个正在求学的女儿的教育培养问题，孩子是革命后代嘛，她们已经很懂事了，我很喜欢她们，而且我家几代人都没有女孩子，她们的教育培养问题我负责。如果你不嫌我年龄大，身体弱的话，我们可以合家，你认为如何？请你考虑考虑。"

当时，尽管我心里非常敬佩喜欢这位革命老前辈，我头脑里还有不少旧意识，没有勇气正面回答他。只得说："请你让我好好想一想。"

我将内心的矛盾和顾虑与延安时期的几位老大姐说了，征求她们的意见。她们都异口同声地赞成，而且热情地开导我。

在大家的帮助鼓励下，我解除顾虑鼓起勇气告诉昌浩："我考虑好了，同意你的想法。"

我们的结婚报告很快得到了组织的批准。

1965 年 7 月，我和陈昌浩同志正式登记结婚了。

二

1967 年春的一天中午，在中国科学院北郊大楼食堂门前贴出一张醒目的大字报，引来很多人围观，大字报的标题是："陈昌浩是西征途中的大逃兵"。我震惊了，挤上前去把大字报一口气看完。大字报的大意是：西征途中，在被敌人重兵包围，极端困难的紧要关头，身为西路军军政委员会主席的陈昌浩和副主席徐向前，不顾广大阶级弟兄们的生命安危，弃军逃跑……

我怀着不安和疑惑的心情回到家，急切地想问问昌浩到底是怎么回事，可是过了晚饭时间还未见他回来，我非常不安，担心他被批斗后又犯了心脏病，会不会倒在马路上？我站在朝向院大门的阳台上焦急地望着大门，一小时一小时过去了，直到晚上 9 点钟，他才拖着沉重的脚步慢慢地向院里走来。我赶紧跑下楼去扶他，急忙问："你是不是不舒服，是心脏病又犯了吗？咱们马上去医院！"他向我摆手说："先回家吧，抽屉里有药。"他服药后就坐在桌子旁边一动不动，疲惫不堪，痛苦地闭目思"过"。我不知为什么不由自主地拿起照相机拍下了一张照片，也许是想等他情绪好了之后让他看看自己，万没想到，这张照片竟然成了他的最后留影！

昌浩稍事休息，精神有所好转，他对我讲起西路军的过去。

中央给西路军的任务开始是："打通远方（指苏联）取得援助"；后来因西安事变，为了策应河东部队，按照中央军委的多次指示，任务几经变更，因而走走停停，忽西忽东，逐渐丧失战场主动。敌军抓住西路军的弱点变得更加疯狂，准备全歼我军，调集更大兵力反复向我军进攻，西路军经过多次恶战，最后只剩下几千人，被敌军四面包围在零下 20 多度的雪山上。

昌浩讲到这里，流着泪哽咽着说：我作为西路军的主要领导，不能让几千英雄儿女在雪山上白白送死嘛！中央命令要我们分散突围，可是面对敌人重兵四面包围极端险恶的情况，突围很难成功，为了保存革命力量设法能让同志们冲出重围，想出一个办法来，利用当时敌军急于活捉我和徐向前同志，到处张贴悬赏重金活捉徐向前、陈昌浩的告示，于是考虑将计就计，因此召开西路军军政委员会会议，决定徐向前和我先离开部队，我军利用马匪捉徐、陈的急切心情，大造徐向前、陈昌浩"逃跑"的舆论，敌人四处搜山，我军乘机分三路突围，由李先念和李卓然等同志指挥的1000多人不仅冲出敌人的包围圈，而且将400多名身经百战的将士们经过新疆带回延安。

昌浩同志讲完之后，非常沉痛地说："西路军的重大伤亡与失败原因十分复杂，但我作为第一把手负有重要的责任。每当回忆起这段惨痛的历史，我都痛心疾首，我对不起英勇牺牲的同志们！"说着，热泪涌了出来。我掩饰着内心的痛苦，给他倒了一杯水，劝他休息。

1967年7月26日，昌浩同志一进家就告诉我："今天我在回家的途中，看见彭德怀和张闻天被造反派五花大绑，头戴高帽子，胸前挂着大牌子，坐喷气式飞机押在大卡车上游街示众！完全像以前斗争恶霸地主一样，这样丑化我们党的干部，太不像话了嘛！这岂不是丑化我们党的形象嘛。"

昌浩同志几分钟后又非常激动而沉痛地说："彭德怀和张闻天同志为党做了许多有益和有贡献的工作，是党内有威望的领导同志，他们的错误都是做过结论的，属于人民内部矛盾嘛！已经是历史了，怎么能这样对待他们呢？这太残酷无情了吧！"他讲完这些话之后，流着痛苦的泪水紧靠在沙发上，不断地仰面长叹……

三

1967年7月30日，是一个永远难忘的日子。昌浩永远离我而去了……

昌浩同志被折磨迫害致死后，造反派仍不甘心，诬蔑他的死是畏罪自杀！他去世后，我和孩子们都被株连，家被抄，人被关，我们全家被当作苏修特务隔离审查长达一年之久。

从1972年至1979年的7年中，我多次给党中央、毛主席、周总理、朱老总、邓小平等中央领导同志写信，一方面向党中央汇报陈昌浩同志在"文化大革命"中遭受迫害的真实情况，另一方面请求中央为在"文化大革命"中强加给他的不实之词做出实事求是的结论和平反昭雪。

1979 年 10 月胡邦耀同志主持中组部工作以后，我亲自带着材料去见他。耀邦同志在百忙之中耐心地听了我的陈述。

1980 年 8 月 21 日，中共中央为陈昌浩同志召开了隆重的平反昭雪大会。

13 年的风风雨雨，13 年的奔走呼号，13 年的痛苦煎熬，终于等到了这一天。昌浩同志在九泉之下可以瞑目了！我这个疲惫的躯体和受伤的灵魂也可以放松一下了！

（《作家文摘》2003 年总第 691 期，摘自《中共党史资料》2003 年第 2 期）

曾志回忆：我与陶铸

·曾　志·

  《百战归来认此身：曾志回忆录》是铁血柔情的女革命家曾志晚年在病榻上以回忆录形式写成的一部自传，也是她有生之年写成的最后一本书。在这本书里，曾志追忆了自己的家世，自己坎坷的人生经历，自己的婚姻家庭，自己与毛泽东、朱德、彭德怀、胡耀邦等老一辈无产阶级革命家的交往，自己亲历的中国革命和建设各个时期的重大事件……

——编者

初识陶铸

  1930年10月的一天，我（时任厦门中心市委秘书长）在福建省委书记罗明的屋里，见到了一位陌生的年轻人。他约二十三四岁，个头不高，却很精干，微黑的面庞，青腮帮子，一头不驯的浓密硬发，粗黑的眉下目光炯炯，上身穿一件咖啡色广东衫，下面是西裤、皮鞋。我觉得这人虽谈不上魁梧英俊，更谈不上潇洒儒雅，却自有一股逼人的英气。

  罗明给我们互相做了介绍，我们都毫不掩饰地愣了片刻。哦，原来他就是陶铸！

这个名字我在闽西时就听说过了，震惊中外的"厦门劫狱"总指挥。（一位华侨青年还根据此事创作了小说《小城春秋》，50年代还被改编成同名电影）从监狱中获救的一批同志，后来奔赴闽西苏区。我从他们的讲述中了解到，陶铸是一位十分英勇又极有才干的同志，因此他在我脑海中留下了深刻的良好印象。

陶铸也没想到，人们传说的闽西苏区泼辣能干的"母夜叉"，竟然是白净秀气、一头垂肩秀发，穿着素净得体，举止端庄的年轻女人，难怪他大吃一惊。

但紧接着下来，我对陶铸原来的那些好印象全没啦。

罗明与陶铸谈话，可陶铸坐在那里，眼睛看着窗外，一副爱听不听、爱理不理的样子。罗明有些生气地说："你态度好点行不行？"陶铸也不示弱："难道要我跪着听你说话？"气得罗明好久说不出话来。

第一次见面，陶铸没给我留下什么好印象。但是当我进一步接触并了解陶铸后，又不得不改变了我对他的看法。不久，在军委书记王海萍妻子那里我见到的是另一个陶铸。

陶铸与王海萍是一对非常要好的朋友。1928年广州起义失败后，陶铸去了上海，中央分配他到红四军工作。途经厦门时，军委书记王海萍见他黄埔军校出身，经历过南昌起义和广州起义，懂军事且有作战经验，就恳切地将他截留下来，做兵运工作和搞武装斗争。先让他到厦门炮台当了三个月的兵，计划伺机兵变拖枪暴动，后来转来做劫狱工作。劫狱成功后，陶铸便留在省委军委机关工作，与王海萍夫妇同住在机关里。

有一阵，王海萍奉命去闽西巡视指导工作，偏偏不巧的是，他的妻子此时身患急性腹膜炎。因为没有钱，不等完全治好就提前出院了，在家里生活不能自理。王海萍把妻子托付给陶铸照顾，提着一颗悬着的心去了闽西。

陶铸尽心尽力去完成战友的嘱托，对王海萍的病妻给予无微不至、温柔体贴的照顾。他每天跑里跑外，烧火做饭，喂药喂水，甚至像倒尿倒屎、洗涤污物这样的事，他也是一丝不苟、任劳任怨地去做。一直到两个月以后王海萍回来。

当我耳闻目睹这一切后，十分感动。

后来，在地下工作中，我们这对假夫妻假戏真做，自然结合了。

中央突然通知：陶铸被捕叛变

1933 年 3 月，上海中央局来了个通知，叫陶铸立即到上海，另行安排工作，省委书记一职由组织部部长陈之枢接任。

对此次调动，陶铸虽感到意外，但并不知道其中原委，直到一个月后他在上海被捕入狱，才搞清楚是怎么回事。

原来，中央派来福州巡视工作的巡视员朱××，曾征求陶铸对王明的看法，生性秉直的陶铸毫不隐瞒地表露了自己的观点："他是吃洋面包的，我看他对中国革命的实际并不太懂！"这位巡视员回上海后，向主持中央工作的王明如实转达了陶铸的看法。这可惹恼了这位总书记，这次调动，实际上是被王明巧立名目撤了职。

陶铸当时是不可能知道王明意图的，但他知道将要和我分手了。在此之前，我们这对假夫妻还真没有像样地厮守在一块。

陶铸临行前，在一个旅馆租了一个房间，我们像真正的夫妻那样，恩爱相依，共同度过了 10 天幸福的"蜜月"。4 月下旬的一天，我们在旅馆门口依依分手，互道珍重，难分难舍。

刚开始时，我每周都能收到陶铸从上海寄来的两封信，信虽简短，但充满热烈的感情。来了四五封信后，突然就断了消息。

20 多天后，陈之枢到互济会机关来找我，告诉我中央来通知，陶铸在上海被捕叛变了。

冒险寄钱挽救陶铸生命

1934 年 3 月下旬，我意外地收到陶铸从南京监狱寄出、通过福州何老太太转来的信。何家是我与外界联系的通信处。信中写道：我已被判刑，刑期你可以想象得到，没有出去的可能了。请求善待母亲，替我尽份孝道。并说在狱中病重，若回信请寄南京军人监狱一二七一号。

在陶铸被捕拘留期间，曾托被释放的难友，悄悄带出一张巴掌大的破纸片，上面写道："病重住院，恐无生还希望。"

尽管我也不相信陶铸被捕叛变的传说，但事实上我已受到牵连，这使我时时感到压抑苦闷。我不相信那些谣言，我盼望着有关陶铸的确切消息。没想到一年后，我总算收到了他的来信。

我将信交给叶飞看，我们一致认为，既然判处无期，就说明陶铸没有叛变。我问叶飞，陶铸病重，可否寄一点钱给他，他表示同意。从没收的财物中领出20元钱寄给了陶铸。

我给陶铸写了一封信，顺道进福安县城给陶铸汇款寄信。这可是要冒极大的风险，因为我当时已是国民党当局通缉的共产党要犯，悬赏3000块大洋。但是不这样做，我感情上又不能平静。就决心去冒这个险！

我由交通员带着，混进了县城。后来，听城里的地下党说，那天我刚走不久，城里突然戒严，城门四闭。警察特务四处盘查，说一个女共产党进城了。

数年后，陶铸获释出狱后告诉我，从福安寄出的钱和信居然都收到了。那时，他正患肺病，咳血不止，我寄去的钱真是雪中送炭。他买了几瓶鱼肝油，使病情得到好转。他还买了一些书籍，把监牢当学堂，勤读了几年书，直到第二次国共合作，党中央将他营救出狱。所以那次冒险还是值得的！

与陶铸在武汉重逢

1937年9月，我从上海到武汉时，已知陶铸出狱后在湖北工委工作。我一到八路军武汉办事处，立即写了一张便条，告诉陶铸我已到此，请人送去武昌。大约晚上8点，陶铸风风火火地来了，一边喘着气，一边嘟嘟嘟说个不停，根本不容我插一句："上午看到你的信，喜出望外，恨不得马上过江来，可是下午有会，我真有点坐不住，直到6点才赶到码头，又遇大风，轮渡不肯开，我急得要命，后来轮渡终于冒险开了，谢天谢地，差点过不来了！"忽然，他打住了话头，双眸充满了柔情，音调也好似降低了八度："我还饿着肚子呢，我们找个馆子吃饭去吧！"

我微笑着默默地听他倾诉，心里又甜又酸，百感交集。他瘦得要命，4年的铁窗生涯弄得他脸色苍白两颊深陷，越发显得眉重眼大，一件对襟盘扣夹袄，套在一身骨头架子上，晃里晃当。这哪里像个28岁的青年，说40岁还差不多。然而听他说话看他眼神，却依然还是那个热情奔放、犀利敏锐、火一样的陶铸。

我们走上街头，他不停地侧过脸来上上下下打量我，像是不认识，像是看不够，我被他看得不好意思了，嗔怪地说："你发神经啦！"他笑了："真的是你吗？不是做梦吧？"高兴得简直像个孩子。他说："我出狱的当天就给你写信了。是寄到你母亲那儿转的，20多天一直没有得到回音，可把我急坏了。谁料想此刻你已在身边了，真像做梦。"又想起什么，哈哈笑道："我们正开会，忽然收到你的条子，我就有些坐不住了。钱瑛大姐开我的玩笑，说，曾志来了，看把陶铸高兴的，全身的汗毛都飞起来啦！"在一家小饭馆里，我们边吃边小声说了别后的遭遇经历。他告诉我，他现任中共湖北省工委（省临委及省委的前身）委员，分管宣传、青运和文化。目前正组织群众，筹备保卫大武汉的游行，并在发动献金运动，联系上层人士，忙得不亦乐乎。我对他说，我是路过武汉的，过两天就要随"交通"去延安。他斩钉截铁地说："你不要走了，留下来吧！"我很矛盾，从感情上说我是愿意留下的，毕竟我们已分别四年半了，但延安是心仪已久的革命圣地，这是多么难得的机会呀！于是我不置可否地说："上海党组织是介绍我去延安的。"他恳切地对我说："还是留下吧，我跟郭述申同志（省工委书记）说去！"

我们谈到夜半时分，陶铸说："现在过不了江了，就在你这里住下吧！"第二天一早，他又回了武昌。

第三天早晨我刚起床，郭述申来了。经组织决定，我留在武汉，省工委安排我担任省妇委书记。

陶铸、李克农的"三岔口"

陶铸和我在汉口租了一间楼上的房子，厨房却在楼下，是与别人共用的。

有一天半夜两点了，陶铸还没有回来。大约两点半了，才有人在楼下敲门，我赶紧下楼开门，陶铸一声不吭，气冲冲地上了楼。我走上前正要问他，却发现他额头上鼓起核桃大的一个包。"是被特务打了吗？"我急忙问他。他"哼"了一声，气呼呼地说："我跟长江局的李克农打架了！"我吓了一跳：这不是大水冲了龙王庙吗！我们都知道，李克农在营救陶铸等人出狱过程中是出了大力的。陶铸出狱后曾去办事处，想会会李克农，以表示谢意，却恰逢李克农外出而没有见着。这样两人便一直不认识。

这天陶铸去长江局找周恩来，他向来性子急，所以是噔噔噔跑上楼的，这时突然从楼梯口闪出一人，大声喝道："什么人，站住！"陶铸见他挺凶，哪里受得了，便回说："你这官僚主义，嚷什么！"一面继续跑上楼。说话间，上面那人已经给了陶铸一拳，陶铸哪怕这个，也顺手给了他一巴掌，把那人的眼镜打落在地并且摔碎了，于是两人打作一团，从楼梯上打到楼下的客厅，仍不歇手。周恩来闻声赶忙出来，厉声大叫："你们干什么！"那人气呼呼地说："不知什么人，硬要上楼！"周恩来一看："他是陶铸！"又对陶铸说："他是李克农！"两人这才住手。住了手还不服气，一个说："是他不报姓名！"一个说："是他先动手打人！"

两个血气方刚的高级干部这一幕好戏，在55年后被《陶铸传》的作者戏称为"三岔口"。以后，陶铸和李克农只要一见面，说起此事都会乐得合不拢嘴。

武汉失守后，我们再次分手。陶铸去了鄂中，我则去了鄂西。

1939年12月，我到了延安。1940年5月，陶铸由鄂中经重庆也到了延安。抗战胜利后，我和陶铸转战东北。"文革"中，我们一家遭了难，1969年11月30日陶铸在合肥含冤病逝。

（《作家文摘》2011年总第1466期，摘自《百战归来认此身：曾志回忆录》，曾志著，人民文学出版社2011年版）

在延安和家英相识相爱的日子

·董边　口述　曾自　曾立　整理·

母亲董边 1998 年病重时，在住院的 10 个月里，给我们讲述了关于她的故事。

她怀念延安的生活，怀念和我父亲田家英相识相爱的美好日子，称"那真是一段令人难忘的日子"——

初次接触

家英在家乡成都参加抗日救亡活动时，和一位叫刘承慧的进步女性比较好。以后家英离开故乡到了延安，组织上把刘承慧留在成都搞地下工作。刘承慧的妹妹刘承智，也是一位追求进步的青年，对家英印象很好，后来也去了延安。1940 年家英在马列学院时，和刘承智结婚了。

1941 年 7 月，毛主席提议成立中央政研室，我和家英同时从马列学院抽调到政研室。到政研室后，家英全身心地读书学习，搞研究，写文章。刘承智则喜欢活动，好玩，好跳舞。两人兴趣不一致，女方提出离婚。

家英不同意离婚，但鉴于女方坚持离，情绪很不好，躺在炕上不吃饭，不工作，也不起来。周太和是政研室支部书记，把我叫去，说："董边，你是支部委员，去做做家英的工作，他和爱人离婚了，情绪不好。"我接受了任务去劝他。

一次说到交谊舞，家英说，什么交谊舞，应叫"顶肚皮"。从苏联学来的交谊舞，在延安火得很，我那时也是舞迷。家英的固执，使我生了气："你不跳就算了，不要胡说别人。"有意思的是，我们吵了嘴，反而相互有了好感，也许是被对方的单纯和执着所感染。

建立感情

接触多了，我和家英熟悉起来。

王家坪军委所在地的外边，有一片桃树林，周末大家都在桃林跳舞。没人的时候，我们也到树林里散步，谈心事。

我们相爱以后，常常一同去延河边洗衣服，边洗边聊。洗完后，我们就背靠背地坐在河边石头上聊天，有时聊到晚上 12 点。

望着天上的星星，我们聊小时候的事情。家英说他从小在家乡无父无母，哥嫂对他很刻薄。他从 13 岁就脱离了家庭，靠卖文为生。他坚持自学，最后考上成都最好的中学。而我的家庭，受封建重男轻女思想影响严重，因我是第三个女孩子，没人呵护，5 岁就到地里干活，从未得到家庭的温暖。小小年纪曾以绝食和父亲抗争，要求读书，后来到太原读了高中。家英生活在城里，我生活在农村，我们却有着相似的童年，都过早地感受了人间的冷暖。

"伊凡把田儿打扮得多漂亮啊！"

在政研室，家英跟谁都能说得来，非常善于说话。我不善说，但和家英相熟后，我俩很能说到一起。

家英给人的印象，是不拘小节。他走路蹦蹦跳跳的，在陕北公学时，同班的金岚给他起了个外号——"田鸡"，说他活像一只小青蛙。从此，大家都叫他"田鸡"，家英不但不生气，还索性把笔名改作田基。到政研室，他年龄最小，大家都亲切地叫他"田儿"，没有人叫他田家英。

家英衣着不讲究，鞋子经常是破得露出脚指头，衣服只有外边穿的一套，里边也没有衬衣。开饭时，大家都用搪瓷缸子吃饭，家英人小，个子不高，但饭量大，吃得特别多。他头上顶着个搪瓷大钵子，盛得满满一钵小米饭，打回窑洞边看书边吃。

和家英相好后，我给他做了一双布条编成的凉鞋，还用他从家乡带到延安的一件粗呢子大衣改做了一条罩裤，用大衣里子做了内衣和内裤。家英穿上后，政治组的同志见了，开心地说："你们快看，伊凡（我在延安时的名字）把田儿打扮得多漂亮啊！你们看到没有哇？"家英穿上新衣也非常高兴。这是他到延安后第一次穿有人专为他做的衣服，心里暖烘烘的。大生产运动后，我和老乡换工，我纺线，让老乡帮我织布，换回蓝道粗布，给家英做了衬衣，还做了一床被子。

那时的物质生活非常俭朴，延安八年，每人就做过可数的几件衣服，平日全部的家当都放在一个枕头套里。如果有人结婚，就带上自己的行李，两个人搬到一个窑洞，就算结婚了。

和家英定了关系后，我们还相约到延安医务室看望在那里工作的刘承智。见面时，他们好像不曾有过婚姻关系，就是同志关系，也没有生气，没有说不好听的话。我和刘承智是女大（即延安中国女子大学）的同学，但不是一个班的，来往不多，只是跳舞时认识的。当时只知道她是田家英的爱人，但两人性格不合。

后来，进城后在中南海，刘承智还去看过家英。那次我不在家。家英告诉我刘承智来过，说她结婚了，两个孩子，生活很困难。我说，生活困难你帮她一点吧。

我们结婚了

家英酷爱文学，背旧诗作新诗是他的爱好。早在陕北公学时，我们女生晚上睡下闲聊，"田家英又作什么新诗了"成了大家议论的话题之一。家英和我说过，想写一部小说：两个青年人追求自由，追求理想，投身革命，在战火中接受洗礼的故事。我笑他，以为他说说而已。后来他说生活素材太少，放弃了。

晚年，我听家英的一位朋友说，新中国成立后，家英对他的小说念念不忘，说今生不写出一部小说来，死不瞑目。听到这话，我不禁想起和家英在延安的日子。

整风以后，两个人的感情更深了。结婚是家英提出来的。有一天，我们到山上读报。读完了，他忽然把我抱住说："咱们俩结婚吧。"我吓了一跳，说："结婚这么大的事，想一想再说吧，不要那么仓促。"谈到结婚，我们来了个"约法三章"，即：第一，家里的事要由女方做主；第二，互相帮助，共同进步；第三，不能因为工作调离了，感情就分离。我们商量结婚不拘形式，只要和党支部说一声就可以了。我让他去，他不好意思，让我去，我便找了支部书记周太和。我向他报告，我和家英决定结婚，但不拘形式，请为我们保密。周太和同意了我的要求。

1942 年 12 月 12 日晚上，家英和我约了彭达章，三个人在炭火上烧了一缸子红枣。彭达章是经济组的，又是支部组织委员，和我们关系很好。正吃红枣时，王惠德跑来问："听说你们结婚，是真的吗？"我说："没那回事，我们在这儿谈学习呢。你愿意就来参加吧。"他说："那我不来了。"说完便跑掉了。第二天一宣布我们结婚了，王惠德大叫一声："我昨天受骗了，受骗了。"

为了工作，我们把第一个孩子送了人

我是 1944 年 6 月生的第一个孩子。发现怀了孩子，我曾到延安中央医院，要求打胎。接待我的是一位苏联大夫，他说这是第一个孩子，如果打了，第二个孩子就落不住了，不同意打。没办法，只好随孩子在肚子里长。

在中央医院，大概住了一个月我才生下孩子。这期间家英来过几次，给我送来苏联小说《青年近卫军》。

同住的都是要生产的妇女。我认识了枣园后沟西沟村村长的媳妇吴桂花。她这次怀孩子已是第三胎了。前两胎生下来都死了，她很担心这次孩子还活不下来。我说："你别着急，如果生下没活，我的孩子送给你。"

吴桂花先于我生，又是死胎。我在她后边生，生的时候很困难，生了三天三夜，生下一个男孩，就抱给吴桂花了。生后六七天，我去看过孩子，白白胖胖的。

生产后，家英和张闻天一起来看我。家英也去看了孩子，回来后跟我讲，孩子长得像他。我说："像谁也不行，已经给人家了。"

后来，我再也没有去看过那个孩子，答应不要了，就坚决不去看了。

新中国成立后，家英还想托人找回延安的孩子。他和彭老总说过，是我拦住了，和人家有协议，怎么能反悔呢？

（《作家文摘》2010 年总第 1322 期，摘自《党史博览》2010 年第 3 期）

我用亲情唤回杨帆

·李琼　口述　董洁心　整理·

杨帆，1937 年参加中国共产党，曾经在新四军和华东局中担任重要职务，新中国成立后任上海市第二任公安局局长。然而，在 20 世纪 50 年代，杨帆因所谓"潘汉年、杨帆反革命集团案"而蒙冤 25 年。在这期间，我作为妻子，和几个儿女顶着巨大压力，一直在寻找他的踪迹，直到把他拉回亲人的身边。

1954 年，对于曾经的上海市公安局局长的杨帆来说，是一个不祥的年份。1953 年年底，杨帆被免去所有行政职务，整整一年赋闲在家。1954 年的最后一天，杨帆和家人在家中团聚小酌，希望来年能够顺利。正在这时，一个电话打到家里。打电话的是时任上海市公安局局长的许建国。接过电话后，杨帆很高兴，他来到我身边，轻轻地说："许建国从北京回来了，他叫我到他家里去一趟，可能我的问题要解决了。"他相信有关他的种种问题都会一一解决。走的时候，杨帆和我没有道别，然而这一别就是 25 年。

1976 年，"文革"结束了，政治环境有所改善，我又开始想办法打听杨帆的消息。然而，一封封寄出去的信还是如石沉大海。一直到了 1978 年，一个从北京来的朋友为我出了个主意，她说："我告诉你一个消息，胡耀邦同志调任组织部部长以后，我听有人讲出小道消息，说胡耀邦对他的秘书讲，今后如果写有'耀邦亲启'的信，你们不要给我处理掉了，至少要读给我听听。"她建议我试试写信给胡耀邦。

我接受了她的建议。信寄出后大概 20 多天，果然有了回音。上海市委组织部的一位副部长来找我，说："中央组织部回电来了，说你可以到湖北沙洋劳改农场去看望杨帆。"

终于等来了这一天。1978 年的秋天，我和儿子杨忠平一路颠簸，来到杨帆所在的湖北沙洋农场。25 年的分离之后，会有怎样的相见？然而，实际情况远远超出我的预料。

杨帆和我记忆中的杨帆完全是两个人了，头发白了，瘦了很多，最为可怕的是眼睛已经瞎了。这是在监狱里青光眼发作得不到治疗的后果。

看到杨帆这个样子，我很心酸，忍着眼泪，叫杨帆的名字，儿子也叫爸爸。但是杨帆都不答应，他说："你们都是假的，你们不要来了，走吧。"杨帆这样的反应完全出乎我们的预料。

由于长期的监狱生活，杨帆承受了巨大的精神压力，精神受到了严重的创伤，幻听幻觉的毛病一度非常严重。解放前多年的情报工作，使他在绝望中一直幻想有一台万能发报机，能和任何人联系，在他的幻想中，联系最多的是周总理。

在看望杨帆的路上，我曾设想过种种糟糕的情况，然而我做梦也没想到，杨帆得了精神分裂症，连最亲近的人都不认识了。

之后几天，杨帆一见到我和儿子来，马上就走。好不容易有机会跟杨帆说上话，讲以前的事情，关于他父亲、母亲的事情，想用家里的情况勾起杨帆的回忆。然而等我讲完了以后，杨帆说："你们这些人，要了解我的家庭情况还不容易吗？"还是不承认我们。

当时，有人又给我们出了个主意，拿上海市公安局开的介绍信，以此来说服杨帆。由于杨帆的一只眼睛还有一点微弱的视力，他仔细看了看介绍信，说："公安局的公文，从来就是用毛笔写的，你这个是打的字，是假的。"他的思维还停留在 20 多年前用毛笔写公文的时代。

我和儿子在沙洋农场待了一个星期，但和杨帆的关系没有丝毫进展。于是，我们决定先回上海，然后再想办法。

就在我们决定走的时候，杨帆破天荒陪我们吃了一顿饭。吃饭的时候，他对我和儿子说："今天吃饭是组织上叫我陪你们的，你们两个人我还是不认识。"能这样坐在一起吃饭，相比之前几天，已经是很大的突破了。

回到上海之后，我立即通过各种途径，要求把杨帆接回上海治疗。不久，中央同意了我的请求。1979年年初，一架从湖北起飞的飞机，载着杨帆回到了阔别25年的上海。

1979年，杨帆整整一年都住在医院里，依然戴着"反革命"和"内奸"两顶帽子。然而，他回来的消息不胫而走，许多以前的老战友不避嫌疑，纷纷来看望杨帆，这让杨帆感受到了同志之间久违的温暖。

在华东医院住院的时候，有一天晚上，三女儿扬小朝陪着父亲。当时华东医院两个房间当中有一个卫生间，另一个房间的人用完卫生间，把靠近杨帆这边的门也锁住了，一直到天亮都没有打开。杨帆没法用卫生间，于是小朝就去隔壁敲门。结果隔壁门一打开，是一个很朴素的老先生，布衣布鞋。小朝把事情说了，老先生立刻道歉："不好意思，不好意思，我去打个招呼吧。"他就问小朝："你爸爸叫什么名字？"小朝回答："我爸爸叫杨帆。"一听到杨帆的名字，老先生就吃了一惊，快步地跑了过去，穿过卫生间，跑到杨帆的房间。见到杨帆，他双手就伸出来了，说："杨帆同志，我是粟裕啊！"杨帆听了也很吃惊："啊，粟裕啊！"两人的手握在一起，非常激动。粟裕在杨帆的床边坐下，轻声对他说："你现在什么都不要管，只要把身体养好，所有的事情都要让历史来说话，历史是公正的。"

粟裕的一声"同志"让杨帆尤其激动，他已经有整整25年没有听到这个称呼了。老战友的关心，让杨帆的病情进一步稳定。然而对家人，他始终不肯相认。为此，我想出一个办法，让几个女儿来当护士，三班倒，8小时一班，以此接近杨帆，跟他建立感情。

一开始的时候，杨帆非常客气，女儿给他削水果，给他做一些生活琐事，他都会很客气地谢个不停。过了一段时间以后，几姐妹觉得时机差不多了，就开始给他讲一些家里的情况。

有一次，三女儿杨小朝告诉杨帆："我这个小朝的名字您知道吗，就是你起的名字啊。当时你想要个儿子，但是用那个'招弟'的'招'呢，觉得蛮土、蛮俗气的。因为你很喜欢一个报纸上的《朝花》版，就给我起了这个'朝'。"杨帆听了没有作声。小朝就继续讲："姐姐叫小殷（后改名晓云），这个'殷'呢，是奶奶的姓。妹妹叫小苏，是你到苏联去的时候生的，也是你起的名字。我们都是你的女儿。"杨帆听了这个话，沉默了很久，最后说："这样吧，我认你们做干女儿。"

杨帆先承认了女儿，却在很长一段时间里不肯承认我，这让我伤心了好久。我只能默默照顾着杨帆，希望有一天能够感动他。

杨帆出院后，回到家里开始由我照顾。房间里两张床，一张杨帆睡，一张我睡。我像保姆一样，在生活上照顾他。然而，杨帆从来不叫我，也不跟我说话。

有一天，胡立教和陈丕显到上海来看杨帆。当时陈丕显把我们一家人都喊到房间里，声音很大地对杨帆说："老杨，你爱人李琼为你吃了多少苦，你为什么还不认她？"当时杨帆没有说话。几天之后，他突然说："李琼，给我倒杯茶好吗？"当时我不敢相信自己的耳朵，说："什么？你叫我什么？"杨帆说："你啊。"我问："你不是说我是假的吗？冒充的吗？"当时杨帆回答："不是我承认你，是北京来电话说，你是真的，不是假的。"

谁也不知道杨帆这个说法是当时他的幻听幻觉帮了忙，还是他给自己一个台阶下，反正从这个时候开始，他就承认我了，我们之间的关系彻底转变过来了。

我除了好好照顾杨帆，让他安享晚年之外，仅有一个心愿，就是还杨帆一个清白。1983 年，中共中央为杨帆的冤案彻底平反。正如粟裕所说，所有的事情最终都要让历史来说话，历史是公正的。

（《作家文摘》2008 年总第 1199 期，摘自《百年潮》2008 年第 12 期）

我与沙飞的悲欢离合

·王辉 口述 王雁 整理·

与沙飞相识、相恋、结婚

我与沙飞的相遇、悲欢离合、生死相恋，现在看来，好像是命中注定。

20 年代，我在汕头电台工作。由于广东的军阀陈济棠反对中央、闹独立，将汕头电台的施振华台长排挤走，由广州派来司徒璋当台长。随他从广州一起来的有：报务处副主任劳耀文、报务员李泽邦、司徒传。司徒传，就是沙飞。1936 年 10 月，司徒传在上海的报刊上发表他拍摄的鲁迅先生的相片时，开始署名沙飞。

电台有乒乓球台，休息时，一伙年轻人经常一起打球。我和他也都喜欢打乒乓球。慢慢地，我们互相越来越熟悉了。

1932 年夏天的一天，沙飞借给我一本书。当时我就感觉到，他的表情与平时不太一样。他走后，我打开书，果然里面夹了一封信。大意是：他很想到我家拜访，问我家的地址。我很高兴地告诉了他。从此，他成了我家的常客。我们开始恋爱了，沙飞买了一个照相机，每当我们骑自行车到公园、海边或附近旅游时，他都给我拍照。

我们于 1933 年 3 月 30 日在汕头登记结婚。我们当时不请客不收礼,请了一个月的假,去蜜月旅行。如此做法,在当时的汕头绝对是罕见的。

婚后,沙飞对摄影越来越入迷了。自己留下的不多的钱,几乎全部都用在摄影上。慢慢地,他的镜头几乎不再对着我和孩子们了,而是对准了劳苦大众。每逢假日,我们就带着孩子去海边玩、旅游,或去打球、听音乐。而后来,他则自己一个人到处奔波去拍摄。

我支持他搞摄影。我悄悄从母亲那里拿了 500 元给沙飞,叫他买摄影器材。家里专门搞了一个暗房,我经常帮他一起冲胶卷洗印放大相片。我是他摄影作品的第一个观众,看到他的摄影水平越来越提高,我非常高兴。他是个非常敏锐的摄影家。

有一次,他告诉我,说他看了一本外国画报,很受启发。他踌躇满志,要用摄影反映社会和人生,把摄影作为与恶势力做斗争的一种武器。1935 年,他加入了上海的摄影团体——黑白摄影社。他有几幅作品参加了 1935 年、1936 年的黑白摄影社的作品展。当时,他特别高兴,以摄影记者自居。他真的在用摄影为社会、为抗日服务。

但也就是由于他搞摄影,我们后来有了分歧。我认为他在电台工作,是正常的职业,有正常的收入,摄影只能作为业余爱好,不能以此谋生。他的父母从经济上考虑也不赞成他专门搞摄影。而他经过选择,却决心以摄影作为终生的事业。这就是我俩有时争吵的根本原因。1936 年秋,他毅然辞去电台的工作,离开了家庭,去上海学绘画、搞摄影时,我不愿意、不理解、不赞成,然而既无奈也无法阻止。沙飞是个认准了方向决不回头的人。

恩爱夫妻无奈分手

1936 年 12 月初,沙飞在广州的影展获得很大的成功。不少报刊介绍他的摄影展览及作品。沙飞一下子成了名人。我为他的成功而高兴。

但我有我的苦衷。沙飞的名气越大,对我从事的秘密抗日救亡活动的威胁就越大。我不愿他以摄影为职业,四处奔波,我认为那是条艰难、坎坷的路。

我希望他回到我的身边，我们既有正当的职业，正常的收入，美满的家庭，又一起从事抗日工作。1936 年，我给在广州的沙飞写了一封信，大意是："希望你能尽快回到汕头。否则我提出离婚。当初你我无条件结婚，现在也无条件离婚。"我想，沙飞不可能同意离婚，他爱我、爱孩子，收到信会立即回汕头，我们就可以好好地当面谈。没想到，他并没有回家。过了两三个月，我收到他的来信，同意离婚。我没再写信解释什么，只好吞下自己酿成的苦酒。从此天各一方，分别整整 8 年。

沙飞去世 42 年之后，我才看到沙飞 1942 年在申请加入共产党时，在他写的"我的履历"里有关我的一段：……生活的压迫，妻子的威胁，商人的利诱和自己的矢志不移的愿望，发生了极大的矛盾。这矛盾曾经使我动摇过，痛哭过甚至企图自杀过。但是因为随即记起了鲁迅的一言"能生，能爱，才能文"和托尔斯泰的"不要让现实的大海把你毁灭"。于是我才以衫袖揩干了热泪，执起笔来，写下这么八个字"誓不屈服牺牲到底"，然后大笑起来，回了妻子一封同意离婚的信……我才知道那时他正处于最困难的时候。收到我提出"离婚"的信，给他极大的打击与伤害。当初，由于误会而离婚使我们双方都很痛苦。

投身抗日洪流

1942 年我看到了沙飞主编的《晋察冀画报》。1944 年 5 月，我在延安中央党校学习。同一些晋察冀边区到延安学习的同志在一起，我向他们打听沙飞的情况，问他何时入党，现在家庭情况怎样？他们说，他已入了党，但还没有结婚。我很快到周恩来、邓颖超那里，同他们谈了我和沙飞的关系，要求转封信给沙飞。信很简单，大意是：我在延安学习。两个孩子也在延安上学。周恩来、邓颖超帮我把信交给聂荣臻，聂很快托耿飚将信带到晋察冀给沙飞。

懂事的大儿子也专门找到了聂荣臻，自报是沙飞的儿子，讲了我的情况，并询问父亲在晋察冀的情况。聂荣臻很高兴。他按照周恩来的意见，起草一封电报发往晋察冀。朱良才接到电报后，当天找到沙飞，征求他本人的意见。沙飞通过内部电台发来电报，欢迎我带孩子立即到晋察冀。电报由周恩来、邓颖超转交给我。我收到电报很高兴，特地去告诉正在延安保小读书的两个孩子，他们高兴得跳起来，邓颖超希望我在党校学习完再走。

几个月后，我又收到了沙飞托人带来的一封信。他在信中更明确地表示，热烈欢迎我尽快带两个孩子去与他团聚。这封信辗转了几个月，才到我手里。

1945 年 6 月，组织通知我和其他几个人一起去晋察冀。因途中要经过敌人的封锁线，我决定不带孩子，自己先去。我们一行 5 人于 7 月到了晋察冀。先到阜平柏崖村，这是军区政治部的所在地，也是 1943 年沙飞负伤的地方。很快沙飞就来接我。第一眼见到他，我就觉得他成熟了很多，不再像个文弱的书生，还真有几分军人的气质。他的眼睛还是那么明亮。傍晚我跟他到了画报社驻地阜平坊里村。我们分别 8 年，在抗战胜利前夕，终于团圆了。一切痛苦都过去了。刚见面时，他问的最多的是两个孩子，问我的身体、工作……我们有说不完的话。我们谁都不想提起那不愉快的一段。我们当时的感觉都是分别了 8 年，而不是离婚了 8 年。1945 年年底，儿子、女儿随朱良才夫妇、成仿吾、聂荣臻的夫人、萧克的夫人等大队人马从延安到张家口，我们一家欢聚在一起。

辛酸的诀别

1950 年沙飞因误杀日籍医生出事后，我曾写信给华北军区聂荣臻司令员、政治部张致祥副主任，要求考虑他有贡献，最好宽大处理，不要处以极刑。还写一封信要求把他长期保存在身边的鲁迅的照片底片拿出来以免搞坏。但不久张致祥找我谈话，说沙飞已被处决了。我听后，心直往下沉，大脑停止了思维，整个人呆了，根本说不出一句话。我不知道那段日子是怎样度过的。

沙飞死后不久，我两次去石家庄出差，都想去他的墓地凭吊，但未找到。

1986 年终于彻底纠正了沙飞的错案。这么多年了，沙飞寂寞地、孤独地长眠在他乡。

孩子们经过多年寻找，于去年找到了他在石家庄埋葬的大概位置。在他去世 47 年之后，孩子们才第一次去拜祭了父亲的墓地。这总算对他的亡灵有所慰藉。

我今年已经 87 岁了，名利于我如浮云。何时去见马克思，我都无憾了。

（《作家文摘》1999 年总第 338 期，摘自《海上文坛》1999 年第 7 期）

钻石婚杂忆

·周一良·

西方习俗，结婚 60 年为钻石婚。《钻石婚杂忆》是历史学家周一良（1913—2001）的最后一本著作，以他与老伴 60 年共同生活为线，回忆了他的丰富的经历和复杂的心境。

初识邓懿

我小时在私塾读书，没有数理化的基础，不可能考上大学。燕京大学有专门训练中学国文老师的二年制国文专修科，入学不问资历，只考国文、历史。我于 1930 年秋进了燕京大学国文专修科。但专修科不是正途出身，我很想转学。

刚刚成立的辅仁大学查验文凭比较松，当时造假文凭风甚盛，我在琉璃厂假造了一个安徽高中的文凭。同时，辅仁大学考试也比较松，数理化中只考数学一门，我就请我的表兄孙师白替我去考，就这样进了辅仁大学历史系。

新开办的辅仁大学，对于一年级的课程很不重视，我感到不满足，又思转学。而燕京大学转学是只考国文、英文两门，我当然优为之。这样，我以辅仁大学一年级生的身份转入燕京大学历史系二年级。

次年春，学生会组织去泰山旅游，我与邓懿相识。

30 年代，天津有一家名叫"北洋画报"的刊物，是赵四小姐的姐夫冯武越所办，雅俗共赏，颇受欢迎。该刊每期的刊头上都是一位女士的玉照，或两位女士的合影，其中有电影明星，如胡蝶、阮玲玉等，或者就是当地的大家闺秀。邓懿的照片就经常上《北洋画报》。

我是从外校转来的二年级学生，按规定必须补修一年级的中国通史，当时邓懿是国文系一年级学生，也在这个班上，不过我们没有交谈过。1933 年春到泰山旅行时，我们开始有了接触。邓懿为我在虹桥飞瀑拍照。照片洗出后，我送给邓懿一张，背后附题记"廿二年春游泰山邓懿同学为我拍因赠一良"。后来我的钱包和大衣被土匪抢走，当时认识的天津同学只有邓懿，于是就向她借了 5 块钱。回天津以后，上她家里去还钱，才逐渐对她的家世有所了解。我和邓懿的家庭背景和文化教养都比较接近，谈起来有很多共同感兴趣的话题。

名媛青睐

邓懿在燕京颇引人注目。据说她刚入学时，就有一位同班同学追求她。那人西装革履，对她百般逢迎、千依百顺，反而引起她的反感，断然拒绝与他交往。而我呢，一身蓝布大褂，像个老学究。另外，在我与邓懿的交往中，经常与她发生争论，或许就是因为这两个原因吧，邓懿对我似乎较有好感。

就这样，一来二去，我对邓懿逐渐由最初的好感产生了爱，但她心里是怎么想的，我不知道。有一天晚上，我陪她从图书馆回到女生宿舍二院门口，就在我们即将分手时，我毅然决然地用动作明确表达了我的爱情，我的这种冲动对她来说大概有些意外，又似乎是在意料之中。恰好这时钟亭的钟敲了三下，是九点半（此系采用西方海上报时方法）。当时我们都在学法语，因此事后常常用法语提起这个时间。

燕京大学的校园非常美丽，是情侣们谈情说爱的天然胜地。此外，还有一处情侣们经常光顾的地方，就是燕京大学东门经过的常顺和饭馆，饭菜可口，而价钱不贵，环境也比较干净。男生们常在此宴请女生。说到这里，我可以再举出一件邓懿与别的女生的不同之处。通常男女同学出去吃饭，理所当然的是由男士付账，而邓懿遇到这种情况，总是和我争着要付账，由此可以看出，她所具有的那种独立自主的新女性精神。

甜甜酸酸

前面说过，邓懿在大一时已经拒绝了那位追求她的男生，但我并没有因此而放松警惕，甚至变得有些疑神疑鬼。邓懿有一位很要好的女友，论才论貌都远不如她，这位女友有一位燕京毕业的表兄，一表人才。他们三人很谈得来，常在一起。当时虽然听说那位表兄对他的表妹很中意，但让我觉得蹊跷的是，为什么他在如此优劣悬殊的两个女友中，不"择优录取"呢？我一直为此怀有醋意，感到忐忑不安。直到那位表兄最后与他的表妹结了婚，才消除了我的担心。

我在这方面虽然没有使邓懿感到疑虑的事情，但遇到过一些人为我提亲说媒。还在燕京国文专修班的时候，容庚先生曾想把他的得意弟子、一位比我高一班的女生介绍给我，就先从侧面了解她的想法。这位女生表示，她将来非博士不嫁。后来她果然嫁给金陵大学的一位教授刘博士了。此事是多年以后朋友讲给我听，我才知道的。可是，周一良以后不也成为博士了吗？

恋人之间不管如何相爱，总不免会有一些摩擦和误会。有一天晚上，我和邓懿在二院女生宿舍门口，因为有什么事情存在误会，没有能够澄清，可已经到了关门的时间，只好分手了。我那时忽然想起黄仲则的两句诗："如此星辰非昨夜，为谁风露立中宵。"于是就想试一试"风露立中宵"的滋味，在二院关门熄灯以后，仍在门口独自徘徊不去。后来校卫队来巡逻，觉得我可疑，经过一番盘问以后，就把我带回男生宿舍去了。

兴趣同异

1935 年夏，我从燕京毕业。那个暑假我没有回家，留在学校，和邓懿两人花前月下，尽情享受恋爱的甜蜜。1935 年秋，我入燕京大学历史系的研究院，主要目的就是再待一年，等她毕业之后，再一起离开燕京。就在这一年冬天，我们在正昌饭店宴请师友，宣布订婚。

另一方面，这一年我在学术上有极大的收获，这就是偷听了陈寅恪先生讲魏晋南北朝史课，眼前放一异彩，使我佩服得五体投地，决心走他的道路。1936年，经陈先生推荐，"史语所"聘请我去工作。

此时，邓懿从燕京大学毕业，我对邓懿所学的专业中国文学很感兴趣，她写的毕业论文是纳兰性德词，而我也很喜欢读《纳兰词》。

但从她那一方面来说呢，对我的历史专业可说是一点也不感兴趣，认为历史学枯燥无味。我这一生所写的东西，恐怕她只读过自传《毕竟是书生》以及我诬蔑她是漏网右派的大字报。她从来没有从头到尾读过我任何一篇学术论文。

中西合璧

1938年4月3日，我们在天津结婚。

30年代的婚礼可以说是中西合璧，先在饭店里用西方方式举行，然后再回到家里按中国传统礼俗重来一遍。

西式婚礼中，证婚人是很重要的人物。本来想请傅增湘来证婚，因为他是当时文化学术界的头面人物，同时与周、邓两家都有渊源。但因平、津之间交通不便，所以改请了开滦矿务局的总经理孙章甫先生。孙是美国留学生，同时又是与我们有亲戚关系的前清学部大臣孙家鼐之孙。

婚礼结束后，客人入席；而新郎、新娘回家，脱去西式服装，新郎换上长袍马褂，新娘上身穿花色短袄，下系红裙。两人先拜祖先，后拜父母，然后向来宾中的长辈行礼。新房里挂的礼品，有傅增湘送的对联，还有顾随先生写的条幅："屏除丝竹。"桌上陈列着同学们赠的礼品：谭其骧《中西回史日历》；邓嗣禹《居里夫人传》（英文）；侯仁之、张玮瑛《牛津诗选》（英文）等。

太平洋战争以前的天津租界相当平静，因此我们婚后的生活是比较恬静安稳的。

（《作家文摘》2002年总第570期，摘自《钻石婚杂忆》，周一良著，三联书店2002年版）

我和艾青的故事

·高 瑛·

艾青夫人高瑛所著《我和艾青的故事》，是作者与诗人艾青患难与共41年的回忆文集。高瑛从妻子的视角出发，描摹出一个平凡人艾青的爱恨、落魄、苦难以及生命中鲜为人知的方方面面。

——编者

醋坛子

南横林子，我们去的时候，只有一口很深很深的水井，沉重的辘轳，一个女人是摇不动的。农场派来一个年轻人，每天给我们家挑水。

一天，我抱着一岁的儿子，站在家门口，听广播里播送的《柳堡的故事》中的插曲《九九艳阳天》，听着听着，也随着唱起来了。艾青问我在唱给谁听，我说是唱给自己听。他说，为什么不到房子里唱，并问我："你是不是在唱给那个挑水的小伙子听？"

我说："是啊，你说对了，我就是在唱给他听。"我有意气气他。

他说："你要注意了，这个林子里，男人多，女人少，那个小伙子听你唱'十八岁的哥哥坐在河边'是会动心的。说不定他心里想，十八岁的哥哥在给你挑水呢。"

我说:"要是那个小伙子真是这样想,就太好了,他给我们家挑水,我给他唱歌,慰劳慰劳他。"

艾青说:"你也不是个'天涯歌女',走到哪里就唱到哪里。"

我说:"生活就是个大舞台,想在哪里唱,就在哪里唱。"我认为艾青对我限制太多,就和他较起劲来。

艾青说:"高瑛啊,你不要太轻浮了,你不要忘记这是个什么地方,你不要忘记你是艾青的夫人(他第一次这么称呼我)。"他连说了几个"不要",最后又说了一句:"你不要勾引人家!"

我听不下去了,我忍无可忍了,放下怀里抱着的孩子,我就去了招待所。

当时,中央农垦部的王震部长,正在852农场视察工作,我向他告了艾青一状。王震部长叫秘书胡中把艾青找去了,批评了他。

晚上,场部举办舞会,王部长也叫我和艾青去了。我和王部长跳舞的时候,他问我,艾青向你检讨了没有?我说:"没有,他说,他的那些话都是和我开玩笑。他反倒说我不懂事,芝麻粒的小事不该去找你说。"

我问王部长,你是怎么批评艾青的?

王部长说:"我问老艾,你爱听哭声,还是爱听歌声?你的小爱人唱歌,说明她在这里心情愉快。我告诉他,852农场有一批北京文艺界的右派,没有一个人的老婆是跟着来的。

"这里的生活条件比起北京差得太多了,她能陪着你来吃苦,是一个多好的小爱人。你要是把她气跑了,我这个部长也没有办法给你拉回来。"

我说:"你对艾青说的这些话,他没有告诉我。他说,他跟你说,高瑛说过:'嫁鸡随鸡飞,嫁狗随狗走,嫁给了艾青,活着是艾青的人,死了是艾青的鬼。'说我和他风雨同舟,会死心塌地和他过一辈子。"

王部长听我说到这里,扬起头来哈哈大笑,说:"这个老艾,真会编故事,他哪里和我说过这些话。"停了一会儿,又说:"艾青是个很有才华的诗人,写过那么多好诗。他说话很幽默,我看他是很爱你的,就是对你爱吃点醋,有时说话太随便,你就原谅他吧。"

舞会结束了，回到家里，艾青问我："我看你和王部长跳舞的时候，说得那么起劲，你们都说了些什么？你是不是又告我的状了？"

我说："是呀，我不告你还告谁？"

他问："你又告我什么了，也得叫我知道知道。"

我说："我不用说你都能知道，王部长对你说的那些话，应该和我说的你不说，他没有说的你胡编。"

艾青笑了，说："你这个鬼东西，想骗骗你都骗不了，我假传'圣旨'，没有什么恶意。你告了我的状，王部长也批评了我，你该消气了吧？我们两口子的事，就不要计较了。其实，我很喜欢听你唱《翻身道情》《南泥湾》那些歌。"

我说："萝卜、白菜，各有所爱。你赶快把那个'醋坛子'砸碎了吧，以后你再对我刻薄，说些难听的话，我就带着孩子远走高飞了。"我吓唬吓唬他。

他问："你想往哪里飞？"

我说："哪里有自由，就往哪里飞。"

他马上把我的两只胳膊扭在我的身后，说："我要把你的翅膀折断，叫你飞不起来！"

看到艾青可气可笑的样子，我憋不住笑了，顿时觉得生活中的小插曲也是很有趣的，爱吃醋的丈夫是因为爱我，才有了叫我难以接受的心态。

吃猪脑

1975年5月，为了给艾青治眼睛，我们来到了北京。当时住在西单背阴胡同，附近有一家熟食店。艾青上街散步时，常带回来他喜欢吃的肉类食品。他最喜欢吃的是猪脑，说猪脑又软又香，比豆腐好吃多了。

有一天，我无意中在一张报纸上看到一篇文章，说老年人不宜吃动物内脏，尤其是不宜吃猪脑，说猪脑的胆固醇比心、肝、肺高几倍，甚至十几倍。这把我吓了一跳！艾青在新疆石河子检查身体时，就说他的胆固醇高，现在他三天两头大吃猪脑，这不是在自杀吗？

我把报纸拿给艾青看，他说："这种文章，叫人越看越糊涂。还是不看的好。"

315

又说："同样一种东西，这篇文章里说要多吃，过了些时候，又有一篇文章说，这种东西要少吃，甚至不吃。妙就妙在，两篇文章里，都说出了吃与不吃的道理。"他问我："你说，该听哪篇文章里的话？"

我还是耐心地劝他，要讲点饮食科学。我提醒他说："你的冠心病帽子，在新疆时就戴上了，生命的警钟已经敲响了。"

他说："你不要吓唬我，现在除了那顶该死的右派帽子，我什么帽子都不怕了。"

我苦口婆心地好言相劝，他就是听不进去，还时不时地把猪脑提回来。我真不知该用什么方法对付他才好。

他还蛮有理由："我的牙不好，能吃的东西不多了，猪脑软呼呼的，吃起来容易，我是雷公打豆腐，欺软怕硬。"

艾青的牙确实不好，我体谅他。但是一想到胆固醇高，会殃及他的生命时，还是不能任他吃下去。

我说："艾青啊，我不想和你讨价还价了，今天是你最后一次吃猪脑了。"

他没有吱声，也不知他听清楚了没有。

我憋着气，坐在一旁，冷冷地瞅着他吃猪脑。

他对我说："还热乎乎的，来，一起享受享受。"

我说："你就自己痛快地吃吧，这是最后一次享受了！"

没过几天，艾青又提着猪脑回来了。我想，对于这个顽固分子，得采取行动了。我从桌子上拿起那包猪脑扔到垃圾桶里了。

艾青发火了，大声和我嚷嚷，说我太厉害，管他管得太过分了，说他就是今天死了也不算短命。他说完一连串的气话，到垃圾桶跟前看了看，转过身来，好像还要再说些什么刻薄话，这时他发现我在流泪。他冷静下来了，过了一会儿，他说："你不要哭了，我知道你不叫我吃猪脑是为我好，以后我不买了。"

我说："不是以后你不买了，而是以后你不能吃了。"

艾青说："我已经向你投降了，你就不要咬文嚼字了。"

随着时间的流逝，关于吃猪脑引起的不快，慢慢地淡忘了。然而，十几年后，被我忘却了的事情，却死灰复燃了。

有一天，司机霍志华拉着艾青去黄土岗看花回来，说中午饭不吃了。我问他在外边吃了什么东西，他说喝了碗奶酪。我说光喝奶酪能顶饭吗？他笑了，说还吃了点别的。他越不讲明吃了什么，我就越问。

他说："人，想吃什么，大概身体里就缺什么，缺什么就补什么呗。"

这时，我忽然想起以前他爱吃猪脑的事，就追问："你缺什么？补什么了？"

他被我逼急了，说："你不是说我记性不好，健忘吗？我想该补补脑了，就吃了猪脑。"

又是猪脑！让我烦心的事又来了。

我说："你吃的是猪脑，猪脑补进人脑里，人脑不就变成猪脑了吗？"我来气了。

他说："猪脑就猪脑吧，我成了猪，你一定会是个模范饲养员。"

艾青又说："你还记得我们石河子的邻居何科长吗？医生说他的胆固醇高，就这个怕吃，那个也怕吃，人越来越瘦。他给自己的限制太多了。也不知道现在他的身体怎么样了？"

我说："十几年前的事，你都记得那么清楚，可见你的记忆力很好。"

艾青说："大概是补脑补的吧。"

艾青希望我对他吃猪脑再开绿灯。我的态度是：他就是说出大天来，红灯也永远向他开着！

艾青说："高瑛呵，我现在是不是成了'管制分子'了？"

我说："你要是不想受'管制'，除非把我休了。"他说："我知道，我是斗不过你的。你反对我喝酒，我不喝了；你反对我吸烟，我戒了；你反对我吃猪脑，我十来年没有吃了。我抗争的结果，还是向你举起了白旗，我真的成了'妻管严'了。"

我说："人家说你是'妻管严'，就随他说去，要是你说自己是'妻管严'，我就不能心平气和了。你拍拍良心问问自己吧，我的苦心是为了什么？"

这时，艾青把右手放在左胸前，摸来摸去地说："坏事了，我的良心，不是被狗吃了，而是被猪吃了。"

我听了，哭也不得，笑也不得。

（《作家文摘》2003年总第624期，摘自《我和艾青的故事》，高瑛著，中国戏剧出版社2003年版）

风雨落花
——忆梁白波

· 黄苗子 ·

人生有时爱反复找寻以往的脚印。

还差一年，就整整 60 年了，事情就开始于 1935 年。

我见到梁白波，是叶浅予老大哥同她一起从北平返回上海的时候。白波比我大一两岁，是广东中山同乡。白波长得不算美，但是有种艺术家的风度与魅力，说话慢条斯理，一个字一个字吐出来。

白波的娘家，住在上海北京路的一家废品店楼上，木扶梯摇摇欲坠，显然不算富足。

她有一位十分关心和爱护她的妹妹，我曾见过她几次，听席与群兄说：到台湾以后，妹妹始终对她殷勤照顾。

白波和浅予，先是租了辣斐德路一家私人舞蹈学校的楼上同居。这家舞蹈学校是刚从日本回来的舞蹈家吴晓邦先生创办的，吴晓邦其后和我们一直有往来，他和戴爱莲都是我国舞蹈界的前辈，对中国舞蹈贡献很大。浅予和舞蹈有缘，不自戴爱莲始。我和浅予、白波来往密切开始于那个时候。

后来《上海时报》和其他大小报对浅予和白波的事大肆渲染，浅予和人合办专拍"王先生"片集的"新时代电影公司"，似乎又闹纠纷，他们决定离开上海到南京去。记得是那年 5 月，我在上海生活得无聊，也就辞了那份闲差，和漫画家陆志庠兄一起，同浅予、白波一起到南京去。

志庠听觉有缺憾，我在南京无亲无故，整个生活担子，最初都压在浅予身上（浅予有一份图书片社的工作）。不久，卜少夫兄把我拉进陇海铁路办的报纸《扶轮日报》编副刊，浅予的负担减轻了一些。那时他又给王公弢老板的《朝报》画连续漫画，收入多了些，但还要负担上海夫人的分居费，生活仍是拮据的，白波倒也安之若素。

那时张若谷写了一篇关于巴黎穷艺术家生活的小说，题目叫"婆汉迷"，是从法文 Bohémien 这个词翻译过来的，意思是流浪汉或不拘束地生活的艺术家，在南京，我们过的是这种"婆汉迷"的生活。

那时浅予画过一组速写漫画，叫作"皮唉泥唉"（可能是白波起的这个怪名），其实是郊游野餐 Picnic 的音译。画的是 4 个人到鸡鸣寺去野餐，是租了马车去的。

白波并不都喜欢所有来往的人，但"婆汉迷"的生活，她是感兴趣的，有 6 块钱在附近小饭馆包饭一个月的享受，她就很满足了。

梁白波有一本爱不释手的书：《邓肯自传》。

在 30 年代，世界著名舞蹈家伊沙多拉·邓肯（Isadora Duncan）这本因欠债而被迫写出来的自传，曾经风靡世界；尤其是中国的新知识女性，对邓肯的自由解放性格崇拜备至。那时邓肯因车祸去世不久，书也刚译成中文，邓肯那种对艺术的深刻见解，对生活、对爱情的坦诚和火热深深影响着白波，正如浅予在《自传》中说的："白波不是一个寻常的女性，她有不吝施舍的精神，也有大胆占有一切的勇气。""她（白波）的一切生活方式、艺术思维、人生观念，对我来说都是新生的，诱人的，我无法抗拒。"

我回到上海，起初在环龙路租了一处前楼住下，白波有时来上海，也毫不避忌地要在我那里住上一两晚，我习惯于这位"叶大嫂"的性格，无邪地把卧床让给她，我自己打地铺。她有时一个人很晚回来，第二天醒来问她，她只淡淡地说，是"跳舞去了"。

30 年代，阮玲玉由于"人言可畏"而自我结束人生舞台。梁白波那时却根本把"人言"置之脑后，胸怀坦荡地我行我素。

她不轻易看得起人，当代画家中，她只对庞薰等少数人的作品有好感。但她也不轻易臧否人物，某人的画怎样，某人的为人怎样，全都放在心里。她的内向性格，可以说是"孤傲"——既不容易受人之惠，也不容易为人所知。她一生的坎坷生涯，与她的性格有关。挪威画家孟克（Munch）、荷兰画家梵高以及明代的徐文长、清初的八大山人、清末广东的苏仁山，成就各有不同，但都是这一类"有病"的艺术家。

1946年冬，我与阔别10年的梁白波居然又在上海相见了。还是在北京路那废品店的楼上。当时她刚从新疆回来，拿出四十多幅大小一律的作品，多数是画维吾尔族人生活的水粉画，正如她原来的风格一样，明洁简练，略带一点装饰情调，令人欢喜赞叹。她让我和郁风选一幅相赠，我们选了一幅打花鼓的姑娘。丁聪也藏有一幅，是维吾尔族的壮汉。

记得那一天，我和郁风是下午1点左右去看白波的。3点，郁风约了张瑞芳、吕恩、唐纳（记不清是否还有金山）等，在国际大厦茶舞，白波欣然参加郁风的邀请，这位艺术家穿一件宽大的红棉袄，一条蓝印花布棉裤，大摇大摆地和打扮得花枝招展的女明星们分庭抗礼。全场仕女，对于这位村姑打扮人物的出现，都在窃窃私语，白波却兴致勃勃地一心享受这大都市的气氛，到了意兴阑珊，她就一个人先告退了。这种气派，连瑞芳、吕恩都感到惊奇。

似乎是莎士比亚的话：天才与疯子只是一纸之隔。个性特殊，不满现实，落落寡合，精神异常，是共同的特征。当与群告诉我白波是由于精神分裂症离世的时，我似乎是预料到的。在长期的封建意识的桎梏下，突然受到"五四"狂潮的冲击，不少中国青年产生各种矛盾和叛逆心理，白波当年是站在时代前头，敢于和旧礼教、旧秩序和腐败政权挑战的女性。出身贫穷和艺术对她的诱惑，促使她更大胆地"闯关"。但她毕竟是女性，在生理和传统心理压力下，她有时十分矛盾甚至软弱无力。白波在1938年夏，突然从武汉漫画宣传队出走，舍弃了叶浅予，成为离开艺术家群、远走高飞的孤雁。

梁白波是30年代中国社会从几千年的封建桎梏逐渐转变为要求解放和民主文明的激荡时代中被牺牲的女性。一方面，邓肯的精神在召唤她；另一方面，残余的封建礼教还有力量在束缚她（这就是叶浅予说的："可是她不能忍受情妇的地位，终于抛弃了我。"）"我现在像一块又湿又烂的抹布……"白波这样残酷地剖挖自己，道出了压抑到极点的极度悲怆。只有像白波那样的艺术家才能说出来。

梁白波似乎曾经冲出了困住阮玲玉（又是一位广东中山同乡）的社会樊笼，但是在最后，她和阮玲玉同样被拍岸惊浪撕裂了——她们都有同时代妇女的软弱一面。

人到老年，常会向佛陀去找寻归宿，想起白波，就想到众生往往缠绕着各种冤业。因此，借用李后主官人，把后主生前手写心经舍给寺庙时所写的句子，献给白波：

"伏愿亡者游魂，拈一花而见佛！"

（《作家文摘》2003 年总第 711 期，摘自《纸上精灵》，三联书店 2003 年版）

我与梁思成

·林　洙·

喝下这杯苦酒

北京解放不久，我收到父母辗转从香港寄来的信，父母对我一人留在北平很不放心，他们觉得既然我已和程应铨有了婚约，就希望我们尽快结婚以免挂念。我也就按照父母的意思办了。

1951年我有了孩子以后，渐渐地陷在家务事中，我也感到十分矛盾。我不愿这样生活下去，于是去重工业部基本建设局工作。不久我患了肺结核，组织上为了照顾我的健康，把我调回清华大学工作。

1953年我调到清华工作，被分配在建筑系《中国建筑史》编纂小组绘图。建筑史编纂小组的主任是梁思成。

梁先生有时来看看我画的图，他总是生动地指出我的缺点。一次我在图上注字时离屋脊太近了。他看了后说："注意要拉开一定的距离，否则看上去好像屋脊上落了一排乌鸦。"说到这儿，他淘气地对我眨了一下眼睛。没想到1955年以后我被调去担任系秘书工作，1957年以后又调去做资料工作，从此离开了喜爱的古建筑。

1958 年整风运动中程犯了"错误"，在给他做结论时，我才知道他最大的罪状是：批评共产党在城市规划工作上采取关门主义的态度，把一些专家排斥在这一工作之外。虽然我不明白这算是什么罪行，有多严重，但那时我相信共产党是绝对正确的。

我不得不考虑这个家庭将给孩子带来的影响。最后我决定离开他，独自喝下这杯苦酒！

一封求婚信

1959 年竣工的北京十大建筑工程，是新中国成立以来最豪华的建筑了。作为建筑学的资料室，我认为应当拥有这些新建筑的图片资料。但当时我们系没有力量去收集拍摄。我知道北京建筑设计院拍摄了大量新建筑的照片，但是他们不对外提供。我灵机一动，去找梁先生帮忙。梁先生听我说明来意，很高兴地给北京建筑设计院沈勃院长写了封信，并说以后有什么事需要他帮忙，尽管去找他。拿了这封信，我很快就得到了这批图片，还在系里办了十大工程图片展览。

有一天在路上遇到吴良镛先生，他问我能否抽出一点时间帮梁先生整理一下资料。我爽快地答应了，但一直没有抽出时间去。过了好几个月，一天，泗妹有事要请教梁先生，她要我陪她前往。在他们谈问题时，我想起吴良镛要我帮忙整理资料的事，就问梁先生是否需要我帮忙。没想到这句话受到他极大的欢迎。

于是，每隔一晚上我就去为梁思成整理一次资料。开始我有点后悔，因为资料并不多，大部分是些信件。有些信需要答复，由他口授，我写了简单的回信，有的信转给有关单位去处理。我感到工作很枯燥，我们交谈不多。过去在梁家是以林徽因为中心，他自然说话不多，现在他仍然说话不多，但很亲切。渐渐地，我和他之间长幼辈的关系淡漠下来，朋友关系渐渐增长了。

有一天，一封求婚信彻底改变了我和梁思成的关系。

那是一封外埠的来信，一位全国人大代表的来信，说她在出席人大会时见到梁思成，十分仰慕他，并关心他的生活。她做了简单的自我介绍后，便提出要与梁思成结为伴侣。信中还附了一张照片。这么有趣的事，对我来说还是生平头一次遇见。我抓过一张纸写上：

亲爱的 ××：

接君来信激动万分。请速于 × 日抵京，吾亲往北京站迎迓，请君左手握鲜花一束，右手挥动红色手帕，使吾不致认错也。

× 月 × 日

我强忍着笑，轻轻地走过去，一本正经地递上信说："您看这样回行吗？您签个字吧！"

思成接过信开始有点茫然，但立刻就看出是我的恶作剧，等他看完对方的来信，我们相对大笑了起来。

他慢慢地和我谈起，自从林徽因去世后，有不少人关心他的生活，很有些人要给他找个老伴，但他就是不搭理。

"为什么？"我问。

"因为我清醒地知道我是个'三要'、'三不要'的人。"

"什么'三要'、'三不要'？"

"那就是：老的我不要，丑的我不要，身体不好的我不要。但是反过来年轻的、漂亮的、健康的人就不要我这个'老、弱、病、残'了。"

他接着又说，"有时我也很矛盾，去年老太太大病一场，把我搞得好狼狈，60 岁的女婿照顾 80 岁的岳母。"他摇了摇头苦笑了一下，又说：

"我爱吃清淡的饭菜，但是老太太爱吃鱼肉，真没办法。记得你做的豆豉炒辣椒吗？真好吃。"

我想起那是林徽因在世时，我常常在梁家吃饭。她总抱怨刘妈不会做菜。有一天我心血来潮，做了一个豆豉炒辣椒带去。没想到这个菜大受梁思成和金岳霖的赞扬。

从那天以后我们就常常聊天，越谈越投机。过去我和林徽因交谈都是她说我听，现在却相反，往往是我说梁先生听，他很少打断我的谈话，总是专心地、静静地听。

一天，他问我和程应铨离婚除了政治原因外还有没有其他原因。

"政治原因只是近因。"我说，"最主要的是我觉得他不尊重我。我觉得夫妻之间最起码的是能真诚相待⋯⋯"

梁思成不住地点头说："是的，是的。"

我们就这样倾心地交谈着，可以这样推心置腹地交谈的知音，在我的一生中只遇见过这一次。

一纸申请书

一天，我刚进门，梁思成就把我叫过去，递给我一封信，我打开一看，上面写着：

亲爱的朋友：

感谢你最近以来给我做清仓工作。除了感谢你这种无私的援助外，还感谢——不，应该说更感激你在我这孤寂的生活中，在我伏案"还债"的恬静中，给我带来了你那种一声不响的慰藉⋯⋯

亲爱的朋友，若干年来我已经这样度过了两千多个绝对绝对孤寂的黄昏和深夜，久已习以为常，且自得其乐了。想不到，真是做梦也没有想到，你在这时候会突然光临，打破了这多年的孤寂，给了我莫大的幸福。你可千万千万不要突然又把它"收"回去呀！假使我向你正式送上一纸"申请书"，不知你怎么"批"法？

心神不定的我

18日晨2时

在我看信的时候，梁思成的眼光始终没有离开我。我一看完信，他就伸手把信收了回去，并低声地说："好了，完了，你放心，这样的信以后不会再有了。"

我抬起头，看着他的眼睛，一种说不出的苦恼的神色直视着我。我忽然感到一阵心酸，眼泪扑簌簌地掉了下来。梁思成突然从我的眼泪中看到了他意想不到的希望，他狂喜地冲到我面前，"洙，洙，你说话呀！说话呀！难道你也爱我吗？"我只是哭，一下扑到他的怀中，什么也说不出来。我只知道，我再也不愿离开他了，永远永远和他在一起。

这就是我们的全部恋爱过程。然而我们的决定却给我招来了难以忍受的议论与指责，最令我难堪的莫过于来自思成弟妹与子女的不谅解。但这一切思成都勇敢地接过来，坦然处之。他用坚定平静的微笑慰藉我，他小心地保护着我。

婚后很长一段时间，有一件事始终梗在我的心中，就是我们与再冰之间的不愉快，这事虽然不是我的过错，但总是因我而起。思成与再冰之间父女情深，他对再冰从不掩饰自己真实的思想和缺点。他们常常谈心。而现在，他们疏远了。因此我更加感到我们的结合，思成同样付出了很大的牺牲，这使我感到极大的内疚，又无能为力。

1965年再冰突然来电话说她即将与中干（她爱人）同去英国工作几年，临行前要来看我们。我为他们父女关系的缓和感到欣喜与安慰，同时也还有某种说不出的复杂心情。那天再冰、中干带着孩子来看我们，她走到我面前，注视着我伸出手来，紧紧地一攥，我的心随之颤抖了一下。我知道，这深深的一攥，表示她对我的谅解，表示她远行前把父亲和外婆交给我的重托，我几乎掉泪。

（《作家文摘》2004年总第758期，摘自《名人传记》2004年第5期）